Knut Hamsun:
Die Stimme des Lebens
Novellen

Deutscher
Taschenbuch
Verlag

dtv

Von Knut Hamsun
ist im Deutschen Taschenbuch Verlag erschienen:
Pan – Schwärmer – Die Nachbarstadt (810)

Ungekürzte Ausgabe
April 1975
Deutscher Taschenbuch Verlag GmbH & Co. KG,
München
Lizenzausgabe des in der Albert Langen · Georg Müller
VerlagsGmbH, München · Wien, erschienenen Bandes
›Die Novellen‹
Umschlaggestaltung: Celestino Piatti
Gesamtherstellung: C. H. Beck'sche Buchdruckerei,
Nördlingen
Printed in Germany · ISBN 3-423-01066-5

Inhalt

Siesta – *Novellen und Skizzen*

(Übersetzung von Ernst Brausewetter)

Gestrüpp – *Novellen und Skizzen*

(Übersetzung von Mathilde Mann und J. Sandmeier)

Kämpfende Kräfte – *Erzählungen*

(Übersetzung von Hermann Kiy und J. Sandmeier)

Siesta

Die Königin von Saba

I

Man reist ein wenig umher, man irrt von Ort zu Ort, und man trifft durch Schicksalsfügung Menschen immer wieder, die man früher einmal gesehen hat, begegnet ihnen plötzlich, an unerwarteten Stellen, so daß man vor Überraschung ganz vergißt, den Hut abzunehmen und zu grüßen.

So geht es mir oft, ja sehr oft. Dabei ist gar nichts zu machen.

Was mir 1888 widerfuhr, steht in merkwürdigem Zusammenhange mit einem Erlebnis von heuer, vor nun kaum einer Woche, bei einer kleinen Reise nach Schweden. Es ist eine ganz einfache und verständliche Geschichte, alles ist ganz schlicht vor sich gegangen: vielleicht ist sie nicht einmal wert, daß man sie erzählt. Aber ich will doch versuchen, es zu tun, so gut ich es vermag.

Du fragtest, als wir das letztemal beisammen waren ... ja, du entsinnst dich wohl selbst, wonach du fragtest, so daß ich es dir nicht zu wiederholen brauche. Aber ich antwortete damals, daß es mir niemals etwas geholfen habe, wieviel ich auch versucht hätte, es sei immer etwas dazwischen gekommen, ich sei zurückgewiesen, vor die Türe gesetzt worden. Und ich lüge nicht, ich werde es dir beweisen, daß es wahr ist; so nah, wie dieses letzte Mal, bin ich noch niemals daran gewesen, und doch wurde ich so nett vor die Tür gesetzt. Dabei ist nichts zu machen.

Im Jahre 1888 bekam ich Geld zu einem Ausflug irgendwohin – ich erzähle es ganz, wie es ist. Ich fuhr nach Schweden hinüber und wanderte frohen Mutes an der Eisenbahn entlang, während Zug auf Zug jeden Tag an mir vorbeijagte. Ich traf auch viele Menschen, und alle diese Menschen grüßten mich, sie sagten Grüß Gott, und ich sagte auch Grüß Gott, weil ich nichts anderes zu antworten wußte. Als ich nach Göteborg kam, war mein erstes Paar Schuhe kläglich zerrissen, aber davon rede ich nicht.

Bereits bevor ich nach Göteborg kam, trat das Ereignis ein, von dem ich berichten will. Was meinst du: Wenn eine Dame dir durch ein Fenster einen Blick zuwirft und später keine Notiz von dir nimmt, dann läßt du es gehen und knüpfst keine Vermutungen daran. Du müßtest ein Narr sein, wenn du dir nach so einem einzigen armseligen Blick etwas einbildetest. Aber wenn nun die Dame dich nicht nur mit größtem Interesse anschaut, sondern dir sogar ihr Zimmer, ja ihr Bett auf einer schwedischen Karriolstation überläßt, findest du nicht, daß du dann einigen Grund hast, an ihre reellen Absichten zu glauben und Hoffnungen zu hegen?

Ich fand es, ich hoffte bis zum Letzten; vor einer Woche kostete es mich sogar eine Schmerzensreise bis Kalmar ...

Ich war bis zur Karriolstation Bärby gekommen. Es war spät am Abend, und ich war vom frühen Morgen an gewandert, so daß ich beschloß, hier für heute Rast zu machen. Ich ging in die Stube hinein und verlangte Essen und Unterkunft.

Ja, Essen könnte ich bekommen, aber Unterkunft hätte man nicht mehr, alle Zimmer wären besetzt, das Haus ganz voll.

Es war ein junges Mädchen, mit dem ich sprach – wie sich später zeigte, die Tochter des Hofes. Ich sehe sie an und tue, als wenn ich sie nicht verstehe. Wollte sie mich fühlen lassen, daß ich ein Norweger bin, ein politischer Gegner?

Was für eine Menge Wagen hier stehen! sagte ich gleichgültig.

Ja, das sind Marktleute, die hier übernachten, erwidert sie.

Daher haben wir kein leeres Bett mehr übrig.

Dann geht sie hinaus und bestellt mein Essen. Als sie zurückkam, begann sie abermals davon zu reden, wie besetzt das Haus sei. Sie sagte:

Sie können entweder bis zur nächsten Station weitergehen, das ist Ytteraa, oder mit dem Zuge ein Stück zurückfahren. Hier ist es, wie gesagt, voll!

Ich verzieh dem naiven Kinde und wollte nicht unangenehm sein, aber ich beabsichtigte natürlich nicht, mich vor dem nächsten Morgen von der Stelle zu rühren. Ich befand mich an einer öffentlichen Karriolstation und mußte ein Bett bekommen!

Es ist unvergleichliches Wetter! sagte ich.

Ja, erwiderte sie. Daher ist es auch nur ein Vergnügen, nach Ytteraa zu gehen. Es ist nicht weit, nur eine gute Meile.

Aber nun wurde es mir ein wenig zu arg, ich sagte ernst und

langsam: Ich halte es für selbstverständlich, daß Sie mir heute nacht hier Unterkunft verschaffen; ich *wünsche* nicht weiter zu gehen, ich bin müde.

Aber wenn alle Betten besetzt sind! erwiderte sie.

Das ist nicht meine Sache. Damit setzte ich mich mit meinem ganzen Gewicht auf einen Stuhl.

Das Mädchen tat mir übrigens leid, sie sah nicht danach aus, als wenn sie mir aus Bosheit Schwierigkeiten in den Weg legen wollte. Ihr Gesicht war ehrlich, ihr Haß gegen die Norweger beherrscht.

Sie können mich unterbringen, wo Sie wollen, meinetwegen hier auf dem Sofa, sagte ich dann.

Aber es zeigte sich, daß auch das Sofa schon vergeben war.

Nun begann mir halbwegs angst zu werden. Sollte ich noch eine gute schwedische Meile gehen, so kam ich niemals heil davon; eine »gute« Meile in Schweden nimmt kein Ende, das wußte ich schon.

Aber Herrgott, sehen Sie denn nicht, daß auf dem Marsch meine Stiefel zerrissen sind? rief ich. Sie jagen doch wohl nicht Menschen mit solchem Schuhzeug hinaus?

Nein, aber die Schuhe werden doch auch bis morgen nicht besser, bemerkte sie lächelnd.

Ja, darin hatte sie nun allerdings recht, und ich wußte nicht, was ich tun sollte. In demselben Augenblick geht die Tür auf, und es stürmt wieder ein junges Mädchen herein.

Sie lacht über etwas, was ihr widerfahren ist oder woran sie denkt, und sie macht den Mund auf, um es zu erzählen. Als sie mich erblickt, wird sie nicht im geringsten verlegen, sondern sieht mich lange an und nickt mir schließlich sogar zu. Darauf fragt sie leise:

Was gibt's, Lotta?

Und Lotta antwortet ihr etwas, was ich nicht höre, aber ich verstehe, daß sie von mir flüstern. Ich sitze da und lausche, als wenn mein Schicksal entschieden werden sollte. Nun werfen sie einen verstohlenen Blick auf meine Schuhe, und ich höre, daß sie ein wenig miteinander lachen. Die zuletzt hereingekommene Dame schüttelt den Kopf und ist im Begriff, wieder hinauszugehen.

Als sie zur Tür gekommen war, wandte sie sich plötzlich um, als wenn ihr etwas einfiele, und sagte:

Aber ich kann ja heute nacht mit dir zusammen schlafen, Lotta, dann kann er mein Zimmer bekommen.

Nein, erwiderte Lotta, das können Sie wirklich nicht, Fräulein.

Ach doch, gewiß kann ich das.

Pause. Lotta denkt nach.

Ja, wenn Sie wollen, Fräulein. Und dann, zu mir gewandt, fährt Lotta fort: Die Dame will Ihnen also ihr Zimmer überlassen.

Ich springe auf, schlage die Hacken zusammen und mache eine Verbeugung. Ich glaube, ich brachte es gut zuwege. Ich dankte der Dame auch mündlich, sagte, sie hätte mir eine Liebenswürdigkeit erwiesen, die in meinem Leben einzig dastände, und schließlich erklärte ich, daß ihr Herz ebenso gut wäre wie ihre Augen *schön*. Dabei verbeugte ich mich abermals und machte es wieder ebenso gut.

Ja, das führte ich alles ausgezeichnet aus. Sie errötete und lief mit lautem Lachen auf die Tür zu. Lotta eilte ihr nach.

Ich blieb zurück und dachte darüber nach. Es stand sehr gut; sie hatte gelacht, war errötet und hatte wieder gelacht, es konnte nicht besser anfangen. Herrgott, wie jung sie war, kaum achtzehn Jahre, mit Grübchen in den Wangen und einer Vertiefung im Kinn. Kein Tuch um den Hals, nichts um den Hals, nicht einmal eine Spitze am Kleid, nur ein Zugband. Und dazu einen schweren, dunklen Blick in dem süßen Gesicht. Ich hatte noch niemals etwas Derartiges gesehen. Gut, und sie hatte mich mit Interesse beobachtet.

Eine Stunde später sehe ich sie draußen auf dem Hofplatz; sie hat sich in einen der leeren Wagen gesetzt und sitzt dort und knallt mit der Peitsche. Wie jung und lustig sie ist, sie sitzt ganz allein da und summt und knallt mit der Peitsche, als sei angespannt. Ich nähere mich, mir schwebt etwas vor von Pferde ausspannen und Wagen ziehen. Ich lüfte den Hut und bereite mich vor, etwas zu sagen ...

Da erhebt sie sich plötzlich, hoch und stolz, wie eine regierende Fürstin, sieht mich einen Augenblick an und steigt aus dem Wagen. Ich werde das niemals vergessen; obschon sie keinen Grund hatte, die Sache so schlimm aufzufassen, war sie wirklich großartig, als sie sich erhob und ausstieg. Ich setzte den Hut auf und schlich mich verlegen und bedrückt fort. Der Teufel soll den Einfall holen, den Wagen zu ziehen!

Andererseits: was fehlte ihr? Hatte sie mir nicht soeben ihr Zimmer überlassen? Wozu denn nun diese Sprödigkeit?

Das ist Verstellung, sagte ich mir selbst, sie tut nur so, ich kenne den Kniff, sie will mich zappeln lassen – gut, ich füge mich darein, ich zappele!

Ich setzte mich auf die Treppe und zündete mein Pfeifchen an. Rings um mich plauderten die Marktleute; einige Male hörte ich, daß drinnen im Hause Flaschen aufgezogen wurden und Gläser klirrten. Das Fräulein sah ich nicht mehr.

Die einzige Lektüre, die ich mithatte, war eine Karte von Schweden; ich sitze da und rauche und ärgere mich, schließlich nehme ich meine Karte aus der Tasche und beginne zu studieren. Es vergehen so einige Minuten, Lotta erscheint in der Tür, sie will mir mein Zimmer zeigen, wenn ich es wünsche. Es ist zehn Uhr geworden, ich erhebe mich und gehe mit. Im Flur treffen wir das Fräulein.

Nun geschieht etwas, dessen ich mich bis auf die kleinsten Geringfügigkeiten entsinne: das Paneel im Flur ist frisch gestrichen; aber davon weiß ich nichts, ich trete also vor dem Fräulein beiseite, als wir ihr begegnen, und da ist das Unglück geschehen.

Das Fräulein schreit atemlos auf:

Die Farbe ...!

Aber es ist zu spät, ich habe schon meine ganze linke Schulter an das Paneel gelegt.

Sie blickt mich ganz bestürzt an, sieht dann Lotta an und sagt:

Was machen wir nun damit?

Und Lotta antwortet:

Das reiben wir mit etwas ab! worauf sie beide in Lachen ausbrechen.

Nun gehen wir wieder alle drei auf die Treppe hinaus, und Lotta holt etwas, um mich damit abzureiben.

Und ich setze mich!

Dann beginnen wir zu plaudern ...

Du magst es mir nun glauben oder nicht, ich sage dir, als ich mich an diesem Abend von dem Fräulein trennte, hatte ich die besten Hoffnungen. Wir hatten geplaudert und geschwätzt und über alles mögliche gelacht, und ich bin überzeugt, daß wir eine gute Viertelstunde dort auf der Treppe saßen und schwatzten. Und weiter? Weiter geschah nichts! Na ja, ich brüste mich ja auch nicht damit; aber ich dachte doch nicht, daß eine junge Dame einem Mann so gut wie unter vier Augen eine reichliche Viertelstunde schenken würde, wenn sie sich nichts weiter dabei dachte. Als wir uns endlich trennten, sagte sie obendrein zweimal gute Nacht; schließlich öffnete sie sogar noch die Tür ein wenig, sagte langsam noch ein drittes Mal gute Nacht und warf dann die Tür zu. Darauf hörte ich, daß sie und Lotta drinnen auf das lustigste zu lachen anfingen. Ja, wir waren alle bei bester Laune.

Ich begebe mich also in mein Zimmer – in *ihr* Zimmer.

Es war leer, ein ganz gewöhnliches Gastzimmer mit kahlen, blaugemalten Wänden und einem schmalen, niedrigen Bett. Auf dem Tisch lag eine Übersetzung von Ingrahams ›Der Fürst aus Davids Haus‹. Ich begann in dem Buche zu lesen. Noch höre ich das Kichern und Lachen aus dem Zimmer der jungen Mädchen. Welch ein hübsches, lustiges Mädel; dieser dunkle Blick in dem jungen Gesicht. Wie ausgelassen sie lachen konnte, obschon sie so stolz aussah!

Ich versank in Gedanken; die Erinnerung an sie glühte stumm und mächtig in meinem Herzen.

Am Morgen erwachte ich darüber, daß mich etwas Hartes in die Seite drückte – es zeigte sich, daß ich mit dem Fürsten aus Davids Haus zusammen geschlafen hatte.

Ich auf und in die Kleider, es war neun Uhr.

Ich komme in die Stube hinunter und erhalte mein Frühstück; von dem Fräulein sehe ich nichts. Ich frage endlich Lotta in feiner Weise, wo die junge Dame geblieben ist.

Ja, antwortet Lotta, das Fräulein ist abgereist.

Abgereist? Gehörte das Fräulein nicht zum Hause?

Nein, es war das Fräulein oben vom Herrenhof. Sie ist früh am Morgen mit dem Zug abgereist; sie sollte nach Stockholm.

Ich verstumme. Sie hatte natürlich nicht einmal einen Brief oder einen Zettel für mich hinterlassen; ich wurde so verzagt, daß ich mich nicht einmal nach ihrem Namen erkundigte. Alles war mir gleichgültig. Nein, auf Weibertreue sollte man niemals bauen.

Ich wandere schlaffen Blickes und wunden Herzens nach Göteborg. Wer hätte sich das auch denken können; sie, die so ehrlich und stolz aussah! Aber es war gut, ich wollte es wie ein Mann tragen; niemand im Hotel sollte sehen, was ich litt ...

Es war gerade um die Zeit, da Julius Kronberg sein großes Gemälde, Die Königin von Saba, in Göteborg ausgestellt hatte. Wie alle andern ging denn auch ich hin, um dieses Bild anzuschauen, und als ich es sah, wurde ich ordentlich davon ergriffen. Das Merkwürdigste war, daß die Königin selbst äußerst meinem Herrenhoffräulein zu ähneln schien – nicht, wenn sie lachte und scherzte, sondern in dem Augenblick, als sie in dem leeren Wagen aufgerichtet dastand und mich mit den Augen zerschmetterte, weil ich ihr die Pferde ausspannen wollte.

Weiß Gott, ich fühlte es wieder im Herzen. Das Gemälde ließ mich nicht in Frieden, es erinnerte mich allzu sehr an mein verlorenes Glück; in einer schönen Nacht inspirierte es mich zu meiner bekannten Kunstkritik über die Königin von Saba, die im Dagblad vom 9. Dezember 1888 stand. In dieser Kunstkritik schrieb ich folgendes über die Königin:

Sie ist eine moderne Äthiopierin, neunzehn Jahre alt, schlank, verlockend schön, Majestät und Weib in einer Person ... Mit der linken Hand hebt sie gerade den Schleier vom Gesicht und richtet ihre Augen auf den König. Sie ist nicht dunkel, selbst ihre schwarzen Haare sind ganz von dem silberhellen Diadem, das sie trägt, verdeckt; sie sieht wie eine Europäerin aus, die im Orient gereist ist und einen Hauch von der heißen Sonne bekommen hat. Aber ihre Augen haben die dunkle Farbe, die ihre Heimat verrät, diesen zugleich schweren und feurigen Blick, der den Beschauer zusammenfahren läßt. Man wird diese Augen nicht vergessen, man wird sich ihrer noch lange erinnern und sie im Traume wieder vor sich sehen ...

Dies von den Augen ist schön; dergleichen sagt man nicht, ohne daß man etwas Ähnliches im Herzen fühlt, man frage, wen man will. Und seit dem Tage hat mein Herz auch immer das wunderliche Mädchen von der Bärbyrer Karriolstation die Königin von Saba genannt.

2

Ich bin noch nicht fertig mit ihr, vier Jahre später taucht sie wieder auf, jetzt, kaum vor einer Woche.

Ich reise von Kopenhagen nach Malmö, ich will dort jemand besuchen, der mich erwartet – ich erzähle es wieder, wie es ist. Meine Sachen habe ich im Hotel abgegeben, und man hat mir ein Zimmer angewiesen. Dann gehe ich aus; um den Menschen zu treffen, der mich erwartet; aber erst will ich einen kleinen Spaziergang zur Bahn hinunter machen, um mich dazu zu sammeln. Da treffe ich einen Mann, mit dem ich mich in ein Gespräch einlasse, ich stehe eben da und sage etwas zu diesem Mann, als ich plötzlich ein Gesicht in einem Zuge sehe, der gerade im Begriff ist, abzufahren, und das Gesicht wendet sich mir zu, zwei Augen mustern mich – bei Gott, das ist die Königin von Saba!

Ich springe augenblicklich in den Zug hinein, und einige Sekunden später fahren wir ab.

Nun, das ist Schicksal! Daß ich da stehe und sie nach Verlauf von vier Jahren wiedersehe und in einen abgehenden Zug hineinspringe, während all mein Gepäck im Hotel steht, das ist Schicksal! Über dergleichen ist man nicht Herr. Übrigens hatte ich auch meinen Mantel abgelegt; in der Verfassung kam ich in den Zug hinein.

Ich sehe mich um, es ist ein Abteil erster Klasse, in das ich eingestiegen bin, und es sitzen nur ein paar Reisende darin. Gut, ich lasse mich neben ihnen nieder und beginne mich mit einer Zigarre und etwas Lektüre gemütlich einzurichten. Wo würde das Schicksal mich nun hinführen? Ich wollte dorthin reisen, wohin die Königin von Saba reiste, es kam nur darauf an, gut aufzupassen; wo sie ausstieg, da würde ich auch aussteigen, meine einzige Aufgabe bestand darin, mit ihr zusammenzutreffen. Als der Schaffner kam und meine Fahrkarte haben wollte, hatte ich keine.

Aber wo ich denn hinwollte?

Das wüßte ich selbst nicht recht, aber ...

Ja, dann müßte ich bis Arlöf bezahlen und einen Zuschlag von vierzig Öre. In Arlöf müßte ich dann eine Fahrkarte weiterlösen.

Ich tat, wie der Schaffner sagte, und bezahlte mit Freuden den Zuschlag.

In Arlöf löste ich dann eine Karte bis Lund, die Königin von Saba fuhr vielleicht nach Lund zu Besuch, und ich wollte sie im Auge behalten.

Aber sie stieg in Lund nicht aus.

Nun mußte ich wieder an den Schaffner bezahlen, diesmal bis Lackalänga und abermals vierzig Öre Zuschlag – das waren achtzig. In Lackalänga löste ich eine Karte gleich bis Hessleholm, um sicherzugehen, und setzte mich dann wieder ins Abteil, ganz nervös über die verwickelte Reise. Das Geschwätz der Mitreisenden reizte mich auch; was zum Teufel ging es mich an, daß in Hamburg die Maul- und Klauenseuche ausgebrochen war? Meine Mitreisenden waren sicher Landleute, einfache schwedische Viehhändler, denn sie sprachen dreieinhalb Stunden von nichts anderem, als von der Maul- und Klauenseuche in Hamburg. Ja, das war wirklich ungeheuer interessant! Und außerdem: wartete nicht jemand auf mich in Malmö? Gut, laßt den Menschen doch warten!

Aber die Königin von Saba stieg auch in Hessleholm nicht aus.

Nun werde ich wütend, ich bezahle an den Schaffner bis Balingslöf, wieder mit vierzig Öre Zuschlag – das machte eine Krone und zwanzig – und nehme in Balingslöf mit zusammengebissenen Zähnen spornstreichs eine Karte bis – Stockholm.

Das kostete einhundertundachtzehn Kronen, ich schwör's beim Teufel, daß es soviel ausmachte! Aber es war klar, daß die Königin von Saba jetzt, gerade wie vor vier Jahren, nach Stockholm wollte.

Wir fuhren Stunde um Stunde, ich paßte bei jeder Station auf; aber sie steigt nicht aus. Ich sehe sie am Wagenfenster, und sie beobachtet mich aufmerksam; ach, sie hatte nichts von ihren Gefühlen für mich verloren, das sah ich klar, aber ein bißchen verlegen war sie, und sie schlug die Augen nieder, wenn ich vorbeikam. Ich grüßte nicht, das vergaß ich jedesmal; hätte sie nicht in einem solchen Kasten von einem Damenabteil eingeklemmt gesessen, würde ich ihr natürlich schon längst meine Aufwartung gemacht, sie an unsere alte Bekanntschaft und daran erinnert haben, daß ich einmal in ihrem Bett geschlafen habe; ich hätte sie damit erfreut, daß ich ganz ausgezeichnet geschlafen habe, bis neun Uhr.

Wie herrlich sie in den vier Jahren geworden war, nun war sie mehr als jemals Majestät und Weib.

Und Stunde um Stunde verging, es geschah nichts weiter, als daß wir etwa um fünf Uhr eine Kuh überfuhren, wir hörten, wie die Beine zerbrochen wurden, und wir machten einen Augenblick halt, um die Schienen zu untersuchen, und fuhren dann wieder weiter. Die beiden Reisenden haben begonnen, von der Dampfschiffahrt auf dem Öresund zu reden, was auch wieder außerordentlich interessant ist. Wie ich litt, wie ich litt! Und wie war es doch, wartete nicht ein Mensch auf mich?

Zur Hölle mit dem Kerl in Malmö!

Weiter, immer weiter, wir passierten Elmhult, Liatorp, Vislanda. In Vislanda steigt die Königin von Saba aus, ich lasse sie nicht einen Augenblick aus den Augen; na, so – sie kommt wieder zurück. Gut, wir fahren weiter.

Dann kommen wir nach Alfvesta.

Nach Kalmar umsteigen!

Hier steigt die Königin von Saba wieder aus; ich stehe da und beobachte, ob es wieder das gleiche ist; aber diesmal geht sie zum Kalmar-Zug hinüber. Darauf war ich nicht vorbereitet, ich bin äußerst erstaunt und kann mich nicht zum Handeln entschließen, bis es beinahe zu spät ist. Hals über Kopf komme ich noch in den Kalmar-Zug hinein, als er gerade abgeht.

Ein einziger Mensch im Abteil, er blickt nicht einmal auf, er liest. Ich werfe mich auf einen Platz, ich lese auch. Ein paar Minuten später höre ich: die Fahrkarte!

Es ist ein anderer Schaffner.

Die Fahrkarte! Jawohl! antworte ich und gebe ihm meine Karte.

Die gilt nicht, sagt er, dies ist die Kalmarlinie.

Die gilt nicht, sagen Sie?

Nicht auf dieser Linie.

Ja, das ist wohl nicht meine Sache, wenn man mir eine Karte verkauft, die nicht gilt?

Wo wollen Sie denn hin?

Nach Stockholm natürlich, antworte ich; wo meinen Sie denn, daß ich sonst hin wollte?

Ja, aber dies ist der Zug nach Kalmar, hören Sie, dieser Zug geht nach Kalmar, sagt er ärgerlich.

Na, das wußte ich nicht, aber es war jedenfalls eine jämmerliche Pedanterie von ihm, sich über dergleichen aufzuhalten. Er tat es sicher nur, weil ich ein Norweger war, aus politischem Haß. Ich wollte an ihn denken.

Ja, was machen wir nun da? frage ich.

Das machen Sie so ... ja, wo wollen Sie nun also hin? Auf dieser Linie kommen Sie nicht nach Stockholm!

Gut, dann reise ich also nach Kalmar, ich meinte eigentlich auch Kalmar, erwidere ich; Stockholm hat mich eigentlich niemals recht angesprochen, ich kann nicht behaupten, daß ich mir Geld zu leihen nehmen möchte, um wieder dorthin zu fahren.

Diese verdammte Königin sollte also nach Kalmar; dann nahm die Qual doch ein Ende.

Dann bezahlen Sie also bis Gemla und vierzig Öre Zuschlag, sagt der Schaffner. Aber in Gemla müssen Sie dann eine Karte bis Kalmar lösen.

Ich habe aber soeben einhundertundachtzehn Kronen bezahlt, wandte ich ein. Aber ich bezahlte doch und auch die vierzig Öre – das machte eine Krone und sechzig –. Nun war meine Geduld aber erschöpft, in Gemla stürmte ich zum Schalter hin und rufe dem Billetteur zu:

Wie weit kann ich auf dieser Linie fahren?

Wie weit? Bis Kalmar, wird mir geantwortet.

Könnte ich nicht weiter kommen, wäre es ganz unmöglich, auch nur ein ganz kleines Stückchen weiter zu kommen?

Ganz unmöglich. Denn dann kommt die Ostsee.

Gut, also eine Karte bis Kalmar!

Welche Klasse?

He, er fragte, welche Klasse! Der Mann kannte mich offenbar

nicht, hatte nichts von dem gelesen, was ich geschrieben habe. Ich antwortete ihm, wie er es verdiente:

Erste Klasse, natürlich!

Ich bezahlte und nahm meinen Platz im Zug ein.

Es war Nacht geworden, mein ungemütlicher Mitreisender hatte sich auf seinem Sitz ausgestreckt und die Augen geschlossen, stumm, ohne mir einen Blick zuzuwerfen. Wie sollte ich die Zeit herumbringen? Ich konnte nicht schlafen, ich stand alle Augenblicke auf, untersuchte die Türen, öffnete und schloß die Fenster, fror und gähnte. Dazu kam, daß ich jedesmal, wenn der Zug anhielt, auf dem Posten sein mußte, um meiner Königin willen. Ich begann sie allmählich, ganz erbittert, zu verfluchen.

Endlich, endlich wurde es Morgen. Mein Mitreisender richtete sich auf und blickte hinaus. Dann setzte er sich völlig wach hin und begann zu lesen, ständig ohne mich anzusehen; sein Buch schien gar kein Ende nehmen zu wollen.

Ich erboste mich über ihn, ich sang und pfiff, um ihn zu ärgern; aber er ließ sich nicht stören. Ich wünschte mich im stillen zu der Klauenseuche zurück, angesichts dieser stummen Wichtigtuerei.

Schließlich wurde es mir unerträglich, ich fragte:

Darf ich fragen, wo Sie hinreisen?

Ach, erwiderte er, ich fahre noch ein Stück.

Das war alles.

Gestern überfuhren wir eine Kuh.

Wie meinen Sie?

Gestern überfuhren wir eine Kuh.

So.

Und er las schon wieder weiter.

Wollen Sie mir das Buch verkaufen? sagte ich ganz außer mir.

Das Buch? Nein, erwiderte er.

Nicht?

Nein.

Dabei blieb es. Er sah nicht einmal zur Seite. Ich sank gegenüber dieser Beharrlichkeit ganz zusammen. Eigentlich war auch daran, daß ich mit einem solchen Menschen zusammengetroffen war, diese elende Königin schuld. Sie hatte mir wirklich viel Verdruß bereitet. Aber das sollte alles vergessen sein, wenn ich sie traf. Ach, wie ich ihr alle meine Unannehmlichkeiten schildern wollte, ihr von der Kunstkritik erzählen, von dem Menschen, der in Malmö auf mich wartete und den ich im Stich gelassen hatte, von meiner Reise, erst auf der Stockholmer Linie und dann nach Kalmar – mein Fräulein! Ja, ich würde sicherlich wieder auf sie Eindruck machen. Und keine kleinliche Hindeutung auf die paar Öre Zuschlag und die einhundertachtzehn Kronen!

Und der Zug eilt weiter.

Ich beginne aus Langweile zum Fenster hinaus zu starren.

Da ist ewig und immer dasselbe zu sehen: Wald, Feld, Äcker, vorbeitanzende Häuser, Telegraphenstangen längs der Bahn, und bei jeder Station die gewöhnlichen leeren Güterwagen aufgestellt, und jeder Wagen mit der Inschrift *Golfyta* versehen.

Was war *Golfyta?* Das konnte keine Nummer und auch kein Menschenname sein. Ob *Golfyta* nicht ein großer Fluß in Schonen war oder ein Fabrikzeichen, oder gar eine religiöse Sekte! Aber nun entsann ich mich: *Golfyta* war ein gewisses Gewicht; eine *Golfyta* hatte, wenn ich mich recht entsann, einhundertundzweiunddreißig Pfund. Aber das waren noch gute alte Pfunde, und doch gingen fast einhundertund*drei*unddreißig solcher Pfunde auf eine *Golfyta*, so *schwer* war sie ...

Und der Zug fährt weiter.

Wie konnte doch dieser stumme Narr da stundenlang sitzen und nur immer lesen und lesen! Das Büchelchen hätte ich in der Zeit dreimal ausgelesen, aber er spreizte sich, tat förmlich dick mit seiner Kenntnislosigkeit und genierte sich nicht. Seine Narrheit überstieg schließlich alle Grenzen, ich konnte es nicht länger aushalten, sondern streckte den Kopf vor, sah ihn an und sagte:

Was sagten Sie?

Er schlug die Augen auf und starrte mich wie vom Himmel gefallen an.

Wie beliebt? fragt er.

Was?

Er begriff nicht.

Was wollen Sie? fragte er ärgerlich.

Was ich will? Was wollen Sie?

Ich? Nichts!

Na, ich auch nicht!

So. Warum sprechen Sie mich denn an?

Ich? Habe ich Sie angesprochen?

Also nicht! sagte er und wandte sich wütend ab.

Dann schwiegen wir wieder beide. Und Stunde um Stunde vergeht; endlich pfeifen wir vor Kalmar.

Nun galt es, nun kam die Entscheidung. Ich betaste meine Wangen – natürlich war ich unrasiert, das war ja meistens so mit mir. Es war aber auch eine ganz mangelhafte Einrichtung, daß es auf dieser langen Linie keine Stationen gab, wo man sich rasieren lassen konnte, um wie ein Mensch auszusehen, wenn es darauf ankam; ich verlange ja nicht angestellte Barbiere an jeder Station, aber man muß mir einräumen, daß es nicht unbillig wäre, in jeder fünften Station einen Barbier bekommen zu können. Das ist jedenfalls meine Meinung.

Dann hielt der Zug.

Ich steige sogleich aus, ich stehe da und beobachte, daß auch die Königin von Saba aussteigt; aber sie wird plötzlich von Menschen umringt, daß es mir unmöglich ist, zu ihr hin zu gelangen. Ein junger Mann küßt sie sogar – der Bruder also, er wohnt hier, hat hier Geschäfte, sie besucht ihn! Einen Augenblick später fährt ein Wagen vor, sie steigt ein, nach ihr zwei, drei andere, und fort fahren sie.

Ich stehe da. Sie war mir vor der Nase davongefahren, hatte sich nicht einmal ein wenig bedacht.

Na, gut, da war vorläufig nichts zu machen, ja, wenn ich genauer darüber nachdachte, war ich ihr fast dankbar dafür, daß sie mir Zeit ließ, mich rasieren und zurechtstutzen zu lassen, ehe ich mich ihr vorstellte. Nun galt es, die Zeit zu benutzen!

Ein Träger kommt auf mich zu, während ich dastehe, und bietet sich an, mein Gepäck zu tragen.

Nein, ich habe kein Gepäck.

Ob ich denn *gar* kein Gepäck habe?

Nein, ich habe *gar* kein Gepäck! Ob er mich nun verstehe?

Aber ich wurde den Mann nicht los, er wollte wissen, ob ich weiterreise.

Nein, ich reise nicht weiter!

Ob ich hier wohnen bleiben wolle?

Vielleicht, einige Zeit! Ist ein Hotel in der Nähe?

Aber was ich denn hier vorhabe? Ob ich vielleicht Agent oder Kontrolleur sei?

Wieder einer, der nichts von mir gelesen hatte! Nein, ich sei nicht Kontrolleur.

Aber was ich denn sei?

Adieu! schrie ich ihm ins Gesicht und ging. Solch eine Aufdringlichkeit! Ich konnte wohl auch auf eigene Faust ein Hotel finden, wenn es darauf ankam. Inzwischen mußte ich mir aber eine Position ausdenken, einen Zweck meines Aufenthaltes ausfindig machen, den ich als Vorwand benutzen konnte; denn es war klar, wenn schon ein so hungriger Gepäckträger so neugierig war, würde der Wirt im Hotel weit schlimmer sein.

Was hatte ich also offiziell, vor Gott und den Menschen, in Kalmar zu tun?

Ein glaubwürdiges Geschäft mußte ich auch deshalb vorschützen, um meine Königin nicht zu kompromittieren.

Und ich dachte wild darüber nach, was ich in Kalmar ›machen sollte‹. Schon während ich mich unter dem Messer des Barbiers befinde, läßt mir diese Frage keine Ruhe. So viel war sicher: ich durfte mich im Hotel nicht sehen lassen, bevor ich mir darüber klar war.

Haben Sie Telephon? frage ich.

Nein, der Barbier hatte kein Telephon.

Aber können Sie einen Boten ins nächste Hotel senden und mir dort ein Zimmer bestellen? Ich habe keine Zeit, selbst hinzugehen, ich habe eine Menge Geschäfte zu erledigen.

Ja, sehr gern!

Dann geht der Lehrjunge.

Ich begann auf den Gassen umher zu schlendern, besah die Kirche, den Hafen, ging ziemlich schnell, aus Furcht, daß jemand mich aufhalten und nach dem Zweck meines Aufenthaltes in Kalmar fragen könnte. Endlich kam ich in den Park, ich warf mich auf eine Bank und gab mich meinen Grübeleien hin.

Ich war allein.

Kalmar – was wollte ich in Kalmar? Der Name kam mir bekannt vor, ich hatte davon irgendwo gelesen. Weiß Gott, ob es nicht etwas Politisches war, ein außerordentlicher Reichstag, ein Friedensschluß. Ich versuchte »Kalmarer Frieden«, »Frieden zu Kalmar«, hatte ich vielleicht einmal davon gehört? Oder war es ein »Kalmarer Vertrag«? Aber nach einer Weile Überlegung sagte ich mir selbst, daß ich von einem »Vertrag zu Kalmar« noch nichts gehört hatte. Plötzlich springe ich auf, ich glaube, es gefunden zu haben: es war die »Kalmarschlacht«, »Die Schlacht bei Kalmar« – wie die Schlacht bei Wörth oder Düppel. Ja, nun hatte ich es! Und ich begebe mich spornstreichs ins Hotel. Wenn es eine Schlacht bei Kalmar gab, dann wollte ich die historischen Plätze studieren, das war der Zweck meines Aufenthalts; dort lag Niels Juels Schiff, dort fuhr eine feindliche Kugel weit über das Land hin und riß die Erde in einem Kohlgarten auf, dort fiel Gustav Adolf auf das Deck des Linienschiffes. Und Kolbein der Starke fragte: was brach so laut? Norwegen aus deinen Händen! sagte Einar ...

Als ich aber vor dem Hotel stand, kehrte ich feige um und gab meine ganze Schlachtgeschichte auf; es hatte niemals eine

Schlacht bei Kalmar stattgefunden, die Schlacht fand auf der Reede von Kopenhagen statt! Und ich begebe mich wieder in die Stadt hinaus. Es sieht schlecht für mich aus.

Dann wanderte ich einfach den ganzen Tag umher und genoß weder etwas Trockenes noch etwas Nasses. Ich war schon ganz ermattet. Es war auch bereits zu spät geworden, um in einen Buchladen zu gehen und einige Bücher über Kalmar zu kaufen, denn alle Buchläden waren geschlossen. Endlich schleppte ich mich zu einem Mann hin, der Laternen anzündet

Entschuldigen Sie, frage ich höflich, was ist doch seinerzeit hier in Kalmar vorgegangen?

Der Mann antwortet mir: Vorgegangen? und sieht mich an.

Ja, sage ich, es ist mir so lebhaft in der Erinnerung, daß hier seinerzeit in Kalmar etwas vorgegangen ist; es hat bedeutendes historisches Interesse, darum möchte ich es gern wissen.

Wir stehen einander gegenüber.

Wo wohnen Sie? fragt er.

Ich bin nämlich ausschließlich hergekommen, um das zu studieren, fahre ich fort, es hat mich ziemlich viel Geld gekostet, ja, es hat mich sogar eine Krone sechzig Öre Zuschlag gekostet, außer den hundertundachtzehn Kronen Fahrgeld, von denen ich gar nicht reden will, so kleinlich bin ich nicht. Sie können die Schaffner fragen, wenn Sie wollen.

Sind Sie aus Norwegen?

Ja, ich bin aus Norwegen.

Sind Sie Agent?

So ermattet ich war, mußte ich wieder so schnell wie möglich flüchten; das war es ja gerade, was ich von dem Manne wissen wollte: was ich war. Aber auch daran war meine Königin schuld, sie war an allem schuld, und ich wünschte, wenn auch mit sanftem Ausdruck, sie möchte um ihrer Bosheit willen zur Hölle fahren.

Dann zog ich mich wieder in den Park zurück.

Nein, nun sah ich keine Rettung mehr!

Ich stehe da und lehne mich an einen Baum, Leute wandern an mir vorüber; ich fand es nicht länger geheuer, stehen zu bleiben, und mußte mich wieder weiterschleppen. Drei Stunden später hatte ich die Stadt verlassen und befand mich draußen auf dem Lande. Ich sehe mich um, ich bin allein, ein großer, schwarzer Koloß erhebt sich vor meinem Blick. Ich bleibe stehen, um den Koloß zu betrachten, er sieht wie ein Berg aus, mit einer Kirche auf der Spitze. Während ich so dastehe, kommt ein

Mann dahergegangen, ich halte ihn an und frage, was dieses wohl für ein Berg ist, ich wüßte nicht mehr seinen Namen aus der Geographie, obschon ich sehr viele Berge kenne.

Das ist das Schloß! erwiderte er.

Das Schloß, das Kalmarer Schloß!

Ich hätte wohl gern gewußt, ob darin nicht alles das vorgegangen war, was mir im Kopf herumspukte!

Das Schloß ist jetzt natürlich traurig ramponiert und verfallen gegen damals, da die großen Begebnisse sich dort ereigneten? fragte ich.

Ach nein, der Verwalter hält gute Aufsicht, erwidert der Mann.

Wer lebt zur Zeit da, ich meine: was für ein Fürst ist nun in dem südlichen Flügel untergebracht? Es liegt mir so auf der Zunge, aber ...

Ja, der ist jetzt voll von Rüstungen und Schwertern und Altertümern, allen möglichen alten Sachen ...

Ich bekomme stehenden Fußes eine gute Idee: ich konnte hierher gekommen sein, um die Altertümer auf dem Schloß zu studieren. Wenn der Mann nicht einen Sack auf dem Rücken gehabt hätte, hätte ich ihn umarmt, und ich entsinne mich deutlich, daß ich nach seiner Frau und seinen Kindern fragte, ehe wir uns trennten. Gegen Mitternacht hatte ich endlich mein Hotel erreicht.

Ich bekam den Wirt zu fassen und sagte, daß ich das Zimmer bestellt hätte. Ich will hier Altertümer studieren, sage ich kurz und ärgerlich, ich *kaufe* sogar alte Sachen, damit Sie es wissen, das ist mein Beruf.

Der Wirt war mit der Erklärung zufrieden und ließ mich auf mein Zimmer führen.

Nun kommt eine Woche der Enttäuschungen und verlorenen Bemühungen, eine ganze Woche! Die Königin von Saba ist nicht zu erblicken. Ich suchte sie Tag für Tag, oben und unten, war bei dem Postmeister und erkundigte mich, konferierte mit ein paar Schutzleuten über die Sache, durchstreifte den Park um die Promenadenzeit die Kreuz und Quer, ging jeden Tag an den Aushängekästen der Photographen herum, um zu sehen, ob sie dort nicht ausgestellt wäre; aber alles war vergebens. Ich mietete zwei Männer, die Tag und Nacht auf dem Bahnhof Wache halten mußten, damit sie mir nicht entschlüpfen könnte, und wartete und wartete auf das Ende meines Abenteuers.

Inzwischen mußte ich täglich aufs Schloß und die Sammlungen von Altertümern durchsehen; ich schrieb große Bogen mit

Notizen voll, zählte die Rostflecke auf den Säbeln und zerbrochenen Sporen, notierte mir all die beschwerlichen Jahreszahlen und Inschriften, die ich auf alten Truhendeckeln und Gemälden fand; ja, ich ersparte es mir nicht einmal, einen Sack Federn zu notieren, den ich eines Tages zwischen den Altertümern hingeworfen fand und der, wie sich zeigte, dem Verwalter gehörte. Ich betrieb meine Untersuchungen mit dem Mut der Verzweiflung und indem meine Gedanken voll Erbitterung waren; hatte ich einmal begonnen, die Königin von Saba zu suchen, gab ich es auch nicht auf halbem Wege auf, selbst wenn ich richtiger Altertumsforscher dabei werden sollte.

Ich telegraphierte nach Kopenhagen nach meinen Postsachen und begann überhaupt, mich für den Winter einzurichten. Der gnädige Gott mochte wissen, welches Ende dies noch nehmen konnte. Nun wohnte ich sechs Tage im Hotel! Als der Sonntag kam, mietete ich vier kleine Jungen, die für mich sowohl morgens als nachmittags in die Kirche gehen und aufpassen sollten, ob meine Königin dorthin kam; aber auch das fruchtete nichts.

Am Dienstagmorgen kam endlich meine Post, dieser Dienstag brachte mich fast um. Der eine Brief war von dem Menschen, der in Malmö auf mich wartete: wenn ich bis jetzt nicht gekommen wäre, dann käme ich wohl auch nicht mehr, und so sagte er mir Lebewohl! Ich fühlte einen tiefen Stich im Herzen.

Der zweite Brief, den ich öffnete, war eine Mitteilung von einem Freunde, daß das ›Morgenblad‹ und eine deutsche Zeitung mich auf einem Plagiat ertappt und es durch Zitate erwiesen hätten. Ich fühlte einen noch tieferen Stich im Herzen. Der dritte Brief aber war eine Rechnung – die las ich erst gar nicht, ich konnte nicht mehr, ich warf mich auf das Sofa nieder und starrte vor mich hin.

Und dennoch hatte ich den Kelch des Leidens noch nicht bis auf den Grund geleert.

Es klopft an die Tür.

Herein! rufe ich mit versagender Stimme.

Und herein kommt der Wirt in Begleitung einer alten Frau; die Frau trägt einen Korb auf dem Arm.

Entschuldigen Sie! sagte der Wirt, Sie kaufen ja alte Sachen?

Ich starre ihn an.

Alte Sachen? Ich kaufe alte Sachen?

Ja, so sagten Sie selbst!

Und ich mußte mich zum Interesse für alte Sachen zwingen.

Ja, ganz richtig, so ist es, ich kaufe alte Sachen; entschuldigen

Sie, daß ich nicht gleich bei der Sache war: ich saß in ganz anderen Gedanken vertieft. Ja, natürlich kaufe ich allerhand alte Sachen. Lassen Sie mich die Herrlichkeiten ansehen!

Und die Frau deckt ihren Korb auf.

Ich schlage die Hände voll Entzücken zusammen und erkläre, alles behalten zu wollen, jeden Gegenstand. Welch prächtige Ohrenspritze; möchte wohl wissen, welcher König sie zuletzt gebrauchte? Ja, das würde ich schon ermitteln, wenn ich in meinen Papieren nachsah, das eilte nicht. Was sie für den Hornlöffel haben wollte? Die drei verbrannten Jaabäkspfeifen* gebe ich um keine Summe wieder her, ebenso wenig wie diese Heugabel. Was sollte ich denn für das alles zusammen bezahlen?

Die Frau denkt nach. Zehn Kronen, meint sie.

Und ich gab ihr zehn Kronen, ohne zu feilschen, ohne mich zu besinnen, nur um sie schnell wieder los zu werden. Sobald ich sie hinausbefördert hatte, rannte ich in den Park, um Luft zu bekommen. Nein, nun wuchs es mir über den Kopf!

Ein Kindermädchen und ein Kind saßen beide singend auf einer Bank neben mir; ich warf ihnen einen Blick zu, um sie zum Schweigen zu bringen. Ein Weilchen später kommen ein paar Menschen ganz langsam, Arm in Arm, den Weg entlang geschritten. Ich werde aufmerksam, erhebe mich und starre hin: *das ist die Königin von Saba!*

Endlich, endlich habe ich sie wieder: meine Königin von Saba!

Ein Herr führt sie, ihr Bruder, derselbe, der sie bei der Ankunft küßte; sie gehen Arm in Arm und reden leise miteinander. Ich halte mich bereit! Nun ist der entscheidende Augenblick, koste es, was es wolle! Ich wollte damit beginnen, sie daran zu erinnern, daß ich einmal in ihrem Bette geschlafen hätte, dann würde sie sich meiner wohl entsinnen. Und wenn das Gespräch so in Gang wäre, dann würde der Bruder wohl begreifen, daß er vorausgehen müßte ...

Ich trat hervor.

Sie sahen mich beide erstaunt an, und in dem Augenblicke geriet mir meine Einleitung in Verwirrung.

Ich stammle: Fräulein ... vor vier Jahren ... und verstumme dann.

Was will er? sagt der Herr und sieht sie an. Dann wendet er sich an mich und sagt dasselbe: Was wollen Sie? Und er sagt es ziemlich hochmütig.

* Jaabäk: Ein sehr bekannter norwegischer radikaler Storthingsmann, dessen Kopf gern zur Nachbildung auf Pfeifen benutzt wurde.

Ich wollte, erwiderte ich, ich wollte nur um Verzeihung bitten, wenn ich mir erlaube, das Fräulein zu begrüßen; was geht das Sie an? Das Fräulein und ich sind alte Bekannte, ich habe sogar in ihrem Bett ...

Die Königin unterbricht mich und ruft:

Gehen wir! Gehen wir!

So, sie wollte mich also nicht wiedererkennen, sie verleugnete mich! Der Zorn packte mich, und ich gehe dem Paare nach, das sich sehr schnell entfernt. Plötzlich dreht der Herr sich um; er sieht, daß ich ihnen folge, und stellt sich mir mitten in den Weg. Er sah übrigens nicht allzu mutig aus, er zitterte sichtbar: die Königin ging weiter, schließlich lief sie fast.

Was wollen Sie, Mann? fragt der Herr wieder.

Von Ihnen will ich nichts, sage ich; ich hatte nur den Wunsch, das Fräulein zu begrüßen, die Dame, mit der Sie spazieren gingen, da ich sie früher schon getroffen habe; ich wollte also nur aus reiner Höflichkeit ...

So, na, erstens wünscht das Fräulein Sie also nicht wiederzusehen, wie es scheint, erwiderte er, und zweitens ist das Fräulein kein Fräulein, sondern eine Frau, sie ist verheiratet, es ist meine Frau! Sind Sie nun zufrieden?

Sie ... ist ... was ... sie ist ... Ihre Frau?

Ja, sie ist meine Frau, brüllte er; verstehen Sie mich jetzt?

Seine Frau, seine Frau!

Was soll ich noch weiter erzählen? Ich sank einfach auf eine Bank nieder. Das war mein Todesstoß! Ich schloß die Augen und ließ den Kerl gehen; was hatte ich mit ihm noch zu schaffen, wenn die Sonne meines Glücks für immer untergegangen ist!

Ich saß mehrere Stunden auf der Bank und gab mich dem düstersten Schmerze hin.

Gegen Mittag begab ich mich ins Hotel, bezahlte meine Rechnung und schlich mich unbemerkt zum Bahnhof. Nachdem ich noch eine gute Stunde gewartet hatte, kam mein Zug, und ich reiste ab, ausgeplündert und niedergeschlagen, bis zur Erde gebeugt von einem Schmerz, der auf der ganzen Heimreise in mir fraß.

Den Korb mit alten Sachen, den ich gekauft hatte, ließ ich in Kalmar stehen.

Du siehst, etwas kommt immer dazwischen. So nahe wie diesmal bin ich der Sache noch niemals gewesen, und doch kam ich so gründlich zu kurz. Ich spare keine Mühe, ich schrecke vor keiner Reise zurück, ich scheue keine Ausgabe und doch – doch hilft mir alles nichts. Das ist Schicksal!

Dabei ist nichts zu machen.

Mein Skyßpferd*

Ich setzte mich im Karriol zurecht und ergriff die Zügel, ich wartete auf den Skyßjungen. Oben an einem Fenster im ersten Stock stand ein blondes, junges Mädchen und blickte auf mich herab. Mir wurde warm unter diesem Blick, und ich brüstete mich wie ein Vizekonsul auf meinem Sitz. Ich versuchte einen recht jugendlichen Eindruck zu machen, ganz im geheimen konnte ich sogar meinen Zwicker abschütteln. Es ärgerte mich nur, daß ich mich in das Skyßbuch nicht als Leutnant eingetragen hatte.

Im letzten Augenblick kommt der Wirt auf die Treppe heraus und sagt, daß mein Skyßjunge gerade mit einer Fuhre Engländer voraus gefahren sei, so daß ich so gut sein müßte, bis zum nächsten Pferdewechsel allein zu fahren. Es wäre durchaus keine Gefahr dabei, Jens wüßte den Weg, ich könnte mich ganz auf ihn verlassen.

Und Jens, das war das Pferd.

Es ist eigentlich stilvoller, einen hinten drauf zu haben, wenn man fährt, dachte ich; aber dabei war nun nichts zu machen, ich mußte ohne Skyßjungen fahren. Ich warf einen ziemlich warmen Blick zum Fenster im ersten Stock hinauf und fuhr zum Hof hinaus.

Das Wetter war warm, ich knöpfte meine Jacke auf und ließ den Jens laufen, wie er wollte. Das ununterbrochene Wiegen der Karriolfedern machte mich schläfrig, ich neigte den Kopf vornüber, damit meine Nase nicht so von der Sonne verbrannt würde, und döste und dachte an das feine Mädchengesicht aus dem ersten Stock. Weiß Gott, dachte ich, ob sie schon unten gewesen ist und im Skyßbuch nachgesehen hat. Es war dumm, daß ich mir nicht eine Stellung, einen Titel gegeben hatte. Hätte ich mich nicht vielleicht als Bürochef oder gar Rentier nennen können? Ich meine wohl. Das kommt davon, wenn man zu bescheiden ist.

* Skyß wird in Norwegen die Personenbeförderung mit Wagen oder Boot genannt.

Wir hatten wohl so sieben bis acht Kilometer zurückgelegt, als Jens plötzlich stehen blieb. Er stand mit einem Male still und sah aus, als wenn er etwas vergessen hätte. Ich wollte ihn nicht stören; seine privaten Angelegenheiten mußte er mit sich selbst abmachen. Außerdem hatten wir gutes Wetter und guten Weg.

So standen wir wohl eine halbe Stunde mitten auf dem Wege, ohne uns zu rühren; keiner von uns wollte das Schweigen brechen. Ich zündete meine Pfeife an und ließ mir nichts anmerken, sah nach der Uhr, begann einen Pfropfenzieher zu putzen, den ich in der Tasche hatte, und vertrieb mir die Zeit, so gut ich konnte; die Peitsche versteckte ich sorgfältig zwischen meinen Knien.

Als Jens noch einige Zeit ganz still gestanden hatte, setzte er endlich das eine Bein vor, danach das andere Bein und begann wieder zu gehen. Es kam mir vor, als sähe er ein wenig beschämt aus.

Die Wärme nahm zu, ich fiel zusammen und wurde wieder schläfrig, knüpfte gedankenlos einen Knoten nach dem andern in die Zügel und träumte abermals von dem Mädchen unten in der Station. Sie hatte große, weiße Hände und einen seltsam raschen Blick, der das Gesicht spielend lebendig machte. Ich war ganz erfüllt von ihr. Warum hatte sie da oben gestanden und auf mich herabgeblickt? Ich hatte ihr Neugier eingeflößt. Es war höchst wahrscheinlich, daß sie in diesem Augenblick unten stand und im Skyßbuch nachsah, ja, es unterlag gar keinem Zweifel, daß sie sich beeilte, zu erfahren, wer ich wäre. Und ich hatte keine näheren Angaben hinterlassen, ich hätte die beste Gelegenheit gehabt, mir eine recht gute Position zu geben, als Entdeckungsreisender oder als etwas anderes.

Ich hatte zuletzt gar nicht auf Jens geachtet. Schwerfällig und gleichgültig schritt er auf dem Wege dahin, stampfte mit den Beinen in den Kies und machte unnötig Staub. An einer Senkung des Weges ließ er plötzlich den Kopf hängen, kaute einige Male hart am Gebiß und blieb wieder stehen. Darüber konnte kein Zweifel sein, er blieb ohne eine Spur von Verlegenheit stehen.

Ich war ganz mit meinen Gedanken an das junge Mädchen beschäftigt, und es dauerte eine Weile, bis ich merkte, daß wir still standen. Da fuhr ich plötzlich zusammen! Du kannst deinem Gott und Schöpfer danken, daß ich hier sitze und an ganz andere Dinge denke! sagte ich laut zu ihm. Ich wurde plötzlich unwillig, ich konnte nicht länger meine Gefühle unterdrücken.

Jens stand ganz still mit gesenktem Kopf, als wenn er den Finger an die Nase legte und über etwas nachdächte. Ich beugte mich vor, um den Weg zu untersuchen. Es konnte vielleicht ein Kind gerade vor seinen Füßen liegen, oder ein großer Stein oder eine Baumwurzel; ich spähte überall hin, sah aber nichts. Ich hob die Peitsche und gab Jens einen Schlag. Er rührte sich nicht von der Stelle, aber er warf den Kopf zurück und schien zu sagen: Sieh dich vor!

Das machte mich wütend. Sieh dich selbst vor, antwortete ich und gab ihm einen zweiten Schlag. Da stemmte er die Beine fest in den Boden und sah aus, als hätte er die Ehre, sich vor einer ganzen Versammlung auszusprechen, und ihm entschlüpfte ein Laut. Sonst sagte er nichts.

Ich sagte mir: Nein danke, mit einem Pferd streite ich nicht. Empört und stumm lehnte ich mich in meinen Sitz zurück und wartete darauf, was nun geschehen würde. Ich war von daheim mit dem festen Vorsatz fortgefahren, nicht mit jemand in Streit zu geraten.

Eine Stunde verging, wir standen noch immer still, und ich hatte die größte Mühe, mich von Gewalttätigkeiten zurückzuhalten. Zweimal richtete ich mich im Karriol auf, und jedesmal vermochte ich es über mich, mich wieder zu setzen. Jens benahm sich sehr vorsichtig, er machte keinen Lärm, rührte kein Glied, atmete nur ganz still. Endlich erhob er das eine Bein und setzte es wieder hin. Es sah aus, als sei er vom Stillstehen ermüdet. Er hob ein anderes Bein und setzte es wieder hin. Bevor ich Zeit gefunden hatte, meinen eigenen Augen zu trauen, fühlte ich, daß das Karriol wirklich weiterrollte, wir standen nicht mehr still, wir fuhren wieder.

Ich wurde sprachlos, ich konnte in keiner Richtung eine Meinung aussprechen. Das Karriol rollte schneller und schneller, ich sah Jens die lächerlichsten Bewegungen machen: er sprang. In verbissener Verbitterung wollte ich mich selbst überreden, zu glauben, wir ständen noch still. Wir stehen, wir stehen, natürlich! sagte ich. Zum Teufel, wir stehen! Und ich schloß die Augen, um nicht zu sehen, daß wir uns wirklich vorwärts bewegten!

So verging eine geraume Zeit, die Sonne begann zu sinken, und die Hitze nahm ab. Jens ging wieder in trägem Schritt. Ich war empört über ihn, er hatte meine ganze freudige Stimmung zerstört, mit Überlegung meine Zeit vertrödelt; ich hatte noch eine gute halbe Stunde bis zur nächsten Station und würde kaum dorthin gelangen, bevor mein Skyßjunge von dort fortfuhr. Als wir die Höhe eines Hügels erreicht hatten, beschloß ich daher, ein wenig von der versäumten Zeit einzuholen, ich rief Jens an und hielt die Peitsche zur Seite hinaus, um ihn darauf aufmerksam zu machen. Er erhob den Kopf und glotzte ein wenig zurück, als verstände er mich nicht. Ich werde mich ein wenig deutlicher ausdrücken! sagte ich und knallte ihm eins um die Schenkel.

Er blieb stehen!

Es lag keine Möglichkeit vor, daß ich mich selbst täuschte: Jens stand zum drittenmal unerschütterlich still.

Ich griff fest um den Peitschenschaft und richtete mich im Karriol auf; ich war fest entschlossen, die Sache im offenen Kampfe zu entscheiden, es mochte gehen, wie es wollte. Im letzten Augenblick konnte ich mich jedoch bezwingen. Ich empfand in diesem Moment keine Spur von Furcht; wenn es ein Löwe gewesen wäre, wäre ich darauf los gegangen. Aber ich besann mich und ließ die Peitsche los.

Ohne ein Wort über meine Absichten zu äußern, stieg ich aus dem Karriol aus; ich hatte meinen Plan dabei. Es konnte nämlich keinem Zweifel unterliegen, daß dem Pferde etwas im Wege liegen mußte. Ich ballte die Fäuste, bereit, allem entgegenzutreten, und ging vor zu Jens.

Ich konnte nichts entdecken, ich blieb fast enttäuscht stehen und beugte mich zum Boden nieder, um ihn gründlich zu untersuchen. Kies – nur Kies überall. Das einzige, was ich entdeckte, war ein abgebranntes Streichholz. Ich ging zurück und setzte mich wieder hinauf – nun sollte es biegen oder brechen!

Ich schrie Jens fürchterlich an, schwang die Peitsche und gab ihm einen Klaps. Jens sprang mit dem Hinterteil in die Höhe und stand wieder still, wie vorher. Das half also nichts, ich mußte wieder hinunter. Ich ging wieder vor zu Jens, drückte mich dicht an ihn und sah ihm ins Gesicht. Er tat in seiner Verstocktheit, als merke er es nicht. Ich kniete nieder, blickte hinauf in seine Augen und folgte der Richtung seines Blickes. Worauf starrte er? Ich fiel aus den Wolken, es war wirklich das kleine Stück Streichholz, auf das er starrte!

Ich schämte mich für ihn. Hatte es denn einen Zweck, von einem solchen Streichholz soviel Wesens zu machen? Ich ging mehrmals um das Karriol herum, um zu überlegen, wie ich dem Tier zusprechen sollte.

Wie er nur darauf komme, mir all die Ungelegenheiten zu

bereiten? Hätten wir etwa im voraus verabredet, daß wir bei jedem Streichholz, das wir am Wege finden würden, haltmachen wollten? Ob er wohl meine, daß er das verantworten könne? Ob er ein Pferd von Ehre sei, was?

Er verzog keine Miene.

Ich setzte ihm scharf zu, ich machte ihn in schlimmster Weise zum Narren, hatte ihn ganz offen zum besten. Ein Streichholz! sagte ich verächtlich, eine Ware, die ich in ganzen Paketen fortschenken könnte, ob er das verstehe! Es hätte Tage gegeben, an denen ich in allen Taschen Streichhölzer gehabt hätte, so wenig reich ich auch aussähe. Wirf ein Streichholz auf den Boden, sagte ich, bitte mich, es aufzuheben, und sieh, ob ich es tue!

Er ließ sich durchaus nicht stören, er senkte den Kopf und starrte wie bisher vor sich hin.

Da wurde ich äußerst wütend, ich hatte den Eindruck, daß er mich ganz überhörte und daß er tat, als kenne er mich nicht. Was sollte ich tun? Ich ging auf dem Wege hin und her, fluchte und zuckte wütend die Achseln. Mit zitternder Stimme wandte ich mich dann wieder zu ihm und versuchte ihn mit schlagenden Argumenten zu überreden. Ob es vielleicht ein bedeutenderes Streichholz sei? Stehe es – wenn ich fragen dürfe – auf der Weltkarte? Wolle er mir etwa einbilden, daß es ein ungewöhnliches Streichholz sei, das kennenzulernen ein wahres Vergnügen bereite?

Ich schrie lauter und immer lauter und focht mit den Armen herum.

Jens blickte schließlich auf; er merkte, daß es ernst war. Ich wollte den günstigen Augenblick benutzen, ergriff die Zügel und stieg hinauf. So, endlich konnte ich die Fahrt fortsetzen. Na? Es galt also nur zu erreichen, daß er den ersten Schritt machte, dann ging die Sache ganz von selbst. Er mußte ein Bein aufheben, dann folgten die andern nach. Natürlich, welches Bein er selbst wollte, er hatte die Wahl. Na?

Aber Jens ging durchaus nicht. Er senkte wieder den Kopf und begann von neuem vor sich hin zu starren. Da ergab ich mich, ich fiel wirklich zusammen. Nun war es mir ganz gleichgültig, wie es enden würde. Ich zog die Decke über mich und begann mich für die Nacht einzurichten. Jens zog ich überhaupt nicht mehr in Betracht. Wer wußte, wie lange er da noch stehen wollte? Wer konnte dafür bürgen, daß er überhaupt noch an die Reise dachte? Kein Teufel konnte riechen, ob er sich vor morgen früh von der Stelle rühren würde! In jedem Fall, sagte ich zu mir selbst, habe ich getan, was ich konnte; es ist nicht mehr meine Schuld, ich wasche meine Hände.

Da sehe ich unten am Hügel ein Karriol, das uns entgegenkommt, selbst Jens stellt die Ohren auf und wiehert. Es war mein Skyßjunge, der sich auf der Rückfahrt befand. Er machte erstaunt halt und betrachtete uns. Da sprang ich ab und erzählte ihm, was mir widerfahren war. Der Junge wandte sogleich sein Pferd um und erbot sich, voranzufahren; Jens sei störrisch, sagte er, Jens müsse sozusagen mit einem andern Pferde gefahren werden.

Ich stieg wieder auf. Dieser Einfall, mit einem Führer, einem Vorreiter, war würdig eines Mannes in guter Stellung und gefiel mir sehr; es war wirklich dasselbe, als wenn man mit zwei Pferden fuhr. Ich vergaß und vergab, was sich vorhin zwischen Jens und mir ereignet hatte. Ich kam in beste Stimmung und begann ein Lied zu summen.

Und Bäume und Steine und Häuser tanzten an meinen Augen vorbei, indem wir daran vorübersausten. So fuhr ich mit zwei Pferden in die Station ein.

Weihnachten in der Berghütte

Es war sehr viel Schnee zu Weihnachten gekommen, das kleine Haus droben in den Bergen steckte nicht mit viel mehr heraus als mit dem Dach und den beiden obersten Balken. Es war übrigens auch nur eine Hütte, ein Häuslerplatz für eine Kuh, ein Schwein und ein Lamm.

Hier wohnte die Familie Sommer und Winter für sich allein.

Der Mann hieß Tor und die Frau Kirsti; und sie hatten fünf Kinder, die Timian bis Kaldäa hießen. Die Kaldäa war im Dienst unten im Dorf, und Timian hatte es durchgesetzt, nach Amerika zu gehen. Die drei Kinder, die noch zu Hause waren, waren zwei Jungen und ein Mädchen: Rinaldus, Didrik und Tomelena. Tomelena nannte man für gewöhnlich nur Lena.

Es war, wie gesagt, zu Weihnachten unmäßig viel Schnee gefallen, und der alte Tor hatte den ganzen Tag Schnee geschaufelt, so daß er ganz müde und abgearbeitet war. Nun hatte er alles gelesen, was für den Weihnachtsabend im Gesangbuch stand, und sich danach mit der Pfeife im Munde aufs Bett gelegt. Die

Frau kochte und wirtschaftete am Herde, indem sie die ganze Zeit in der Stube hin und her ging und immer noch etwas zu ordnen fand.

Hat das Vieh schon was zum Abend bekommen? fragte Tor.

Ja, freilich, erwiderte die Frau.

Tor rauchte wieder ein Weilchen und sagte dann, indem er in seinen Bart lächelte:

Was kochst und brätst du da den ganzen Abend, Frau? Ich begreife gar nicht, wo du das alles hernimmst.

Oh, ich bin reicher, als ihr glaubt, erwiderte Kirsti, und sie lachte selbst über den Scherz.

Beim Abendessen sollte die Familie auch einen Schnaps haben, das war alter Brauch, und Rinaldus war derjenige, der die Gläser einschenken sollte. Das war für ihn ein feierlicher Augenblick; er sollte die Karaffe mit den großen gemalten Rosen in seinen Händchen halten. Aller Augen beobachteten ihn. Halte die Rosenkaraffe in der linken Hand, wenn du Leuten eingießt, die älter sind als du, sagte der Vater. Du bist alt genug, etwas anzunehmen und etwas zu lernen.

Und Rinaldus nahm die Rosenkaraffe in die linke Hand. Er goß so vorsichtig ein, daß es ein förmliches Schauspiel war, streckte dabei die Zunge heraus, legte den Kopf auf die Seite und goß.

Die Abendmahlzeit war das reine Festessen, es gab Fladenbrot, Sirup und ein Ei für jeden. Außerdem konnte man sehen, daß es Weihnachten war, denn es gab noch Butter zum Brote.

Tor sprach laut Luthers Tischgebet.

Aber nach der Mahlzeit irrte sich der kleine Didrik im Tage, ging zum Vater und zur Mutter und gab ihnen die Hand zum Dank fürs Essen. Der Vater ließ es ihn tun, bevor er etwas sagte; als er aber fertig war, sagte Tor doch:

Du solltest uns heute abend nicht für das Essen danken, Didrik. Es ist gerade nichts Verkehrtes dabei; aber du weißt, am Neujahrsabend sollst du für das Essen danken.

Didrik war nun so beschämt, daß er sich ganz zusammenduckte, und er brüllte beinahe los, als die Geschwister über ihn zu lachen begannen.

Tor hatte sich wieder mit der Pfeife im Munde auf das Bett gelegt, und die Frau wusch die Tassen ab.

Ja, das war ein tüchtiger Schneefall, den wir hatten, sagte sie.

Er ist wohl auch noch nicht zu Ende, erwiderte Tor. Der Mond hat einen Hof, und die Elstern fliegen dicht am Boden.

An einen Kirchgang ist für morgen wohl nicht zu denken, was?

Ach, Gott behüte. Du hast wohl nicht im Kalender nachgesehen, wenn du morgen auf Kirchgangswetter hoffst.

Wie ist denn da der Aspekt?

Er sieht wohl nicht besser aus als ein Kalb ohne Beine. Ich würde sonst nicht so schlecht davon reden.

Nein, wirklich!

Gib meine Brille her, Rinaldus, aber laß sie nicht auf den Boden fallen, fuhr Tor fort. Und er untersuchte noch einmal den gefährlichen Aspekt. Ja, da siehst du, sagte er zu der Frau. Es ist nicht besser, als ich sage.

Jesus behüte uns alle! meinte Kirsti und faltete ihre Hände. Bedeutet das da Unwetter?

Ja, das bedeutet Unwetter. Aber das hier ist doch wohl noch nicht der schlimmste Aspekt. Wenn du einen von der richtigen Sorte sehen willst, dann sieh dir hier den fünften Februar an. Das ist wohl kein geringerer als der Antichrist selbst, mit zwei Hörnern.

Jesus, Gott behüte uns alle! Und Timian, der in Amerika ist.

Nach diesem Ausruf trat für ein Weilchen Stille in der kleinen Stube ein. Draußen begann es zu stürmen und der Schnee zu fegen. Die Kinder unterhielten sich miteinander und vergnügten sich mit verschiedenen Dingen; die Katze ging von einem zum andern und ließ sich streicheln.

Ich möchte wohl wissen, was der König am Weihnachtsabend ißt? brachte Didrik hervor.

Haha, da gibt es wohl feine Butter und süße Kuchen, rief die kleine Lena, die erst acht Jahre alt war und es nicht besser wußte.

Denke, süßen Kuchen! Und dann auch noch Butter darauf, sagte Didrik. Und der König trinkt wohl eine ganze Rosenkaraffe allein aus?

Aber Rinaldus, der der älteste war und bereits weit in der »Auslegung« gekommen, lachte über dieses Gerede laut auf:

Nur *eine* Rosenkaraffe! Haha, der König trinkt wohl mindestens zwanzig!

Zwanzig, sagst du?

Ja, die trinkt er mindestens.

Nein, bist du verrückt, Rinaldus! Es ist unmöglich, mehr als zwei zu trinken, sagte die Mutter, die am Herde stand.

Aber nun mischte sich auch Tor hinein.

Was faselt ihr da? sagte er. Glaubt ihr denn etwa, der König trinkt solchen gewöhnlichen Schnaps? Der König trinkt etwas,

was Schampanertrunk heißt, will ich euch sagen. Davon kostet eine einzige Flasche fünf bis sechs Kronen, je nachdem wie die Preise in England sind. Und den trinkt der König von früh morgens bis spät am Abend, nichts als Schampanertrunk. Und jedesmal, wenn er ein Glas ausgetrunken hat, stößt er es so hart auf das Tablett, daß es zersplittert, und sagt zur Prinzessin: Nimm es fort! sagt er.

Aber in Jesu Namen, warum zersplittert er denn die Gläser? fragt Kirsti.

He, solch eine Frage! Glaubst du, daß er sich herabläßt, die ganze Zeit aus ein und demselben Glase zu trinken, so ein Mann, wie der ist?

Pause.

Ich begreife nicht, Tor, woher du immer alles weißt, sagt die Frau ganz still.

Ach, erwidert Tor, bei mir hapert's auch manchmal; es war zwar nicht so leicht zu meiner Zeit, vor dem Pfarrer zu bestehen. Damals mußte man seine Dinge können.

Dann erhob sich Tor, legte die Pfeife fort und fragte nach dem Pulver. Er wußte wohl, wo es versteckt war, denn er hatte es selbst am Fußende des Bettes vergraben, als er das letzte Mal vom Krämer kam; aber er fragte doch danach und rief dadurch eine feierliche Stimmung in der Stube hervor.

Als das Pulver hervorgeholt war, teilte er es in drei gleiche Teile und packte es in dreieckige Papierstücke ein. Dann setzte er die Mütze auf. Die Kinder versammelten sich neugierig um ihn und baten, mit ihm gehen zu dürfen, denn sie wußten, was bevorstand. Und bald saß Kirsti allein in der Stube.

Tor und die Kinder arbeiteten sich bis zum Kuhstall durch, sie wollten das Pulver verbrennen. Der Schnee fegte wild um sie herum. Tor machte das Zeichen des Kreuzes, dann öffnete er die Stalltüre und machte abermals das Zeichen des Kreuzes, nachdem er eingetreten war. Der Stall lag im Halbdunkel, alles war still, man hörte das Wiederkauen der Kuh. Tor zündete ein Lichtstümpfchen an und steckte dann die Pulverpäckchen an, eins für die Kuh, eins für das Schwein und eins für das Lamm; die Kinder sahen mit heimlichem Beben zu, keines von ihnen sagte ein Wort. Dann machte Tor wieder das Zeichen des Kreuzes und ging. Er rief nach Lena, die zurückgeblieben war, um das Lamm zu streicheln, daß sie sich sputen möchte und kommen. Und Tor und die Kinder kehrten wieder in die Stube zurück.

Das ist ein richtiges Wetter draußen, sagte er, der ganze Berg steht wie in Rauch.

Er legte sich wieder aufs Bett, bis der Kaffee fertig war, während die Kinder mit Kleinigkeiten sich am Tisch zu beschäftigen begannen. Sie wurden immer lauter und lachten dazu bisweilen über die geringfügigsten Dinge. Tor sprach durch das Zimmer hin zu seiner Frau.

Ja, ich möchte wirklich wissen, was ... Nein, Kinder, ihr lärmt so, daß man sein eigenes Wort nicht versteht ... ich möchte wirklich wissen, wo ich hin soll und mich wieder nach ein bißchen Arbeit umsehen, sagte er.

Die Frau goß Kaffee ein.

Ach, da findet sich schon Rat mit Gottes Hilfe, erwiderte sie. Vielleicht gibt es unten im Dorf ein wenig Drescharbeit.

Ach ja, da findet sich schon was ... Komm, trink nun Kaffee.

Als Tor seinen Kaffee getrunken hatte, zündete er wieder seine Pfeife an. Er zog die Frau zur Türe hin und flüsterte dort ein Weilchen mit ihr, so daß die Kinder sich fast verrückt lauschten, um zu hören, was da gesagt wurde. Als aber die kleine Lena ihren naseweisen Kopf zwischen die Eltern stecken wollte, wurde sie schnell fortgeschoben, und die Brüder riefen ihr schadenfroh zu:

Siehst du, da hast du's!

Aber Klein-Lena war doch so nett und lieb, daß niemand das Herz hatte, sich über sie lustig zu machen. Darum gab Rinaldus ihr auch gleich darauf einen großen, blanken Knopf und erfreute sie mit dem Wenigen, was er hatte.

Der Vater ging zum Schrank hin und nahm dort ein Paket herab. Dieses Paket enthielt eine Sendung von Timian in Amerika, eine Boa aus weichem, schwarzem Fell und mit Quasten. Timian hatte wohl daran gedacht, wie kalt es dort oben in den Bergen im Winter war, und dann hatte er diese Boa heimgesandt, die die wärmste Halsbinde war, die er je gesehen hatte. Sie war wohl auch nicht so billig gewesen.

Aber wer sollte nun die Boa haben? Tor wie auch seine Frau hatten über die Frage des langen und breiten nachgedacht und endlich bestimmt, daß Rinaldus sie haben sollte; denn Rinaldus wäre der ältere, außerdem hatte er oft Gänge ins Dorf zu machen, so daß er wohl etwas Warmes brauchen konnte.

Rinaldus, komm her! sagte Tor. Hier ist eine Halsbinde von Bruder Timian für dich. Und das ist eine gehörige Halsbinde! Aber du mußt vorsichtig damit sein, damit du noch etwas

Feines um den Hals hast, wenn du vor dem Pfarrer stehst. Da, verbrauch sie mit Gesundheit!

Nun entstand eine Verwunderung und Freude, an der alle teilnahmen. Die weiche Boa wurde eine halbe Stunde lang beschaut und befühlt, und die kleine Lena ward nicht müde, mit ihren kleinen blauen Händchen darüber hin zu streichen. Aber sie durfte sie nicht fest umlegen, nein, ja nicht umlegen, sie wäre noch zu klein dazu. Dagegen bekam Lena ein kleines Licht, und dieses Licht zündete sie fortwährend an und löschte es wieder aus, denn sie konnte es sich nicht leisten, es brennen zu lassen. Didrik war der einzige, der nichts bekam; aber der Vater versprach ihm eine ganz neue Biblische Geschichte, sobald er mit Drescharbeit im Dorfe unten ein wenig Geld verdienen könnte.

Der Schnee trieb immer dichter gegen die Scheiben, und bisweilen fiel sogar Schnee durch den Schornstein herab, bis ins Feuer auf dem Herde. Es war schon spät und Zeit, zu Bett zu gehen; morgen gab es wohl wieder dieselbe Arbeit mit dem Schneeschaufeln.

Ja, geht nun auf den Hängeboden hinauf und legt euch zu Bett, Kinder! sagte Tor. Betet zu Jesus, bevor ihr einschlaft und macht das Zeichen des Kreuzes über Gesicht und Brust.

Und die Kinder krochen dann, eines nach dem andern, die Leiter hinauf. Rinaldus durfte seine Boa, in Papier eingewickelt, mitnehmen, und Lena kam mit ihrem Lichte in der Hand nach...

Um zwölf Uhr, als alle schliefen, hörte die Mutter in der Stube oben etwas rascheln. Sie rief hinauf, ob jemand oben wach wäre. Keine Antwort. Alles blieb still. Ein Weilchen später trippelten kleine Füße über den Boden, die vorsichtigsten Schritte, die man kaum noch hören konnte – das war die kleine Lena, die sich doch im Dunkeln zu der Boa hingeschlichen hatte, um sie umzulegen, und nun schreckliche Angst hatte, dabei ertappt zu werden.

Die feine Boa! Es war der weichste Gegenstand, der je in der Berghütte gewesen war, und Rinaldus benutzte sie nur zweimal mit größter Vorsicht beim Kirchgang. Aber trotzdem begannen im Sommer jämmerlich die Haare auszufallen, und in die Quasten kamen wahrhaftig die Motten.

Johannes Treu

Einer unserer Kameraden erzählt:

Um fünf Uhr am Weihnachtsabend schloß ich meine Tür ab und ging zu Quisling hinüber. Es war kalt draußen, und ich wußte, daß Quisling eingeheizt hatte; vielleicht gab es bei ihm auch etwas zu essen. Quisling hatte freilich nichts, wovon er leben konnte; aber er lebte doch und ließ jedem Tage seine Sorge. Er war niemals völlig ohne Mittel, vor einer Woche ging er sogar aus und kaufte sich ein Paar neue Gummischuhe, obschon die Kasse sehr mager war.

Ich trete ein und sehe Quisling im Halbdunkel am Tisch.

Setz dich! sagte er kurz.

Das war so seine Art. Er sagte nicht: Bitte sehr, setz dich! sondern kurz und bündig: Setz dich!

Fröhliche Weihnachten! sagte ich. Bei dir ist es aber schön warm, ich habe heute bei mir nicht geheizt, mein Ofen hat auch keinen rechten Zug, so daß es doch nichts hilft.

Darauf erwiderte Quisling nichts. Er erhob sich und holte ein Stückchen Schlackwurst und ein großes Stück Brot vor. Ich saß da und sah nach der anderen Wand hin, während er damit beschäftigt war, und als Quisling mich einlud, zuzugreifen, und mir am Tisch sogar einen Stuhl zurechtschob, stellte ich mich ordentlich überrascht: Nein, mein Lieber, was du auch alles für Einfälle hast! So, etwas zu essen hast du auch? Na, besten Dank, es lohnt sich ja schon, ein wenig zu essen, besonders wenn es so etwas Gutes ist.

Dann begann ich also ein ganz klein wenig zu essen.

Ach, mach dich doch nicht zum Narren! Iß das doch auf, sagte Quisling.

Und ich aß die Wurst und das Brot auf, weil er es wünschte.

Ein Weilchen saß Quisling in Gedanken da, dann erhob er sich, zauste sich an den Haaren und murmelte:

Du solltest auch einen Schnaps haben, aber ich besitze keinen ... Was meinst du dazu, wenn wir zu Johannes Treu hinübergingen?

Ach, erwiderte ich gesättigt, was sollen wir denn bei ihm? Aber wenn du meinst.

Ja, Quisling wollte zu Johannes Treu hinüber, und er zog seine Gummischuhe an.

Johannes Treu war ein sehr merkwürdiger Mensch, ein

Bauernsohn, Student der Theologie und praktisch wie ein Schmied. Er war so genau und geizig, daß er kaum je pünktlich seine Miete bezahlte; er wohnte auch so schlecht, wie ein Mensch nur wohnen kann, in einer Kammer, in der es weder anständige Stühle noch etwas an den Fenstern gab. Aber niemand hätte von Johannes, wenn er ihn auf der Straße sah, den Eindruck bekommen, daß er schlechter wohnte als andere; nach meiner Meinung war er immer sehr fein gekleidet und ging im Regenwetter sogar mit einem Regenschirm.

Er wird jetzt doch wohl zu Hause sein, sagte Quisling und klopfte an.

Ja, er war zu Hause.

Fröhliche Weihnachten!

Wir setzten uns, so gut es ging, und begannen zu schwatzen. Ich sehe mich um. Die Dielen fallen gegen die Tür hin stark ab, das Dach ist schräg, mit einem Fensterchen darin. An der Wand hängen ein Zylinder und ein Strohhut, sonst war alles kahl an allen vier Wänden, nur diese beiden Hüte. Und in dem Bett waren fast gar keine Decken.

Da sagt Quisling plötzlich:

Du bist eigentlich ein merkwürdiger Mensch, Johannes Treu. Es wäre vielleicht nicht unmöglich, daß du mir sogar fünf Kronen borgen könntest, wenn ich dich darum bäte?

Hm! Nein, das kann ich nicht recht, erwiderte Johannes darauf. Das ist mir jetzt nicht möglich. Ich sollte etwas Geld von zu Hause bekommen; aber es ist noch nicht da.

Ja, denn in den nächsten Tagen bekomme ich ja auch Geld, fuhr Quisling fort, ja, ich habe Nachricht erhalten, daß etwas für mich ankommt, so daß du es also nicht etwa verlierst.

Ja, das weiß ich ja, aber ... Nein, leider, im Augenblick tut es mir leid. Ich konnte heute, am Heiligen Abend, nicht einmal ein reines Hemd anziehen, nur weil ich meine Wäsche nicht einlösen konnte, sagt Johannes. Und er zeigt uns obendrein, daß sein Hemd schmutzig ist.

Pause.

So, bei dir geht es also auch schmal zu? wirft Quisling hin, und wir beide hatten auf dich unsere Hoffnung gesetzt.

Johannes schüttelt nur den Kopf und lächelt. Ich sagte nichts, ich war satt und brauchte nichts mehr. Aber ich lachte ein wenig bei mir im stillen, daß Quisling an einem der nächsten Tage Geld erwarten sollte: von wo in aller Welt sollte das wohl herkommen?

Ja, es ist ja nur einmal im Jahr Weihnachten, Johannes, du mußt uns, hol mich der Teufel, doch etwas für heute abend vorstrecken, sagt Quisling geradezu. Da hilft alles nichts!

Nein, ich? erwidert Johannes ganz erschreckt; was kann ich euch vorstrecken?

Da zeigt Quisling nach der Wand hin, auf die zwei Hüte, und sagt:

Ja, wenn du kein Geld hast, dann mußt du uns den Zylinder versetzen lassen.

Den Zylinder? Johannes springt auf. Nein, ich bin doch nicht verrückt.

Hast du schon so einen Schweinehund gehört! ruft Quisling mir zu und sieht äußerst erstaunt aus. Er hat zwei Hüte und will uns nicht einmal einen leihen zum Versetzen!

Doch, du kannst den Strohhut nehmen.

Ja, den Strohhut, danke bestens. Wieviel glaubst du wohl, daß man um diese Jahreszeit für einen Strohhut bekommt?

Nein – nein!

Pause.

Quisling wiederholt sein Verlangen.

So etwas Verrücktes habe ich doch noch nicht gehört! schreit Johannes Treu. Vielleicht willst du haben, daß ich hier um Weihnachten mit einem Strohhut auf der Straße gehen soll?

Ich sage noch immer nichts, denn ich sitze da so satt und behaglich. Aber mir schwebt der Gedanke vor, vielleicht Ohrenklappen an diesen Strohhut anzunähen, um ihn benutzbar zu machen, und ich dachte mir so etwas wie rote Flanell-Ohrenklappen, weil ich kurz vorher an recht warme Flanellhemden gedacht hatte.

Indessen fuhren die beiden in ihrer Debatte fort.

Wenn wir *darüber* reden wollen: du sitzest da ja mit einem Paar funkelnagelneuen Gummischuhen, sagt Johannes Treu, warum versetzt du die denn nicht?

Da zieht Quisling den einen Gummischuh ab und streckt den Fuß in die Höhe. Seine Schuhe zeigten klaffende Löcher, es war das reine Elend, das sahen wir alle drei.

Findest du etwa, daß ich die Gummischuhe entbehren kann? fragt er.

Nein, nein. Aber in Jesu Namen, was geht das mich an?

Quisling steht auf und greift nach dem Zylinder an der Wand. Das vollzog sich in einer Sekunde. Aber Johannes kam ihm doch zuvor, er riß den Hut an sich und hielt ihn vorsichtig weit von sich ab, um nirgends damit anzustoßen.

Steh auf! schrie mir Quisling zu. Zum Teufel, nehmen wir ihm doch den Hut!

Ich stand auf. Johannes rief drohend:

Ihr macht mir nicht meinen Hut kaputt, das sage ich euch!

Aber dann mußte er ihn doch hergeben. Es war eine Kleinigkeit für uns, ihn zu überwältigen. Johannes' Bauerninstinkt sagte ihm außerdem klar, daß der Hut weder für ihn noch für andere etwas wert war, wenn er eingedrückt würde, darum ließ er ihn schnell los.

Nun wollte Quisling ihn versetzen und für das Geld Eßwaren kaufen. Wenn nur die Leihgeschäfte nicht schon geschlossen waren! Als er zur Tür hinausging, murmelte er noch: Hat man schon je einen solchen Schweinehund gesehen! Ich habe sozusagen Geld auf der Post liegen, und doch will er mir nicht...

Selbst Schweinehund! äffte ihn Johannes nach. Und er öffnete die Tür und schrie ihm die Treppe hinunter nach: Du, verlier nicht den Schein, das sag ich dir!

Johannes Treu war recht wütend. Eigentlich sollte er jetzt fortgehen, sagte er. Aber dann fiel ihm ein, daß er doch einen Anteil an der Mahlzeit haben und vom Zylinder retten wollte, was gerettet werden konnte. Er setzte sich und begann zu überlegen, wieviel Quisling auf den Hut bekommen würde, er wurde dabei wieder ruhig, sein Zorn schwand, und er fragte mich sogar, ob ich glaube, daß man wohl sechs Kronen für den Hut geben würde. Ich hatte mich wieder auf den Boden gesetzt und den Rücken gegen die Wand gelehnt; es fehlte nicht viel, so schlief ich ein.

Johannes wurde wieder unruhig. Warum kam Quisling nicht, wo blieb er nur? Er drückte sich doch wohl nicht mit dem Gelde? Und Johannes öffnete sein Dachfenster, trotz der Kälte, um den Kopf hinaus zu stecken und ein wenig auf die Gasse hinunter zu blicken. Wenn er nur auch so verständig ist und ein wenig Schlackwurst mitbringt! murmelte er.

Endlich kam Quisling. Nein, er hatte keine Schlackwurst, er hatte für den Zylinder nur zwei Kronen bekommen, und die waren für Kognak draufgegangen. Quisling stellte die Flasche hart auf den Tisch.

Was ist das für eine Art Zylinder, die du trägst? zeterte er. Zwei Kronen! He, he, zwei Kronen!

Wo hast du den Schein? rief Johannes wieder aufgebracht. Und als er den Schein bekommen hatte, zündete er ein Licht an und untersuchte ihn mißtrauisch, ob er auch nicht mehr Geld auf den Zylinder bekommen hätte.

Ein Weilchen später waren wir jeder am Tisch gewesen und hatten ein Gläschen getrunken. Ich trank ziemlich viel und war sehr gierig, auch Johannes trank viel; es war, als wollte er seinen Anteil ordentlich bergen. Nur Quisling war so vorsichtig, sein Glas jedesmal nur halbvoll zu gießen.

Es ist unverschämt, wie ihr sauft, sagte er.

Der Kognak hatte auch mich wieder belebt, ich wollte diese Zurechtweisung nicht hingehen lassen, ich kam mir so stark und energisch vor, daß ich antwortete:

Mißgönnst du es uns? Höre, Johannes, wir sollen nicht so unverschämt saufen!

Quisling sah mich an. Was fehlt denn *dir*? sagte er.

Johannes war recht vergnügt geworden. Er trank noch ein Glas, indem er geltend machte, daß der Kognak eigentlich ihm gehöre, und wurde immer lustiger und fing an zu jubilieren. Ein Weilchen später fragte er wieder nach der Schlackwurst. Quisling füllte auch mein Glas und brachte es mir hinüber, weil ich am Boden saß; aber ich nahm es nicht an.

Du bist doch wohl nicht beleidigt? fragte Quisling und sah mich wieder aufmerksam an.

Ich erwiderte, er sollte sich um mich keine Sorge machen, ich würde ihm seinen Kognak gewiß nicht austrinken. Wenn er nichts dagegen hätte, könnte ich ja hier sitzen bleiben, wo ich säße. Aber ich könnte auch ebenso gut gehen.

Pause. Quisling starrte mich unbeweglich an.

Wenn du zurechnungsfähig wärest, würde ich dir eins hinter die Ohren geben, verstehst du. Aber du armer Mensch bist ja nicht zurechnungsfähig, sagte er und ging von mir fort.

Du glaubst vielleicht, ich bin betrunken? rief ich.

Nein, betrunken? Aber du bist wenigstens einmal satt.

Ich blieb sitzen, um darüber nachzudenken, und währenddessen machte sich Johannes beim Kognak zu schaffen. Nun war es mit ihm schon ziemlich weit gekommen, er summte und schwatzte mit sich selbst.

Beleidigt? sagte er, wer ist beleidigt? Ich meine, ihr sprecht von jemand, der beleidigt wäre? Er konnte auch die Schlackwurst nicht vergessen und sagte geradezu, er hätte noch nie von Weihnachten ohne Schlackwurst gehört. Plötzlich schlug er vor, wir sollten etwas singen. Johannes und Quisling intonierten: Wenn die Abendsonne lächelt.

Mehrstimmig! rief Johannes.

Und sie sangen es noch einmal, mehrstimmig.

Ich hörte zu, aber sie waren noch nicht über den ersten Vers hinaus, so erhob ich mich und trat hervor, tiefe Rührung hatte mich ergriffen; ich erfaßte Quislings Hand und stammelte etwas.

Es ist schon gut, sagte Quisling. Und als er gesagt hatte, es wäre gut, setzte ich mich wieder hin.

Johannes stimmte ein neues Lied an, ein schwedisches Lied von Bianca. Hört, geht und besorgt etwas Schlackwurst, sagte er dann abermals.

Ja, gib nur Geld, erwiderte Quisling. Ich weiß, du hast Geld, mich hältst du nicht zum Narren!

Johannes Treus Miene veränderte sich plötzlich, er setzte sich auf den Bettrand und unterdrückte seinen Rausch, so gut er konnte. Der Bauer erwachte wieder in ihm, vorsichtig faßte er nach der Brusttasche und sagte mit der schlauen Dummheit eines betrunkenen Menschen:

So, du weißt, daß ich Geld habe? Wer hat dir das erzählt? Du kannst mich ganz durchsuchen – ich konnte heute ja nicht einmal meine Wäsche einlösen.

Nein, natürlich, sagte Quisling, es war ja auch nur Scherz. Dir geht es gerade so elend wie uns.

Ja, du hast ja so recht!

Kein Mensch wird einen Kerl, der in solch einem Loche wohnt, im Verdacht haben, Geldmann zu sein, fuhr Quisling fort.

Ach, was das anbelangt, so ...

Nein, da ist nichts zu reden. Ein Mann, bei dem nicht einmal ein Schwein logieren möchte, ist natürlich ein armer Teufel, gerade wie wir, ein reiner Lump. Selbstredend ist es keine Schande, einen Zwei-Kronen-Zylinder zu tragen, wenn man dazu genötigt ist.

Dazu genötigt? rief Johannes. Oh, das ist noch nicht gesagt, daß ich ...

Das ist wahr und beschworen! Du willst uns doch wohl nicht etwas weis machen?

Johannes sprang vom Stuhl auf, all seine Vorsicht verließ ihn, er gab seiner Empörung nach, schlug auf den Tisch und nannte sich den Sohn des reichen Treu, den Treuer-Jungen. Er riß seine Brieftasche aus der Rocktasche hervor, hielt sie Quisling dicht unter die Nase und rief:

Siehst du das hier? Ich frage, ob du es siehst?

Quisling sah sehr verwundert aus und wich zurück.

Ja, das ist der Sohn des reichen Treu! sagte Johannes; aber man hätte es doch nicht glauben sollen, was? Du hast mich nicht dafür angesehen?

Nein, sagte Quisling und schüttelte, wie geschlagen, den Kopf.

Johannes bekam immer mehr Geschmack an der Sache, er genoß mit Entzücken die Verblüfftheit Quislings und ging weiter und weiter in seiner Prahlerei. Er blies sich geradezu auf, stellte sich auf die Zehenspitzen und schrie, und er kam her und hielt auch mir die Brieftasche unter die Nase.

Aber eine leere Brieftasche imponiert mir nun auch nicht, sagte Quisling herausfordernd.

Eine leere –? He, du Dackel! Johannes begann Geldscheine hervorzuziehen und fächelte mit all seinem Geld in der Faust und verfolgte Quisling in alle Ecken der Kammer, indem er ihm mit den Scheinen zu Leibe rückte. Ob er das eine leere Brieftasche nennen wolle? He – he – he! Ja, er müßte ihn schon fragen, da er ja so einfältig sei. Er sei nur Johannes Treu, der arme Treuer-Junge. Nicht einen Heller hätte er in seiner Tasche! He – he – he!

Seine Prahlerei wollte gar kein Ende nehmen, er setzte sich, leerte die Flasche bis zur Neige und fuhr fort, groß zu tun.

Quisling sagte endlich: Ja, das habe ich ja die ganze Zeit gesagt, daß du ein merkwürdiger Kerl bist, Johannes Treu! Na, wie steht es denn nun mit den fünf Kronen? Nun ist die Mahlzeit zu Ende, und es ist doch noch immer Weihnachtsabend.

Aber, sagte Johannes, als wenn er ununterbrochen seine Rede fortsetzte und Quislings Worte nicht gehört hätte – aber – mein Geld habe ich euch jetzt nicht gezeigt, um es euch zu leihen. Da täuscht ihr euch gründlich.

Und als Quisling wieder begann, ihn mit den schlimmsten Schimpfworten, die ihm einfielen, zu überhäufen, sah Johannes ein, daß er etwas tun müsse, er unterbrach Quisling also und fuhr fort: Denn solange ihr meine Gäste seid, braucht ihr euch kein Geld zu borgen, um etwas für dieses Haus zu kaufen. Das wird der Treuer-Junge selbst besorgen, die Zeche bezahle ich!

Bravo! rief Quisling vergnügt.

Und durch dieses Bravo wurde Johannes Treu noch mehr aufgestachelt, er erhob sich, griff in die Westentasche und zog ein Halbkronenstück hervor, das er für Quisling auf den Tisch warf, so daß es klirrte, und sagte:

Für Schlackwurst!

Quisling war überwältigt, das war allzu viel.

Für Schlackwurst? Das alles? Mensch, bist du toll? rief er.

Und Johannes stand steif in seinem Stolz und sann, wie er noch etwas für uns tun könnte, und wurde feierlich, er änderte sogar seine Rede und faßte Quisling beim Knopfloch:

Ich ermächtige dich hiermit, eine lange Schlackwurst zu kaufen, auf meine Rechnung! Halt, keinen Schritt! Hier sind fünf Kronen, gib mir das Halbkronenstück zurück!

Ich ermächtige dich, die beiden längsten Schlackwürste zu kaufen, die du bekommen kannst, und eine neue Flasche Kognak auf meine Rechnung! Da sind fünf Kronen, hast du nicht Geld genug, so sag's, hier auf meiner Brust gibt's mehr! Denn hier siehst du den Sohn des reichen Treu in höchsteigener Person, wenn du ihn noch nicht gesehen haben solltest!

Quisling riß sich schließlich los und eilte davon. Johannes rief ihm noch nach:

Sieh zu, daß man dir richtig auf den Fünfer herausgibt. Denn du bekommst viel zurück.

Einige Minuten vergingen, ganze zehn Minuten vergingen, Johannes redete unaufhörlich, und ich wurde so schläfrig davon. Viermal setzte er sich neben mich auf den Boden und sprach; aber er hatte keine Ruhe und stand immer wieder auf. Er sang auch.

Wir hörten Schritte auf der Treppe, langsame Schritte. Johannes lächelte.

Hörst du, er hat schwer zu tragen, sagte er und streckte grinsend die Zunge heraus.

Aber Quisling hatte nicht schwer zu tragen, er trug gar nichts, die Läden waren geschlossen, als er hinunterkam. Quisling fluchte wütend auf alle Händler der Stadt.

Johannes war der einzige, der dennoch ganz vergnügt war; es war kein Zweifel, er freute sich im stillen und fragte sogleich nach dem Gelde. Auch er schalt heftig auf die Händler; aber konnte man *ihm* einen Vorwurf machen? Hatte er uns nicht freihalten wollen? Ja, er hätte sogar daran gedacht, Quisling mit noch einem Fünfkronenstück nachzulaufen, das nur zur Bewirtung für uns hätte dienen sollen. Denn es käme ihm nicht auf ein paar Heller an ...

Das Licht war herabgebrannt, es war spät am Abend. Johannes begann zu gähnen und wollte zu Bett gehen. Quisling saß ganz still, er dachte über etwas nach. Er wußte immer so viele Auswege. Dann müssen wir wohl gehen, sagte er zu mir, nach Hause gehen und uns zu Bett legen, dann vergessen wir vielleicht, daß heute Weihnachten war.

Und er drehte sich nach Johannes Treu herum und sagte ihm gute Nacht. Wir hätten an einem solchen Abend richtig zusammenhalten sollen, wir drei! sagte er. Ja, aber Johannes könnte doch wohl nicht mitgehen!

Er könnte nicht ...?

Nein, könnte er denn mit dem Strohhut auf die Straße hinaus?

Ach ja, das könnte der Sohn des reichen Treu schon.

Und Johannes setzte seinen Strohhut auf und schwankte voran die Treppe hinab.

Als wir auf die Straße hinuntergekommen waren, schlug Quisling den Weg zur Kaffeehausgegend ein, Johannes' Strohhut leuchtete wie ein Glorienschein auf seinem wackelnden Kopfe, und er mußte ihn dann und wann wegen des Windes festhalten. Quisling ging voran, bis wir zu den Katakomben gekommen waren. Hier blieb er stehen.

Nein, das geht nicht, Johannes Treu, sagte er. Die Leute glotzen dich an und sagen, du wärest ein Narr, der im Strohhut den Weihnachtsmann macht. Das kannst du dir nicht gefallen lassen.

Johannes fuhr wieder zusammen.

Wer sagt, daß ich ein Narr bin? schrie er und war bereit, auf den ersten besten loszugehen. Wieder flammte er auf, er ging unnötig nahe zur Türlaterne der Katakomben hin, damit die Leute recht seinen Strohhut sehen sollten, er nahm ihn ab, um ihn herumzuschwingen, setzte ihn in den Nacken zurück und sagte, er schwitze, es wäre so warm, und er möchte überhaupt denjenigen sehen, der es wage, den Sohn des reichen Treu anzuglotzen.

Als Quisling ihn so weit gebracht hatte, war es nicht schwer, ihn auch in die Katakomben hineinzubekommen, wo dann Johannes Treu doch seine fünf Kronen springen ließ.

Und es zeigte sich, daß Quisling den ganzen Tag gar nichts gegessen hatte, obschon er mir eine reichliche Mahlzeit vorgesetzt hatte ...

Dann begann ein anderer Kamerad zu erzählen.

Weihnachtsschmaus
Ein Geschehnis aus dem Bävertal

Ein großer Schlitten fährt in schneller Fahrt auf der Straße dahin, und die Schellen klingeln. Es ist Frostwetter, Schnee und sternenklarer Himmel.

Es sitzt ein junges Paar in dem Schlitten. Sie reden nicht miteinander. Alles, was er sagt, läßt sie unbeantwortet. Bei der Brücke, wo der Wind heftig bläst, fragt er, ob sie friere. Sie antwortet verdrießlich, ja ihr sei kalt.

Bei dem großen Ackerfelde sagt er:

Ja, nun sind wir gleich da!

Bald leuchteten ihnen die Lichter eines großen Bauernhofes entgegen. Auf dem Hofplatz stand der Oberknecht.

Guten Abend, Brede, grüßen die Fremden.

Guten Abend! erwidert der Knecht und will die Zügel nehmen.

Die junge Frau steigt aus dem Schlitten aus, zieht ihren Fausthandschuh ab und reicht dem Knechte die Hand. Sie kannten einander. Ihre Hand war kalt, die seinige heiß. Sie sprachen weiter nichts, er sagte nur:

Das ist Martha, wie ich sehe!

Sie geht sogleich mit ihrem Mann ins Haus, und Brede führt die Pferde in den Stall.

Einige Minuten später geht Brede in die Küche hinein und setzt sich auf die lange Bank. Er ist ein junger, kräftiger Bursche und hoch von Wuchs. Der Lärm und das Lachen in den Stuben dringt bis in die Küche hinaus, wo die Mädchen emsig mit der Abendmahlzeit beschäftigt sind. Man hört, es gibt ein Fest auf dem Hof.

Die Tür geht auf, und Martha kommt heraus.

Sie begrüßt die Leute und streichelt den Hund. Darauf wendet sie sich an Brede und bittet ihn, nach ihrem einen Fausthandschuh zu suchen, den sie unten im Schlitten verloren haben müsse. Während sie spricht, fällt das Licht der Lampe auf ihr Gesicht. Sie ist eine junge, blonde, üppige Frau.

Brede sieht sie einen Augenblick an und geht stumm hinaus.

Kurz darauf geht auch Martha hinaus. Sie trifft Brede beim Schlitten.

Findest du den Handschuh nicht? fragt sie.

Nein! erwidert er.

Sie suchen beide eine Weile. Dann sagt sie:

Du hast dich im letzten Jahre nicht sehr verändert!

O doch, erwidert er, das war ein langes Jahr!

Ja, sagt auch sie, das war ein langes Jahr. Und du bist niemals in unserer Gegend gewesen.

Sie finden den Handschuh nicht. Sie bleiben an der Treppe stehen. Er sagt:

Du frierst ja, Martha, du hast so wenig an!

Das ist ja gleichgültig, erwidert sie leise.

Ihr Mann kommt heraus. Sein Gesicht sieht munter und komisch aus. Er hat mehrere Schnäpse getrunken. Martha blickt ihn unwillig an und geht sogleich hinein.

Komm und nimm auch ein Glas, Brede, sagt der Mann gutmütig.

Sie gehen beide in die Küche hinein, und die Flasche wird geholt. Bei dem dritten Glase weigert sich Brede, mehr zu trinken; aber der Mann fährt fort, ihn zu nötigen. Da trinkt er noch ein viertes Glas, steht plötzlich auf und geht aus der Küche hinaus.

Er geht zur Gesindestube hin. Dort sitzen noch zwei andere Knechte und spielen beim Schein eines Lichtes Karten. Es ist gegen acht Uhr.

Brede setzt sich für sich allein hin. Er lauscht ein wenig auf nahende Schritte im Schuppen. Man kommt, uns zum Essen zu rufen, denkt er. Aber es war Martha, die kam.

Spielst du nicht Karten? fragt sie Brede.

Nein, erwidert er.

Willst du mir dann draußen bei etwas helfen? sagt sie.

Brede folgt ihr hinaus.

Was willst du? fragt er.

Sie antwortet nicht. Es ist dunkel im Schuppen. Sie hat seine Hand ergriffen, und er hört ihr Herz klopfen.

Wie seltsam es ist, dich wiederzusehen! sagt sie.

Darauf antwortet Brede nichts. Sie fragt:

Du machst dir vielleicht nichts mehr aus mir?

Nein, erwidert er. Geh wieder hinein, Martha!

Eine Minute verfließt, sie läßt plötzlich seine Hand los, stößt sie von sich und sagt, ganz außer sich:

Ja, fort mit dir, laß mich vorbei!

Er blieb verwirrt und verlegen stehen. Er blickte auf den Hof hinaus; sie war schon verschwunden.

Dann wurde zum Essen gerufen. Brede ging in die Küche hinein und setzte sich mit den anderen Knechten an den langen

Tisch. Mitten während der Mahlzeit kommt Marthas Mann wieder mit der Flasche heraus. Sein Gesicht ist heißer geworden und lustiger, er spendiert allen, besonders aber Brede. Martha kommt auch heraus, sie lacht und scherzt mit ihrem Mann.

Schenk nun Brede ein! sagt sie.

Der Mann schenkt ein. Brede trinkt einmal um's andere; aber plötzlich sagt er:

Warum soll ich so viel kriegen?

Trink! erwidert der Mann.

Brede steht zornig vom Tisch auf, ergreift seine Mütze und eilt hinaus.

Ihm nach! ruft Martha.

Alle lachen. Martha verfolgt ihn, ihr Mann läuft ihm mit der Flasche lachend und schreiend nach. Immer mehr Leute kommen aus dem Hause heraus, um zuzusehen, darunter auch Marthas Vater, der Hofbesitzer. Er lacht, daß er sich schüttelt, und hält sich seinen Bauch. Brede eilt im Sprung auf die Scheune zu, merkt, daß er verfolgt wird, und läuft schnell entschlossen die hohe Leiter hinauf, höher und höher, ganz bis zur Spitze. Dann steigt er auf das Scheunendach hinüber. Hier setzt er sich in den Schnee.

Der Mond ist aufgegangen, der Abend ist klar und hell.

Paß auf, da oben ist es gefährlich! ruft Martha.

Brede antwortet nicht.

Ist es da nicht gefährlich? ruft sie wieder. Ihr Gesicht hat einen ängstlichen Ausdruck.

Brede antwortet wieder nicht. Der Mond beleuchtet seinen mächtigen Körper, der einen Schatten über das Dach hinwirft.

Ihm nach, Paul! sagt Martha leise und wütend.

Ihr Mann beginnt die Leiter emporzuklettern. Er lacht und spricht herab, klettert, erreicht die oberste Sprosse, steckt den Kopf über den Dachrand empor und nickt Brede zu.

Brede! sagt er.

Was willst du von mir? fragt Brede. Ich werfe dich kopfüber hinunter auf sie!

Paul steigt aufs Dach.

Ja, wirf mich nur kopfüber auf sie hinab, dazu bist du der rechte Kerl, sagt er.

Er spricht Brede gut zu, gibt ihm recht, klopft ihm auf die Schulter. Er bietet ihm einen Schluck aus der Flasche an, und Brede nimmt ihn an, nur um ihm zu Willen zu sein.

Sie bleiben dort oben sitzen. Die Gäste von der Gesellschaft gehen wieder zum Essen hinein. Brede bekommt mehr und mehr aus der Flasche, Paul umarmt ihn, sie trinken auf gute Freundschaft.

Du hast Martha vor mir gekannt, sagt Paul und blinzelt ihm zu und lacht. Ihr seid fast zusammen aufgewachsen.

Brede fragt mißtrauisch:

Was willst du, daß ich dir erzähle? Frage sie selbst!

Trink, Brede! ruft Martha hinauf.

Willst du mich zugrunde richten, ja? fragt Brede zurück.

Die Flasche wird geleert. Brede sitzt auf dem Dach und schlenkert mit den Beinen. Unten steht Martha und beobachtet alles.

Es ist ja nur einmal im Jahre Weihnachten, sagt Paul mit seiner einfältigen Miene und beginnt die Leiter hinabzukriechen.

Warte ein wenig! ruft Brede ihm nach. War nichts mehr in der Flasche? Er breitet die Arme aus und blickt mit starren Augen in den Hof hinab. Er nimmt Schnee vom Dach und wirft ihn auf Paul herab, schreiend aus vollem Halse lachend.

Als Paul unten angekommen ist, sagt seine Frau:

Nimm jetzt die Leiter weg!

Brede hört es oben vom Dach und erwidert:

Ja, nimm nur die Leiter weg; ich springe hinunter.

Er steht auf und bereitet sich zum Sprung, gleitet aber rückwärts hin und fällt auf das Dach. Schlaff und betrunken, wie er ist, bleibt er da liegen und sieht zu, wie die Leiter fortgenommen wird.

Auf dem Hof wird es still, er sieht hinunter, entdeckt niemand und glaubt sich allein. Die Leiter wird wieder angelegt und an ihren Platz gestellt, er merkt es aber nicht. Er hat seine Augen geschlossen.

Setz wieder die Leiter an! brummt er vor sich hin. Die Kälte beginnt auf ihn zu wirken, er fängt an zu schlafen, erhebt sich aber plötzlich mit einem Ruck. Setz wieder die Leiter an, sagt er in die Luft hinaus, ich habe etwas, was ich dir geben kann! Ganz wirr und furchtbar betrunken stemmt er die Hände gegen das Dach und läßt sich auf den Hof hinabgleiten.

Man vernimmt einen Schrei, Stimmen rufen durcheinander, man umringt ihn.

Ja, aber die Leiter stand ja da, sagt Martha entsetzt. Ich setzte sie ja wieder an, da steht sie ja.

Brede wälzt sich ein paarmal im Schnee herum und richtet sich dann auf. Er hat sich die Stirne zerschlagen, er blutet; aber der Fall hat die Benebelung wie fortgeblasen, er beginnt selbst verwundert zu lachen und wischt sich mit lustiger Miene das Blut ab. Es fällt ihm schwer, aufrecht zu stehen, er taumelt hin und her, und einer der älteren Knechte ergreift ihn am Arm, um ihn zu stützen. Seine Jacke geht auf, und aus seiner Brusttasche fällt ein Fausthandschuh heraus.

Martha reißt die Augen weit auf, über ihr Gesicht zuckt ein Ausdruck wilder Freude, sie tritt näher, hebt den Fausthandschuh auf und steckt ihn in die Tasche.

Er hat meinen Handschuh, sagt sie leise, er hatte ihn doch!

Sie folgt den andern und verbindet Brede. Sein Rausch geht nach und nach vorüber, dieser starke Kopf kommt schnell wieder in Ordnung. Er taumelt indes noch immer, man untersucht seine Beine und findet, daß das eine gebrochen ist. Martha wirft sich auf den Boden und löst schnell seine Schuhriemen auf.

Zwei Jahre später wurde Martha Witwe, und ein Jahr darauf ward der steifbeinige Brede ihr Mann.

Die Dame vom Tivoli

Es war im Sommer, in Kristiania, während des Konzertes des Pariser Sängerchors im »Tivoli«.

Ich war ein Stück im Schloßpark spazieren gegangen, oben auf der Höhe kehrte ich um und wandte meine Schritte abwärts zum »Tivoli«.

Eine große Menschenmenge hatte sich draußen versammelt, um dem Gesang zu lauschen, ich stellte mich zu den andern.

Ich traf dabei einen Kameraden, mit dem ich mich leise unterhielt; indessen begann der Gesang drinnen und wurde vom Winde in leisen Tönen stoßweise herausgetragen. Plötzlich fühlte ich mich beunruhigt, ein nervöses Unbehagen ergriff mich, ich trat unwillkürlich etwas zur Seite und antwortete ins Blaue hinein, was mir gerade einfiel.

Dann war ich ein paar Minuten wieder ruhig, worauf sich jedoch abermals dasselbe unerklärliche Unbehagen einstellte. Im selben Augenblick sagte mein Kamerad:

Was ist das für eine Dame, die dich so ansieht?

Ich drehte mich schnell herum. Eine Dame stand dicht hinter

mir, ich sah in ein paar Augen der wunderbarsten Art, blaue verschleierte Augen, die nicht blinken.

Kenne sie nicht! erwiderte ich und wandte das Gesicht fort.

Ich war sehr erregt. Diese Augen ruhten noch immer auf mir, ich fühlte sie unaufhörlich auf meinem Nacken brennen; sie machten einen metallartigen Eindruck und trafen mich von hinten wie zwei kalte Nadeln.

Es war mir bei meiner Nervosität nicht länger möglich, diesen Blick auszuhalten. Nachdem ich mich noch einmal umgedreht und mich darüber vergewissert hatte, daß ich die Dame wirklich nicht kannte, verließ ich meinen Platz und ging meines Weges.

Einige Tage später saß ich mit einem Bekannten, einem jungen Leutnant, zusammen auf einer Bank gegenüber der Universitätsuhr. Wir saßen da und betrachteten die Menschen, die um diese Promenadenzeit auf und ab gingen. Da sehe ich mitten in dem Schwarm zwei Augen, kalte, verschleierte Augen, die auf uns gerichtet sind, und ich erkenne sogleich die junge Dame vom Tivoli wieder. Sie fixiert uns im Vorbeigehen anhaltend, und der Leutnant fragt neugierig, ob ich wüßte, wer es wäre.

Keine Ahnung! erwidere ich.

Ja, einen von uns muß sie doch kennen, sagte er und erhob sich, vielleicht bin ich es!

Indessen hatte sich die Dame auf die nächste Bank gesetzt. Wir gingen auf sie zu, ich faßte aber den Leutnant beim Rock und zog ihn an ihr vorbei.

Mach keinen Unsinn, sagte er, es ist doch selbstverständlich, daß wir sie grüßen.

Ach so! sagte ich nur und ging mit ihm zurück.

Er grüßte und nannte seinen Namen. Ob er sich vielleicht zu ihr setzen dürfe? Und er setzte sich ohne weitere Umstände neben sie.

Er sprach mit ihr, und sie antwortete ihm freundlich, aber zerstreut; es dauerte nicht lange, so hielt er ihren Sonnenschirm in der Hand und saß da und spielte damit. Ich stand die ganze Zeit und sah zu, ich war ein wenig verlegen und wußte nicht recht, was ich tun sollte.

Da kam ein kleiner Junge mit Blumen in einem Korbe vorbei. Der Leutnant, der sich auf solche Situationen verstand, rief ihn sogleich an und kaufte ihm einige Rosen ab. Ob er nicht eine davon der Dame an die Brust stecken dürfe? Nach einer halben Ablehnung willigte sie endlich ein. Der Leutnant war ein hübscher Mensch; es war mir nicht im geringsten auffallend, daß sie ihm diese Annäherungen gestattete.

Aber die ist ja verdorben! sagt sie plötzlich; sie reißt die Rose aus ihrem Knopfloch und starrt einen Augenblick entsetzt darauf hin, wirft sie weit auf die Straße hinaus und fügt mit leiser Stimme hinzu: *Sie gemahnt mich an Kinderleichen!*

Ich achtete nicht sonderlich auf das letzte Wort; aber mir fiel die Erregung der Dame auf.

Auf den Vorschlag des Leutnants hin machten wir einen kleinen Spaziergang hinauf in den Schloßpark.

Auf dem Wege dorthin begann die Dame ganz unmotiviert von einem kleinen Kinde zu reden, das sie gesehen hätte und das nun begraben wäre. Hierauf sagten wir nichts. Ein Weilchen später begann sie von Gaustad, dem Irrenhaus, zu reden, wie schlimm es sein müsse, dort eingesperrt zu werden, wenn man nicht verrückt wäre.

Ja aber, sagte der Leutnant, das kommt heutzutage doch nicht mehr vor.

Doch, es widerfuhr gerade der Mutter des Kindes, erwiderte die Dame.

Da fing der Leutnant an zu lachen.

Das ist ja eine verteufelte Geschichte! sagte er.

Ihre Stimme klang sehr sympathisch, und ihre Sprache war die einer gebildeten Frau; ich dachte, sie könnte vielleicht ein wenig überspannt sein, vielleicht sogar ein bißchen hysterisch, worauf auch der etwas krankhafte Glanz in ihren Augen hinzudeuten schien. Sonst glaubte ich nicht, daß ihr etwas fehle. Aber es fiel mir schwer, ihr in ihren vielen schnellen Überlegungen von einem zum andern zu folgen, das machte mich verwirrt, sie langweilte mich, und darum blieb ich stehen und verabschiedete mich. Als ich mich entfernte, sah ich, daß die beiden tiefer in den Park hineinschritten; aber ich weiß nicht, wohin sie gingen, denn ich sah mich nicht um.

Es verfloß eine Woche. Eines Abends, als ich in der Karl-Johan-Straße promenierte, traf ich wieder die Dame vom Tivoli. Ehe wir uns gegenüberstanden, verlangsamten wir beide unwillkürlich unsern Schritt, und ehe ich mich recht bedacht hatte, ging ich bereits neben ihr.

Wir sprachen von einer Menge gleichgültiger Dinge und schritten ganz langsam auf dem Gehsteig dahin. Sie sagte mir ihren Namen – einen bekannten Familiennamen – und fragte nach dem meinigen. Bevor ich aber noch antworten konnte, legte sie ihre Hand auf meinen Arm und sagte:

Ach nein; ich kenne ihn ja!

So, sagte ich, ja, mein Freund, der Leutnant, ist immer so dienstwillig. Darf ich fragen, wie er mich genannt hat?

Aber ihre Gedanken weilten bereits anderwärts, sie zeigte zum Tivoli hinüber und sagte: Sehen Sie!

Ein Mann fuhr mit einem Fahrrad hoch in der Luft in einem Meer brennender Fackeln auf und nieder. Es war der Mann auf dem Korkenzieher.

Sollen wir dort hingehen? fragte ich.

Suchen wir uns eine Bank, erwiderte die Dame.

Sie führte an, wir gingen über den Drammensweg und in den Park hinein, in dem sie die dunkelste Stelle wählte, die zu finden war. Dann setzten wir uns.

Ich versuchte sogleich ein Gespräch anzuknüpfen, aber es glückte mir nicht. Sie unterbrach mich mit einer kleinen bittenden Geste: ob ich nicht so freundlich sein wolle, ein Weilchen ganz mäuschenstill zu sein?

Sehr gern! sagte ich und schwieg. Ich schwieg wohl eine halbe Stunde lang, ohne ein Wort zu sagen. Die Dame saß da, ohne sich zu rühren; trotz der Dunkelheit konnte ich das Weiße in ihren Augen sehen und beobachten, daß sie die ganze Zeit nach mir hinschielte. Schließlich wurde mir ganz bang vor diesem bohrenden, krankhaften Blick, ich wollte aufstehen, bezwang mich aber und holte nur meine Uhr hervor.

Es ist zehn Uhr! sagte ich.

Keine Antwort. Ihre Augen ruhten starr auf mir. Plötzlich sagte sie, ohne eine einzige Bewegung zu machen:

Hätten Sie den Mut, eine Kinderleiche auszugraben?

Mir ward wirklich ganz unheimlich zumut. Es wurde mir immer klarer, daß ich es mit einer Verrückten zu tun hatte; gleichzeitig aber bohrte auch die Neugier in mir, und ich wollte sie nicht verlassen. Daher sagte ich und sah sie dabei an:

Eine Kinderleiche – ja, warum nicht? Ich kann Ihnen ja gut dabei helfen.

Es wurde nämlich lebendig begraben, sagte sie, und ich muß es wiedersehen.

Ja, natürlich, erwiderte ich, müssen wir Ihr Kind wieder ausgraben.

Ich beobachtete sie scharf. Sie wurde sogleich aufmerksam.

Warum sagen Sie, daß es *mein* Kind war? fragte sie. Das habe ich nicht gesagt, ich sagte nur, daß ich die Mutter kenne. Und nun werde ich Ihnen das Ganze erzählen.

Und diese Dame, die sonst kein vernünftiges, zusammenhängendes Gespräch zu führen vermochte, begann nun eine lange Geschichte von diesem Kinde zu erzählen, eine merkwürdige Geschichte, die auf mich den tiefsten Eindruck machte. Sie erzählte ganz natürlich und treuherzig und sehr eindringlich. Es waren keine Lücken in ihrer Darstellung und keine Fehler in ihrer Sprache; in jedem Falle fiel mir nicht mehr auf, daß ihr Verstand gelitten habe.

Eine junge Dame – sie sagte durchaus nicht, daß sie die junge Dame wäre – hätte vor einiger Zeit einen Herrn kennengelernt, in den sie sich bald sehr verliebte und mit dem sie sich schließlich verlobte. Sie waren viel beisammen, offen auf der Straße, aber auch im geheimen in allerhand Winkeln; sie besuchten einander zu einer bestimmten Stunde, er sie auf ihrem, sie ihn auf seinem Zimmer, oder sie trafen sich im Dunkeln auf eben dieser Bank, auf der wir nun saßen. Ja, dann ging es natürlich schief, und eines schönen Tages wurde daheim entdeckt, in welchem Zustand sich das Mädchen befand. Da wurde der Hausarzt geholt – die Dame nannte seinen Namen, den eines unserer ersten Ärzte –, und auf seinen Rat wurde dann das Mädchen in eine kleine Stadt geschickt und bei der Hebamme des Ortes untergebracht.

Die Zeit verging, das Kind wurde geboren, der Hausarzt von Kristiania kam merkwürdigerweise auch dort in die kleine Stadt hinaus, und die junge Mutter lag noch krank, als man kam und ihr meldete, ihr Kind wäre gestorben. Tot geboren? Nein, es lebte einige Tage.

Aber die Sache war nun die, daß das Kind gar nicht starb. Die ganze Zeit wollte man die Mutter ihr Kind nicht sehen lassen; endlich am Begräbnistage brachte man es in einem Sarge zu ihr herein. Und da war es nicht tot, sage ich Ihnen, es lebte, hatte Blut in den Wangen und bewegte ein paarmal die Finger der linken Hand. Trotz des Jammerns der Mutter nahm man aber das Kind und begrub es. Der Hausarzt und die Hebamme besorgten das Ganze.

Die Zeit verging, die Mutter kam wieder auf und reiste – obwohl noch krank – heim nach der Hauptstadt. Hier erzählte sie offen ein paar Freundinnen, was mit ihr in einer kleinen Stadt geschehen wäre; und da sie nur an ihr Kind dachte, verbarg sie ihnen auch nicht, daß sie befürchtete, es wäre lebendig begraben. Und das Mädchen trauerte und litt, daheim blickte man auf sie herab, selbst ihr Verlobter war verschwunden, er war nirgends zu finden.

Eines Tages hält ein Wagen vor dem Hause ihrer Eltern; sie soll eine Spazierfahrt machen. Sie setzt sich hinein, und davon geht es, der Kutscher fährt sie nach – Gaustad. Wieder erscheint der Hausarzt. Warum brachte man sie in eine Irrenanstalt? War sie wirklich verrückt geworden? Oder fürchtete man, sie könnte zu laut von dem Kinde reden?

Die Zeit verging; man gebrauchte sie in Gaustad dazu, den Verrückten auf dem Klavier vorzuspielen. Indessen hatte man dort keinen andern geistigen Fehler an ihr gefunden als möglicherweise einen hohen Grad von Kraftlosigkeit und Willensschwäche. Haha, man bat sie, zu versuchen, ihren Willen zu gebrauchen, sich hart zu machen. Nicht wahr, das war komisch, daß man sie dazu aufstachelte, das Verbrechen gegen ihr Kind zu entschleiern!

Dann wurde sie wieder entlassen. Nun trauerte sie und litt sie; denn sie hatte bisher keinen Menschen dazu bewegen können, ihr in dieser Sache zu helfen – wenn Sie es nicht tun wollen? schloß sie.

Die Erzählung der Dame erschien mir stark romanhaft; dennoch hatte ich die bestimmte Empfindung, daß sie selbst daran glaubte. Das Ganze war zu gut und zu warm erzählt, um gelogen zu sein, und ich dachte, es könnte an der Geschichte vielleicht etwas Wahres sein, zum Beispiel, daß sie wirklich ein Kind gehabt habe. Während der Krankheit war sie vielleicht zu schwach gewesen, um sich klar zu machen, daß das Kind gestorben war, und in einem Augenblick der Fieberphantasien war der Gedanke bei ihr entstanden, daß es umgebracht worden sei. Ich sagte daher:

Ist das Kind hier begraben?

Nein, es wurde dort begraben, wo ich krank lag, erwiderte sie.

Also war es doch Ihr Kind? sagte ich schnell.

Darauf antwortete sie nichts; sie sah mich nur von der Seite an, ihr Blick wurde scheu und mißtrauisch.

Es versteht sich von selbst, daß ich Ihnen helfen will, so gut ich es vermag, sagte ich ruhig. Wann sollen wir fort?

Morgen! erwiderte sie lebhaft, am liebsten morgen!

Gut! sagte ich.

Und wir verabredeten, uns am nächsten Abend um sieben Uhr zu treffen; um diese Stunde sollte der Zug abgehen.

Ich wartete vor dem Bahnhof um die festgesetzte Zeit, fest entschlossen, zu halten, was ich ihr versprochen hatte. Es wurde sieben Uhr, sie kam nicht. Der Zug ging ab, ich stand da und wartete, ich wartete bis acht Uhr, die Dame war noch immer nicht zu sehen. Endlich, als ich gerade im Begriff war, nach Hause zu gehen, kam sie mehr gelaufen als gegangen und geradewegs auf mich zu. Und obwohl es alle Umstehenden hören konnten, sagte sie, ohne zu grüßen, laut und deutlich:

Sie können sich wohl denken, daß ich Sie gestern abend belog. Sie verstehen wohl, daß das alles nur Scherz war.

Natürlich, erwiderte ich, indem ich mich gleichsam ein wenig für sie schämte, natürlich verstehe ich das!

Ja, nicht wahr? sagte sie. Aber Sie hätten es ja auch für Ernst nehmen können, und Gott sei mir dann gnädig!

Warum soll Gott Ihnen dann gnädig sein?

Nein, kommen Sie nun! sagte sie und zog mich am Arm weiter. Und dann reden wir kein Wort mehr davon, seien Sie so gut! fügte sie hinzu.

Wie Sie wollen! erwiderte ich, ich bin bei allem dabei.

Wir gingen die Rosenkranzstraße hinauf, auf Tivoli zu, den Drammensweg hinaus und bogen wieder in den Park ein. Sie war die Führende. Wir setzten uns auf unsere alte Bank und sprachen wieder von allerhand gleichgültigen Dingen. Sie war, wie gewöhnlich, sehr unstet in ihrem Gedankengang, aber sonst recht munter. Sie lachte sogar ein paarmal und summte ein Liedchen.

Um zehn Uhr stand sie auf und bat mich, sie zu begleiten. Ich bot ihr, mehr im Scherz als im Ernst, meinen Arm. Sie sah mich an.

Das wage ich nicht! sagte sie ernst.

Wir gingen auf Tivoli zu und lauschten draußen auf den Lärm. Da fuhr der Mann wieder auf dem Korkenzieher hinauf. Meine Dame wurde zuerst ängstlich und packte mich heftig am Arm, als wenn sie selbst in Gefahr schwebte, hinunterzustürzen. Dann aber verfiel sie in Lustigkeit. Wenn er nun herunterfiele, wenn er herabstürzte und bis an die Knie in einem Bierseidel unten auf einem der Tische stehen würde! Und sie lachte über diesen Gedanken, so daß ihr die Tränen an den Wangen herabliefen.

Immer in bester Stimmung, gingen wir nach Hause. Sie summte wieder eine Melodie. In einer dunklen Gasse, vor einem Hause, das außen eine kleine, schwarze Eisentreppe hatte, blieb sie plötzlich stehen und starrte voll Entsetzen vor sich hin. Ich blieb daher auch verwundert stehen. Sie zeigte auf die unterste Stufe der Treppe hin und sagte heiser:

Gerade so groß war der kleine Sarg.

Nun wurde ich aber wirklich ärgerlich. Ich zuckte die Achseln und sagte:

So, fangen wir nun wieder von vorn an!

Sie sah mich an. Und langsam, ganz langsam füllten sich ihre Augen mit Tränen; in dem Lichte der unteren Fenster des Hauses sah ich, daß ihre Lippen zitterten. Sie faltete ganz verzagt die Hände. Einen Augenblick später trat sie einen Schritt vor und flüsterte:

Liebster, Bester, haben Sie Nachsicht mit mir!

Natürlich! antwortete ich wieder. Und wir gingen weiter. Draußen vor ihrer Türe drückte sie nochmals meine Hand, als sie gute Nacht sagte.

Es vergingen mehrere Wochen, in denen ich nichts von der seltsamen Dame sah. Ich war ärgerlich auf mich selbst wegen meiner Leichtgläubigkeit und wurde immer mehr überzeugt, daß sie nur Scherz mit mir getrieben hatte. Gut! dachte ich, hol sie jedenfalls nun der Teufel!

Dann sitze ich aber eines Abends im Theater und sehe mir Ibsens ›Bund der Jugend‹ an. Im zweiten Akt werde ich plötzlich von einer Unruhe ergriffen, irgend etwas außer mir wirkt auf meine Nerven. Ich fühle dasselbe Unbehagen wie jenes Mal draußen vor Tivoli während des Konzerts des Pariser Sängerchors. Ich drehe mich schnell um – ganz richtig, da sitzt meine Dame wieder und starrt mich mit ihrem entzündeten Blick an.

Ich duckte mich, wand mich förmlich auf meinem Sitz, starrte angestrengt auf die Bühne; aber den ganzen Abend hatte ich das unbehagliche Gefühl, von hinten von metallischen Augen, die niemals blinzelten, durchbohrt zu werden. Schließlich stand ich auf und ging, ehe noch das Stück zu Ende war.

Ich war für einige Monate von der Stadt fortgewesen. Als ich zurückkam, hatte ich die Dame vom Tivoli ganz vergessen. Ich hatte nicht ein einziges Mal an sie gedacht. Sie war meinem Bewußtsein gerade so plötzlich entschwunden, wie sie vor mir aufgetaucht war.

An einem der letzten nebeligen Abende spazierte ich in der Torvstraße, zwischen der Dampfküche und der Elefantenapotheke, auf und ab. Ich ging dahin und beobachtete, wie die Leute im Nebel aneinanderrannten. Ich war wohl eine Viertelstunde an dieser Stelle hin und her gegangen, als ich im stillen dachte: Nun gehe ich noch einmal bis zur Apotheke und dann nach Hause.

Es war bereits elf Uhr.

Ich wandere also noch einmal bis zur Apotheke hinauf. Im Lichte der nächsten Laterne sehe ich eine Person mir entgegenkommen. Ich trete ein wenig zur Seite, aber die Person kommt mir nach. Ich biege schnell nach der entgegengesetzten Seite aus, nach links hinüber, um einen Zusammenstoß zu vermeiden – und sehe nun zwei Augen, die durch den Nebel mich anstarren.

Die Dame vom Tivoli! flüsterte ich versteinert.

Sie kam gerade auf mich zu mit ihrem starren Blick, ihr Gesicht war seltsam verzogen; in einer Hand trug sie ihren Muff. Sie sah mich einen Augenblick an.

Es war *mein* Kind! sagte sie nachdrücklich, kehrte dann um und verschwand im Nebel.

Auf der Straße
Tagebuchblatt

Ich bin in meiner Stube hier auf und ab gegangen und habe nur an das Erlebnis mit dem Zeitungsjungen gedacht. Es geht mich eigentlich nichts an, ich habe mich gegen ihn gar nicht so schlecht aufgeführt, er war auch im ganzen zufrieden. Aber nun habe ich doch zwei Stunden vertrödelt, um nach ihm zu suchen und alles wieder gutzumachen.

Das ging so zu. Ich kam die Karl-Johan-Straße heraufgegangen. Es war kalt und dunkel, aber besonders war es dunkel, und die Uhr war vielleicht sieben. Ich gehe und blicke die Straße entlang.

Da steht der Zeitungsjunge an der Ecke bei Günters Konditorei und ruft den ›Viking‹ aus. Er sagt immer nur die Worte:

Kaufen Sie den ›Viking‹, Sie!

Ich beachtete es nicht gleich, erst als ich ein paar Schritte vorbeigegangen war, fielen mir seine Worte auf. Ich blickte nach ihm zurück und dachte: du könntest ihm wohl einen Zehner geben, dadurch wirst du nicht ärmer. Und ich griff wirklich in die Tasche nach dem Geldstück. Ich bemerke, daß mein erster Einfall wirklich der war, dem Jungen einen Zehner zu geben.

Während ich aber die Hände in der Tasche habe, sticht mich die alte Lebensklugheit, und ich sage zu mir: es hilft nicht, einem Menschen zehn Öre zu schenken; nicht einmal zehn Kronen würden ordentlich helfen, das macht die Sache nur schlimmer, es demoralisiert ihn und so weiter. Ich ging meines Weges und ließ den Jungen stehen.

Ich ging bis zur Universität und dann denselben Weg wieder zurück. Vor den Fenstern der Cammermeyerschen Buchhandlung bleibe ich stehen und sehe mir die Bücher an, und während ich da so stehe und der Straße den Rücken zukehre, höre ich wieder die Stimme des Zeitungsjungen. Es war dicht hinter mir. Er streitet sich mit ein paar betrunkenen Seeleuten mit Mützen auf dem Kopf um eine Nummer des ›Viking‹, die sie ihm zerrissen hatten, und die Matrosen wollten die zerrissene Nummer nicht bezahlen. Da begann der Junge zu weinen oder tat so, als weine er.

Ich gehe zu ihnen hin und höre, wie es zusammenhängt; darauf sage ich bestimmt zu den Matrosen, daß es natürlich ihre Pflicht wäre, zu bezahlen. Aber das half nichts, sie lachten mich aus und sagten:

Hört doch den!

Das ärgerte mich gründlich, und ich biß die Zähne zusammen.

Nun habe ich einmal eine große, runde Schlipsnadel bekommen, die nach allem möglichen aussieht; sie ist so groß, daß sie sogar beinahe für ein Polizeischild oder ein geheimes Zeichen irgendeiner Art gehalten werden kann, und diese Nadel trage ich ständig auf der linken Brust unter dem Rock. Als nun diese beiden betrunkenen Matrosen sich mit der zerrissenen Vikingnummer belustigen und sich weigern, zu zahlen, kommt mir plötzlich der Einfall, dreist zu sein; ich wende mich den Taugenichtsen zu, öffne den Rock und zeige stumm auf meine merkwürdige Schlipsnadel. Wir sehen einander einen Augenblick an; dann sage ich kalt und bestimmt:

Wollt Ihr nun bezahlen, oder wollt Ihr mir folgen?

Das half. Der ›Viking‹ wurde bezahlt, und wir vier Menschen, die sich um das Blatt gestritten hatten, gingen jeder seines Weges, der Junge trocknete seine Augen und ging straßauf, während ich die Karl-Johan-Straße hinabging. Die Matrosen taumelten in der Richtung zum Tivoli davon.

Am Posthause kehre ich wieder um und gehe noch einmal die Straße hinauf. Meine Gedanken beschäftigten sich noch immer mit dem Zeitungsjungen. Ich dachte: du hast dem kleinen Kerl zu seinem Geld verholfen, er ist dir natürlich dankbar dafür und wird dich nicht mehr anrufen, wenn du vorbeikommst; er hat doch sicher Taktgefühl, er hat vielleicht eine ganz gute Erziehung genossen.

Oben beim Grandhotel erblicke ich ihn wieder. Er steht dicht bei der Laterne, so daß ich ihn deutlich sehen kann, und ich sage zu mir selbst, indem ich mich ihm nähere, sobald er mich nur erblicken wird, wird er ganz still schweigen, bis ich vorbei gegangen bin. Ich gehe so dicht wie möglich an der Laterne vorbei, um ihm Gelegenheit zu geben, mich wiederzuerkennen.

Ich hatte mich verrechnet. Er machte keinen Unterschied zwischen mir und irgendeinem anderen, er hielt mir die Zeitung hin und sagte, ich möchte den ›Viking‹ kaufen.

Ich ging stumm und gekränkt an ihm vorbei. Ich hatte mich bitter in ihm getäuscht; es war natürlich nur ein Vika*-Junge, ein richtiger elender Straßenbengel, der schon Tabak rauchte und sein Schulzeugnis »verlor«, wenn er eine schlechte Zensur darin hatte. Kurz und gut, es war ein echter kleiner Spitzbube, mit dem ich es zu tun bekommen hatte. Ich war recht ärgerlich auf ihn, als ich weiterging, und fühlte bei mir im stillen, daß ich ihn nach Verdienst behandelt hatte, wenn ich ihm den Zehner nicht gab.

Nun fehlte nur, daß er mich noch zum drittenmal anrief. Er war dazu imstande, denn ich hatte es mit einem frechen kleinen Bengel zu tun. Das fehlte wirklich nur noch!

Bei der Universität kehrte ich wieder um. Nun begann ich zu berechnen, wo ich möglicherweise den Jungen treffen würde. Ich wollte es so einrichten, daß ich ihm an einer stark beleuchteten Stelle der Straße begegnete, um ihn mich noch einmal wiedererkennen zu lassen. Er hatte mich vielleicht vor dem Grand nicht so ganz deutlich gesehen, ich konnte das nicht bestimmt wissen. Ich denke so lange über diese Frage nach, daß ich, wie ich zu meiner Schande melden muß, ganz nervös werde, und ich rege mich nicht mit den dümmsten Vorstellungen auf. Gesetzt nun, dachte ich, daß der Junge einfach nach Hause gegangen wäre. Da hatte ich meinen Kopf ganz unnütz mit all den Berechnungen angestrengt. Weiß Gott, ob er nicht umgekehrt war und vielleicht vor mir die ganze Straße entlang ging, anstatt mir entgegenzukommen.

Und kann man sich denken, daß ich alter Mensch begann, lange Schritte zu machen, förmlich eilig zu werden, einzig und

* Ein verrufenes Stadtviertel in Kristiania.

allein, um einem armen Zeitungsjungen Gelegenheit zu geben, mir noch einmal den ›Viking‹ anzubieten, wenn er sich das unterstand.

Aber bei Blomquist treffe ich ihn ganz ruhig auf dem Rost vor dem Fenster, frierend, mit hinaufgezogenen Schultern und mit den Händen in den Hosentaschen. Dann und wann ruft er die Vorbeigehenden wegen des ›Viking‹ an.

Er zieht nicht mehr die Hände heraus und streckt auch nicht die Zeitungen vor.

Nun komme ich. Ich gehe so nahe wie möglich an ihm vorbei, es sind keine zwei Ellen zwischen mir und ihm, und er sieht mich ganz deutlich im Licht der Laterne des Dioramas. Und hebt sein Zeitungspack in die Höhe und sagt, als wenn zwischen uns nichts vorgefallen wäre:

Kaufen Sie doch den ›Viking‹, Sie!

Ich blieb stehen. Ich war so gespannt auf den Ausfall dieser Probe gewesen, daß mein Herz stark klopfte, als er diese Worte sagte.

Nun gab ich einem durchaus dummen Einfall nach. Der Junge hatte mich kalten Blutes zum Narren gemacht und mir den ›Viking‹ dreimal hintereinander angeboten. Ich war verblüfft und zornig und machte ihm in den härtesten Worten, die ich finden konnte, Vorwürfe, daß er die Leute nicht in Ruhe ließe. Er antwortete nicht, sondern starrte mich wie vorhin an; das sah geradezu nach Verstocktheit aus. Da kam mir ein Einfall; ich zog einen Fünfziger aus der Tasche, hielt ihn dem Jungen dicht unter die Nase und ließ ihn zwischen die Sprossen des Eisenrostes hinabfallen, auf dem er stand. Ich hatte dies kaum getan, so nahm ich einen zweiten Fünfziger aus der Tasche, zeigte ihm auch diesen und ließ ihn denselben Weg nehmen.

Bitte sehr, sagte ich schadenfroh, hol sie dir nun da unten, du kleiner Teufel, und laß mich in Ruhe!

Der Rost war fest gefroren, und es bereitete mir eine Befriedigung, zu sehen, wie mein Plagegeist an den Sprossen zerren und sich plagen mußte, um zu den Geldstücken gelangen zu können. Seine Finger blieben hier und da an dem kalten Eisen hängen. Ich sah auch, daß er an dem einen Handgelenk eine Wunde bekam; aber er arbeitete mit gleichem Eifer fort, um zu den zwei Fünfzigern zu gelangen. Er läßt nicht nach, er entblößt den einen Arm und zwängt seine Hand zwischen dem Rost und der Mauer hinunter. Sein Arm sah kränklich und dünn aus.

Endlich kann er den einen Silberling unten fassen.

Nun hab ich den einen! sagt er glücklich.

Indem er die Hand heraufzieht, reißt er sich an der Mauer auf den Knöcheln die Haut ab. Er sieht mich an, ob es mein Ernst ist, daß er dieses Geld behalten darf, all dieses Geld! Und da ich nichts sage, behält er es und trifft Anstalten, auch den anderen Fünfziger heraufzuholen. Er preßt abermals die Hand in den Spalt hinunter und beginnt seine Finger nach dem großen Schatz auszurecken. Sein Eifer ist großartig, er versucht sich hier und da längs der Öffnung, er streckt in seiner Hilflosigkeit sogar die Zunge aus, als wenn das etwas helfen könnte.

Hätte ich nur einen Span, da könnte ich ihn zu mir herschieben! sagt er. Und er hebt gleichzeitig den Kopf ein wenig empor und sieht mich an.

Erwartete er Hilfe von mir? Meinte dieser kleine durchtriebene Bengel, ich sollte ihm einen Span zu dem Zweck herbeiholen?

Ich werde dir einen Span holen! sagte ich. Aber nicht um dir zu helfen, daß du es weißt. Ich werde dir einen zu kurzen Span bringen, mit dem du doch nichts anfangen kannst. Warte nur ein wenig, ich bringe ihn gleich!

Nein, das braucht's nicht! antwortete er mit einem Mal.

Er faßt in seine Tasche hinein und bringt ein verrostetes Federmesser zum Vorschein, mit dem er zu stochern beginnt. Er hält es zwischen zwei Fingern und streckt es nach dem Fünfziger hinunter. Langsam und vorsichtig führt er die Münze weiter und weiter nach der Mauer und der Öffnung zu.

Er war sicher imstande, den Fünfziger auf diese Weise zu fassen, der kleine Bengel gab nicht eher Ruhe. Ich sah voll Unwillen, daß es ihm wirklich gelang, die Münze in Reichweite zu bringen, und hörte ihn sagen:

Jetzt dauert's nicht mehr lang!

Ich sah mich um. Eine ganze Menge Menschen stand umher und beobachtete den Jungen und mich. Da drehte ich mich jählings auf dem Absatz herum und ging meines Weges.

Aber eine Stunde später ging ich wieder die Karl-Johan-Straße hinauf und suchte nach dem Jungen. Er war nirgends mehr zu sehen. Ich hielt ein dänisches Zweikronenstück in der Hand und suchte eine ganze Weile nach ihm, ich wollte mich mit ihm versöhnen und ihm einen kleinen Schilling zu einem Paar Fäustlingen geben. Na – er würde sich vielleicht auch für das Geld Tabak gekauft haben oder, wenn er von der richtigen Sorte war, es vielleicht sogar vertrunken haben; es war Sünde, ihm etwas zu geben. Mit diesen Gedanken ging ich nach Hause.

Das war gestern Abend.

Aber nun heute habe ich wie gesagt wieder an den Zeitungsjungen denken müssen. Ich erinnere mich seines kläglichen Armes und der paar Blutstropfen auf seinen Knöcheln. Und ich sehe seine ganze kleine Spitzbubengestalt vor mir, als er mit dem Bauche auf dem Eisenrost lag und die Zunge und die Finger nach den beiden Silberlingen ausstreckte.

Schiffer Reiersen vom »Südstern«

1

Eine alte geteerte Stockfischjacht gleitet die Wiek herein und schleppt eine Jolle hinter sich her. Die Jacht heißt: ›Der Südstern‹ und ihr Schiffer Reiersen. Sie sind alt und gut bekannt in der Bucht, sowohl die Jacht als der Fischer, sie sind dort viele gesegnete Jahre gewesen, haben im Salten-Fjord Fische gedörrt, Stockfische für die Spanier: »Bachalaos«.

Auf den Höhen ringsum waren keine Menschen zu sehen, nur tief drinnen in der Bucht, wo die Bootsschuppen standen, spielten einige kleine Kinder.

Früher, vor zwanzig Jahren, als der ›Südstern‹ zum erstenmal draußen vor dem Trockenplatz ankerte, da war es anders, da standen Frauen und Kinder bewundernd ringsum auf allen erhöhten Stellen, und ein Fischer nach dem andern ruderte zum ›Südstern‹ hinaus, um ihn zu empfangen und nach Neuigkeiten zu fragen.

Es sind vier Mann auf Deck; aber Reiersen steht selbst am Steuer, das tut er bei wichtigen Anlässen stets. Er steuert noch wie in alten Tagen seine kleine Fischjacht mit einer Feierlichkeit, als wäre sie ein ungeheures Dampfschiff. Seine Haare und sein Bart sind grau, aber einst hatte er schwarze Haare und schwarzen Bart, das war vor zwanzig Jahren, als er die ersten Male nach dem Salten-Fjord kam und noch ein junger Mann war. Seine Jacke ist abgenutzt und geflickt, es ist zurückgegangen mit Schiffer Reiersens Ansehen; aber beim Einsegeln ist er der Admiral seines Schiffes und erteilt mit Löwenstimme seine Befehle. Fallen lassen! ertönt das Kommando.

Und der Anker fällt.

Der mächtige Laut der Kette rollt mit der Stimme des großen Mannes um die Wette. Aber die Zeiten haben sich geändert. Die Postschiffe haben angefangen den Handelsplatz anzulaufen, und die Leute haben nun vor den alten, ehrlichen Fischjachten keine sonderliche Hochachtung mehr.

Als die spielenden Kinder bei den Bootsschuppen hörten, daß ein Anker ausgeworfen wurde, blickten sie einmal nach der Bucht hinaus und spielten dann weiter, gerade als wenn eines zum andern gesagt hätte, daß es nur Reiersen mit seiner Jacht sei.

Als die Tagesarbeit beendet war, die Jacht verankert und die Leute in die Kojen gegangen, saß der Schiffer auf Deck und blickte über die Bucht hinüber. Die Nacht war licht und mild, die Sonne vergoldete das Wasser. Er kannte jeden Stein, und an alles knüpften sich Erinnerungen, er hatte ja so ziemlich seine froheste Jugend hier verbracht, jedes Jahr drei Sommermonate, wenn er hier lag und Fische trocknete. Er war der erste Mann am Platze, schaffte sich überall, wohin er kam, freie Bahn und setzte alles durch, was er nur wollte. Er ging am Sonntag zur Kirche, um auch mit dabei zu sein, wo Leute waren, und immer sah man viele Mädchen in seinem Gefolge auf dem Heimwege. Wenn die Fischerjugend in den Sommernächten tanzte, dann sah man sogleich auch Reiersen, wie er in seinem Heckboot über die Bucht daher kam, indem er achtern aufrecht dastand, mit blankgeputzten Schuhen, und der Koch oder ein anderer von seiner Mannschaft ruderte ihn an Land. Er tanzte wie ein Held, und der Kajütenduft seiner feinen, blauen Kleider erhitzte die Mädchen.

Ja, Reiersen hatte viele Gaben; dazu war er mit allen gut Freund. Die Burschen aus der Bucht räumten auch stillschweigend den Platz, wenn er in Sicht war. Er stach sie doch stets aus, aber sie ballten nicht die Fäuste darüber, sie gingen lieber in einen Winkel und vergossen Tränen.

Nun hatte Reiersen eine Frau und fünf Kinder in Ofoten.

2

Und blank liegt die See, und die Nacht kommt; aber noch sitzt der Schiffer Reiersen da und denkt an alte Tage. Was hatte er nicht für Mädchen gekannt. Die ansehnlichsten in der ganzen Bucht. Im ersten Jahr war da besonders ein junges Mädchen mit dunklem Haar und dunklen Augen, das er so gern hatte. Man sah ihn mit dieser nun gerade konfirmierten kleinen Dirne zu den unmöglichsten Zeiten beisammen, nachts und am frühen Morgen, wenn anständige Leute meinten, jedes wäre für sich daheim. Als dann aber die Zeit herannahte, da er fortsegeln sollte, war alles vorbei, Reiersen tanzte nicht mehr mit ihr, sondern hielt sich an ein sehr dickes Fischermädchen aus Außerwiek. Sie hatte tiefe Grübchen und weiße Zähne und hieß Ellen Helene.

Ja, die Ellen Helene!

Mit ihr dauerte es ein Jahr. Sonst pflegte es bei Reiersen nicht ein ganzes Jahr zu dauern, und darum sagten die Leute, *nun* wäre er gefangen. Reiersen gefangen! Hoho, da kannte man den Reiersen schlecht. Aber jedenfalls bewirkte er die Aufhebung von Ellen Helenes Verlobung mit dem Schmied der Bucht, und es ging so weit, daß er sie in aller Anwesenheit seine Liebste nannte.

Aber im Jahr darauf kam Reiersen zum Trockenplatz, die Kajüte mit Kramwaren angefüllt, Mehl und Kaffee, Wollstoff und Leinwand, bis hin zu Fingerringen und köstlich gestickten Pulswärmern. Niemals würde er den schönen Anblick vergessen, es war gleichsam ein ganzer Laden auf dem ›Südstern‹, und Reiersen wurde dadurch noch mächtiger. Er bezahlte Platzmiete und Trockenlohn mit diesen Waren, und manche Latzschürze und manche strahlende Busennadel mit Steinen darin schenkte er den Mädchen. Ellen Helene fand sich darein, es half nichts, mit Reiersen zu streiten.

Und dennoch konnte auch Ellen Helene ihrem Schicksal nicht entgehen, wie fügsam sie auch war, sie wurde von Jacobine entthront, diesem feurigen, frohen Fohlen, das dort so still und mit inniger Zufriedenheit umherging und Reiersens Fische umdrehte. Warum denn ewig und immer nur Ellen Helene, sollte damit für einen Mann wie Reiersen vom ›Südstern‹ alles aus sein? Als im Herbst die Fische geschichtet werden sollten, war Jacobine allein bei ihm zur Hand und bekam viele Geschenke vom Fischer, und als sie die Jacht verließ, befahl er zwei Männern von der Besatzung, sie an Land zu bringen. Zur-Hand-sein war nun übrigens gleichbedeutend mit In-der-Kajüte-sein, und Fische verladen hieß in der Sprache des Ortes Fische schichten, nicht Fische verladen.

Die Lossage von Ellen Helene war dadurch vollzogen. Jens Olsen, ihr Vater, rückte wegen dieses Streichs dem mächtigen Schiffer zu Leibe, zeigte ihm die Faust und stellte grobe Fragen an ihn. Reiersen war damals aber keiner, der sich etwas gefallen ließ, er zeigte auch seine Fäuste und sagte: Wenn du dich getraust, mir zu nahe zu kommen, mein guter Jens Olsen, dann sollst du Reiersen vom »Südstern« kennenlernen.

Aber auch Jacobine konnte Schiffer Reiersens flüchtiges Herz nicht auf die Dauer fesseln. Es war eine Nacht wie diese, ebenso still und licht, da ging er auf Deck seines Schiffes auf und ab und hörte ferne Ruderschläge. Ein Mädchen, das beim Eierlesen draußen gewesen war, kam angerudert.

Boot hallo! rief Reiersen.

Sie hielt die Ruder in die Höhe und lauschte.

Leg hier an, Kleine, sagte er.

Es ist nicht Euer Schatz, mit dem Ihr redet, antwortete es vom Boot.

Ich kenne dich aber! sagte Reiersen. Hast du Eier im Boot?

Da kam das Boot näher.

Ja, wenn Ihr Eier haben wollt, so könnt Ihr schon ein paar Stück bekommen, sagte das Mädchen.

Aber da sprach Reiersen kein Wort mehr, sondern schwang sich in sein Heckboot hinab und von da hinüber zu dem Mädchen.

Guter Bekannter, ich, Reiersen, bin es! rief er dann.

Er nahm ihr die Ruder fort und ruderte sie zu den Bootsschuppen hin. Niemand zu sehen, die Nacht war warm und geheimnisvoll.

Wir können gut das Boot gleich in den Schuppen bringen, sagte Reiersen, als sie ans Land gekommen waren.

Und das Mädchen erwiderte:

Ihr seid allzu dienstwillig!

Aber dies, daß sie das Boot hinein bringen sollten, sagte er in einer ganz bestimmten Absicht, und er hatte seine eigenen Gedanken dabei. Hoho, du böser Reiersen, du dachtest dir so mancherlei dabei, und das Mädchen war noch ein recht dummes Kind, das sich nicht vor dem dunklen Bootsschuppen zur Nachtzeit fürchtete.

Als sie aber schieden, sagte sie nur:

Wie sollt Ihr wieder an Bord kommen?

Ich schwimme hinüber, erwiderte Reiersen.

Und damit sprang er in die See.

Dies Mädchen hieß Pauline ...

Ach, nun waren alle seine Freundinnen überallhin zerstreut, eine tot, eine andere in Amerika, eine dritte verheiratet. Und von Reiersen selbst war sozusagen nur noch ein Erinnerungszeichen übrig. Pauline ging noch ledig, wie früher, hier an der Bucht umher; als sie aber vor einigen Jahren ein Auge verlor, wurde sie »fromm«, und nun konnten ihr weltliche Dinge nichts mehr anhaben. So endete alles auf der Welt. Und Reiersen hatte mit Frau und fünf Kindern in Ofoten geendet ...

Es wurde ein Uhr. Über eine Weile würden die Seevögel erwachen. Reiersen gähnte laut und schaute nach dem Wetter aus. Ja, es war wohl am besten, in die Koje zu gehen, er war ja zu allem zu alt, verbraucht und verarbeitet. Morgen sollte er mit dem Auswaschen der Fische anfangen, dann kamen Leute an Bord, Männer und Frauen in Seestiefeln und Fellkleidern, unter ihnen junge Mädchen mit sommersprossigen und lachenden Gesichtern, wahre Evastöchter. Reiersen kannte sie.

Und der ergrauende Familienvater spiegelte sich in der Stille einen Augenblick verstohlen im Kompaßglas, bevor er in sein kleines, stinkendes Kajütenloch hineinkroch und sich in die Koje legte.

3

Am frühen Morgen kommen Boote an Bord, Reiersen wandert auf dem Deck auf und ab, als Herr auf seinem Gebiet, in seinen besten Kleidern, mit einer kunstvollen Uhrkette aus Haaren, die ihm auf der Brust herabhängt.

Ob er Wäscher haben wollte? Ja, Wäscher müßte er haben. Man sprach vom Lohn, stellte Forderungen. Die Fischer hatten die schlechte Gewohnheit angenommen, mit einem Mann wie Reiersen zu feilschen, sie verlangten sechs Schilling mehr, als er bot. Was war das für eine neumodische Erfindung? Ach, man schätzte Reiersen vom »Südstern« nicht mehr nach Verdienst, die Zeiten hatten sich mit jedem Jahr verändert, und die goldbeknöpften Kapitäne der Postschiffe hatten ihn ausgestochen. Er schenkte den Leuten einen Schnaps und gab ihnen Kringel. Sie dankten und tranken. Er kniff die Mädchen in die Seite, sie schüttelten ihn ab und lachten ihn aus, sie guckten naseweis durch das Oberlichtfenster hinab und benahmen sich sehr frei. Na, wie es nun damit wäre, ob er sich bedacht hätte, wollte er die sechs Schilling mehr geben?

Da fühlte sich der Schiffer tief gekränkt und machte kurzen Prozeß. Er ging achterwärts, dort beim Steuer wollte er stehen, da war sein Platz, er hatte ja das Kommando. Es sollte wie in alten Tagen sein, gerade wie in alten Tagen. Liebe Leute, wollt ihr Wascharbeit haben? Die Fischer bejahten verwundert. Gut! sagte Reiersen, soundso viel fürs Schock! Und damit punktum! Aber es wurde doch nicht wie in alten Tagen, die Fischer machten kurzen Prozeß und stiegen in die Boote. Als sie von Bord abstießen und heimzurudern begannen, mußte der Schiffer nachgeben und auf ihre Forderung eingehen:

Ich gebe euch die sechs Schillinge, und im übrigen fahrt zum Teufel!

Die Boote legten wieder an, die großen Luken des »Südsterns« wurden geöffnet und die von Lake tropfenden Fische ausgeladen. So ging es Tag für Tag, nur durch die Mahlzeiten und den Schlaf unterbrochen. Die Trockenstellen wimmelten von Leuten, einige wuschen, andere trugen Fische auf Tragen aus Faßdauben, und wieder andere breiteten die Fische auf den Felsplatten in der Sonne aus zum Trocknen. Im Laufe der Zeit ward die Jacht geleert und hob sich im Meere, zuletzt lag ihr ganzer Bug frei, nur das Kielschwein war noch in See. Der »Südstern« wurde abgespült, als er leer war.

Der Schiffer Reiersen hatte nun bequeme Tage. Während er den Leuten an Bord auftrug, die Jacht von oben bis unten abzukratzen und zu malen, war er selbst an Land, ging unter den Trockenleuten mit den Händen in den Taschen umher und scherzte mit den Mädchen. Nur mit Pauline ließ er sich nicht ein, sie war nun auch fast vierzig Jahre alt und sprach aus Frömmigkeit so wenig wie möglich. Wenn aber Reiersens Verhalten ihr zu leichtfertig wurde, warf sie ihm mit dem einen Auge, das sie noch übrig behalten hatte, einen stummen, vorwurfsvollen Blick zu.

So verging Woche um Woche, Reiersen erreichte bei keiner etwas, sein Alter war daran schuld; die Burschen aus der Bucht waren die Sieger.

Etsch! sagten die Mädchen, wenn er ihnen zu nahe kam. Und dieses Etsch! bedeutete: Laß uns in Ruh!

Aber Reiersen sann auf etwas. Sein Alter drückte ihn nicht, und er wußte wohl, daß er noch immer derselbe vortreffliche Schiffer Reiersen wie ehemals war. Er hatte den »Südstern« von Küste zu Küste geführt und war niemals aufgesegelt, er hatte Fische gekauft und Fische getrocknet, Rechnungen aufgesetzt, so lang wie die Schiffsreling, und sein Journal sorgsam geführt, das wußte der Teufel; aber die Leute bezeugten ihm nicht mehr den ihm schuldigen Respekt.

Wisch die Kajüte auf! sagt er zum Koch, denn nun hatte er sich etwas ausgedacht. Reiersen setzte ans Land und machte unter den Trockenleuten bekannt, daß er zwei Mädchen an Bord brauche, um etwas für ihn zu flicken, unter anderm einige Risse in der Flagge des »Südsterns«.

Aber keines von den Mädchen war geneigt, mit an Bord zu kommen. Reiersen strandete wieder. Er verhandelte darüber zwei ganze Tage, aber immer vergebens. Endlich vernimmt er eine Frauenstimme, die sagt:

Wenn Euch mit mir geholfen ist, will ich Euch gern zu Diensten sein!

Es war Pauline, die so barmherzig war.

Reiersen bedachte sich einen Augenblick, Paulines Auge ruhte auf ihm. Was sollte er mit ihr? Endlich bedankt er sich und nimmt ihr Angebot an. Pauline steigt ins Boot. Und die Mädchen, die am Lande zurückbleiben, kichern.

Eigentlich war es nicht Reiersens Absicht gewesen, seine Kajüte mit langweiliger Gottesfurcht voll zu pfropfen, er hatte gedacht, sich einen lustigen Tag zu machen, mit frohen Mädchen bei Schnäpsen und Kringeln, wie in den Zeiten seines Ansehens. Was aber war nun zu machen?

Er holt aus den Kisten und dem Verschlage seine zerrissenen Kleider hervor und legt ihr die Flagge hin, und Pauline machte sich an die Arbeit. Sie spricht so wenig, Reiersen schenkt ihr ein Glas ein, sie trinkt es aus, bleibt aber stumm und fleißig. Du, Pauline, sagt er, um ihr nach dem Munde zu reden, du hast es gut, du hast Gott gefunden.

Das könnt Ihr wohl sagen, erwidert sie. Es wäre an der Zeit, daß auch Ihr ihn findet.

Reiersen entgegnet:

Es könnte wohl sein, daß ich ihm gar nicht mehr so fern bin, wie ich es früher war.

Meint Ihr das wirklich? fragt sie.

Mir scheint, es ist in letzter Zeit etwas besser damit geworden.

Gott sei gelobt! sagt sie.

Aber nun war ihre Zunge gelöst, und das alte Mädchen redete weiter von Gott. Reiersen bereute, daß er von diesem Kapitel angefangen hatte, es langweilte ihn, und dem grauen Sünder gingen die glaubhaften Gründe dafür, daß er wirklich begonnen hätte, Gott näher zu kommen, aus. Er meinte nur, er hätte so etwas empfunden, sagte er.

Schafft ihm Raum im Herzen, bat sie, schafft ihm Raum im Herzen.

Reiersen goß einen neuen Schnaps ein und bot ihr noch mehr Kringel an.

Die Mädchen am Land standen und lachten, sagte er. Nun kannst du ihnen erzählen, daß du bei Reiersen keine Not littest.

Sie tranken alle beide. Als er aber dem Gespräch eine mehr weltliche Richtung geben wollte, nähte sie nur um so eifriger und ließ sich nicht mit ihm ein. Er wagte sie nicht an die alten, frohen Zeiten vor zwanzig Jahren zu erinnern; er hatte es auf den Lippen, unterließ es aber.

Es wurde immer langweiliger, die Stunden vergingen, und die Flagge wurde fertig; aber ein munteres Lachen hatte Reiersen bei ihr nicht gesehen.

Nun mag es für diesmal genug sein, sagte er, als er es nicht länger ertragen konnte. Er warf seine alten Kleider in den Kasten und den Verschlag zurück und ließ Pauline ans Land setzen.

Der Tag war verloren, seine Spekulation fehlgeschlagen.

4

Und wieder vergehen ein paar Wochen. Es ging gegen den Herbst, die Fische waren trocken, und der Tag nahte heran, da man sie wieder an Bord nehmen sollte. Er wählte einen warmen Morgen dazu, zehn- und achtrudrige Boote wurden gedrückt voll bis an den Rand mit Fischen belastet, und Männer in Hemdsärmeln ruderten sie zum »Südstern« hinüber. Nun war es ein alter Brauch, daß das Schichten durch vier Mädchen besorgt wurde. Wer sollte nun heuer das Schichten übernehmen? Alle lehnten es ab. Die Frage ging in erster Reihe den Leiter der Fischtrockenarbeit an, Endre Polden, und der Schiffer kümmerte sich nicht darum; aber er ärgerte sich über diese neue Respektwidrigkeit und biß sich voll Grimm in die Lippen. Pauline war wieder barmherzig und bot sich zum Schichten an, wenn drei andere mitgehen wollten. Reiersen drehte sich auf dem Absatz herum und ruderte an Bord.

Er stieg in die Kajüte hinab und begann ganz allein sich an einer Flasche gütlich zu tun. Was sollte er unter solchen Umständen auch anderes anfangen? Seine Rolle war ausgespielt. Nun gut. Es sollte auch das letzte Jahr sein, daß er mit dem

»Südstern« in diesen Winkel hineinsegelte. Es gab noch andere Trockenplätze im Salten-Fjord. Er zu alt? Das wollte er doch noch einmal sehen. Prosit!

Er trank. Er trank gründlich für sich allein und hetzte sich auf. Nach Verlauf einer halben Stunde war er in eine Stimmung gekommen, daß er keck einem goldknöpfigen Postschiffskapitän die Spitze bieten konnte. Er hört Getrampel auf Deck, gießt noch ein Glas hinunter und steigt aus der Kajüte hinauf. Waren Schichter im Raum? Er guckt hinunter, vier Mädchen sind in voller Arbeit; Endre Polden hatte endlich seine Autorität geltend gemacht und sie mit Gewalt an Bord getrieben. Gut! Aber nun wollte Schiffer Reiersen etwas in der Sache machen, gebt nur acht, er weiß schon, was! Er hört, wie das Lachen und Schwatzen der Mädchen in dem leeren Fahrzeuge widerhallt, und denkt: O bitte sehr, seid nur guten Mutes! Nur Pauline schwatzte nicht.

Es war eine ebenso alte Sitte, daß die Schichterinnen an den Tagen, da die Fischverladung vor sich ging, gratis traktiert wurden. Gratistraktierung? Ha, ha! Ja, Reiersen wollte wohl daran denken! Ja, das war es gerade, was er sich ausgedacht hatte, daß heuer nichts aus der Gratistraktierung werden sollte. Das hing doch von ihm ab.

Pauline! rief er, ich wünsche mit dir in der Kajüte zu reden. Pauline stieg aus dem Schiffsraum hinauf und folgte dem Schiffer in die Kajüte hinab.

Du warst die Einzige, die sich nicht weigerte, an Bord zu kommen, sagte der Schiffer. Ich will mich dir erkenntlich zeigen.

Ihr sollt Euch nicht in Unkosten stürzen, erwiderte sie. Aber Reiersen *wollte* sich in Unkosten stürzen. Es fände sich nichts in seinem Besitz, was er nicht hätte hergeben mögen. Koch, mach Feuer und koch Kaffee!

Der Schiffer setzte ihr selbst Branntwein und Kringel vor, und Pauline bekam ein wahres Festessen.

Wenn du in den Schiffsraum zurückkommst, erzähle den Mädchen, daß Schiffer Reiersen dir nichts zu Leide tat, sagte er. Sie tranken und taten sich gütlich, Reiersen klopfte dem alten Mädchen auf die Schulter. Sie stand auf und wollte an ihre Arbeit gehen.

Bleib noch sitzen, sagte er, plaudern wir noch ein Weilchen. Es ist das letztemal, daß ich hierher komme, um Fische zu trocknen.

Ach, sagt das nicht.

Reiersen nickte:

Doch, das letzte Mal!

Es rührte sich etwas in dem alten Mädchenherzen, sie schlug die Augen nieder und fragte:

Wann segelt Ihr denn ab?

Wenn die Fische an Bord sind, erwiderte er. Morgen nacht oder übermorgen nacht!

Sie setzte sich wieder.

Gott sei mit Euch! sagte sie wie zu sich selbst.

Trinken wir eins darauf, antwortete er. Vor allem sollte nicht wieder eine Predigt daraus werden. Er fragte sie geradezu:

Na, Pauline, wann wirst du dich denn verheiraten?

Sie sah ihn gekränkt an und sagte:

Macht Ihr Euch über mich lustig?

Ich mich über dich lustig machen? fragte er. Warum denn?

Kann ich heiraten, ich, die nur ein Auge hat? fragte sie.

Reiersen stieß verächtlich die Luft aus.

Warum nicht? Das ist nur ein kleiner Körperfehler.

Sie war ihm dankbar für diese Worte und gab ihm recht. Sie hatte ein Auge verloren, aber sie war darum noch ebenso gut, sie hatte Unglück gehabt, ein Kind hatte ihr mit einer Stricknadel das Auge ausgestochen. Dann waren Jahre vergangen, und sie hatte niemand sonst gehabt, an den sie sich halten konnte, als Gott. Sie weinte bisweilen um ihr Auge. Aber sie hatte kräftige Glieder und eine starke Gesundheit, ein Gut, das ihr noch nicht genommen war.

Reiersen schenkt in die Gläser ein. Er lehnt sich zu ihr hinüber und will nichts davon hören, daß sie nicht mehr trinken könne. Es wäre das letztemal, daß er hier in der Bucht läge, und sie wäre das einzige Wesen, das sich zu ihm gewagt hätte, dies würde er ihr gedenken. Sie werden beide gerührt während dieses Gesprächs, Reiersen ergreift die Hand des alten Mädchens, sie saß da so sicher und kräftig, wie ein Fohlen.

Plötzlich umarmt er sie und sagt:

Besinnst du dich noch auf damals im Bootsschuppen? Jene Nacht vor zwanzig Jahren?

Ja, erwidert sie ganz leise. Sie leistet keinen Widerstand, er hält sie noch immer umfaßt. Ich habe Euer die ganze Zeit gedacht. Gott vergebe mir meine Sünde, sagt sie.

Nun wollte er aber feststellen, ob er etwa schon so ein abgedankter Alter wäre, der zu nichts mehr taugte.

Was wollt Ihr? fragt sie verwundert. Seid Ihr verrückt? Ein verheirateter Mann!

Als aber ihre Vorwürfe nichts helfen, schlägt sie ihm mit derber Faust auf den Kopf, so daß er betäubt gegen das gelbe Paneel zurücktaumelt.

Hätte ich gewußt, daß Ihr an so was denkt, hätte ich meinen Fuß nicht hergesetzt, sagt sie ärgerlich. Hat man schon je so einen Kerl gesehen! Ein verheirateter Mann!

Sie geht zur Türe hinaus, die Treppe hinauf und steigt zu ihrer Arbeit in den Schiffsraum hinunter. Ihr Traum von Reiersen war zerstört, sie würde gewiß nicht mehr an ihn denken und sich seines schwarzhaarigen Kopfes aus den Tagen der Jugend erinnern, wenn er so einer war. Er hatte weder vor sich noch vor Gottes Gebot Achtung. Im Bootsschuppen vor zwanzig Jahren! Ja, war das nicht ganz etwas anderes? Da war keines von ihnen verheiratet und handelte Gott zuwider! Aber Reiersen war von diesem Augenblicke an ein abgetaner Mann. Nicht einmal eine einäugige Hexe von vierzig Jahren wollte mehr etwas von ihm wissen, von ihm, der alle Mädchen an der Bucht zu seinen Füßen gesehen hatte. Das Alter war gekommen, seine Rechnung abgeschlossen.

Es blieb ihm wohl auch nichts anderes übrig, er mußte ernster und gottesfürchtiger auf seine alten Tage werden; wenn ihm alles andere fehlschlug, konnte er sich dann wenigstens daran halten. Er entsann sich dieses Beschlusses auch, als er ganz nüchtern geworden war, und sagte zu sich selbst: Du fängst an, jeden Tag ein wenig besser zu werden, tue kleine Schritte und schreite ständig vorwärts; die Pauline kann recht haben, daß es dazu an der Zeit ist.

Als Endre Polden am Abend an Bord kam und meldete, daß die Fische morgen abend verladen sein könnten, erwiderte der Schiffer ernst:

Gott sei gelobt!

Endre Polden sah ihn verständnislos an. Er fragte:

Wann lichtet Ihr die Anker?

Und der Schiffer antwortete wiederum unfaßbar:

Wenn Gott will, morgen nacht!

Und Gott wollte es. Reiersen lichtete die Anker und richtete den Bug hinaus. Tausend Gedanken zogen durch seinen Sinn. Er kannte jeden Holm; hier hatte er in seiner Jugendzeit, seiner Glanzzeit, dieses und dort jenes erlebt. Ach, nun war das alles vorbei ...

Reiersen steht am Steuer. Er spiegelt sich im Kompaßglase. Plötzlich richtet er sich wie ein Admiral in die Höhe und sagt leise vor sich hin:

Nächstes Jahr versuche ich es anderwärts! Da müßte doch der Teufel dreinfahren, wenn ich schon ganz und gar abgetan sein sollte!

Der Ring

Ich sah einmal in einer Gesellschaft ein junges verliebtes Mädchen.

Ihre Augen waren doppelt blau und doppelt strahlend, und sie vermochte ihre Gefühle nicht zu verbergen.

Wen liebte sie?

Den jungen Herrn dort am Fenster, den Sohn des Hauses, einen Mann in Uniform und mit Löwenstimme. Ach Gott, wie ihre Augen den jungen Mann liebkosten und wie sie unruhig auf ihrem Stuhle saß!

Als wir nachts nach Hause gingen, sagte ich, weil ich sie so gut kannte:

Wie klar und herrlich das Wetter ist! Hast du dich heute nacht amüsiert?

Und um ihrem Wunsche zuvor zu kommen, zog ich meinen Verlobungsring vom Finger ab und sagte weiter:

Sieh, dein Ring ist mir zu eng geworden, er drückt mich. Wie, wenn du ihn weiter machen ließest?

Sie streckte ihre Hand aus und flüsterte:

Gib ihn mir, dann wird er schon größer werden.

Und ich gab ihr den Ring.

Einen Monat später traf ich sie wieder.

Ich wollte nach dem Ringe fragen, unterließ es aber.

Es eilt noch nicht, dachte ich, laß ihr noch Zeit.

Da blickt sie die Straße entlang und spricht:

Es ist wahr – der Ring. Ich hatte Unglück mit ihm. Ich habe ihn verlegt, oder vielmehr verloren.

Sie wartete dann auf meine Antwort.

Bist du mir deshalb böse? fragte sie unruhig.

Nein, antwortete ich.

Ach Gott, wie erleichtert sie fortging, als sie sah, daß ich nicht böse darüber war.

Dann verging ein ganzes Jahr.

Ich kam wieder in die Gegend und ging eines Abends einen mir bekannten, sehr bekannten Weg.

Da kommt sie mir entgegen, und sie hatte dreifach blaue und dreifach strahlende Augen. Ihr Mund aber war so groß und so bleich geworden.

Hier ist dein Ring, rief sie, dein Verlobungsring. Ich habe ihn wiedergefunden, Geliebter, und ihn größer machen lassen. Nun wird er dich nicht mehr drücken.

Ich sah das verlassene Weib an und ihren großen, bleichen Mund. Und ich betrachtete auch den Ring.

Ach! sagte ich und verneigte mich tief, mit dem Ring haben wir Unglück! Nun ist er allzu weit!

Auf den Bänken bei Neufundland

Monat für Monat lagen wir auf den Bänken und fischten Kabeljau. Der Sommer und der Winter kamen und gingen, und wir lagen immer noch an derselben Stelle, mitten im Meer, an der Grenze zweier Erdteile, Europa und Amerika. Vier- bis fünfmal im Jahre gingen wir nach Miquelon hinauf, um unsern Fang zu verkaufen und uns zu verproviantieren. Dann segelten wir wieder auf das Meer hinaus, verankerten uns auf demselben Grunde und fischten Kabeljau – und steuerten wieder nach Miquelon hinauf, um abermals zu löschen. Ich war in der Stadt niemals an Land. Warum sollte ich auch an Land gehen? Man sah dort sehr wenig Menschen an dem Platze, diesem kleinen Weltende, das nur einige Fischer und Schiffshändler bewohnten.

Unser Schiff war ein Russe und führte den Namen »Kongo«, ein wirklicher Russe, eine alte Bark, die noch auf den Seiten halbverdeckte Stückpforten hatte von ihren jüngeren Tagen her. Wir waren acht Mann an Bord: zwei Holländer und ein Franzose, zwei Russen und ich; der Rest waren Neger.

Der »Kongo« hatte vier Boote. Auf ihnen fuhren wir am Morgen hinaus und zogen unsere Schnüre ein, im Sommer um drei Uhr, im Winter bei Morgengrauen, und am Abend legten wir sie wieder aus, immer auf derselben Stelle, sieben- bis achthundert Faden WSW vor dem »Kongo«.

Ein Tag verging wie der andere, immer lagen wir da. Unser Dasein bot keine Abwechslung; wir wußten nicht einmal immer, ob es Sonntag oder Montag war. Das einzige, was unsere Verhältnisse von denen der andern Neufundlandfischer unterschied, war das Ungewöhnliche, daß unser Schiffer seine Frau mit an Bord hatte. Diese Frau war ein junges, sehr widerliches Geschöpf mit ganzen Trauben von Warzen auf den Händen, und entsetzlich mager und sehr klein.

Wir sahen sie fast jeden Morgen, wenn wir von Bord abstießen; sie war dann gerade aufgestanden, war schläfrig und sehr unordentlich angezogen. Sie konnte sich gerade vor unsern Augen breitbeinig hinstellen und die Röcke von sich abhalten und ... nein, es läßt sich wirklich nicht erzählen. Aber obwohl sie so unsauber war und fast niemals ein Wort mit uns sprach, hatten wir Matrosen sie doch gern, wir alle hatten sie gern, jeder in seiner Weise, und keiner von uns hätte sie entbehren mögen. So genügsam waren wir geworden.

Wir waren keine Seeleute, sondern nur Fischer. Ein Seemann segelt immer weiter, gelangt irgendwohin und beendet schließlich seine Fahrt, wie lange sie auch währt; aber wir, wir lagen still, ewig und immer still, mit all unsern Ankern in der Bank. Es war nun so lange in dieser Weise gegangen, daß wir schließlich uns fast nicht mehr entsinnen konnten, wie das Festland eigentlich aussieht. Wir hatten uns sehr verändert. Das ewige Stilliegen hatte uns seltsam stumpf, wirklich ganz stumpf gemacht. Wir sahen nichts weiter als Nebel und Meer und hörten nichts anderes als Wind und Wetter von oben und unten; wir interessierten uns für nichts und dachten keine längeren Gedanken mehr. Warum sollten wir auch denken? Unsere ständige Beschäftigung mit Fischen hatte uns selbst zu Fischen gemacht, zu seltsamen, fleischartigen Seetieren, die auf einem Schiff herumkrochen und eine eigene, nur ihnen verständliche Sprache redeten.

Wir lasen auch nicht, nichts lasen wir. Briefe konnten zu uns draußen im Meer nicht herausgelangen, und außerdem hatte der scharfe Nebel, den wir einsogen, unsere tägliche Beschäftigung mit rohen Fischen, unser ununterbrochener Aufenthalt auf den Bänken unsere ganze Leselust ertötet. Wir aßen, arbeiteten und schliefen. Der einzige von uns, der nicht ganz den Kopf verloren hatte und noch einigermaßen am Leben teilnahm, war der Franzose. Er zog mich einmal auf Deck beiseite und fragte im erstesten Tone:

Meinst du, daß man jetzt daheim Krieg führt?

So gleichgültig waren wir für alles geworden, daß wir fast nicht mehr miteinander sprachen. Wir wußten allzu gut, wie die Antwort auf jede Frage lauten würde, und dazu kam noch, daß wir oft die größte Mühe hatten, gegenseitig unsere Sprachen zu verstehen. Was half es nämlich, daß die offizielle Sprache des Schiffes Englisch war! Sowohl die Holländer als der Franzose waren zu ungelehrig und zu trotzig, um sie zu lernen, und selbst wenn die Russen etwas Längeres sagen wollten, gingen sie wütend in ihre eigene Sprache über und nagelten uns lange Stunden fest. Wir waren in jeder Beziehung ziemlich hilflos und verlassen.

Aber bisweilen, wenn wir so saßen und die Schnüre einholten, zog draußen ein Auswandererschiff vorbei, ein mächtiger, schattenhafter Koloß, der seine Pfeife einmal ertönen ließ und im selben Augenblick im Nebel verschwand. Diese gewaltigen Ungeheuer, die für einen Augenblick auftauchten und dann wieder verschwunden waren, gewährten einen fast unheimlichen Anblick. Wenn es im Dunkeln geschah und die Lichter vom Schiff uns mit runden, glühenden Ochsenaugen längs des ganzen Rumpfes anstarrten, stießen wir oft einen plötzlichen Schrei der Angst und Verwunderung aus. Bei stillem Wetter fühlten wir den Luftdruck von dem gigantischen Gespenst bis zu uns her. Und unsere Boote wiegten sich lange nachher in den schweren Wellen, die das Gespenst im Meere aufbrach, als es vorbeizog.

Es konnte auch vorkommen, wenn das Wetter ein wenig klar war, daß van Tatzel, mein Bootskamerad, der gute Augen hatte, weit draußen ein Segelschiff zu entdecken vermochte; aber sie kamen uns niemals so nah, daß wir einen Menschen an Bord unterscheiden konnten. Wir sahen niemals andere Leute als unsere eigenen: ein Koch, acht Fischer und der gichtbrüchige Schiffer mit seiner Frau.

Merkwürdige Gemütsbewegungen konnten bisweilen in uns entstehen, wenn wir dasaßen und mühsam an den Schnüren zogen und sie fast nicht herauf bekommen konnten: es war uns dann, als würden unsere Angeln von verborgenen Händen tief unten festgehalten, so daß unser Boot auf die Seite kippte. Wir riefen einander zu, mit knirschenden Zähnen und toll vor Angst. Wir vergaßen, wo wir waren und was wir taten, wir wurden ungeheuer erregt durch diesen Kampf mit den unsichtbaren Mächten der Meerestiefe, die nicht loslassen wollten, was sie einmal gefaßt hatten.

Wenn einer der Fischer einen Anfall dieser Gemütsstimmung bekam, sagte man auf den Bänken, er sänge »um klares Wetter«, weil wir meinten, der Nebel wäre daran schuld. Bisweilen kam es uns auch vor, wenn wir dasaßen und tranken, als nickten uns wunderliche, phantastische Wesen aus dem Nebel auf dem Meere zu, nickten recht schlotterig, mit großen, zottigen Köpfen, und als verschwänden sie wieder. Und zerfließende, koboldhafte Gestalten schritten in dem weißen Dunst umher, groß wie Berge, sie flossen hierhin und dorthin, je nachdem, woher der Wind blies, schwebend in schweren Schritten von West nach Ost, sie rollten sich durch die Luft mit ihren nebelhaften Gliedern und in gewaltigen Mänteln, die ihnen nachflatterten.

Van Tatzel und ich sahen einmal gleichzeitig eine Erscheinung, über die wir fast erstarrten: Es war an einem dunklen Abend, als wir unsere Schnüre auslegten; wir sahen einen Mann, der in der Luft auf und ab schaukelte, sein ganzer Kopf stand in Flammen, er blies wie ein Sturmwind, wir hörten es alle beide. Kurz darauf strich ein Dampfer an uns vorbei; wir stießen einen Schrei aus, als die Pfeife ertönte; dann verschwand er ...

Aber wenn wir am Vormittag unsere Schnüre eingezogen hatten und mit unsern vollbeladenen Booten am »Kongo« anlegten, machten unser guter Fang und die Zufriedenheit, die schlimmste Arbeit für diesen Tag getan zu haben, uns oft in einer andern Weise töricht und erregt: so geschah es manchmal, daß wir eine ganz unnatürliche Freude daran fanden, die Fische zu mißhandeln. Besonders die beiden Russen waren ganz versessen darauf. Sie packten die großen Fische beim Kopf, drückten die Finger in ihre weichen Augen hinein und hielten sie so in die Höhe, indem sie geil in sich hineinlachten und sie ansahen.

Eines Tages bemerkte ich, daß der eine von den Russen in einen rohen Fisch hineinbiß, die Zähne tief in ihn hineingrub und ihn etwa zwei Minuten so festhielt, indem er die Augen dabei schloß.

Diese fetten Fischleichen wirkten überhaupt sehr auf uns alle; wir konnten ganz erregt werden, wenn wir ihre glatten Leiber öffneten; wir schnitten den Tieren lebend den ganzen Bauch auf, wühlten unnötig viel mit den Händen in ihren Eingeweiden herum und besudelten uns mehr mit ihrem Blut, als nötig war.

Der Franzose hielt sich immer vor diesen tierischen Gelüsten zurück; aber dafür war er von einer ganz verrückten Neigung zur Schiffersfrau entflammt und vermochte es nicht einmal zu verbergen. Er sagte es uns allen ganz offen. Ich liebe sie, ja, Gott helfe mir, wie ich sie liebe! sagte er mehrmals am Tage.

Einer von den Negern, den wir den »Doktor« nannten, weil er in seiner ersten Jugend ein wenig Medizin studiert hatte, war auch heftig verliebt in sie; ich hätte ihn damals, als er es mir erzählte, auf der Stelle, nur aus Eifersucht, totschlagen können. Denn auch mir erging es nicht besser.

Aber sie selbst ging mager und stumpfsinnig und schrecklich schmutzig umher und merkte nichts von dem allen. Uns würdigte sie keines Blickes. Einmal, als ich etwas auf Achterdeck zu tun hatte, wo sie auf ihrem Feldstuhl saß und gerade vor sich hin starrte, stolperte ich über eine Tauhaspel und wäre beinahe gefallen. Das ärgerte mich so, daß ich mich umdrehte und diese Tauhaspel ganz dumm und geistesabwesend anstarrte, statt weiterzugehen, und ich muß entschieden sehr lächerlich ausgesehen haben. Warum lachte sie denn nicht? Und warum sah sie mich die ganze Zeit an, wenn es nicht geschah, um zu lachen? Sie hatte nach nichts Verlangen; es verzog sich keine Miene in ihrem Gesicht. Sie verfault! sagte van Tatzel in seiner falschen Sprechweise; weiß Gott, sie verfault sehr!

Und doch hätte keiner von uns um alles in der Welt sie los sein mögen ...

Wenn die Fische »hergerichtet« und die Schnüre wieder ausgelegt waren, war unsere Tagesarbeit getan, und wir verbrachten ein oder zwei Stunden mit Essen und Tabakrauchen. Und dann gingen wir in die Kojen.

Nun konnten wir, wenn wir nicht allzu müde waren, ein bißchen miteinander plaudern und sogar allerlei Geschichten erzählen, alles in einer derben und unvollkommenen Sprache, voller Flüche und häßlicher Worte. Der Franzose wußte ein Stück von einem Manne zu erzählen, der »kein Weib ansehen konnte, ohne ihrer zu begehren«, und dieses Stück hatte er mehrmals erzählt, immer mit demselben großen Erfolg. Die Russen waren ganz entzückt davon und lachten unaufhörlich, wenn es erzählt wurde. Ihre Freude über die derbe Erzählung war so aufrichtig wie bei Kindern, sie verzerrten ihren Mund und warfen sich aufgeregt in ihrer Koje hin und her. Na und dann? fragten sie die ganze Zeit. Wie ging es dann weiter? Und doch wußten sie eben so gut wir wir andern, wie das Ganze zugegangen war.

Van Tatzel dagegen war fast niemals so glücklich, wenn er

seine Geschichte erzählte; wir mochten sie selten anhören. Wir verstanden ihn so schlecht, er konnte so wenig Englisch, und außerdem verdrehte er noch das Wenige, was er wußte. Wenn er im Begriff war, etwas zu sagen, und plötzlich festsaß, sah er sich mit seinem vergrämten Gesicht nach uns allen um und wußte nicht, wie er sich helfen sollte. Er war wirklich sehr zu bedauern.

Van Tatzel war der ältere der beiden Holländer, ein altes Schwein; ziemlich taub, aber sonst gutmütig und gefällig. Er hatte immer Wattepfropfen in den Ohren, Sommer wie Winter, große Wattepfropfen, die von Alter und Unsauberkeit gelb waren. Er hatte eine ungewöhnlich schwerfällige Gestalt. Das Meer hatte ihn zu einem reinen Kinde gemacht, und er vermochte nicht über seine Nasenspitze hinaus zu denken. Wenn er in der Koje lag, rauchte er seinen starken Tabak, spuckte rücksichtslos in die Kajüte hinab und begann seine Erzählung immer folgendermaßen:

Es war einmal eines Abends in Amsterdam, sagte er, es war eines Abends in Amsterdam. Ich hatte gerade Heuer genommen, und es war mein letzter Abend an Land. Ich entsinne mich nicht, wieviel Uhr es war, aber es war schon sehr spät, sagte van Tatzel. Als ich aus einer Bierhalle herauskomme und mich an Bord begeben will, kremple ich erst meine Hosen auf; ich entsinne mich, daß ich an jedem Hosenbein zwei Krempel machte. Aber übrigens war ich mehr als betrunken und fiel bei dem Aufkrempeln auf die Knie. Dann kreuzte ich davon und war gerade bis zur Leopoldstraße gekommen. Da trat etwas ein – etwas, was mich betraf. Denn ich war nicht so betrunken, daß ich sie nicht gesehen hätte; sie war dicht hinter mir, mitten in der Straße – ihr mögt es mir glauben oder nicht, aber es war eine Dame.

Der alte Narr richtet sich in seiner Koje auf und sieht uns an. Eine feine Dame! sagt er. Und weiter kommt er nicht. Sein Englisch reicht nicht weiter, er kommt nicht mehr von der Stelle.

Eine wirkliche Dame war hinter dir her auf den Straßen von Amsterdam? fragt der »Doktor« neckend von seiner Koje her. Ja, eine Dame! sagt er entzückt und lacht übers ganze Gesicht. Das erregt ihn so, daß er es zweimal beschwört, und wir lachen über ihn alle zusammen. Er versucht, weiter zu erzählen, sitzt aber wieder fest; es ist ihm nicht möglich, weiter zu kommen. Er arbeitet sein altes Hirn ab, strengt sich aufs furchtbarste an, um ein Wort zu finden, das uns die Sache klar machen könnte;

aber er schweigt mäuschenstill. Ihm liegt soviel daran, sich gerade über diesen Punkt auszusprechen, und plötzlich, als er völlig überwältigt ist von der Erinnerung an diese Dame und ganz voll Verzweiflung, weil er sich nicht auszudrücken vermag, erfolgt ein Ausbruch in seiner eigenen Sprache, poltert ein großer Schwall wunderlicher Worte hervor, die nicht ein einziger von uns verstehen kann, ausgenommen sein Landsmann, der in einer andern Koje liegt und schnarcht.

Das war van Tatzels Geschichte, die einzige, die er konnte und die immer an dieser Stelle endete. Wir hatten sie so viele Male gehört, sie begann stets in derselben Weise mit dem Abend in Amsterdam. Es war eine glaubwürdige Geschichte, und keiner von uns zweifelte daran.

Dann lagen wir eine Weile und dachten an diese Erzählung, während das Meer draußen lärmte, die Lampe in ihrem Messingring schwankte und die Wache mit ihren Holzschuhen auf Deck über uns trampelte. Dann kam die Nacht ...

Aber bisweilen wachte ich um Mitternacht wieder auf, halb erstickt von dem Dunst all dieses atmenden Menschenfleisches, das sich in wilden Träumen wälzte und die Decken abstrampelte. Die Lampe leuchtete auf die plumpen Körper in grauen Wollhemden herab. Die Russen mit ihren paar langen Barthaaren sahen wie schlafende Seehunde aus, und ihre dicken, nackten Füße glichen Flossen.

Aus jeder Koje vernahm man Stöhnen und halbe Worte; die Neger lagen da und fletschten ihre weißen Zähne und sprachen laut, nannten einen Namen und bliesen ihre schwarzen Wangen auf.

Aus der Koje des jüngeren Holländers vernahm man unter glucksendem Lachen denselben Namen, und dazwischen Schnarchen und kurzes, lautes Wimmern – den Namen der Schiffersfrau. Alle beschäftigten sich mit ihr, diese liederlichen Tiere sprachen sogar von ihr, wenn sie im Schlaf lagen, jeder in seiner Sprache. Sie lagen da in schnarchendem Schlaf mit geschlossenen Augen und murmelten die schamlosesten Worte und lächelten und streckten die Zunge heraus. Nur van Tatzel schlief ruhig, gesund und friedlich, wie ein sprachloses Tier.

Der scharfe Kajütendunst, der Tabaksrauch, der Geruch nach schwitzenden Menschen und nach der Fischladung vermengte sich zu einem schweren, drückenden Nebel, der sich auf meine Augen legte, sobald ich sie öffnete. Und ich schlief wieder ein, und eine ungeheuer große Blume saß auf mir wie ein Alp und legte sich auf mich und saugte mich in ihre nassen Blätter ein, erstickte mich, ruhig und sicher, leise und still. Und ich wußte nichts mehr von der Welt ...

Dann kam die Wache und weckte mich auf.

Eine ganz gewöhnliche Fliege mittlerer Größe

Unsere Bekanntschaft fing damit an, daß sie eines Tages, während ich saß und schrieb, zu meinem offenen Fenster hereingeflogen kam und einen Tanz um meinen Kopf begann. Sie fühlte sich offenbar von dem Spiritus in meinem Haar angezogen. Ich schlug einmal ums andere nach ihr, aber sie kümmerte sich nicht darum.

Da griff ich nach der Papierschere.

Ich habe nämlich eine Papierschere, sie ist groß und schön, ich gebrauche sie als Pfeifenkratzer und Feuerzange, ich schlage mit ihr auch Nägel in die Wände ein; in meiner geübten Hand ist sie eine fürchterliche Waffe. Ich schwang sie einige Male in der Luft, und die Fliege flog weg.

Aber ein Weilchen später kam sie wieder zurück und begann ihren Tanz von neuem. Ich sprang auf und rückte meinen Tisch weiter nach der Türe. Die Fliege kam mir nach. Ich werde dir schon einen Possen spielen, dachte ich. Und ich ging in aller Stille hin und wusch den Spiritus aus meinen Haaren aus. Das half. Die Fliege setzte sich ziemlich betrübt auf meine Lampenkuppel und rührte sich nicht.

Das ging so eine ganze Weile; ich arbeitete weiter und brachte eine Menge fertig. Aber auf die Dauer wurde es ein wenig einförmig, immer dieser Fliege zu begegnen, jedesmal, wenn ich die Augen aufschlug. Ich betrachtete sie; sie war eine ganz gewöhnliche Fliege mittlerer Größe, gut gebaut, mit grauen Schwingen. Rühr dich ein wenig! sagte ich. Sie rührte sich aber nicht. Fort! sagte ich und fächle nach ihr. Da flog sie auf, machte einen Schwung durch das Zimmer und kam wieder zur Lampenkuppel zurück.

Von diesem Augenblick schreibt sich unsere eigentliche Bekanntschaft her. Ich bekam vor ihrer Standhaftigkeit Achtung. Was sie wollte, das wollte sie; auch rührte sie mich durch ihren

Ausdruck, sie legte den Kopf auf die Seite und sah mich betrübt an. Unsere Gefühle wurden gegenseitige, sie verstand, daß ich etwas für sie übrig hatte, und richtete sich danach, sie wurde in ihrem Auftreten immer freier. Bereits am Nachmittag, als ich ausgehen wollte, flog sie vor mir her zur Türe und suchte es zu verhindern.

Am nächsten Tage war ich zur üblichen Zeit aufgestanden. Als ich vom Frühstück hineingehen wollte, um mich an die Arbeit zu machen, traf ich in der Tür meine Fliege. Ich nickte ihr zu. Sie summte einige Male in der Stube umher und setzte sich auf meinem Sessel nieder. Ich hatte sie nicht zu dem Sitz hingeführt und brauchte den Sessel. Fort! sagte ich. Sie hob sich einige Zoll empor und ließ sich wieder auf den Sessel nieder. Da sagte ich: Nun setz ich mich! – Ich setzte mich auch. Die Fliege flog empor und nahm auf meinem Papier Platz. – Fort! sagte ich. Keine Antwort. Ich blies sie an, sie duckte sich und wollte nicht weg. Es geht nicht ohne gegenseitige Rücksichtnahme auf die Dauer! sagte ich. Sie hörte mich an und dachte darüber nach, beschloß aber gleichwohl, sitzen zu bleiben. Da schwang ich wieder die Papierschere; das Fenster war offen – daran hatte ich nicht gedacht –, die Fliege flog hinaus.

Ein paar Stunden lang blieb sie draußen. Ich ging die ganze Zeit umher und bereute, daß ich sie hinausgelassen hatte. Wo sie nun sein mochte. Wer weiß, was ihr zustoßen konnte! Endlich setzte ich mich auf meinen Platz und wollte wieder zu arbeiten anfangen: aber ich war voll düsterer Ahnungen.

Da kehrte die Fliege zurück. Sie brachte etwas Häßliches an ihrem einen Hinterbein mit. Du bist auf dem Misthaufen gewesen, du Tier, sagte ich zu ihr, pfui! Aber ich freute mich doch, daß sie wiedergekommen war, und ich machte meine Fenster fest zu. Wie kannst du solche Ausflüge unternehmen! sagte ich. Da sah sie aus, als wenn sie sich amüsierte und bah! zu mir machte, weil sie diesen Ausflug unternommen hatte. Ich hatte noch niemals eine Fliege so lustig gesehen, sie steckte mich damit an; ich sagte auch bah! und lachte herzlich. Haha, hat man je einen solchen Kobold von einer Fliege gesehen! sagte ich. Komm her, ich will dich ein wenig unterm Kinn kraulen, du Schelm!

Am Abend versuchte sie wieder ihren alten Scherz und wollte mir die Türöffnung versperren. Ich ermannte mich und gebrauchte meine Autorität. Es war ja ganz schön, daß sie mich lieb hatte; aber mich jeden Abend zu Hause zurückzuhalten, das vermochte sie doch nicht. Ich drängte mich mit Gewalt an ihr vorbei. Ich hörte, wie wütend sie drinnen war, und ich rief zu ihr hinein: Da siehst du, wie es ist, wenn man allein ist. Adieu. Nun kannst du sitzen bleiben!

An den folgenden Tagen stellte diese kleine Mistfliege meine Geduld auf manche Probe. Kamen Leute zu mir, wurde sie eifersüchtig und jagte sie durch ihre Ungezogenheit zur Türe hinaus. Wenn ich ihr nachher wegen ihres Benehmens Vorwürfe machte und sie ein wenig beim Schopfe nehmen wollte, machte sie einen halsbrecherischen Schwung vom Boden bis gerade hinauf zur Decke, wo sie sich festsetzte, so daß mir ganz schwindlig wurde. Du fällst herunter! schrie ich ihr zu. Aber meine Warnungen fruchteten nichts. Na, dann bleib oben sitzen! sagte ich und wandte ihr den Rücken. Da kam sie herunter. Ja, damit war es nicht abgetan. Als ich von ihr keine Notiz nahm, flog sie dicht an meiner Nase vorbei und fiel mit einem Knall gerade auf mein Manuskript herab. Hier begann sie umher zu spazieren, als wenn ich gar keine Papierschere mehr im Haus hätte. Man muß es weiterhin im Guten mit ihr versuchen, dachte ich. Und ich sagte freundlich: Geh da nicht und beschmutze dich nicht mit Tinte; ich will ja nur dein Bestes! Aber sie war taub für meine Worte. Habe ich dir nicht gesagt, du sollst nicht auf dem Papier gehen? wiederholte ich. Das ist grobes Papier, Konzeptpapier, du kannst dir Splitter in die Füße eintreten. Ach nein, sie schien das nicht zu fürchten. Hat man schon je solchen Eigensinn gesehen! schrie ich empört. Ist das Papier etwa nicht splittrig? Nein, es schien ihr nicht im geringsten splittrig. Dann geh zum Teufel damit! rief ich. Ich nehme mir einen anderen Bogen. Als ich einen anderen Bogen nahm, ging sie weg.

Es vergingen Tage und Wochen. Wir gewöhnten uns aneinander, arbeiteten zusammen, auf verschiedenen Bogen, und teilten Freud' und Leid. Sie hatte unzählige Launen, aber ich ertrug sie. Sie hatte mir deutlich ihre Abneigung gegen Zug zu erkennen gegeben, und ich hielt daher Türen und Fenster geschlossen. Nichtsdestoweniger konnte ihr bisweilen der Einfall kommen, sich von der Decke herabzustürzen und geradezu gegen die geschlossene Fensterscheibe anzustürmen, als wollte sie sie sprengen. Hast du draußen was zu tun, dann geh *diesen* Weg, sagte ich. Und ich öffnete ihr die Tür. Nein, da schien sie nicht hinaus zu wollen. Willst du hinaus, oder willst du nicht hinaus? fragte ich. Eins, zwei, drei! Keine Antwort. Ich warf die Türe krachend zu.

Ich sollte meinen Zorn bald bereuen:

Eines Tages war die Fliege weg. Sie hatte am Morgen aufgepaßt, als das Mädchen in die Stube hineinkam, und war durch die Türe hinausgeschlüpft. Ich begriff, daß das ihre Rache war, und ich grübelte lange darüber, was ich tun sollte. Dann ging ich in den Hof hinaus und rief: Meinetwegen, wenn sie fort bleiben wollte, nur immerzu, ich vermißte sie nicht! Es half nichts, ich konnte sie nicht herbeilocken; ich sehnte mich nach der Fliege. Ich öffnete alles, was in meinem Hause geöffnet werden konnte, und legte mein Manuskript ins Fenster, wo es Wind und Wetter ausgesetzt war; sie sollte sehen, daß mir für sie nichts zu gut wäre. Ich fragte meine Wirtin nach der Fliege, ich goß wieder eine Menge Spiritus auf mein Haar und lockte sie und nannte sie meinen besten Freund und meine Hoffliege, um ihr zu schmeicheln – alles vergebens.

Endlich am Vormittag des nächsten Tages kehrte sie zurück. Sie kam nicht allein, sie brachte einen Liebhaber von der Straße mit. In meiner Freude, sie wieder zu sehen, vergab ich ihr alles und übte sogar eine Zeitlang gegen ihren Liebsten Nachsicht. Aber was zuviel ist, ist zuviel. Alles hat seine Grenzen. Sie setzten sich zuerst hin, um einander Blicke zuzuwerfen und sich die Beine zu reiben, plötzlich aber stürzte sich der Liebhaber in einer Weise über sie her, daß ich errötete. Was macht ihr da vor den Augen aller Leute! sagte ich und schalt sie aus. Nur nicht so groß tun, wenn man sich so benimmt!

Das nahm sie sehr übel auf; sie warf den Kopf spöttisch nach hinten und machte mir deutlich begreiflich, daß ich wohl nur eifersüchtig wäre. Ich eifersüchtig? pfiff ich. Eifersüchtig auf den da? Nein, weißt du was? Aber sie warf den Kopf noch mehr nach hinten und wiederholte ihre Behauptung. Da erhob ich mich und äußerte folgende Worte: Mit dir will ich mich nicht zanken, das widerstrebt meinem Rittergefühl; aber schicke deinen elenden Liebhaber zu mir, ihm werde ich zu begegnen wissen.

Und ich griff nach der Papierschere.

Nun begannen sie mich zu verhöhnen. Sie saßen auf der Tischdecke, lachten so, daß sie sich schüttelten, und schienen zu sagen: Haha, hast du keine größere Papierschere, eine etwas größere Papierschere? – Ich werde euch zeigen, daß es nicht auf die Waffe ankommt, erwiderte ich. Ich werde mit einem armseligen Lineal in der Hand auf den Kerl losgehen! Ich schwang das Lineal. Da lachten sie noch mehr und zeigten mir ihre Geringschätzung in der deutlichsten Weise. Was fangt ihr denn nun schon wieder an! sagte ich drohend. Aber sie nahmen keine Notiz von mir, der Augenblick schien ihnen nicht schicksalsschwanger, sie näherten sich einander mit unkeuschen Gebärden und waren gerade im Begriff, sich wieder zu umarmen. Das werdet ihr nicht tun! schrie ich ihnen zu. Aber sie taten es doch. Gerade vor meinen Augen. Da war meine Langmut zu Ende, ich erhob das Lineal und ließ es wie ein Blitz niederfallen. Es wurde alles zerquetscht, es floß etwas, mein wohlgezielter Schlag hatte sie beide leblos zu Boden gestreckt.

So endete die Bekanntschaft ...

Es war nur eine kleine gewöhnliche Fliege mit grauen Flügeln. Und es war nichts Besonderes an ihr. Aber sie hat mir manche vergnügte Stunde verschafft, solange sie lebte.

Geheimes Weh

1

Ich habe nun denselben Menschen zum viertenmal wieder getroffen. Er verfolgte mich überall, ich bin niemals vor ihm sicher, denn er taucht auf und begegnet mir an den verschiedensten Orten. Einmal traf ich ihn sogar in Kristiania in meinem eigenen Zimmer an; er war vor mir gekommen und stand da drinnen ...

Aber ich will lieber von Anfang an erzählen.

Das erstemal begegnete ich ihm in Kopenhagen um Weihnachten 1879; ich wohnte irgendwo in Klareboden.

Eines Tages saß ich allein in meinem Zimmer – ich besinne mich genau darauf, daß ich dasaß und einige Noten abschreiben sollte und daß mir dies viel Kopfzerbrechen machte, da ich Noten gar nicht lesen kann –, da klopfte es an meine Tür, leicht, gedämpft, wie von einer Frauenhand. Ich rufe: Herein! und ein Mann tritt ein.

Ein Mann von etwa dreißig Jahren, bleich, mit düsterem Blick, schmalen Schultern, auffallend schmalen Schultern; er trug nur an einer Hand einen Handschuh. – In dem Augenblicke, da er hereintrat, nahm er den Hut ab, und seine schwarzen Augen ruhten unausgesetzt auf mir, während er auf mich zuging; ich saß noch und schrieb. Er entschuldigte sich, daß er bei mir eingedrungen sei; er hätte mich ein paarmal in der Pension ein- und ausgehen gesehen, und es wäre ihm so vorgekommen, als seien wir alte Bekannte. Ob ich mich seiner nicht von Helsingör, vom Polizeiamt in Helsingör erinnerte?

Ich sei niemals in Helsingör gewesen, das müsse ein Irrtum sein ...

Nicht? Sollte es in Malmö gewesen sein? Je mehr er darüber nachdachte, desto deutlicher erinnerte er sich daran, daß es Malmö gewesen war, wo er mich getroffen hatte ...

Aber ich war auch nicht in Malmö gewesen.

Er nannte noch einige Orte, und jedesmal, wenn ich verneinte, sagte er: Warten Sie ein wenig. Ich bin ganz sicher, Ihnen begegnet zu sein, ich kann mich nur nicht entsinnen wo. Schließlich nannte er Kristiania, und ich gab halbwegs zu, daß wir uns dort vielleicht getroffen haben könnten. Er machte mich ganz unsicher, und ich konnte nicht dafür einstehen, daß ich ihm nicht wirklich einmal in Kristiania begegnet war.

Übrigens habe ich Ihnen nichts Besonderes zu sagen, meinte er, es fiel mir nur so ein, Sie als Landsmann und alten Bekannten zu begrüßen.

Wir sprachen noch eine Weile von ganz gleichgültigen Dingen, die mir nun aus dem Gedächtnis entschwunden sind. Ich entsinne mich nur: seine Worte waren oft so geartet, daß man sie in verschiedener Weise auffassen konnte, es lag stets etwas dahinter, wie überhaupt der Mann auf mich einen geheimnisvollen Eindruck machte.

Als er sich erhob, um zu gehen, bat er noch einmal um Entschuldigung, daß er gekommen sei, und dann sagte er unter anderem:

Ich langweile mich sehr, ich habe nichts mehr zu tun. Ich bin sogar schon auf die Idee gekommen, dann und wann zum Zeitvertreib die Polizei zum Besten zu halten; aber das ist allzu leicht, das beschäftigt mich nicht hinlänglich.

Er sah ganz ernst aus, als er das sagte; aber ich nahm es doch für Scherz.

An der Tür drehte er sich um, als sei ihm plötzlich etwas eingefallen, und lud mich für den Abend zu einer Spazierfahrt ein, »der alten Bekanntschaft halber«. Zuerst lehnte ich ab, ich weiß selbst nicht, warum; doch einen Augenblick später beschloß ich, mit ihm zu gehen. Das letzte, was er zu mir sagte, war, daß ich kein Geld mitnehmen solle. Man könne niemals vorsichtig genug sein, ich solle mein Geld bei dem Wirt hinterlegen, meinte er. Ich verstand ihn nicht recht, sagte aber ja darauf und versprach, ihn um fünf Uhr beim »Pferd«* zu erwarten.

Nachdem er mich verlassen hatte, dachte ich ein wenig über den Mann und seine Worte nach. Ich fand es sonderbar, daß er zu mir gekommen war. Und warum hatte er das von dem Geld gesagt? Ich wunderte mich anfangs ein wenig; schlug es mir dann aber bald aus dem Sinn; auf Reisen schließt man sich ja so leicht an, ein Fremder wird zum Kameraden und Freund in weniger als einer Stunde. – Um die festgesetzte Zeit war ich beim »Pferd«.

Das Wetter war mild, und die Wege waren so aufgeweicht, daß wir fahren mußten; wir hatten das Wagenverdeck hochgeschlagen und die Fenster geschlossen. Wir fuhren westwärts hinaus, am Ladegaard vorbei, den Rolighedsweg entlang und am Wasserwerk vorüber. Auf dieser ganzen langen Strecke hatten wir fast nicht miteinander gesprochen; der Wagen rasselte auch so fürchterlich. Als wir die Gröndalsbrücke passiert hatten und uns dem Utterslevfelde näherten, zog der Fremde ein Stück Tau aus der Tasche und begann damit zu spielen, indem er mich dabei unverwandt anstarrte. Es war ziemlich dunkel bei uns drinnen, aber ich sah ihn doch gut und sah auch, was er trieb. Wir saßen auf demselben Sitz im Wagen und beobachteten einander. Plötzlich sagte er:

Sie fürchten sich doch wohl nicht? Gleichzeitig hielt er mir das Tau gerade vors Gesicht.

Ich lachte und sagte mit zitternder Stimme: Nein, wovor soll ich mich fürchten?

Aber ich bebte vor Furcht und dachte daran, an der Glockenschnur zu ziehen, um den Kutscher zu rufen. Es irritierte mich auch, daß er mir das Tauende gerade vor die Augen hielt; ich erhob mich daher und setzte mich auf den Vordersitz.

So fuhren wir eine Strecke weiter. Einige Zeit später schlug er die Augen nieder und steckte das Tau langsam wieder in die Tasche. Es schien, als besänne er sich. Dann plötzlich richtete er sich auf, zeigte erregt durchs Wagenfenster und rief:

Sehen Sie – sehen Sie – dort!

Ich drehte unwillkürlich den Kopf herum – und fühlte im selben Augenblick einen kalten Griff an meinem Halse. Der Kerl stand halb aufgerichtet mir gegenüber und drückte mit seinen kalten Fingern meinen Hals zusammen. Ich weiß nicht, ob ich aufschrie, ich glaube es nicht; in diesem Augenblick ging

* So nennt man in Kopenhagen das Denkmal Christians V. auf Kongens Nytow.

nämlich eine Wandlung in mir vor. Es durchfuhr mich plötzlich der Gedanke, daß dieser Mensch mich nur erschrecken oder sich nur einen Scherz mit mir machen wollte; ich war mir ganz klar darüber, daß er mich nicht erdrosseln wollte. Ich wurde plötzlich wütend und stieß nach ihm. Er hielt aber fest. Ich griff tastend hinter mir nach der Glockenschnur, fand sie endlich und zog daran. Er hielt mich noch immer fest; er hörte gut, daß die Glocke klingelte, aber er ließ mich nicht los. Wir rangen eine Weile miteinander; er fand Zeit, mir die Wunde am Hals beizubringen, dicht beim rechten Ohr, seine Unverschämtheit überstieg alle Grenzen. Er brachte mir diese Wunde mit einem Nagel oder einem Korkenzieher bei, einem Gegenstand, mit dem er bohrte, und das tat ein wenig weh. Endlich konnte ich mich von ihm frei machen, indem ich ihn brutal mit Faustschlägen von mir stieß, wieder und wieder, wo ich nur hintraf. Da öffnete der Kutscher die Tür, und nun merkte ich erst, daß der Wagen still stand.

Sollen wir umkehren? fragte der Kutscher. Verwirrt stieg ich aus dem Wagen aus. Mein Gefährte blieb ruhig, wie früher, drinnen sitzen.

Ja, wir wollen umkehren! erwiderte er.

Und *ich* werde zurück*gehen*, sagte ich; fahren Sie, wenn Sie wollen, zur Hölle mit dem Menschen!

Sie wollen zu Fuß gehen? sagte der Kutscher.

Der Fremde sagte nichts und sah mich auch nicht an. Da wurde ich ernstlich zornig, rief energisch dem Kutscher zu, weiter zu fahren, sprang wieder in den Wagen und schlug wütend die Türe zu. Ich war sehr erregt und fühlte mich sehr stark, ganz außerordentlich stark.

Ich drängte mich unnötig nahe an meinen Gefährten heran, machte mich breit, um viel Platz einzunehmen und ihn in die Ecke zu drücken; ich stieß auch grob nach ihm mit dem Ellbogen, als ich mich zurecht setzte. Er ließ mich ruhig gewähren. Erst als wir wieder in die Stadt gekommen waren, sagte er lächelnd:

Werden Sie mich deshalb anzeigen?

Ich antwortete nicht.

Er legte seine beiden Füße auf meinen Hut, den ich abgenommen und auf den Vordersitz hingeworfen hatte, um aufrecht im Wagen sitzen zu können; er drückte seine Hacken fest auf den Hutkopf, und ich hörte es knacken. Ich war immer mehr überzeugt, daß er mir nur hatte Furcht einflößen wollen, und ich kam mir sehr gedemütigt vor.

Aber wenn Sie mich anzeigen wollen, fuhr er fort, müssen Sie es sogleich tun. Ach, ich bin ja längst fort, ehe man mich faßt! Ich versichere Sie, ich werde, vielleicht schon ehe der Tag graut, drüben in Schonen sein. Es hilft niemals etwas! Er sprach noch mehr davon, wie er in sehr kurzer Zeit fort sein würde; aber schließlich sagte er: Vielleicht rühre ich mich auch nicht von der Stelle; vielleicht werde ich sogar die Ehre haben, Sie morgen in der Östergarde zu grüßen.

Er sagte das nicht auf irgendeine prahlerische Weise, sondern mit leiser, ganz trauriger Stimme.

Ich antwortete, ich würde die Ehre haben, ihn vollständig zu übersehen, an ihm vorbeizugehen, als wäre er Luft, wenn ich ihn träfe, und ihn zu Boden zu treten, wenn er jemals wieder in meine Nähe käme. Ich möchte nicht meinen Mund auftun, um Sie gehängt zu sehen, sagte ich, ich verachte Sie und will mich nicht damit beschmutzen, Sie zum Wagenfenster hinauszuwerfen! Das hätte ich ja übrigens nicht tun können, aber ich sagte es trotzdem, wie man solche Sachen zu sagen pflegt. Und er duldete es.

Beim »Pferd« stiegen wir aus. Ich ging meines Weges, während er stehen blieb und den Kutscher bezahlte. Ich ging ohne Hut nach Hause ...

Das war das erstemal, daß ich ihn traf. Die Narbe der Wunde, die er mir damals beigebracht hat, ist noch heutigentags an meinem Halse zu sehen.

2

Drei oder vier Jahre später machte ich eine kleine Reise durch Deutschland; ich wollte damals von Hamburg nach Bremerhaven. Der Zug sollte in zehn Minuten abgehen, als ich zum Bahnhofe kam, so daß ich noch einige Zeit übrig hatte. Ich ging am Zug entlang, um einen guten Platz zu suchen, und kam fast bis zur Lokomotive. Da sehe ich einen Mann, der mir durch ein Wagenfenster winkt, und bemerkte zu meinem großen Erstaunen, daß es mein »alter Bekannter« von der Spazierfahrt in Kopenhagen ist, der Mann mit den schwarzen Augen. Ich erkannte ihn sogleich wieder.

Da durchfährt mich unwillkürlich ein Ruck, ich fühle mich äußerst unbehaglich berührt und gehe an seinem Abteil vorüber. Aber während ich weitergehe, fällt mir plötzlich ein, daß er vielleicht glauben könnte, ich hätte vor ihm Furcht. Da ich überdies um mehrere Jahre älter geworden war, wollte ich diesem interessanten Menschen nicht aus dem Wege gehen. Ich kehre daher um, so, als ob ich noch immer nach einem Platz im Zuge suche, und bleibe gleichgültig und wie zufällig vor seinem Abteil stehen. Ich öffne die Tür und steige ein ...

Das Abteil war leer. Außer ihm war niemand darin.

Ich drängte mich an ihm vorbei, als ich einstieg, und er zog die Knie an sich, um mich vorüber zu lassen; dabei blickte er auf, als hätte er mich noch nie gesehen, und ich war doch davon überzeugt, daß er mir vor einigen Minuten gewinkt hatte. Ich nahm sogar unwillkürlich den Hut ab und nickte ihm leicht zu, er erwiderte aber nicht meinen Gruß.

Ich setze mich in die Ecke. Ich war ärgerlich auf mich wegen dieses Nickens und stachelte mich auf, ihm gegenüber die auffälligste Gleichgültigkeit zur Schau zu tragen. Er schien seit damals nicht im geringsten gealtert, aber seine Kleidung war völlig verändert. Damals war er hübsch, fast elegant gekleidet gewesen, jetzt dagegen trug er einen gewöhnlichen, hellen, groben Reiseanzug. Ein Lederkoffer stand gerade vor ihm auf dem gegenüber befindlichen Sitz.

Die Glocke läutet, und der Zug geht ab.

Ich setzte mich bequem zurecht und legte die Füße auf den Sitz. So saß ich vielleicht eine Viertelstunde. Ich tat, als sähe ich ihn gar nicht. Er schien in Gedanken versunken.

Dann zog er aus der Brusttasche ein Wachstuchfutteral heraus, entnahm demselben einige verrostete Eiseninstrumente, die er zu untersuchen begann. Es waren wunderlich gekrümmte Gegenstände, einzelne flach, andere rund, feine und grobe durcheinander. Ich sah, daß es eine Sammlung Dietriche war. Er verheimlichte auch nicht, was es war, im Gegenteil, er drehte die Instrumente in der Hand herum, als habe er bereits Schlösser vor sich; er versuchte auch, seinen eigenen Koffer mit einigen von ihnen zu öffnen. Es war, als hätte er mir absichtlich zeigen wollen, wozu die Haken gebraucht würden. Ich saß da und sah zu.

Aufgepaßt! dachte ich bei mir selbst, er verhöhnt dich offenbar; es steckt etwas dahinter, er will dich nur zu etwas verlokken! Es vergingen einige Minuten. Dann zog er aus der Brusttasche eine kleine, blanke Feile, mit der er die Dietriche putzte. Nachdem er sie blankgefeilt hatte, legte er sie auf den Sitz neben sich hin. Man beachte genau, wie ich saß: mit den Beinen gegen ihn ausgestreckt auf seiner Bank; meine Schuhe berührten fast seinen Rock. Er saß immer noch da und feilte. Nach einer Weile legte er wie in Gedanken einen Dietrich, mit dem er gerade fertig geworden, auf meine Beine hin und nahm einen zweiten vor. Der Mensch legte seine Dietriche auf mich, und ich sitze da und sehe selbst zu! Ich rührte mich nicht und wartete, ob er es noch einmal tun würde. Und richtig, er legte einen zweiten und dritten Dietrich auf meine Beine, nachdem er sie gereinigt hatte; er behandelte mich ganz wie ein Kissen, das zum Abteil gehörte. Schließlich lagen vier oder sechs von diesen gebogenen Dingern in einer Reihe auf meinen Beinen.

Endlich stand ich auf, nicht plötzlich, aber gerade rasch genug, daß sie alle auf den Boden fielen, bevor er es hindern konnte. Ich war nur von dem einen Gedanken erfüllt: ihm seine Geringschätzung mit Gleichem zu vergelten.

Er sagte auch nichts, als die Dietriche zu Boden fielen; er sammelte sie schweigend, einen nach dem andern, wieder auf.

Im selben Augenblick kam der Schaffner. Ich beobachtete mit großem Erstaunen, daß mein Reisegefährte auch jetzt nicht einmal seine Sachen zu verbergen suchte; er ließ alles offen liegen, solange der Schaffner zugegen war, und erst als dieser gegangen war, schob er das Futteral mit seinem Inhalt in die Brusttasche zurück. Es war gerade, als hätte er auf diese Gelegenheit gewartet, um seine verdächtigen Instrumente recht offenkundig zeigen zu können.

Nun fahren wir vielleicht eine halbe Stunde, wir passieren Stationen, halten an und fahren wieder weiter, mein Reisegefährte sitzt noch immer ganz stumm da. Ich benahm mich absichtlich so, als wenn ich ganz allein im Abteil gewesen wäre, ich streckte meine Beine wieder auf dem Sitz aus, gähnte laut und sang von Zeit zu Zeit, alles nur, um ihm meine furchtbare Gleichgültigkeit zu beweisen; aber er schien all das nicht zu bemerken. Ich zündete eine Zigarre an und warf das brennende Streichholz auf seine Hand. Ich warf es so rücksichtslos nach ihm hin, als säße niemand in seiner Ecke, und ich sah, daß es seine Hand traf, aber er machte nichts weiter als eine kleine Bewegung mit dem Munde; er verzog ein wenig die Lippen, als wollte er lächeln, sonst blieb er ruhig sitzen.

Als wir noch eine Weile so gefahren waren, blickte er plötzlich zum Wagenfenster hinaus, als wäre er in der Gegend bekannt, erhob sich schnell und faßte seinen Koffer bei dem einen Griff; so stand er einige Minuten, bis der Zug an einer kleinen

Station anhielt. Dann verneigte er sich ironisch tief vor mir, ungeheuer tief, ohne mich anzusehen und ohne etwas zu sagen, trat einen oder zwei Schritte zurück, verneigte sich wieder mit einem breiten Lächeln auf dem Munde und stieg aus. Er fand sogleich einen Träger für sein Gepäck und ging fort.

Er hatte während der ganzen Fahrt nicht mit mir gesprochen und mir nicht ins Gesicht gesehen.

3

Und wieder vergingen einige Jahre, drei Jahre, und ich traf ihn wieder in einer abgelegenen Gegend von New York, in einer Spielhölle.

Ich war vor ihm hingekommen und saß am Roulette, als er eintrat. Als der Diener kam, um ihm Hut und Mantel abzunehmen, schüttelte er ablehnend den Kopf. Bald darauf nahm er aber doch den Hut ab und behielt ihn in der Hand. Er ging geradewegs auf den Roulettetisch zu.

Man machte ihm Platz an dem Roulette, und er begann sogleich zu spielen. Mir schien es, als verfolge er meine Einsätze mit mehr Interesse als seine eigenen. Ich verlor die ganze Zeit. Ich spielte auf Schwarz und auf einer Doppelnummer, auf Schwarz und auf einer Doppelnummer, immer fort, ohne Unterbrechung. Und ich verlor jedesmal. Vielleicht war es dies, was ihn so interessierte.

Plötzlich rief er mir auf norwegisch quer über den Tisch zu: Sehen Sie denn nicht, daß man Sie beschwindelt?

Er riskierte, daß diese Worte auch von anderen als von mir verstanden würden, und in diesem Falle wäre es ihm sicherlich übel ergangen. Aber dennoch sagte er es, und zwar mit lauter Stimme, indem er mich dabei scharf ansah.

Ich tat, als hätte ich ihn nicht gehört, und spielte unverändert weiter, auf dieselbe Nummer und Farbe. Und ich verlor ebenso regelmäßig wie vorher. Mir war heiß geworden vor Zorn. Ich nahm mir vor, mich an den Croupier um Schutz zu wenden, falls er sich noch einmal in mein Spiel mischen würde. Ich war unmutig und erregt, denn daß ich wirklich betrogen wurde, sah ich selbst: der Croupier hielt einen Schlüssel in der Hand, mit dem er heimlich der Kugel folgte, wenn sie im Begriff war, stehen zu bleiben, und es war mir bereits vor einiger Zeit der Gedanke gekommen, daß der Schlüssel ein Magnet sei. Und trotzdem spielte ich weiter und verlor.

Da sagte mein Fremder zum Croupier gewandt:

Wollen Sie nicht den Schlüssel in die Tasche stecken?

Er sprach kalt und bestimmt, und der Croupier gehorchte sofort; er erwiderte nur: Es ist der Kassenschlüssel, ich habe ihn nur der Bequemlichkeit wegen in der Hand.

Aber er gehorchte doch augenblicklich. Ich wurde wütend. Es ärgerte mich, daß er ihm gehorcht hatte; ich schob meine zehn letzten Marken auf Schwarz hin und ging wütend fort, ohne den Ausfall des Satzes abzuwarten.

Dann traf ich meinen Mann erst wieder im vorigen Winter in Kristiania. Ich wohnte damals bei St. Hanshaugen in einem Zimmer hoch oben im dritten Stock. Als ich eines Tages nach dem Mittagessen aus dem Speisezimmer hereinkomme, steht mein geheimnisvoller Bekannter mitten in meinem Zimmer; der Schlüssel zur Tür steckte von außen, und daher war er ohne weiteres hineingegangen. Er hält mir die flache Hand hin und bittet mich um sechzehn Kronen – sechzehn Kronen – dankt, dankt zweimal tief und geht zur Tür. Hier bleibt er stehen und sagt:

Du lieber Gott, wie dumm Sie sind!

Das sagte er, der Tür zugewandt, in äußerst verächtlichem Tone.

Nun erfaßt mich meine alte Erbitterung, und ich mache ein paar Schritte auf ihn zu. Eben als er im Begriffe ist, die Tür zu öffnen und zu verschwinden, kann ich mich nicht enthalten, zu sagen:

Halt! Sie haben bei mir doch wohl nichts gestohlen?

Ich sagte das in der Absicht, ihn zu verletzen; ich glaubte selbst gar nicht, daß er etwas genommen hatte, aber ich wollte ihn demütigen.

Meine Worte übten auf ihn keine peinliche Wirkung aus, er wurde auch nicht zornig, was ich sagte, berührte ihn nicht sehr, er drehte sich nur nach mir um und sagte erstaunt: Gestohlen?

Dann setzte er sich ohne weiteres auf einen Stuhl, öffnete den Rock und zog aus der Brusttasche zuerst einige Papiere, darunter einen Fahrplan, hervor, dann ein kleines rotes Notizbuch voller Geld, ganz mit Papiergeld vollgestopft, es waren vielleicht mehrere hundert Kronen, und er hielt mir das Geld hin.

Was könnte ich bei Ihnen wohl stehlen? sagte er und lächelte.

Ich war wieder überwunden. Dieser Mensch war mir in allem überlegen und beschämte mich bei jeder Gelegenheit. Als er aufstand und ging, tat ich nichts dawider, ich machte nicht einmal den Mund auf, um ihn zurückzuhalten. Ich ließ ihn gehen. Erst als ich seine Tritte weit unten auf der Treppe hörte, ein paar Stockwerke tiefer, fiel mir ein, irgend etwas zu tun. Ich öffnete heftig die Tür hinter ihm und schlug sie wütend wieder zu, so daß es durch das ganze Haus dröhnte. Das war alles, was ich unternahm. Meine sechzehn Kronen hatte er in seiner Verachtung für mich einfach liegen lassen. Ich fand sie auf dem Stuhl, auf dem er gesessen hatte. Und empört und gedemütigt, wie ich war, ließ ich sie mehrere Tage liegen, weil ich hoffte, daß er wiederkommen würde; er sollte dann sehen, daß ich sie nicht eingesteckt hatte.

Nachträglich hörte ich, daß er auch bei meinen Wirtsleuten gewesen sei und sich dort sehr seltsam benommen habe. Mein Wirt, der Schutzmann war, erklärte, er habe nichts mit ihm zu tun haben wollen und hätte von ihm den Eindruck empfangen, daß er ein wenig verrückt sei. Unter anderem hatte der aufdringliche Fremde eine antike holländische Kaffeekanne aus Messing kaufen wollen, die auf dem Herde stand, und er hatte sich damit nicht zufrieden geben wollen, daß man die Erfüllung seines Wunsches ablehnte.

Das sind die zerstreuten Züge aus der Geschichte meines Zusammentreffens mit einem eigentümlichen Menschen. In letzter Zeit habe ich gelernt, ohne Groll an ihn zu denken; er interessiert mich sehr; ich bin darauf gefaßt, ihm noch einmal zu begegnen. Mir ist ein Licht aufgegangen, ich glaube, sein Wesen ein wenig zu verstehen und auch sein törichtes Benehmen. Ich bin nämlich vor wenigen Monaten einer anderen Person begegnet, einer dreißigjährigen Frau, die mir einiges von sich erzählte, was mich auf die Spur brachte. Sie hatte sich einmal ein Vergehen zuschulden kommen lassen, das ihr eine Gefängnisstrafe von einigen Tagen eingebracht haben würde, und dieser Umstand hatte ihren Geist ganz verwirrt. Nicht aus Gewissensbissen, nicht aus Reue über die kleine Schuld, sondern infolge eines unerklärlichen Verlangens, dafür gefaßt zu werden. Sie hatte eine Zeitlang sogar den Verdacht, die Tat begangen zu haben, selbst auf sich gelenkt, ohne daß diese zur Entdeckung des Sachverhaltes geführt hätte. Ihr Glück machte sie unvorsichtig und waghalsig; es verdroß sie, niemals erwischt zu werden, obgleich sie selbst alles dazu tat. Sie ließ nichts unversucht, um die Leute auf die richtige Spur zu lenken. Aber all das half nichts; es fiel niemand ein, sie anzuzeigen.

Die näheren Umstände ihrer Erzählung veranlaßten mich, an meinen geheimnisvollen Bekannten zu denken, den Mann mit den schwarzen Augen. Er hatte unzweifelhaft wieder und wieder gehofft, daß er durch sein Benehmen mich dazu bringen würde, ihn bei der Polizei anzuzeigen. Und er hatte es nicht erreicht.

Eine überlegene Persönlichkeit, aber eine gezeichnete und seltsam verwirrte Seele. Ein Mensch in psychischer Qual, der vielleicht darunter leidet, daß ein Geheimnis, das ihn ins Verderben bringen könnte, niemals offenbart wird.

Pariser Skizzen

Schönheit und Kraft umgibt mich, ein glänzendes und tolles Leben stürmt an mir vorbei. Dieses Volk ist ein Volk von Fackelträgern. Bei dem geringsten Anlaß kommt es in Stimmung, brennt Raketen ab und streut Funken um sich.

Alles ist hier miteinander vermischt: Laster, Korruption, Schönheit und Kraft. Inmitten der Rhythmen der großen Architektur und Kunst erklingt der falscheste Gesang und die naivste Musik. Welche Leierkasten und welche Gassensänger in Paris! Und kein wirklich großer Komponist zeigt sich in der ganzen französischen Geschichte. Die Leute auf der Straße pfeifen oft einen Marsch, aber sie selber marschieren nicht im Takt dazu. Wenn die Nationalgarde, die Versailles-Truppen durch die Stadt marschieren, könnte man über ihr Schritthalten weinen. Man kann sogar die Marseillaise im Auslande besser spielen hören als in Paris.

Aber diese Leute summen, singen und spielen gerne. Die Freude und das Leben berauscht sie und hebt sie hoch in die Lüfte. Man ruft einander auf den Straßen zu, schreit die Pferde an und knallt mit den langen Peitschen. Und neben ihrer Überlegenheit, ihrer Geringachtung für alles Fremde geht ihre kindliche Neugier einher. Treffen sie einen Chinesen oder auch nur einen Araber auf der Straße, so drehen sie sich nach ihm um und stehen und gaffen. In San Franzisko dreht man sich nicht einmal nach einem Wilden um, der einen Ring in der Nase trägt.

Sie kommen wie lustige Tänzer daher, wie das jüngste und keckste Volk der Welt. Und selten, sehr selten, gewahrt man eine Verletzung der Form. Sie haben alte Kultur im Blut, sie vermeiden es gern, roh zu werden, sie verstehen, im Gleichgewicht zu bleiben. Wie die meisten Aristokraten sind sie konservativ; sie versiegeln noch heutzutage ihre Briefe mit Oblaten und benutzen Streichhölzer, deren schrecklicher Schwefelgestank nur von jenem der amerikanischen Schwefelhölzer übertroffen wird. Ihre Vergangenheit ist groß, und sie leben von ihr; ein General in Uniform wird ihnen zum Gott, und sie seufzen nach der monarchischen Pracht. Die Boten in den Ministerien tragen noch jetzt einen Zweispitz.

Mein Herr! – Mein Herr!

Vor meinem Hotel sitzt eines Abends der Küchenjunge, der das Geschirr aufwäscht, und einer der Köche. Sie sitzen und plaudern zusammen nach beendetem Tagewerk. Dann steht der Küchenjunge auf und sagt:

Gute Nacht, mein Herr!

Und der Koch antwortet:

Gute Nacht, mein Herr!

Die Form wird nie vergessen ...

Eines Tages bekam jemand einen Brief. Es war die Antwort auf die Bitte um ein Stelldichein. Die junge Dame war unlängst Witwe geworden, sie trug noch Trauer und schrieb auf schwarzgerändertem Papier. Aber sie versprach zu dem Stelldichein zu kommen.

Ich weiß, daß es wahr ist. Ich sah den schwarzgeränderten Brief.

Jemand erzählt:

Es ist morgens um fünf. Ich bin bereits auf, weil ich die ganze Nacht nicht geschlafen habe. Ich fühle mich arm und verlassen; mir fehlt nichts, aber ich habe einen Brief erhalten, und der hat mich so tieftraurig gemacht.

Ich gehe aus, auf die Straße hinunter, und schlendere in eine Kutscherkneipe hinein. Ich verlange Kaffee und Kognak. Da sitzen bereits die Kutscher und bekommen ihr erstes kleines Frühstück, fünf Kutscher, die essen und laut reden.

Ich sitze da und halte eine Photographie in der Hand, ich betrachte sie und lese unzählige Male die paar Worte, die auf der Rückseite stehen. Ich bin gebeten worden die Photographie zu verbrennen; aber ich habe sie heute nacht nicht verbrannt. Ich reiche sie dem Kutscher neben mir hin, und er besieht sie, lächelt und sagt, ich hätte einen guten Geschmack.

Sie irren gewiß, sagte ich, das ist meine Braut.

Da lobt er mich noch eifriger wegen meines guten Geschmacks.

Er reicht das Bild seinen Kameraden hin und wiederholt ihnen, daß es meine Braut sei. Alle bewundern das Bild und freuen sich darüber und reden laut und lächeln dazu.

Das heißt, es ist nicht mehr meine Braut, bekenne ich. Ich bekam gestern abend ihren Abschiedsbrief. Ich habe ihn hier, hier steht ihr Lebewohl!

Ich zeige den Brief und sage ihnen, wie die Sache steht, daß sie eben nicht mehr will. Die Kutscher können die Sprache nicht lesen, in der dieser Brief geschrieben ist, aber da ich ihnen die schlimme Stelle zeige, nicken sie und werden um meinetwillen ernst gestimmt.

Wir trinken zusammen.

Es ist jetzt etwas über fünf. Eine Gesellschaft Herren und Damen strömt lachend herein. Die neuen Gäste kommen wohl von einer festlichen Gelegenheit, so früh am Morgen, denn sie sind im Ballanzug, sehen verwacht und blaß aus, sind aber voll sprudelnder Lustigkeit. Auch sie haben den Einfall gehabt, in dieser Kutscherkneipe einzukehren; sie bestellen Kaffee und Kognak. Und die Kutscher reichen auch der fremden Gesellschaft die Photographie hin und erklären, wie der Fall mit mir zusammenhängt. Alle sehen mich teilnahmsvoll an, ein großes junges Mädchen blickt träumerisch drein.

Ich trinke noch einen Kaffee um des Kognaks willen, und die Kutscher trinken auch mehrmals mit mir. Die fremde Gesellschaft nimmt ebenfalls daran teil, nickt und erhebt ihre Gläser.

Plötzlich kommt das große junge Mädchen auf mich zu, nimmt zwei Rosen, die sie im Gürtel trägt, und reicht sie mir. Die andern sitzen da und sehen zu. Ich stehe auf und bedanke mich verwirrt. Sie schlingt die Hände um meinen Kopf, küßt mich auf den Mund und geht zu ihrem Platz zurück.

Alle murmeln beifällig.

Die Rosen hat sie die ganze Nacht mit sich herumgetragen, und sie waren daher schon etwas welk, aber noch groß und dunkelrot. Ich wollte sie an meinem Rock feststecken und suche nach einer Nadel. Einer reicht mir sofort eine Nadel. Alle wollen mir helfen und mir gefällig sein. Die Stimmung hat diese Menschen mitgerissen. Ein Kutscher fragt, wo ich wohne, und erbietet sich, mich umsonst nach Hause zu fahren. Als ich dafür die ganze Zeche bezahlen will, protestieren sie, fechten mit den Armen herum, sind ganz gerührt, begleiten mich hinaus und sagen mir adieu, solange sie mich sehen können:

Guten Morgen, mein Herr! Danke, mein Herr!

Ein Mann steht an der Ecke des Boulevard St. Michel und der Rue de Vaugierard. Er ist lahm. Er verkauft Bleistifte. Dieser Mann preist seine Ware nicht an, er sagt kein Wort, obschon er gern ein Geschäft machen will. Da kaufe ich ihm eines Morgens einen Bleistift ab; er sagt auch jetzt kein Wort, außer seinem gewöhnlichen: Danke, mein Herr!

Am nächsten Morgen kaufe ich wieder einen Bleistift.

Danke, mein Herr!

Nun kaufe ich jeden Morgen hintereinander, jeden Tag einen Bleistift. Der Mann hatte sich so an mich gewöhnt, daß er mir den Bleistift schon entgegenstreckte, wenn er mich kommen sah, ja, er nahm sich sogar die Mühe, mir den besten auszusuchen, den er gerade hatte. Aber er sagte nichts weiter zu mir als:

Danke, mein Herr!

Endlich eines Tages sagte er:

Es freut mich, mein Herr, daß Sie einen Bleistift gefunden haben, der Ihnen zusagt.

Da hatte ich zwanzig Bleistifte von ihm gekauft.

Ich sitze eines Abends in einem großen Restaurant und sehe mir illustrierte Blätter an. Plötzlich geht die Türe auf, und eine Dame kommt ins Lokal. Sie bleibt einen Augenblick mitten im Raume stehen und sieht sich um. Sie ist außerordentlich schön, wirklich außerordentlich schön, aber sie hat das rotgefärbte Haar der Demimonde, und ihr Benehmen hat etwas Hochmütiges.

Sie dreht sich nach mir herum und sagt:

Seien Sie so liebenswürdig, hinauszugehen und meinen Wagen zu bezahlen!

Ich sitze ihr keineswegs zunächst, aber sie wendet sich an mich. Ich beiße mir auf die Lippe, rufe den Kellner und sage ihm:

Gehen Sie hinaus, und bezahlen Sie den Wagen der Dame!

Dabei werfe ich ihm ein Zwanzigfrankstück hin.

Die Dame musterte mich neugierig und erstaunt.

Ich setze mich ohne weiteres wieder zurecht, sehe meine illustrierten Blätter an und freue mich königlich, daß ich der Dame eine Lektion erteilt habe.

Sie nimmt an einem andern Tische Platz. Der Kellner kommt wieder herein, übergibt ihr das Geld, das er zurückbekommen hat, erhält einen Frank Trinkgeld, verneigt sich und geht. Der Rest des Geldes bleibt vor ihr liegen.

Da tritt ein Herr ins Lokal, den sie kennt, und sie winkt ihn zu sich. Sie reden miteinander, sie erzählt ihm von der Unhöflichkeit, die ich begangen, indem ich den Kellner hinausschickte, zeigt auf die Geldstücke, die auf dem Tisch liegen, schüttelt heftig den Kopf und zuckt die Achseln.

Der Herr schickt einen Kellner zu mir mit einem Zwanzigfrankenstück; ich nehme es mit angemessener Ruhe in Empfang und stecke es in die Westentasche.

Da kommt die Dame wieder zu mir herüber. Meine Beharrlichkeit reizt sie, sie will das letzte Wort haben.

Haben Sie Ihr Geld wiedererhalten? fragt sie.

Ja, danke, erwidere ich verwundert.

Ich hatte nämlich von dem Herrn einen Louisd'or geliehen, sagte sie zu meinem Nachbarn. Und sie erklärt wieder, wie ich mich dann verhalten habe und daß ich den Kellner hinausgeschickt hätte. Sie wendet sich an immer mehr Leute, ich habe sie offenbar tief gekränkt, und sie sucht der Reihe nach an immer mehr Tischen im Saal Teilnahme. Man beginnt überall von dem Vorfall zu sprechen. Ich höre das Wort Ausländer; alle nehmen Partei für die Dame.

Während all dies geschieht, kann ich mich nur stumm verhalten. Sollte ich mit meinem armseligen Dutzend französischer Worte versuchen, mich zu rechtfertigen? Ich würde mich lächerlich machen und riskieren, hinausgeworfen zu werden. Ich höre das Ganze also stillschweigend an.

Werft ihn hinaus! ruft es auf einmal hinten aus dem Saal.

Werft ihn hinaus! tönt es von vorn zurück.

Ich winke den Kellner zu mir und bezahle.

Nachdem dies geschehen ist, bleibe ich ruhig sitzen.

Rings um mich werden die Reden immer erregter.

In diesem Moment geht die Tür wiederum auf, und ein Herr, den ich kenne, tritt ein. Es ist Doktor Goldmann, der Korrespondent der »Frankfurter Zeitung«. Er setzt sich an meinen Tisch und will wissen, was da los ist. Ich erkläre ihm mit einigen kurzen Worten die Situation, und er teilt mir mit, die Dame sei die bekannte Mademoiselle G. Und er geht zu ihr hinüber und spricht mit dem Hut in der Hand einige verbindliche Worte.

Auf der Stelle läßt der Sturm nach. Der Doktor und ich trinken zusammen ein Glas; die Umhersitzenden beginnen mich wohlwollend zu betrachten. Ein Herr fragt den Doktor:

Was für ein Landsmann ist Ihr Freund?

Und der Doktor antwortet:

Ein Russe!

Ein Russe – ein Russe! – flüstert es allenthalben im Saale.

Ich bin gerettet.

Bevor ich das Restaurant verließ, hatte ich von Mademoiselle G. ein Veilchensträußchen erhalten.

Ein paar Wochen später wurde ich in einem Schießpavillon als Russe wiedererkannt. Und obwohl ich jämmerlich schoß, murmelte man laut Beifall, wenn ich hier und da so glücklich war, wenigstens die Scheibe zu treffen.

Où est la femme?

Überall. In der Geschichte dieses Volkes, im Herzen jedes Mannes, in ihrer Literatur. Ach, diese langweilige und altmodische Literatur, in der in unseren Tagen sogar noch ein so wenig ursprüngliches Talent wie Marcel Prévost etwas bedeutet. Es geht zurück damit. Einmal, in einem kritischen Augenblick, war der Heerführer dieses Volkes eine Frau. Die Truppen gehorchten ihr, und sie siegte. Auch jetzt wird das Volk vom Weibe geleitet, sie sitzt hoch zu Roß und herrscht über alle. Und das Pferd bäumt sich und tritt rückwärts, das Volk folgt und geht gleichfalls rückwärts, rückwärts. Vergebens setzt man Prämien aus auf Kindergeburten, vergebens arbeitet ein Senator Bérenger gegen den Verfall der Sitten; der Absinth und das Laster siegen. Die alten Anschauungen werden vollständig um- und umgekehrt, man kennt kein Maß mehr und nichts, nichts ist Schande. Schon während der großen Revolution änderten sich die Begriffe offiziell. Das Gesetz verbot, schwangere Weiber hinzurichten, und arme Frauen wie vornehme Damen gaben sich in den Gefängnissen und in den Gängen der Gefängnisse ohne weiteres hin, um von irgendeinem schwanger zu werden.

In unzähligen Schanklokalen servieren junge Mädchen. Der Beruf dieser Mädchen besteht jedoch vornehmlich darin, sich auf der Straße aufzuhalten und Herren mit sich ins Haus zu locken. Am Sonntag kommt dann die Mutter des jungen Mädchens und besucht ihre Tochter; sie ist stolz auf ihr Kind, das so viel Geld verdient, und geht mit ihr spazieren. Und ihr Bruder, der Soldat ist, benutzt seine freie Zeit, um seiner Schwester einen Besuch abzustatten. Er trifft sie mit einem Offizier zusammen, seinem eigenen Leutnant oder Hauptmann, und der junge Soldat grüßt, ungeheuer geschmeichelt, seinen Vorgesetzten und denkt: welch *feine* Dirne meine Schwester doch geworden ist; sie trägt seidene Kleider und Lackschuhe und verkehrt mit meinem eigenen Leutnant!

Drei Jahre lang habe ich das ganz in meiner Nähe beobachten können.

Im Quartier Latin sieht man nicht selten junge Mädchen, die Geliebten der Studenten, mit ihren Säuglingen auf dem Arm in die Kneipe kommen. Und niemand, niemand nimmt daran Ärgernis, im Gegenteil, alle machen ihnen ehrerbietig Platz. Es ist vielleicht ein schöner Brauch und zeugt von einer höheren Denkweise. Aber die Begriffe von früher sind auf den Kopf gestellt.

An einem prächtigen Sommerabend sah ich ein Bild: ein Paar, das aus einem Restaurant kam. Der Herr, ein Offizier, torkelte und war sehr vergnügt, seine Uniform war in Unordnung; den Säbel trug er an der rechten Seite. Ach, der französische Offizier! Sein Mädchen hatte mit ihm dort im Restaurant gesessen und ihm im Übermut die Knöpfe von der Uniform abgeschnitten und ihm den Säbel auf die rechte Seite geschnallt. Nun geht er singend und taumelnd in diesem Zustand auf der Straße. Und niemand nimmt daran Ärgernis.

An der Ausrüstung des französischen Heeres fehlt ja kein Knopf – sagte man nicht einstmals so?

Où est la femme? Überall. Bisweilen müssen diese Leute, um mitten in all dem Weiberspektakel wenigstens Ruhe zum Essen zu bekommen, bestimmte Maßregeln treffen: in mehreren großen Speiseetablissements, den sogenannten *Bouillons*, müssen die Kellnerinnen, um engagiert zu werden, ein Zeugnis vorlegen, daß sie älter als dreißig Jahre sind. Man nimmt an – übrigens irrigerweise –, daß sie in diesem Alter den Gästen gegenüber und die Gäste ihnen gegenüber sich ruhiger verhalten.

Souper bei der Kokotte Mademoiselle F.

Die Mutter der Kokotte stammt aus der Normandie und hat die weite Reise nach Paris unternommen, um ihre Tochter zu besuchen. Diese möchte ihrer Mutter gern alle möglichen Aufmerksamkeiten erweisen und gleichzeitig ihr gegenüber mit ihren feinen Bekanntschaften prahlen; sie ladet sie also zum Souper ein.

Es waren acht bis zehn Gäste da, darunter ein Monsieur R., der Mademoiselles Liebhaber war und für sehr reich galt.

Mademoiselle flüsterte während der Mahlzeit ihrem Kavalier zur Rechten zu:

Nehmen Sie sich ein wenig meiner Mutter an!

Aber die vierzig Jahre alte Frau hat sich schon selbst zurechtgefunden, sie flüstert und zischelt mit ihrem Nachbarn, dem Liebhaber der Tochter. Es dauert nicht lange, so beginnen das gute Essen und der Wein ihre Wirkung zu tun, und sie spricht laut aus, daß sie es in Paris herrlich finde. Sie hat einen breiten Mund und eine aufgestülpte Nase, ein richtiges Dirnengesicht. Sie wird immer lustiger, sie legt es stark auf Monsieur R. an, klopft ihm auf den Schenkel, lehnt sich an ihn und ruft zur Tochter hinüber, die am Ende der Tafel sitzt: Bilde dir nur nicht ein, daß du mich etwas lehren kannst!

Hierauf bemerkt Monsieur R. nachsichtig und höflich:

Nein, Madame, sicher, Sie können noch manche Junge ausstechen!

Nun wird die Tochter eifersüchtig. Man konnte beobachten, daß sie Monsieur R. auf anständige Weise von ihrer Mutter befreien wollte; als ihr dieses nicht glückt, da Monsieur im Gegenteil an der Kurmacherei der Alten Spaß findet, wird Mademoiselle wütend und schreit ganz bleich:

Daß du dich nicht schämst, Mama!

Aber Mama schämte sich nicht; nein, gerade das tat sie nicht. Die kräftige Bauersfrau kommt vom Lande herein, von weit droben in der Normandie, und wird plötzlich wieder jung. Sie ruft unter lautem Lachen ihrer Tochter zu:

Denke dir, Emilienne, er bietet mir einen Louisd'or. Ein Louisd'or ist viel Geld. Dein Freund muß sehr reich sein!

Die Tochter vermag sich nicht mehr zu beherrschen. Sie ist leichenblaß vor Eifersucht und erwidert:

Macht, daß ihr fortkommt, alle beide! Hinaus aus dem Hause!

Damit springt sie in die Höhe und hebt die Tafel auf.

Monsieur R. versuchte sie wieder zu versöhnen, sie sprachen leise in einer Ecke. Und die Tochter beruhigt sich auch und scheint zu verzeihen.

Aber ein Weilchen später haben Monsieur R. und die Bauersfrau sich doch wieder gefunden. Sie warteten nicht einmal ab, bis die übrigen Gäste aufbrachen, sondern verließen in der Stille den Salon.

Und dann bekam unsere Gastgeberin plötzlich Kopfschmerzen, die sie nötigten, sogleich ihre Sachen überzuwerfen und fortzufahren – zu einem Arzt ...

Laster, Korruption und Schönheit und Kraft.

Gestrüpp

Sklaven der Liebe

I

Geschrieben von mir, geschrieben heute, um mein Herz zu erleichtern. Ich habe meine Stellung im Café verloren und meine frohen Tage. Alles habe ich verloren. Und das Café war das Café Maximilian.

Ein junger Herr in grauem Anzug kam Abend für Abend mit zwei Freunden und setzte sich an einen meiner Tische. Es kamen so viele Herren, und alle hatten ein freundliches Wort für mich, nur er nicht. Er war groß und schlank, hatte weiches, schwarzes Haar und blaue Augen, mit denen er mich zuweilen streifte, und einen Anflug von Bart auf der Oberlippe.

Nun, er mochte anfangs wohl etwas gegen mich haben.

Er kam eine ganze Woche hindurch ununterbrochen. Ich hatte mich an ihn gewöhnt und vermißte ihn, als er eines Abends ausblieb. Ich ging durch das ganze Café und sah mich nach ihm um; endlich fand ich ihn an einer der großen Säulen am anderen Ende; er saß mit einer Dame vom Zirkus zusammen. Sie trug ein gelbes Kleid und lange Handschuhe, die bis über die Ellbogen reichten. Sie war jung und hatte schöne, dunkle Augen, – und meine Augen sind blau.

Ich blieb einen Augenblick bei ihnen stehen und hörte zu, wovon sie sprachen: sie machte ihm Vorwürfe, sie war seiner überdrüssig und hieß ihn gehen. Ich dachte in meinem Herzen: Heilige Jungfrau, warum geht er nicht zu mir?

Am nächsten Abend kam er mit seinen beiden Freunden und nahm wieder an einem meiner Tische Platz, denn ich hatte fünf Tische zu bedienen. Ich ging nicht heran, wie ich sonst wohl tat, sondern wurde rot und stellte mich, als hätte ich sie nicht bemerkt. Als er mir winkte, trat ich an den Tisch und sagte: Sie waren gestern nicht hier.

Wie wundervoll schlank unsere Kellnerin ist, sagte er zu seinen Kameraden.

Bier? fragte ich.

Ja, antwortete er. Und ich lief mehr, als ich ging, und holte drei Seidel.

2

Ein paar Tage vergingen.

Er gab mir eine Karte und sagte:

Bringen Sie die hinüber ...

Ich nahm die Karte, ehe er es ausgesprochen hatte, und brachte sie der gelben Dame. Unterwegs las ich seinen Namen: Wladimierz T.

Als ich zurückkam, sah er mich fragend an.

Ja, ich habe sie hingebracht, sagte ich.

Und Sie haben keine Antwort erhalten?

Nein.

Er gab mir eine Mark und sagte lächelnd:

Keine Antwort ist auch eine Antwort.

Den ganzen Abend blieb er sitzen und starrte zu der Dame und ihren Begleitern hinüber. Um elf Uhr stand er auf und ging an ihren Tisch. Sie empfing ihn kühl, ihre beiden Herren aber ließen sich näher mit ihm ein, stellten ihm boshafte Fragen und lächelten. Ich blieb einige Minuten, und als er wiederkam, sagte ich ihm, daß in die eine Tasche seines Sommerüberziehers Bier gegossen worden sei. Er zog ihn aus, wandte sich hastig um und sah einen Augenblick nach dem Tisch der Zirkusdame hinüber. Ich trocknete ihm den Überzieher ab, und er sagte lächelnd zu mir: Danke, Sklavin!

Als er ihn wieder anzog, half ich ihm und strich ihm heimlich über den Rücken.

Er setzte sich, zerstreut. Einer seiner Freunde bestellte noch Bier, ich nahm das Seidel und wollte auch T.'s Seidel nehmen.

Er sagte aber: Nein, und legte seine Hand auf die meinige. Bei dieser Berührung sank mein Arm plötzlich herab, er merkte es und zog seine Hand sofort zurück.

Am Abend betete ich zweimal vor meinem Bett auf den Knien für ihn. Und ich küßte ganz glücklich meine rechte Hand, die er berührt hatte.

3

Einmal schenkte er mir Blumen, eine Menge Blumen. Er kaufte sie bei der Blumenfrau, als er hereinkam; sie waren frisch und rot, und es war fast ihr ganzer Vorrat. Er ließ sie vor sich auf dem Tisch liegen. Keiner seiner Freunde war mit da. Ich stand, so oft ich Zeit hatte, hinter einer Säule und starrte ihn an, und ich dachte bei mir: Wladimierz T. heißt er.

Es mochte vielleicht eine Stunde vergangen sein. Er sah fortwährend nach der Uhr. Ich fragte ihn:

Erwarten Sie jemand?

Er sah mich wie geistesabwesend an und sagte plötzlich:

Nein, ich erwarte niemand. Wen sollte ich erwarten?

Ich meinte nur, ob Sie vielleicht jemand erwarteten.

Kommen Sie her, erwiderte er. Das ist für Sie.

Und er gab mir alle die vielen Blumen.

Ich dankte ihm, aber ich konnte nicht gleich ein Wort hervorbringen, ich flüsterte nur. Eine blutrote Freude riß mich hin; atemlos stand ich vor dem Büfett, wo ich etwas holen sollte.

Was wünschen Sie? fragte die Mamsell.

Ja, was glauben Sie? fragte ich.

Was ich glaube? sagte die Mamsell. Sind Sie verrückt?

Raten Sie einmal, von wem ich diese Blumen bekommen habe.

Der Oberkellner ging vorüber.

Sie vergessen das Bier für den Herrn mit dem Stelzfuß, hörte ich ihn sagen.

Ich habe sie von Wladimierz bekommen, sagte ich und eilte mit dem Bier davon.

T. war noch nicht gegangen. Ich dankte ihm abermals, als er sich erhob, um zu gehen. Er stutzte und sagte:

Ich kaufte sie eigentlich für eine andere.

Nun ja. Er hatte sie vielleicht für eine andere gekauft. Aber ich bekam sie. Ich bekam sie, nicht die, für die er sie gekauft hatte. Und so durfte ich ihm auch dafür danken. Gute Nacht, Wladimierz.

4

Am Morgen darauf regnete es.

Soll ich heute mein schwarzes oder mein grünes Kleid anziehen? dachte ich. Das grüne, denn das ist das neueste; das ziehe ich also an. Ich war sehr heiter.

Als ich an die Haltestelle kam, stand eine Dame im Regen und wartete auf die Straßenbahn. Sie hatte keinen Schirm. Ich bot ihr an, mit unter meinem zu stehen, aber sie lehnte es dankend ab. Da klappte ich meinen Regenschirm zu, während ich wartete. Dann wird die Dame doch nicht allein naß, dachte ich bei mir.

Am Abend kam Wladimierz ins Café.

Ich danke Ihnen für die Blumen, sagte ich stolz.

Welche Blumen? fragte er. Schweigen Sie doch von den Blumen.

Ich wollte mich dafür bedanken, sagte ich.

Er zuckte die Achseln und entgegnete:

Sie liebe ich nicht, Sklavin!

Er liebte mich nicht, nein. Ich hatte es auch nicht erwartet und war nicht enttäuscht. Aber ich sah ihn jeden Abend; er setzte sich an meinen Tisch und nicht an den Tisch einer anderen, und ich war es, die ihm das Bier brachte. Auf Wiedersehen, Wladimierz!

Am nächsten Abend kam er sehr spät. Er fragte:

Haben Sie viel Geld, Sklavin?

Nein, leider nicht, antwortete ich. Ich bin ein armes Mädchen.

Da sah er mich an und sagte lächelnd:

Sie mißverstehen mich. Ich brauche bis morgen etwas Geld.

Ich habe etwas Geld, entgegnete ich. Ich habe hundertunddreißig Mark zu Hause.

Zu Hause? Nicht hier?

Ich antwortete: Warten Sie eine Viertelstunde und kommen Sie mit mir, wenn wir schließen.

Er wartete die Viertelstunde und ging mit mir.

Nur hundert Mark, sagte er. Er hielt sich die ganze Zeit an meiner Seite und ließ mich weder voran noch hinterdrein gehen. Ich habe nur eine kleine Kammer, sagte ich, als wir an meiner Haustür stehen blieben.

Ich gehe nicht mit hinauf, erwiderte er. Ich warte hier.

Er wartete.

Als ich wieder herunterkam, zählte er das Geld und sagte:

Das sind mehr als hundert Mark. Ich gebe Ihnen zehn Mark als Trinkgeld. – Ja, ja, hören Sie, ich will Ihnen zehn Mark als Trinkgeld geben.

Und er reichte mir das Geld, wünschte Gute Nacht und ging.

An der Ecke sah ich ihn stehen bleiben und der alten, lahmen Bettlerin eine Mark geben.

5

Er bedauerte am nächsten Abend gleich, daß er mir das Geld nicht zurückzahlen könne. Ich dankte ihm dafür, daß er es nicht konnte. Er gestand offen, daß er es durchgebracht habe.

Was soll man dazu sagen, Sklavin, sagte er lächelnd. Sie wissen: die gelbe Dame!

Weshalb nennst du unsere Kellnerin Sklavin? sagte einer seiner Freunde. Du bist ja mehr Sklave als sie.

Bier? fragte ich und unterbrach sie.

Bald darauf trat die gelbe Dame ein. T. stand auf und verbeugte sich. Sie ging an ihm vorüber und setzte sich an einen leeren Tisch, lehnte aber zwei Stühle umgekehrt dagegen. T. ging sofort zu ihr hin, nahm den einen Stuhl und setzte sich. Nach zwei Minuten erhob er sich wieder und sagte sehr laut:

Gut, ich gehe. Und ich kehre nie wieder zurück.

Danke, entgegnete sie.

Ich fühlte vor lauter Freude kaum meine Füße, lief ans Büfett und sagte etwas. Ich erzählte wohl, daß er nie wieder zu ihr zurückkehren werde. Der Oberkellner ging vorüber; er erteilte mir einen scharfen Verweis, aber ich machte mir nichts daraus.

Als das Lokal um elf Uhr geschlossen wurde, begleitete mich T. bis an meine Haustür.

Fünf von den zehn Mark, die ich Ihnen gestern gab, sagte er.

Ich wollte ihm die zehn Mark geben, und er nahm sie an, gab mir aber trotz meines Sträubens fünf als Trinkgeld zurück. Und er wollte meine Einwände nicht hören.

Ich bin heute Abend so froh, sagte ich. Wenn ich Sie bitten dürfte, mit hinaufzukommen; aber ich habe nur eine kleine Kammer.

Ich gehe nicht hinauf, erwiderte er. Gute Nacht.

Er ging. Er kam wieder an der alten Bettlerin vorüber, vergaß aber, ihr etwas zu geben, obwohl sie ihm einen Knicks machte. Ich lief zu ihr hin, gab ihr einige Groschen und sagte: Das ist von dem Herrn, der eben vorüberging, von dem Herrn im grauen Anzug.

Von dem Herrn im grauen Anzug? fragte die Frau.

Von dem mit dem schwarzen Haar, Wladimierz.

Sind Sie seine Frau?

Ich antwortete: Nein. Ich bin seine Sklavin.

6

Er beklagte es dann mehrere Abende hintereinander, daß er mir mein Geld nicht zurückgeben könne. Ich bat ihn, mir nicht so weh zu tun. Er sagte es so laut, daß alle es hören konnten, und mehrere lachten deshalb über ihn.

Ich bin ein Schurke und ein Spitzbube, sagte er. Ich habe Geld von Ihnen geliehen und kann es Ihnen nicht zurückgeben. Ich ließ mir die rechte Hand für einen Fünfzigmarkschein abhauen.

Es schmerzte mich, ihn so reden zu hören, und ich dachte darüber nach, wie ich ihm wohl Geld verschaffen könnte. Aber ich konnte es nicht.

Er sagte ferner zu mir: Wenn Sie mich übrigens fragen, wie es mir geht, so ... Die gelbe Dame und der Zirkus sind abgereist. Ich habe sie vergessen. Ich denke gar nicht mehr an sie.

Und doch hast du ihr heute noch einen Brief geschrieben, sagte einer seiner Freunde.

Das war der letzte, entgegnete Wladimierz.

Ich kaufte eine Rose von der Blumenfrau und steckte sie ihm in das Knopfloch an der linken Seite. Ich fühlte seinen Arm auf meinen Händen, während ich es tat, und es war mir fast unmöglich, die Stecknadel zu befestigen.

Danke, sagte er.

Ich verlangte die paar Mark, die ich noch an der Kasse gut hatte, und gab sie ihm. Es war nicht der Rede wert.

Danke! sagte er abermals.

Ich war den ganzen Abend glücklich, bis Wladimierz plötzlich sagte:

Für dieses Geld reise ich auf eine Woche fort. Wenn ich zurückkomme, sollen Sie Ihr Geld wieder haben. Als er meine Bewegung sah, fügte er hinzu: Sie allein liebe ich! Und er ergriff meine Hand.

Ich war ganz bestürzt, daß er fortreisen und nicht sagen wollte, wohin, obgleich ich ihn fragte. Alles, das ganze Café, die Kronleuchter und die vielen Gäste tanzten um mich herum; ich konnte es nicht länger aushalten und ergriff flehend seine beiden Hände.

In einer Woche kehre ich zu Ihnen zurück, sagte er und erhob sich jäh.

Ich hörte den Oberkellner zu mir sagen: Sie werden entlassen werden.

Meinetwegen, dachte ich bei mir; was macht das? In einer Woche ist Wladimierz wieder bei mir! Und ich wollte ihm dafür danken, ich wandte mich um – er war schon gegangen.

7

Eine Woche später fand ich, als ich nach Haus kam, einen Brief von ihm. Er schrieb so trostlos, er erzählte, er sei der gelben Dame nachgereist, er könne mir nie mein Geld zurückbezahlen, niemals, er sei ganz gebrochen durch die Not. Dann schalt er sich wieder eine niederträchtige Seele, und unter den Brief hatte er geschrieben: Ich bin der Sklave der gelben Dame. Ich trauerte Tag und Nacht und konnte nichts weiter tun. Eine Woche später verlor ich meine Stellung und mußte mich nach einer neuen umsehen. Am Tage stellte ich mich in anderen Cafés und Hotels vor; ich schellte auch bei Privatpersonen und bot ihnen meine Dienste an. Es glückte mir aber nicht. Spät am Abend kaufte ich dann ganz billig alle Zeitungen und las die Annoncen sorgfältig, wenn ich nach Haus kam. Ich dachte: vielleicht kann ich Wladimierz und mich retten ...

Gestern abend fand ich seinen Namen in einem Blatt und las von ihm. Ich ging gleich darauf aus, durch viele Straßen, und kam erst heute morgen zurück. Vielleicht habe ich irgendwo geschlafen oder auch auf einer Treppe gesessen, ohne weitergehen zu können; aber das weiß ich jetzt nicht.

Ich habe es heute wieder gelesen; aber gestern abend, als ich nach Hause kam, habe ich es zuerst gelesen. Ich rang die Hände; dann setzte ich mich auf einen Stuhl. Nach einer Weile setzte ich mich auf den Boden und lehnte mich gegen den Stuhl. Ich schlug mit den flachen Händen auf den Fußboden, während ich nachdachte. Vielleicht dachte ich gar nicht; aber es sauste mir so im Kopf, und ich wußte nichts von mir selbst. Dann bin ich wohl aufgestanden und hinausgegangen. Unten an der Straßenecke, dessen entsinne ich mich, gab ich der alten Bettlerin einen Groschen und sagte: Das ist von dem Herrn mit dem grauen Anzug. Sie wissen ja!

Sind Sie vielleicht seine Braut? fragte sie.

Ich antwortete: Nein – ich bin seine Witwe.

Und ich trieb mich bis heute morgen auf der Straße herum. Und jetzt habe ich es nochmals gelesen. Wladimierz T. hieß er.

Der Sohn der Sonne

Über Nacht war der Schnee gekommen. Ein dichter, weißer Mantel lag über der Erde.

Er war mit der frohen Erinnerung erwacht, daß er gestern einen Brief erhalten hatte, eine überraschende, erlösende Nachricht, er fühlte sich jung und glücklich und er fing an, ein wenig zu singen. Da geschah es, daß er ans Fenster trat, den Vorhang zurückzog und den Schnee sah. Sein Gesang verstummte plötzlich, ein trostloses Gefühl zog in seine Seele ein, und seine armen, schräg abfallenden Schultern zuckten.

Mit dem Winter kam immer eine böse Zeit für ihn, eine Qual wie keine andere und die kein anderer verstand. Allein der Anblick des Schnees raunte ihm Tod, raunte ihm Vernichtung ins Ohr. Die langen Abende kamen mit ihrer Finsternis und ihrem dummen, sinnlosen Schweigen, er konnte nicht in seinem Atelier arbeiten, seine Seele fiel in Winterschlaf und blieb stumm. Während eines Sommers hatte er in einem kleinen Städtchen ein helles und großes Zimmer bewohnt, in dem die untersten Fensterscheiben geweißt waren. Dieser Anstrich von Kalk an den Fensterscheiben erinnerte ihn an Eis, und er konnte bei ihrem Anblick nicht Herr seiner Qual werden. Er wollte sich zwingen, er hielt sich mehrere Monate lang in dem Zimmer auf und sagte täglich zu sich selber, daß auch das Eis seine Schönheit für viele habe, daß Winter und Sommer beide Äußerungen derselben ewigen Idee seien und Gott angehörten – aber es half alles nichts, seine Arbeit konnte er nicht anrühren, und die tägliche Qual zehrte an ihm. – Späterhin im Leben wohnte er in Paris. Wenn die Stadt ihre frohen Feste feierte, pflegte er auf die Boulevards hinauszugehen und das Spiel zu beobachten. Es konnte mitten im warmen Sommer sein, die Abende waren schwül, und über der Stadt schwebte der Blumenduft aus den großen Parks; die Straßen schimmerten im Schein des elektrischen Lichts, lächelnde und jubelnde Menschen wogten auf und nieder, riefen, sangen, warfen Konfetti; alles war eitel Freude. Er konnte mit dem redlichen Vorsatz ausgehen, sich unter die Menge zu mischen und mit zu jubeln; aber schon nach einer halben Stunde hatte er eine Droschke genommen und war wieder heimgekehrt. Weshalb? Eine Erinnerung hatte aus der Ferne zu ihm geredet; in dem elektrischen Licht wirbelte die große Menge Konfetti wie Schnee vor seinen Augen, und sein Vergnügen nahm ein jähes Ende.

Dies hatte sich Jahr für Jahr wiederholt.

Wo lag die Heimat seiner Seele? Vielleicht in einem Sonnenland, in einem Palmenland. Vielleicht am Ufer des Ganges, wo die Lotosblume nimmer welkt.

Über Nacht war der Schnee gekommen. Er dachte daran, wie die Vögel im Walde frieren mußten und wie hart die Wurzeln der Veilchen in der Erde litten, ehe sie abstarben. Und wovon sollte der Hase heute leben!

Er konnte nicht mehr ausgehen. Mehrere Monate lang würde er jetzt das Zimmer kaum verlassen, sondern nur zwischen seinen vier Wänden auf und nieder gehen und auf dem Stuhl sitzen und denken. Niemand verstand, wie er unter dieser Gefangenschaft litt. Er war jung genug, um am Leben teilzunehmen, es fehlte ihm auch nicht an Kräften dazu; aber durch eine Laune des Frostes, durch eine zufällige Witterungsveränderung sah er sich plötzlich darauf beschränkt, in seinem Zimmer zu sitzen und zu denken. Und es war ganz gut, daß seine Frau in diesen Zeiten die wenigen Früchte, die sie für die Kinder erübrigt hatte, in einen Schrank sperrte, sonst hätte der Mann diese paar Äpfel oder kümmerlichen Trauben vor sich hingelegt, sich lange an ihrem Anblick erfreut, da sie des Südens und des Sommers Früchte waren, und hätte sie schließlich aufgegessen.

Seine Vorstellungen wechselten in auffallend kurzer Zeit. Im allgemeinen war es ihm eine Qual, Briefe zu beantworten, jetzt eilte er an seinen Arbeitstisch und schrieb eine Menge Briefe an alle möglichen Menschen, ja, sogar an fremde, denen er keine Antwort schuldig war, und er hatte dabei ein dunkles Gefühl, daß das Ende, die Vernichtung im Anmarsch wären und daß er durch diese vielen Briefe nach Süden und nach Norden eine Zeitlang noch die Verbindung mit dem Leben aufrecht erhalten könne. Auch in anderer Hinsicht gingen Veränderungen mit ihm vor; sein Gemütsleben war gestört, er weinte oft still für sich, und sein Schlaf in der Nacht war nur ein Schlummer, den seltsame Träume beunruhigten.

Dieser Mann, dessen Körper so zart und unvollkommen war, hatte doch im Sommer den fröhlichsten Sinn. Aber an dunklen Wintertagen wurde er von einer furchtbaren Niedergeschlagenheit überwältigt. Alle seine Übergänge waren jäh, heftig wie ein Unwetter, hin und wieder fiel er vor seinem jüngsten Kinde auf die Knie und flehte unter heißen Tränen für dasselbe zu Gott. Sein Wunsch war, daß der Knabe niemals eine öffentliche Persönlichkeit werden möge, wie er selber. Bei allen öffentlichen

Persönlichkeiten wurden die Quellen der Seele getrübt, diese Menschen wurden dadurch verdorben, daß man sie öffentlich besprach, daß das Publikum sie auf der Straße beachtete und daß sie die Bemerkungen hörten, die Vorübergehende über sie machten. Wie wurde nicht ihr Blick, ihr Gang, ihre Haltung durch diese ewige Ausstellung verfälscht! Aber sein Knabe sollte in die Erde säen und den Ertrag der Erde ernten. Nichts glich dem: in die Erde zu säen und aus der Erde zu ernten. Es sollte ihm auch erspart bleiben, jemals fremde Erde zu betreten. Wie suchte man im fremden Lande vergebens mit seinen Wurzeln nach einem günstigen Boden, nach einem Heim! Man verstand nicht alle die Worte, die gesprochen wurden, nicht die Blicke, nicht das Lächeln. Der Himmel war ein anderer, die Sterne standen in umgekehrter Richtung und waren nicht wiederzuerkennen. Betrachtete man die Blumen, so hatten diese eine fremde Schattierung; oft waren es auch nicht dieselben Vögel. Und auf den Stangen wehten nicht dieselben Flaggen. Er selber fühlte instinktiv, daß er aus seinem Naturzusammenhang herausgerissen war, er hatte vielleicht einmal in einer fernen Vergangenheit einer fremden und warmen Welt in weiter Ferne angehört.

—32° Celsius.

Er merkt mit Entsetzen, daß die Kälte zunimmt und daß alles Leben auf dem Felde erstirbt. Sein Fenster liegt nach dem Wald hinaus und nach dem breiten Wege, auf dem sich die Menschen von und zu der Stadt bewegen. Kein Blatt zittert mehr, die Tannennadeln sind wie Pfriemen, und es liegt Reif auf allen Bäumen. Ein herrlicher Tag für den Sportspöbel. Eine arme kleine Meise hat noch Kräfte genug, um die Flügel zu bewegen; da, wo sie geflogen ist, sieht man in der Luft einen dünnen Dampfstreifen. Die Natur hat keinen Atemzug, sie ist ganz still und kalt, kein Wind bewegt die Luft, alles ist steif und weiß wie Talg.

Da ertönt Schellengeklingel unten auf dem Wege, ein Schlitten zieht vorüber, in dem Schlitten sitzen ein Herr und eine Dame. Über dem Pferd und den beiden Menschen lagert während der ganzen Zeit eine weiße Wolke, die sich fortwährend erneuert. Dieser Herr und diese Dame haben wohl niemals in ihrem Leben eine Weintraube wachsen sehen, vielleicht haben sie auch noch niemals eine gekostet. In ihren Mienen gewahrt man keine Unzufriedenheit mit dem Wetter, sie fahren dahin, um ihre kleine Besorgung in der Stadt zu erledigen, und sie rufen von Zeit zu Zeit dem Pferde zu, wenn sie meinen, daß es sich in dem wunderbaren Talg zu langsam bewegt. Ein Mensch aus dem Sonnenlande würde sich über diesen Aufzug totlachen. Ihre Augen sehen ganz offen und ohne Verwunderung dies entsetzliche, kalte Rätsel an, das sie auf allen Seiten umgibt, und sie opfern ihm keinen Gedanken, weil sie selber Kinder des Schnees und im Schnee aufgewachsen sind. Sie sehen wie sitzende Seehunde aus. Der Bart des Mannes ist von Eis verunstaltet.

Er sieht seine kleine Tochter draußen auf dem Hof vor den Fenstern spielen. Sie ist von oben bis unten in dicke, wollene Kleider gehüllt, nur unter den langen Strümpfen aus Ziegenhaaren liegen lederne Sohlen. Ihre Schritte knirschen schmerzlich im Schnee, wenn sie den Schlitten zieht. Bei diesem Anblick fangen seine Schultern an zu zucken, er schließt die Augen, als wäre er ermattet, seine wunderliche Qual treibt ihm den kalten Schweiß auf die Stirn.

Das Kind ruft zu ihm herauf, es wendet sein rotwangiges Antlitz unbefangen nach oben und klagt, daß der Strick an seinem Schlitten zerrissen ist. Er geht sogleich hinunter und knüpft den Strick wieder zusammen, und er hat keinen Hut auf und keine dicken Kleider an. Friert dich nicht? fragt das Kind. Ihn fror nicht, seine Hände waren warm, nur einen stechenden Schmerz verursachte die eisige Luft in seiner Kehle. Aber ihn fror nie.

Er bemerkt, daß die große, alte Birke vor der Haustür ihr Aussehen verändert hat, ihr Stamm ist zerrissen. Das hat die Kälte getan! denkt er mit zitternder Seele.

In der Nacht schlug die Witterung um. Er saß aufrecht im Bett und wartete auf das milde Wetter, obwohl er wußte, daß der Winter wieder von neuem anfangen und noch eine ganze Zeit währen würde. Es war, als wenn eine Hoffnung in ihm entzündet werde.

Die Kälte nahm beständig ab, es fing schließlich an von den Dächern zu tropfen, und draußen im Weltenraum brauste es wie von gewaltigem Wellenschlag. Er ging mit größeren und größeren Hoffnungen im Herzen einher, dies Brausen in der Luft durchströmte ihn wie Musik, es konnte der Frühling sein, der seine goldenen Trommeln rührte.

Eines Nachts hörte er ein klatschendes Geräusch gegen sein Fenster, er richtete sich auf und lauschte, es war der Regen! Eine wunderliche Freude durchrieselte ihn, er warf die Kleider über, eilte in sein Atelier und zündete alle Lampen an. Sein Heimweh nach dem Sommer schlug in hellen Flammen empor, alle seine gebundenen Kräfte lösten sich, und er stürzte sich noch in derselben Nacht über seine Arbeit. Gesichte und Stimmen aus warmen Gegenden strömten aus weiter Ferne her auf ihn ein und erfüllten ihn; da war eine Landschaft, die in einer seltsamen und schönen Klarheit der Vision vor seinen Augen lag, ein Märchental, und mitten in dem Tal stand der *Mensch*, die junge Herrlichkeit, die zum erstenmal den Blick über die Erde schweifen läßt.

Ein Gott, ein Sieger, der mitten im Morgen des Lebens steht. Die Vegetation ist üppig, da sind überall Palmen und tropische Gewächse, Schlingpflanzen mit großen, roten Blüten, die wie Fleisch aussehen und zu atmen scheinen, Indigobäume, Reis- und Weinfelder. Unten im Tal weiden Tiere, sie sind dem Menschen nahe, und er hört, wie sie fressen; oben auf einem Felsen sitzt eine Schar zwitschernder Vögel, ihre Federn sind steif wie Schwerter, und ihre Augen gleichen kleinen, grünen Flammen. Ganz im Hintergrunde liegt wieder eine Palmenlandschaft, die sich in der Ferne verliert.

Über dieser Landschaft taucht gerade der erste feine Rand der Morgensonne aus dem Weltall auf und beleuchtet den Menschen vom Scheitel bis zur Sohle ... Er arbeitet, bis der Morgen graut. Dann schläft er eine Stunde und beginnt von neuem. Nichts könnte ihn zurückhalten, eine ungewöhnliche Kraft hält ihn aufrecht, reißt ihn fort. Während fünf aufeinander folgender Regentage macht er den Entwurf zu dem Bilde: ›Der Sohn der Sonne‹.

Ein kleiner brünetter und ganz unansehnlicher Mann, ohne Bart und mit kahler, kalter Stirn. Er sitzt dort schweigend auf dem Stuhl und läßt die andern reden. Er hustet von Zeit zu Zeit und fährt verlegen mit der Hand nach dem Munde. Richtet man ein Wort an ihn, so zuckt er nervös zusammen und starrt den Sprecher eine Weile an, ehe er antwortet. Dort, wo er sich hinsetzt, bleibt er den ganzen Abend sitzen, sein Benehmen ist so unbeholfen und sein ganzes Wesen so wenig hervortretend, daß sich niemand etwas daraus macht, sich mit ihm zu beschäftigen. Er sieht so aus, als sei er durch ein reines Versehen in diese Gesellschaft bekannter Männer geraten.

Einige Wochen später stellt derselbe Mann ein Bild aus. Und von demselben Tage an kennen ihn alle.

Der Eroberer

I

Eine Gesellschaft von jungen Leuten ruderte nach der Insel hinaus. Einer der Herren erhob sich stattlich und jung im Boot und deklamierte Gedichte; man konnte es vom Ufer aus hören. Alle Damen lauschten ihm, nur die jüngste von ihnen, ein lebensprühendes Mädchen mit blondem Haar und bebenden Nasenflügeln, zog es vor, die Augen zu dem schönen Bootsmann am Ruder hinüberschweifen zu lassen, sie lachte über seine Bemerkungen und lächelte ihm hinter dem Rücken der anderen zu.

Hierüber ward der Herr mißmutig. Und er las seine Gedichte mit lauterer Stimme, und seine Wangen erhielten Farbe.

Plötzlich hielt er inne. Er wandte sich nach der unaufmerksamen Schönen auf der Ruderbank hinter ihm um und sagte: Sie haben recht, meine Gedichte sind nicht gut. Aber ich kann auch etwas erzählen, und das mache ich vielleicht besser. Sobald wir an Land kommen, sollen Sie es hören.

Und alle Damen klatschten in die Hände und freuten sich auf das, was er von seinen Reisen erzählen wollte, denn seine Abenteuer waren zahlreich. Nur sie, die seine Gedichte nicht anhören mochte, war auch jetzt nicht begeistert. Und der Herr ärgerte sich mehr und mehr.

Was wollen Sie denn? fragte er in seiner Verzweiflung.

Was ich will? Ich verstehe Sie nicht! antwortete sie verwundert. Ich heiße Andrea, es ist nichts an mir, ich bin nur fröhlich, daß ich diese Fahrt mitmachen darf. Und sie sah wirklich so aus, als meine sie, was sie sagte, der Schelm.

Sie landeten, sie packten den Wein aus, schenkten die Gläser voll und tranken. Aber weit fort, hinter dem niedrigen Gesträuch am Strande mußten wohl Andrea und der Bootsmann lustwandeln und Eier von Seevögeln suchen. Denn von Zeit zu Zeit führte der Wind ihr Lachen zu der Gesellschaft herüber. Jetzt müssen Sie erzählen! rief man.

Schafft alle herbei, laßt auch Andrea kommen, erwiderte er. Er stieg auf einen Stein und rief Andrea mit warmer, lockender Stimme.

Und Andrea kam. Sie stand da und sah ihn fragend an. Mein Fräulein, für Sie allein erzähle ich, sagte er, so daß alle es hörten.

Sie stehen hier wie ein silbernes Kreuz in der Sonne. Nicht nur, daß Ihre Schönheit so groß ist, sondern auch durch Ihre Jugend haben Sie es mir angetan – durch Ihre herrliche Jugend. Sie berauschen mich durch sie, und ich werde toll nach ihr. Sehen Sie nur Ihre Arme an, es ist Blut unter ihrer Haut. Ach ja, nur Sie sind es, der ich erzählen will.

Andrea aber sah die Gesellschaft ganz beschämt und peinlich berührt an und setzte sich.

Und dann erzählte er.

Er erzählte eine halbe Stunde lang; diese Stimme verstummte nicht, eine wilde, großartige Stimmung schien ihn zu beherrschen, und der Reisegenosse, von dem er erzählte, hatte wunderliche Dinge erlebt.

Langweile ich Sie? fragte er.

Nein, nein, riefen alle, Herren wie Damen.

Und Andrea antwortete nicht.

Er fragte:

Weshalb antworten Sie nicht? Für Sie allein erzähle ich. Warten Sie ein wenig, ich habe nur noch das eine zu sagen, daß der Mann, von dem Sie dies alles gehört haben, durchaus nicht glücklich war. Alles ging gut, und er gewann bei allen diesen kleinen Kämpfen, er siegte bei allen galanten Abenteuern; eines Tages aber ward er von der großen, ewigen Liebe ergriffen, und da verlor er.

Bravo! sagte Andrea mit gesenkten Lidern. Erzählen Sie davon!

Den Eroberer aber verwirrte diese Ruhe, ja, ihre Kälte brachte ihn zur Verzweiflung, und er kämpfte mannhaft, um sich von ihrer Macht zu befreien. Die andern Damen ließen der Sache ihren Lauf, denn mehr als eine von ihnen kannte sein unbeständiges Herz. Fiel das Los heute auf die eine, würde es morgen, wenn die Sonne in andere Teile seiner Seele geleuchtet hatte, auf eine andere fallen.

Andrea sagte:

Erzählen Sie davon!

Weshalb sollte ich das tun? erwiderte er. Ihre Kälte macht mich frieren. Meine Damen und meine Herren, der Abend ist hereingebrochen!

Sie kehrten heim. Auf der Rückfahrt gab er dem Bootsmann ohne Grund eine schallende Ohrfeige und griff selber nach den Rudern. Er sah nicht, hörte nicht, ruderte aber wie ein Bär. Als sie das Ufer erreicht hatten, schritt plötzlich Andrea an seiner Seite. Er packte sie beim Arm und sagte leichenblaß mit bebenden Lippen:

Quälen Sie mich nicht länger, ich halte es nicht aus. Treffen Sie jetzt Ihre Entscheidung. Ich habe noch niemand so geliebt, wie ich Sie liebe; sagen Sie jetzt, was ich tun soll, leben oder sterben.

Leben! antwortete sie jubelnd. Ich habe dich immer geliebt, von dem ersten Augenblick an, wo ich dich sah. Weshalb, glaubst du, habe ich dich heute gequält? Ach, ich habe mich selber mehr gequält und habe gelitten, wie nie zuvor. Und sie sah ihn mit großen, verwunderten Augen an und nannte ihn ihren Fürsten und ihren Gott.

Einige Tage lang war sein Glück vollkommen; der Sieg war süß gewesen, und er genoß ihn, wie er es immer getan hatte. Dann stellte sein altes Unglück sich wieder ein, der Überdruß befiel ihn, die Erschlaffung nach dem Kampf, der Fluch. Er schlich von dannen, verschwand, reiste nach der nächsten Stadt und schrieb nicht, sandte keine Nachricht, kehrte nicht zurück.

2

Vor zwei Tagen war er in diesem Touristenhotel angelangt, wo nur wenige Menschen verkehrten. Alles war herzlich langweilig in dem Städtchen, nichts ereignete sich, sein Herz war ruhig und müde.

Da begegnete er eines Nachmittags einer Dame auf der Treppe; sie wollte hinunter, er wollte hinauf; und er nahm seinen Hut ab und grüßte, indem sie vorüber ging. Sie verschwand im Garten. Der Wirt erteilte die Auskunft, daß sie soeben im Hotel angelangt sei; sie reise zusammen mit ihrem Vater.

Ein langes, grünes Tuchkleid, ein großer schwarzer Hut und eine Reitpeitsche – das hatte seinen Schritt auf der Treppe gehemmt. Sie hatte ihn kaum angesehen, nur eine Sekunde mit einem flüchtigen Blick von der Seite, dann hatte sie ihr Kleid mit der einen Hand in die Höhe gehoben und war vorübergegangen.

Er ging ihr nach, in den Garten hinab. Die Uhr war sieben, es hatte angefangen zu tauen.

Es taut, sagt er unbefangen und trat auf sie zu.

Sie sah den zudringlichen Herrn erstaunt an.

Er deutete auf ihre Schuhe.

Da wandte sie sich um und wollte gehen.

Verzeihen Sie, begann er von neuem, ich ging Ihnen wirklich nicht nach, um mit Ihnen zu sprechen; aber es taut, und es ist bereits naß auf den Wegen und im Grase. Das wollte ich Ihnen sagen, weil Sie hier vielleicht unbekannt sind.

Danke, ich sehe, daß es taut.

Ich begrüßte Sie auf der Treppe, fuhr er fort. Ich war es, der dort stand. Der flüchtige Blick, den Sie mir schenkten, hat mich berührt.

Da fragte sie endlich: Was wollen Sie?

Sein Herz begann zu pochen, er verlor das Gleichgewicht und rief aus:

Sehen Sie hier, nehmen Sie, was Sie wünschen, ich gebe Ihnen alles, was ich habe, wenn Sie meinen, daß ich etwas von Ihnen wollte. Ich wollte nur vor Ihnen stehen und Sie ein wenig anschauen, denn Sie müssen zugeben, daß Sie wunderbar schön sind.

Das ist doch unerhört! sagte sie kalt und gekränkt.

Nun ja, dann verzeihen Sie mir! murmelte er und gab alles auf.

Sie sah von ihm weg und auf ein Blumenbeet hinab und wandte ihm den Rücken. Er wollte sein Auftreten wieder gutmachen und ergriff die Gelegenheit, um zu sagen:

Ja, denken Sie nur, es saust in allen Rosen, die Sie ansehen. Ich habe ihnen gelauscht. Ob sie wohl dort stehen und miteinander sprechen, ob wohl dies Sausen ihre Sprache ist? Hören Sie, ob sie vielleicht etwas sagen.

Sie begann sich zu entfernen.

War denn auch das letzte, was ich sagte, verkehrt? fragte er beklommen.

Aber es sind ja keine Rosen, es ist ja Mohn, erwiderte sie.

Also Mohn! sagte er. Ob dies Sausen unter den Blütenköpfen nicht Stimmen sein können, die sich miteinander unterhalten?

Sie war gegangen. Ehe er ausgesprochen hatte, fiel die Gartenpforte ins Schloß. Gut.

Er ging in einer wunderlichen, eigenartigen Gemütsverfassung auf eine Bank zu und setzte sich. Die auffallende Schönheit der Fremden hatte es ihm angetan. Als die Speiseglocke erscholl, erhob er sich und begab sich in der größten Spannung in den Speisesaal. Wenn sie jetzt käme und sich dort hinsetzte. Wenn er sie begrüßte!

Sie kam. Die Reitpeitsche trug sie auch jetzt in der Hand. Der Vater folgte ihr, ein alter schöner Mann mit dem Aussehen eines Offiziers.

Jetzt kam es darauf an, die Sache richtig anzufassen, sich zu verneigen und sich den beiden gerade gegenüber zu setzen. Jetzt tue ich es! dachte er. Und er tat es. Die Schöne errötete tief. Vater und Tochter sprachen von ihrer Reise am folgenden Tage. Der Alte fragte direkt über den Tisch nach der Route, nach den Wegen, den Hotels. Und der arme Eroberer, der nie zuvor Routen und Wege gekannt hatte, besann sich in aller Eile und gab vorzüglich Bescheid. Als die Mahlzeit beendet war, ging er hin und stellte sich den beiden vor. Brillant, ganz brillant, sie kannten beide seinen Namen.

Auf dem Gang hielt er plötzlich die Tochter des Offiziers zurück und sagte:

Nur ein Wort, mein Fräulein, reisen Sie morgen nicht! bleiben Sie hier! Ich will Ihnen mehrere Aussichten zeigen, den Wasserfall, die Schiffswerften. Morgen abend will ich mich Ihnen zu Füßen werfen und Ihnen danken.

Die Schöne ging nicht weiter, geduldig hörte sie ihn an.

Da fügte er hinzu: Mein Leben liegt in Ihrer Hand.

Sie lächelte.

Um jeglichem Mißverständnis vorzubeugen, will ich Sie darauf aufmerksam machen, daß ich auf dem Wege zu meinem Verlobten bin und daß ich morgen reise, sagte sie.

Nein, rief er und stampfte auf den Fußboden. Und er ergriff ihre Hand, drückte sie und küßte sie.

Sie riß sich los, erhob die Reitpeitsche und versetzte ihm einen sausenden Schlag ins Gesicht. Er wurde plötzlich ruhig und richtete sich auf; ein blutroter Streif lief über seine linke Wange. Sie betrachtete ihn einen Augenblick und ließ die Peitsche sinken.

Sie haben mich geschlagen, sagte er, aber das tut nichts. Wiederholen Sie es, es ist mir jedesmal eine Freude.

Aber mit gesenktem Haupt, die Blicke zu Boden gerichtet, eilte sie von dannen, die Treppe hinauf und auf ihr Zimmer ...

Sie reiste nicht am folgenden Tage. Sie besuchte die Aussichtspunkte, den Wasserfall, die Schiffswerften. Wie war die ganze Welt verändert, wie strömte ihr Herz plötzlich über von süßer Torheit! Nein, sie würde niemals diese trübselige Reise gen Süden zu diesem Manne gemacht haben, den sie nicht mehr liebte, wenn ihr Vater, der Offizier, es ihr nicht befohlen hätte. Aber sie würde wiederkommen, würde gleich wieder da sein. Und sie reichte dem Eroberer die Hand.

Ich komme mit, sagte er, ich folge Ihnen schon morgen nach. Auf Wiedersehen, meine einzig Geliebte!

3

Nun folgten, wie das immer so gewesen war, während einer kurzen Zeit, einige Stunden, in denen er in einem unsagbaren Rausch einherging und nichts sah und hörte als seine Geliebte. Sie telegraphierte fast stündlich und schrieb einen Brief und noch einen Brief auf duftendem Papier. Er las diese schönen Worte mit der lebhaftesten Freude und trug einen lebenden Blumenflor in seinem Innern mit sich herum.

Die Stunden entflohen. Weswegen reiste er nicht? In dem entzückten Zustand, in dem er sich befand, versäumte er es, das Hotel zu verlassen und sich auf die Reise zu begeben. Nach zwei Tagen war er noch nicht fort, weil er es nicht übers Herz bringen konnte, sich von diesen entzückenden Briefen zu trennen, die noch immer anlangten. Weshalb wurden ihrer so viele? Die ersten waren die liebsten. Natürlich waren sie alle miteinander wie kleine Rosen für sein Herz, aber sie kamen nicht selten genug.

Eines Abends ließ er den Brief der Schönen uneröffnet bis zum Morgen liegen. Wunderbar, daß er ihn nicht mehr sofort mit zitternden Händen öffnete. Er las ihn denn auch in Ruhe am nächsten Morgen, zog sich an und ging hinab.

Als er in den Speisesaal kam, traf er dort eine Dame in Reisekleidern. Sie und ihre Begleitung waren soeben angelangt; sie war Künstlerin, ein zartes Mädchen, auf ihrer ersten Tournee, lachend, warm, aufbrausend in ihren Stimmungen. Sie wurde von ihrer eigenen Mutter bewacht.

Er grüßte.

Sie lächelte und grüßte wieder. Ihr Lächeln war rot. Heute nun hatte er abzureisen gedacht, aber er reiste nicht. War das Schicksal? Er ergriff die erste Gelegenheit, um der jungen Künstlerin seine Dienste anzubieten, er wollte ihr die Sehenswürdigkeiten zeigen, ihr behilflich sein. Sie verabredeten einen bestimmten Zeitpunkt, wann er sie nach den Schiffswerften begleiten sollte.

Er kam eine Stunde zu früh. Es regnete, und er wartete wie ein Held. Es tut nichts, sagte er zu sich, ich bin glücklich wie ein Gott, weil ich um ihretwillen naß und müde werde! Er stand zwei Stunden da; er hörte und sah nichts von ihr. Endlich kam ihre Mutter. Sie sollte von der Tochter die Nachricht bringen, er möge entschuldigen, daß sie nicht kommen könne, sie müsse dringend einige Freunde in der Stadt besuchen. Und die alte Mutter fragte nicht, ob er lange gewartet habe, ob er naß geworden sei, sich erkältet habe.

Er ging heim. Er wanderte in dem langweiligen Hotel von Ort zu Ort, eine Beute der ärgsten Ungeduld. Wie lange man doch bei seinen Freunden sein kann! Was in aller Welt konnte eine Künstlerin so ewig lang mit ihren Freunden zu verhandeln haben. Es war spät geworden, die Nacht war angebrochen. Er mußte zu Bett gehen, ohne sie gesehen zu haben. Schlafen konnte er nicht, er zündete die zwei Kerzen an und ließ sie brennen. Wie schwer und dunkel ihm der Kopf war, wie seine Augen qualvoll das Tapetenmuster der Wand anstarrten!

Er hörte, daß Türen geöffnet wurden, und wartete eine Weile, dann sprang er aus dem Bett und kleidete sich an. Er hatte herausgefunden, wo das Zimmer der Künstlerin lag, und ging dorthin. Sie war heim gekommen, er hörte sie drinnen; bald darauf schob sich ihr weißer Arm mit den Schuhen zur Tür heraus, dann wurde die Türe wieder geschlossen und der Schlüssel umgedreht. Gute Nacht, da drinnen, eine gute ruhige Nacht, du Herrliche! Er kniete nieder und küßte die beiden kleinen Schuhe wie ein Narr, wie ein Wahnsinniger. Und er versprach sich selber, der Sache am Morgen ein Ende zu machen, ihr ein Geständnis abzulegen und zu siegen oder zu sterben.

Aber am Morgen war sie dann mitsamt ihrer Begleitung abgereist.

Er erkundigte sich nach dem Wege, den sie eingeschlagen hatte, und brachte in Erfahrung, daß sie nordwärts nach der nächsten Stadt gereist war.

Am selben Morgen hatte die Tochter des Offiziers geschrieben: Komm nach dem Süden; jetzt steht hier alles in Blüte! Und er reiste spornstreichs nach Norden.

Zachäus

I

Tiefster Friede ruht über der Prärie.

In meilenweitem Umkreis sind keine Bäume und Häuser zu sehen, nur Weizen und grünes Gras, so weit das Auge reicht. In weiter, weiter Ferne, daß sie so klein erscheinen wie Fliegen, sieht man Pferde und Leute bei der Arbeit, das sind die Mäher, die auf ihren Maschinen sitzen und das Gras schwadenweise abmähen. Der einzige Laut, den man hört, ist das Zirpen der Heuschrecken, und wenn der Wind herübersteht, schlägt ausnahmsweise auch wohl einmal ein anderer Laut ans Ohr – das klappernde Geräusch der Mähmaschinen unten am Horizont. Zuweilen hört man diesen Laut ganz merkwürdig nahe.

Es ist die Billybony-Farm. Sie liegt ganz allein im weiten Westen, ohne Nachbarn, ohne irgendeine Verbindung mit der Welt, und es sind mehrere Tagemärsche bis zum nächsten Präriestädtchen. Die Häuser der Farm sehen in der Entfernung aus wie winzig kleine Klippen, die aus dem unübersehbaren Weizenmeer aufragen.

Im Winter ist die Farm nicht bewohnt, aber vom Frühling bis zum späten Oktober sind dort einige siebzig Mann mit dem Weizen beschäftigt.

Drei Männer arbeiten in der Küche, der Koch und seine beiden Gehilfen, und im Stall stehen zwanzig Esel außer den vielen Pferden; aber es befindet sich keine Frau, nicht eine einzige Frau auf der Billybony-Farm.

Die Sonne glüht mit 102 Grad Fahrenheit. Himmel und Erde zittern in dieser großen Hitze, und nicht der geringste Windhauch kühlt die Luft ab. Die Sonne sieht aus wie ein Morast aus Feuer.

Auch bei den Häusern ist alles still, nur von dem großen, schindelbedeckten Schuppen her, der als Küche und Speisesaal benutzt wird, hört man die Stimmen und Schritte des Kochs und seiner beiden Gesellen, die sich in größter Geschäftigkeit regen. Sie feuern die großen Herde mit Gras, und der Rauch, der aus dem Schornstein aufwirbelt, ist mit Funken und Flammen vermischt. Als das Essen fertig ist, wird es in Zinkkufen hinausgetragen und auf Wagen gehoben. Dann werden die Esel vorgespannt, und die drei Männer fahren mit dem Essen auf die Prärie hinaus.

Der Koch ist ein großer, dicker Irländer, vierzig Jahre alt, grauhaarig, von militärischem Aussehen. Er ist halbnackt, sein Hemd steht offen, und sein Brustkasten gleicht einem Mühlstein. Er wird von aller Welt Polly genannt, weil er im Gesicht Ähnlichkeit mit einem Papagei hat.

Der Koch ist unten in einem der Forts im Süden Soldat gewesen, er ist literarisch veranlagt und kann lesen. Deswegen hat er auch ein Liederbuch mit auf die Farm genommen und außerdem eine alte Nummer von einer Zeitung. Diese Kleinodien zu berühren, erlaubt er keinem der Leute; er hat sie auf einem Bord in der Küche liegen, um sie in freien Augenblicken zur Hand zu haben. Und er benutzt sie mit großem Fleiß.

Aber Zachäus, sein elender Landsmann, der beinahe blind ist und eine Brille trägt, hatte sich einmal der Zeitung bemächtigt, um darin zu lesen. Es nützte nichts, Zachäus ein gewöhnliches Buch anzubieten, die kleinen Buchstaben verschwammen wie im Nebel vor seinen Augen; hingegen war es ihm ein großer Genuß, die Zeitung des Kochs in der Hand zu halten und bei der großen Schrift der Anzeigen zu verweilen. Aber der Koch vermißte augenblicklich seinen Schatz, suchte Zachäus in seinem Bett auf und riß die Zeitung an sich. Und nun entspann sich ein heftiger und lächerlicher Wortstreit zwischen diesen beiden Männern.

Der Koch nannte Zachäus einen schwarzhaarigen Räuber und Sohn einer Hündin. Er schnalzte dicht vor seiner Nase mit den Fingern und fragte, ob er jemals einen Soldaten gesehen habe, und ob er die Einrichtung eines Forts kenne. Nein, die kenne er nicht! Aber dann solle er sich nur lieber in acht nehmen, weiß Gott, er solle sich in acht nehmen! Und das Maul solle er halten! Was verdiene er im Monat? Habe er etwa Häuser in Washington, habe seine Kuh gestern gekalbt?

Zachäus antwortete nichts auf das alles; aber er beschuldigte den Koch, daß er rohes Essen koche und Brotpudding mit Fliegen darin anrichte. Scher dich zum Teufel und nimm deine Zeitung mit! Er, Zachäus, sei ein rechtschaffener Mann, er würde die Zeitung wieder hingelegt haben, nachdem er sie studiert hätte. Steh nicht da und spuck auf den Fußboden, du schmieriger Hund!

Und Zachäus' blinde Augen standen wie zwei harte Stahlkugeln in dem wütenden Gesicht.

Aber seit jenem Tage herrschte eine ewige Feindschaft zwischen den beiden Landsleuten...

Die Wagen mit dem Essen verteilen sich über die Prärie und speisen jeder seine fünfundzwanzig Mann. Die Leute kommen von allen Seiten herbeigelaufen, reißen etwas Essen an sich und werfen sich unter die Wagen und unter die Esel, um ein wenig Schatten während der Mahlzeit zu ergattern. Nach zehn Minuten ist das Essen verzehrt. Der Aufseher sitzt wieder im Sattel und kommandiert die Leute wieder an die Arbeit, und die Proviantwagen fahren wieder nach der Farm zurück.

Aber während die Gehilfen des Kochs jetzt die Schüsseln und Kummen nach der Mahlzeit abwaschen und reinigen, sitzt Polly selber draußen im Schatten hinter dem Hause und liest zum tausendsten Male seine Gesänge und Soldatenlieder aus dem teuren Buch, das er aus dem Fort im Süden mitgebracht hat. Und da ist Polly wieder der Soldat.

2

Am Abend, als es schon zu dämmern beginnt, rollen sieben Heuwagen mit der Arbeiterschar langsam aus der Prärie heim. Die meisten waschen ihre Hände draußen auf dem Hofe, ehe sie zum Abendbrot gehen, einige kämmen auch ihr Haar. Da sind alle Nationen und mehrere Rassen vertreten, da sind jüngere und ältere Personen, Einwanderer aus Europa und eingeborene amerikanische Landstreicher, alles mehr oder weniger Vagabunden und verunglückte Existenzen. Die wohlhabenderen der Bande tragen einen Revolver in der hinteren Hosentasche. Das Essen wird gewöhnlich in großer Hast eingenommen, ohne daß irgend jemand etwas sagt. Die vielen Menschen haben Respekt vor dem Aufseher, der selber an der Mahlzeit teilnimmt und über die Ordnung wacht. Und wenn dic Mahlzeit beendet ist, begeben sich die Leute sofort zur Ruhe ...

Heute aber wollte Zachäus sein Hemd waschen. Es war so hart von Schweiß geworden, es scheuerte ihn am Tage, wenn die Sonne auf seinen Rücken brannte.

Der Abend war dunkel, alle waren zur Ruhe gegangen, von dem großen Schlafschuppen her ertönte nur noch eine gedämpfte Unterhaltung in die Nacht hinaus.

Zachäus ging nach der Küchenwand hin, wo mehrere Behälter mit Regenwasser standen. Es war das Wasser des Kochs, das dieser sorgfältig während der Regentage sammelte, denn das Wasser zu Billybony war zu hart und zu kalkhaltig, um darin zu waschen.

Zachäus bemächtigte sich des einen Wasserbehälters, zog sein Hemd aus und fing an, es darin zu reiben. Der Abend war still und kalt, es fror ihn gehörig, aber das Hemd mußte gewaschen werden, und er pfiff sogar vor sich hin, um sich ein wenig zu ermuntern.

Da öffnete plötzlich der Koch die Küchentür. Er hielt eine Lampe in der Hand, und ein breiter Lichtstrahl fiel auf Zachäus.

Aha! sagte der Koch und kam heraus.

Er setzte die Lampe auf die Treppe, ging geradeswegs auf Zachäus zu und fragte: Wer hat dir das Wasser gegeben?

Ich nahm es, antwortete Zachäus.

Es ist mein Wasser! schrie Polly. Du Sklave hast es genommen, du Lügner, du Dieb, du Sohn einer Hündin!

Zachäus erwiderte nichts auf dieses alles, er fing nur von neuem an, seine Beschuldigung mit den Fliegen im Pudding zu wiederholen.

Der Lärm, den die beiden verursachten, lockte die Leute aus dem Schlafschuppen herbei, sie standen gruppenweise da und froren und lauschten mit größtem Interesse dem Wortwechsel. Polly schrie ihnen entgegen: Ist es nicht großartig von diesem kleinen Ferkel? Mein eigenes Wasser!

Nimm du dein Wasser, sagte Zachäus und stürzte den Behälter um. Ich habe es benutzt!

Der Koch hielt ihm die Faust unter das Auge und fragte: Siehst du die?

Ja, antwortete Zachäus.

Ich will sie dich kosten lassen!

Wenn du es wagst!

Da ertönten plötzlich ein paar schnelle Schläge, die erteilt und im selben Augenblick zurückbezahlt wurden. Die Zuschauer stießen ein Geheul über das andere aus, das war der Ausdruck ihres Beifalls und Wohlbehagens.

Zachäus aber hielt nicht lange stand.

Der blinde, untersetzte Irländer war wütend wie eine Tigerkatze, seine Arme waren aber zu kurz, um etwas gegen den Koch ausrichten zu können. Schließlich taumelte er zur Seite, drei, vier Schritte über den Platz, und fiel dann um.

Der Koch wandte sich an die Menge:

Ja, da liegt er nun! Laßt ihn liegen! Ein Soldat hat ihn gefällt!

Ich glaube, er ist tot! sagte eine Stimme.

Der Koch zuckte die Achseln.

Meinetwegen! erwiderte er übermütig. Und er fühlt sich wie ein großer, unüberwindlicher Sieger vor dem Volke, er wirft den Kopf in den Nacken und will seinem Ansehen noch Nachdruck verleihen, er wird literarisch: Ich übergebe ihn dem Teufel, sagt er. Laßt ihn liegen! Ist er etwa der Amerikaner Daniel Webster? Geht her und will mich lehren, Pudding zu kochen, mich, der ich für Generale gekocht habe? Ist er Oberst der Prärie, frage ich?

Und alle bewunderten Pollys Rede.

Da erhob sich Zachäus wieder vom Boden und sagte genauso verbissen, genauso trotzig wie vorhin: Komm heran, du Hasenfuß!

Die Leute brüllten vor Entzücken, der Koch aber lächelte nur mitleidsvoll und sagte: Unsinn! Ich kann mich ja ebenso gut mit dieser Lampe prügeln.

Damit nahm er die Lampe und ging langsam und würdevoll hinein.

Es wurde dunkel auf dem Platz, und die Leute begaben sich wieder in ihren Schlafschuppen zurück. Zachäus nahm sein Hemd auf, wand es sorgsam aus und zog es an. Dann schlenderte auch er hinter den andern drein, um seine Pritsche aufzusuchen und zur Ruhe zu kommen.

3

Am folgenden Tage liegt Zachäus draußen auf der Prärie auf den Knien und schmiert seine Maschine mit Öl. Die Sonne ist heute ebenso scharf, und seine Augen laufen ihm hinter den Brillengläsern voll Schweiß. Plötzlich rückt das Pferd ein paar Schritte vor, mag es vor irgend etwas gescheut haben oder ist es von einem Insekt gestochen. Zachäus stößt einen Schrei aus und springt vom Boden auf. Kurz darauf fängt er an, die linke Hand in der Luft hin und her zu schwingen und mit hastigen Schritten auf und nieder zu gehen.

Ein Mann, der in einiger Entfernung die Heuharke fährt, hält sein Pferd an und fragt: Was gibt's denn?

Zachäus antwortet: Komm einen Augenblick hierher und hilf mir.

Als der Mann kommt, zeigt ihm Zachäus eine blutige Hand und sagt: Mir ist ein Finger abgeschnitten, es geschah in diesem Augenblick. Suche mir den Finger, ich sehe so schlecht!

Der Mann sucht nach dem Finger und findet ihn im Grase. Es waren zwei Glieder des Fingers. Er fing schon an abzusterben und sah aus wie eine kleine Leiche.

Zachäus nimmt den Finger in die Hand, sieht ihn wiedererkennend an und bemerkt: Ja, das ist er. Warte einen Augenblick, halt ihn einmal! Zachäus zieht sein Hemd heraus und reißt zwei Streifen davon ab; mit dem einen verbindet er seine Hand, in den andern wickelt er den abgeschnittenen Finger und steckt ihn in die Tasche. Dann dankt er dem Kameraden für die Hilfe und setzt sich wieder auf die Maschine. Er hielt fast bis zum Abend stand. Als der Aufseher von seinem Unfall hörte, schalt er ihn aus und sandte ihn nach der Farm zurück.

Das erste, was Zachäus tat, war, den abgeschnittenen Finger aufzubewahren. Spiritus hatte er nicht, deshalb goß er Maschinenöl in eine Flasche, steckte den Finger hinein und verkorkte den Hals fest. Die Flasche legte er unter den Strohsack in seiner Pritsche.

Eine ganze Woche blieb er zu Hause; er bekam heftige Schmerzen in der Hand und mußte sie Tag und Nacht ganz stillhalten, es schlug sich auf den Kopf, er bekam auch Fieber im ganzen Körper und lag da und litt und grämte sich über alle Maßen. Eine Untätigkeit wie diese hatte er noch nie durchzumachen gehabt, nicht einmal vor einigen Jahren, als die Mine explodierte und seine Augen beschädigte.

Um seine elende Lage noch unerträglicher zu machen, kam der Koch Polly selber mit dem Essen vor sein Bett und benutzte die Gelegenheit, um den Verwundeten zu necken. Die beiden Feinde lieferten manches Wortgefecht in dieser Zeit, und es geschah mehr als einmal, daß Zachäus sich nach der Wand umdrehen und die Zähne schweigend zusammenbeißen mußte, weil er dem Riesen gegenüber so ohnmächtig war.

Indessen kamen und gingen die schmerzvollen Tage und Nächte, kamen und gingen mit unerträglicher Langsamkeit. Sobald es ihm möglich war, fing Zachäus an, ein wenig aufrecht auf seiner Pritsche zu sitzen, und tagsüber, während der Hitze, hielt er die Tür nach der Prärie und dem Himmel offen. Oft saß er mit offenem Munde da und lauschte dem Ton der Mähmaschinen in weiter, weiter Ferne, und dann sprach er laut mit seinen Pferden, als wenn er sie vor sich habe.

Aber der boshafte Polly, der schlaue Polly, konnte ihn auch jetzt nicht in Ruhe lassen. Er kam und warf ihm die Tür vor der Nase zu unter dem Vorwand, daß es ziehe, daß es fürchterlich ziehe, und dem Zug dürfte er sich nicht aussetzen. Dann taumelte Zachäus außer sich vor Wut aus der Pritsche heraus und sandte ihm einen Stiefel oder einen Holzschemel nach, und es war allemal sein brennender Wunsch, ihn auf Lebenszeit zum Krüppel zu machen. Aber Zachäus hatte kein Glück, er sah zu schlecht, um zu zielen, und er traf niemals.

Am siebenten Tage hatte er erklärt, daß er in der Küche zu Mittag essen wolle. Der Koch antwortete, er verbitte sich seine Besuche ganz und gar. Dabei blieb es, Zachäus mußte auch heute sein Essen auf der Pritsche in Empfang nehmen. Er saß ganz verlassen da und krümmte sich vor Langeweile. Jetzt wußte er, daß die Küche leer war, der Koch und seine Gehilfen waren mit dem Mittagessen draußen in der Prärie, er hörte sie mit Gesang und Lärmen ausziehen, um sich über den Eingesperrten lustig zu machen.

Zachäus steigt von seiner Pritsche herab und schwankt hinüber nach der Küche. Er sieht sich um, das Buch und die Zeitung liegen an ihrem Platz, er ergreift die letztere und schwankt wieder zurück in den Schlafschuppen. Dann putzt er die Brille und fängt an, die lustigen großen Buchstaben in den Anzeigen zu lesen.

Es vergeht eine Stunde, es vergehen zweie – die Stunden vergingen jetzt so schnell! Endlich hörte Zachäus, daß der Proviantwagen zurückkehrte, und er vernahm die Stimme des Kochs, der den Gehilfen wie gewöhnlich befahl, die Schüsseln und die Kummen zu waschen.

Jetzt wußte Zachäus, daß die Zeitung vermißt werden würde, dies war gerade der Augenblick, wo sich der Koch nach seiner Bibliothek begab. Er besann sich eine Sekunde und steckte dann die Zeitung unter den Strohsack seiner Pritsche. Nach einer Weile holt er schnell die Zeitung wieder heraus und bringt sie auf seinem bloßen Leibe unter. Nie im Leben wollte er die Zeitung wieder ausliefern! Es vergeht eine Minute.

Da nahen sich schwere Schritte dem Schlafschuppen, und Zachäus liegt da und starrt zum Dach empor.

Polly tritt ein.

Wie ist es, hast du meine Zeitung? fragt er und bleibt mitten in dem Raum stehen.

Nein! antwortet Zachäus.

Du hast sie! zischt der Koch und tritt an ihn heran.

Zachäus richtet sich auf.

Ich habe deine Zeitung nicht! Scher dich zum Teufel! sagt er wütend.

Da aber wirft der Koch den kranken Mann auf die Erde und fängt an, die Pritsche zu durchsuchen. Er dreht den Strohsack um, ebenso die armselige Decke, ohne zu finden, was er suchte.

Du hast sie! dabei blieb er. Und noch, als er gehen mußte und schon ganz auf den Hof hinausgekommen war, wandte er sich von neuem um und wiederholte: Du hast sie genommen! Aber warte nur, mein Freund!

Da lachte Zachäus herzlich und boshaft über den andern und sagte: Freilich habe ich sie genommen. Ich hatte Verwendung dafür, du schmutziges Schwein!

Da aber wurde das Papageiengesicht des Kochs ganz blutrot, und ein unheilverkündender Ausdruck kam in seinen Kanaillenblick. Er sah sich nach Zachäus um und murmelte: Ja, warte nur!

4

Am nächsten Tag kam ein Gewitter, in gewaltsamen Strömen floß der Regen vom Himmel hernieder, peitschte wie Hagelschauer gegen die Häuser und füllte die Wasserbehälter des Kochs schon zur frühen Morgenstunde. Die ganze Arbeitsmannschaft war zu Hause; einige flickten Kornsäcke für die Ernte, andere besserten zerbrochenes Werkzeug oder Arbeitergerätschaften aus und schliffen die Messer der Mähmaschinen.

Als der Mittagsruf ertönte, erhob sich Zachäus von der Pritsche, wo er saß, und wollte den anderen in den Speiseraum folgen. Er wurde indes vor der Türe von Polly in Empfang genommen, der ihm sein Essen brachte. Zachäus wandte ein, er habe beschlossen, von nun an mit den anderen zu essen, seine Hand sei besser, er habe kein Fieber mehr. Der Koch antwortete, wenn er das Essen nicht haben wolle, das er ihm bringe, so bekäme er gar nichts. Er warf die blecherne Schale auf Zachäus' Pritsche und fragte: Ist dir das vielleicht nicht gut genug?

Zachäus kehrte zu der Pritsche zurück und ergab sich in sein Schicksal. Es war das richtigste, daß er das Essen nahm, das man ihm gab.

Was für einen Schweinefraß hast du denn heute wieder gekocht? knurrte er und machte sich über die Schüssel her.

Küken! antwortete der Koch. Und ein eigentümlicher Blitz schoß aus seinen Augen, als er sich umwandte und ging.

Küken? murmelte Zachäus vor sich hin und durchsuchte das Essen mit seinen blinden Augen. Den Teufel auch ist das Küken, du Lügner. Aber es war Fleisch und Sauce.

Und er aß von dem Fleisch.

Plötzlich bekam er ein Stück in den Mund, aus dem er nicht klug werden konnte. Es läßt sich nicht schneiden, es ist ein Knochen mit zähem Fleisch daran, und als er die eine Seite abgenagt hat, nimmt er das Stück aus dem Munde und betrachtet es. Der Hund kann seinen Knochen selber behalten! murmelte er und geht an die Türöffnung, um es genauer zu untersuchen. Er wendet und dreht es mehrere Male. Plötzlich eilt er zur Pritsche zurück und sieht nach der Flasche mit dem abgeschnittenen Finger – die Flasche ist da, aber der Finger ist verschwunden.

Zachäus schreitet hinüber nach dem Speiseraum. Leichenblaß mit verzerrtem Gesicht bleibt er in der Tür stehen und sagt, so daß es alle hören, zu dem Koch: Sag mal, Polly, ist dies nicht mein Finger?

Damit hält er einen Gegenstand in die Höhe.

Der Koch antwortet nicht, fängt aber an seinem Tische an zu kichern.

Zachäus hält einen anderen Gegenstand in die Höhe und sagt: Und, Polly, ist dies nicht mein Nagel, der an dem Finger saß? Sollte ich den nicht wiedererkennen?

Jetzt wurden alle Männer an den Tischen aufmerksam auf die wunderlichen Fragen des Zachäus und sahen ihn staunend an.

Was hast du eigentlich? fragt einer.

Ich fand meinen Finger, meinen abgeschnittenen Finger im Essen, erklärt Zachäus. Er hat ihn gekocht, er hat ihn mir mit meinem Essen gebracht. Hier ist auch der Nagel.

Da brach plötzlich an allen Tischen ein brüllendes Gelächter los, und die Leute schrien durcheinander.

Hat er deinen eigenen Finger gekocht und ihn dir zu essen gegeben? Du hast ein wenig davon abgebissen, wie ich sehe, du hast die eine Seite abgenagt!

Ich sehe nicht gut, erwiderte Zachäus, ich wußte nicht ... ich dachte nicht ...

Dann aber plötzlich wendet er sich um und geht zur Tür hinaus.

Der Aufseher mußte Ruhe im Speiseraum schaffen. Er erhob sich, wandte sich an den Koch und sagte: Hast du den Finger mit dem andern Fleisch zusammen gekocht, Polly?

Nein, erwiderte Polly. Großer Gott, wie könnte ich wohl!

Wofür haltet ihr mich denn? Ich kochte ihn für sich, in einem ganz anderen Topf.

Aber die Geschichte mit dem gekochten Finger lieferte den ganzen Nachmittag Stoff zu unerschöpflicher Heiterkeit für die Bande, man stritt und lachte darüber wie die Verrückten, und der Koch feierte einen Triumph, wie nie zuvor im Leben.

Zachäus aber war verschwunden.

Zachäus war in die Prärie hinausgegangen. Das Unwetter hatte noch immer nicht nachgelassen, und es gab nirgends Schutz. Zachäus aber wanderte weiter und weiter über die Prärie hinaus. Er trug seine kranke Hand in der Binde und schützte sie, so gut er konnte gegen den Regen; im übrigen war er von oben bis unten durchnäßt.

Er setzte seine Wanderung fort.

Als die Dämmerung hereinbricht, bleibt er stehen, sieht beim Schein eines Blitzes nach der Uhr und kehrt dann denselben Weg wieder zurück, den er gekommen ist. Mit schwerfälligen, bedächtigen Schritten geht er durch den Weizen, als habe er die Zeit und den Weg genau berechnet. Gegen acht Uhr langt er wieder bei der Farm an.

Es ist jetzt völlig dunkel. Er hört, daß die Leute im Speiseraum beim Abendbrot versammelt sind, und als er durch das Fenster guckt, meint er den Koch dort zu sehen und glaubt zu erkennen, daß er sehr guter Laune ist.

Er geht von dem Hause weg nach den Stallungen, wo er sich in den Schutz stellt und in die Finsternis hineinstarrt. Die Heuschrecken schweigen, alles ist still, nur der Regen fällt noch immer, und von Zeit zu Zeit schneidet ein schwefelfarbener Blitz den Himmel mitten durch und schlägt weit hinten in der Prärie nieder.

Endlich hört er, daß die Leute vom Abendessen kommen und in den Schlafschuppen hinübereilen, fluchend und im Sturmlauf, um nicht naß zu werden. Zachäus wartet noch eine Stunde, geduldig und eigensinnig, dann begibt er sich zur Küche.

Es ist noch Licht da drinnen, er sieht einen Mann am Herd, und er tritt ruhig ein.

Guten Abend, sagt er.

Der Koch sieht ihn erstaunt an und sagt schließlich:

Heute abend kannst du kein Essen mehr bekommen.

Zachäus entgegnet:

Gut! Aber dann gib mir ein wenig Seife, Polly. Mein Hemd ist gestern abend nicht rein geworden, ich muß es noch einmal waschen.

Nicht in meinem Wasser! sagt der Koch.

Ja, gerade. Ich habe es hier an der Ecke!

Ich rate dir davon ab.

Bekomme ich Seife? fragt Zachäus.

Ich will dir Seife geben! schreit der Koch. Hinaus mit dir!

Und Zachäus geht hinaus.

Er nimmt den einen der Wasserbehälter, trägt ihn an die Ecke, so recht mitten unter das Küchenfenster, und fängt an, laut in dem Wasser herumzuplätschern. Der Koch hört es und kommt heraus.

Er ist heute groß und überlegen wie nie zuvor, und er geht geradewegs mit aufgekrempelten Ärmeln entschlossen und zornig auf Zachäus zu.

Was machst du hier? fragt er.

Zachäus antwortet: Nichts. Ich wasche mein Hemd.

In meinem Wasser?

Natürlich!

Der Koch kommt näher, beugt sich über den Wasserbehälter, um sich davon zu überzeugen, ob es der seine ist, und sucht in dem Wasser nach dem Hemd.

Da zieht Zachäus seinen Revolver aus der Binde der verwundeten Hand heraus, hält ihn dem Koch gerade ans Ohr und drückt ab.

Ein schwacher Knall hallte in die nasse Nacht hinaus.

5

Als Zachäus zu später nächtlicher Stunde in den Schlafschuppen kam, um zur Ruhe zu gehen, erwachten ein paar von seinen Kameraden und fragten, was er so lange draußen gemacht habe. Zachäus antwortet: Nichts. Ich habe übrigens Polly erschossen.

Die Kameraden richteten sich auf den Ellenbogen auf, um besser zu hören.

Du hast ihn erschossen?

Ja!

Das wäre doch des Satans! Wo trafst du ihn?

In den Kopf. Ich schoß ihn durchs Ohr, die Kugel ging nach oben.

Den Teufel auch! Wo hast du ihn begraben?

Westlich in der Prärie. Ich gab ihm die Zeitung in die Hände.

Hast du das getan?

Damit legten sich die Kameraden wieder hin, um weiter zu schlafen.

Nach einer Weile fragt noch einer von ihnen: Starb er gleich?

Ja, antwortet Zachäus, beinahe sofort. Die Kugel ging durch das Gehirn.

Ja, das ist der beste Schuß, sagt der Kamerad. Geht sie durchs Gehirn, so ist das der Tod.

Und dann wird es ruhig in dem Schuppen, und alle schlafen ...

Der Aufseher mußte am nächsten Tag einen neuen Koch ernennen, einen der alten Gehilfen, der jetzt zum Chef aufstieg und herzlich glücklich über den Mord war.

Und alles ging seinen Gang bis zur Ernte. Es wurde nicht weiter über Pollys Heimgang geredet, der arme Teufel war tot, er lag irgendwo im Weizenfelde begraben, wo die Ähren ausgerissen waren; dabei war nichts mehr zu machen.

Als der Oktober kam, zogen die Arbeiter aus Billybony nach

der nächsten Stadt, um einen gemeinsamen Abschiedstrunk zu trinken und sich dann zu trennen. Alle waren in diesem Augenblick bessere Freunde denn je zuvor, und sie umarmten und bewirteten einander aus gutem Herzen.

Wohin gehst du, Zachäus?

Ich gehe etwas weiter westlich, antwortete Zachäus. Vielleicht nach Wyoming. Aber zum Winter gehe ich wieder in den Wald zum Holzschlagen.

Dann treffen wir uns dort. Auf Wiedersehen, Zachäus! Glückliche Reise!

Und die Kameraden ziehen nach allen Richtungen hinaus in das große Yankeeland. Zachäus reist nach Wyoming.

Und die Prärie liegt da gleich einem endlosen Meer, über das die Oktobersonne ihre langen Strahlen wirft, die blitzenden Pfriemen gleichen.

Kleine Erlebnisse

1. Angst

Ich habe eigentlich nie gewußt, was Angst sei, bis auf einmal während meines ersten Aufenthalts in Amerika. Nicht weil meine Kühnheit so groß ist, sondern weil sie bis dahin niemals auf eine richtige Probe gestellt war. Das war im Jahre 1884.

Da draußen in der Prärie liegt eine kleine Stadt, die Madelia heißt, ein ärmliches, unschönes Nest mit seinen häßlichen Häusern, seinen Gehsteigen und seinen Plankenabfällen und seinen unliebenswürdigen Menschen. Hier war es auch, wo Jessie James, Amerikas blutdürstigster, rauchgeschwärztester Räuber endlich ergriffen und totgeschlagen wurde. Hierher war er gekommen, hier hatte er sich versteckt, ein passender Ort für dies Ungeheuer, das seit einer Reihe von Jahren die Freistaaten unsicher gemacht hatte durch seine Überfälle, seine Plünderungen und seine Mordtaten.

Hierher war auch ich gekommen – aber in der friedlicheren Absicht, einem Bekannten von mir aus einer Verlegenheit zu helfen.

Ein Amerikaner namens Johnston war Lehrer an der »Mittelschule« in einer Stadt in Wisconsin, wo ich ihn und seine Frau kennenlernte. Einige Zeit darauf gab dieser Mann seine Stellung auf und ging zu einer praktischen Tätigkeit über, er reiste nach der Präriestadt Madelia und eröffnete dort ein Holzgeschäft. Nachdem er ein Jahr diese Tätigkeit ausgeübt hatte, erhielt ich einen Brief von ihm, worin er mich bat, wenn es mir möglich wäre, nach Madelia zu kommen und seinem Geschäft vorzustehen, während er und seine Frau eine Reise nach dem Osten machten. Ich war zu jener Zeit gerade frei und begab mich nach Madelia.

An einem dunklen Winterabend traf ich auf dem Bahnhof ein, wo mich Johnston empfing, ging mit ihm nach Hause und erhielt ein Zimmer angewiesen. Sein Haus lag eine ganze Strecke außerhalb der eigentlichen Stadt. Wir verbrachten einen großen Teil der Nacht damit, mich ein wenig in die für mich so fremden Finessen des Holzgeschäfts einzuweihen; am folgenden Morgen händigte mir Johnston mit einem Scherz seinen Revolver ein, und ein paar Stunden später saßen er und seine Frau im Eisenbahnzug.

Da ich nun allein im Hause war, zog ich aus meinem Zimmer in das Erdgeschoß hinab, wo ich bequemer wohnte und von wo aus ich außerdem bessere Aufsicht über das ganze Haus führen konnte. Ich nahm auch das Bett des Ehepaares in Gebrauch.

Einige Tage gingen dahin. Ich verkaufte Planken und Bretter und brachte jeden Abend das am Tage eingenommene bare Geld nach der Bank, wo ich eine Quittung darüber in mein Buch eintragen ließ.

Es befanden sich also keine anderen Menschen im Hause, ich war ganz allein. Ich bereitete mir mein Essen selber, molk und besorgte Johnstons zwei Kühe, buk Brot, kochte und briet. Mein erstes Brotbacken fiel indes nicht gut aus, ich hatte zuviel Mehl genommen, das Brot war nicht ordentlich durchgebacken, hatte einen schleifigen Rand und war schon am nächsten Tage steinhart. Schlecht erging es mir auch, als ich das erste Mal Grütze in Milch kochen wollte. Ich fand nämlich im Laden einen halben Scheffel wunderschöner Gerstengrütze, und diese schien mir sehr geeignet für meine Suppe. Ich goß Milch in einen Kochtopf, tat die Grütze hinein und fing an umzurühren. Bald sah ich jedoch ein, daß meine Suppe zu dick wurde, und ich goß mehr Milch hinzu. Dann rührte ich wieder. Aber die Grütze blubberte und kochte und schwoll an, und die einzelnen Körner wurden so groß wie Erbsen, und dann wurde es wieder zu wenig Milch; außerdem wuchs die Breimasse so schnell, daß der

Kochtopf überkochen wollte. Da fing ich an, in Tassen und Schüsseln umzufüllen. Trotzdem aber wollte der Kochtopf noch immer überkochen. Ich holte mehr Tassen und Schüsseln herbei, und alle wurden gefüllt, aber noch immer wollte der Kochtopf überkochen. Und immer wieder fehlte es an Milch; die Suppe war und blieb dick wie ein Brei. Schließlich wußte ich mir nicht anders zu helfen, ich schüttete den ganzen Inhalt des Kochtopfes auf einen Tisch, einen einfachen hölzernen Tisch. Und die Grütze ergoß sich gleich einer köstlichen Lava und legte sich ganz still und gut und dick auf dem Tisch zur Ruhe und wurde steif.

Jetzt hatte ich sozusagen *materia prima*, und jedesmal, wenn ich hinfort Grütze in Milch essen wollte, schnitt ich nur ein Stück des Breis auf dem Tisch ab, mischte Milch unter die Masse und kochte beides. Ich aß tagaus tagein zu allen Mahlzeiten Grütze wie ein Held, um sie wegzuschaffen. Es war wirklich ein hartes Stück Arbeit, aber ich kannte keinen Menschen in der Stadt, den ich hätte einladen können, mir bei meiner Grütze zu helfen. Und schließlich ward ich ihrer auch allein Herr ...

Es war recht einsam in diesem großen Hause für einen einzelnen Menschen von einigen zwanzig Jahren. Da waren stockdunkle Nächte, und es gab keine Nachbarn, bis man in die Stadt hinab kam. Ängstlich war ich aber nicht, es kam mir gar nicht in den Sinn, ängstlich zu sein. Und als ich zwei Abende hintereinander ein verdächtiges Geräusch an dem Schloß der Küchentür zu hören meinte, stand ich auf, nahm die Lampe und untersuchte die Küchentür von innen und außen. Aber ich fand nichts Verdächtiges am Schloß. Und ich hatte den Revolver auch nicht in der Hand.

Aber es sollte eine Nacht kommen, in der mich eine so haarsträubende Angst befiel, wie ich sie weder vor- noch nachher erlebt habe. Und noch lange Zeit nachher konnte ich das Erlebnis dieser Nacht nicht verwinden.

Es war an einem Tage, an dem ich mehr als gewöhnlich zu tun hatte, ich schloß mehrere große Geschäfte ab und arbeitete bis spät in den Abend hinein. Als ich endlich Schluß machte, war es so spät geworden, daß es bereits dunkelte und die Bank geschlossen war. So konnte ich denn die Bareinnahme des Tages nicht abliefern. Ich nahm alles Geld mit in das Zimmer und zählte es: Es waren 700 bis 800 Dollar.

Wie gewöhnlich setzte ich mich auch an diesem Abend hin, um an einer Arbeit zu schreiben; es wurde später und später, und ich saß da und schrieb; es wurde Nacht, die Uhr wurde zwei. Da hörte ich plötzlich abermals das geheimnisvolle Geräusch an meiner Küchentür.

Was war das?

Das Haus hatte zwei Türen nach außen, eine, die in die Küche führte und eine andere – die eigentliche Haustür –, die auf den Vorplatz vor dem Zimmer führte. Diese letzte Tür hatte ich der Sicherheit halber von innen mit einem Sperrbalken verrammelt. Die Jalousien im Erdgeschoß waren ein Patent, sie waren so dicht, daß man von außen absolut keinen Schein der Lampe sehen konnte.

Und jetzt dringt also von der Küchentür her ein Geräusch an mein Ohr.

Ich nehme die Lampe in die Hand und gehe dorthin. An der Tür bleibe ich stehen und lausche. Draußen ist jemand, es wird geflüstert, und im Schnee vor der Tür schleicht etwas hin und her. Ich lauschte eine ganze Weile, das Flüstern hört auf, und gleichzeitig scheint es mir, als entfernten sich die schleichenden Schritte. Dann wurde alles still.

Ich gehe wieder hinein und fange wieder an zu schreiben.

Eine halbe Stunde verging.

Da fahre ich plötzlich in die Höhe – die Haustür wurde eingerannt. Nicht nur das Schloß, sondern auch der Sperrbalken innerhalb der Tür wurde zertrümmert, und ich hörte Schritte auf dem Vorplatz gerade vor meiner Tür. Der Einbruch konnte nur mittels eines starken Anlaufes und mit vereinten Kräften mehrerer Personen ausgeführt sein, denn der Sperrbalken war stark.

Mein Herz schlug nicht, es zitterte. Ich gab keinen Ausruf, keinen Laut von mir, aber ich fühlte die Bewegung meines Herzens bis oben in meinen Hals hinein, es hinderte mich, ordentlich zu atmen. In den ersten Sekunden war ich so bange, daß ich kaum wußte, wo ich war. Da fiel es mir plötzlich ein, daß ich das Geld retten müsse, ich ging in die Schlafstube, nahm meine Brieftasche aus meiner Tasche und steckte sie unter die Matratze im Bett. Dann kehrte ich in das Zimmer zurück. Diese Handlung nahm sicher keine Minute in Anspruch.

Vor meiner Tür wurde gedämpft gesprochen, und an dem Schloß wurde herumgearbeitet. Ich holte Johnstons Revolver heraus und untersuchte ihn; er funktionierte. Meine Hände zitterten heftig, und meine Beine konnten mich kaum tragen.

Meine Augen fielen auf die Tür, sie war ungewöhnlich solide, eine Bohlentür mit starken Querbalken; sie war sozusagen nicht getischlert, sondern gezimmert. Diese massive Tür machte mir Mut, und ich fing wieder an zu *denken* – was ich bisher wohl kaum getan hatte. Die Tür ging nach *außen*, folglich war es eine Unmöglichkeit, sie einzurennen. Der Vorplatz war auch zu schmal, um genügenden Raum zu einem Anlauf zu gewähren. Dies fiel mir ein, und ich fühlte mich plötzlich mutig wie ein Maure, ich schrie hinaus, daß ich jeden, der eindringe, tot niederstrecken würde. Ich hatte mich so weit erholt, daß ich selber hörte und verstand, was ich sagte, und da ich norwegisch gesprochen hatte, sah ich das Törichte meiner Handlungsweise ein und wiederholte mit lauter Stimme meine Drohung auf englisch. Keine Antwort. Um meine Augen an die Dunkelheit zu gewöhnen, für den Fall, daß die Fenster eingeschlagen würden und die Lampe erlosch, blies ich die Lampe sogleich aus. Ich stand im Dunkeln, die Augen auf die Fenster gerichtet, den Revolver in der Hand. Die Sache zog sich in die Länge. Ich wurde immer kühner, ich nahm keinen Anstand, mich als Teufelskerl zu zeigen, und ich schrie:

Nun, was haben Sie denn beschlossen? Wollen Sie gehen oder kommen? denn ich will schlafen!

Da antwortete nach einer kleinen Weile ein erkälteter Baß:

Wir wollen gehen, du Hundsfott!

Und ich hörte, wie jemand den Vorplatz verließ und in den Schnee hinausknirschte.

Der Ausdruck »Hundsfott« ist das nationale Schimpfwort Amerikas – wie übrigens auch Englands –, und da ich es nicht auf mir sitzen lassen konnte, daß man mir dies Wort zurief, ohne daß ich eine Antwort gab, wollte ich die Tür öffnen und den Schlingeln nachschießen. Ich hielt indessen inne, ich dachte nämlich im letzten Augenblick, möglicherweise habe nur der eine Mann den Vorplatz verlassen, während der andere darauf wartete, daß ich die Tür öffnete, um mich dann zu überfallen. Deshalb ging ich an eines der Fenster, ließ die Jalousie mit Blitzesschnelle an die Decke hinaufrollen und sah hinaus. Ich glaubte einen dunklen Punkt im Schnee zu erkennen. Ich riß das Fenster auf, zielte, so gut es ging, auf den dunklen Punkt und schoß. Klick! Ich schoß nochmals! Klick! Rasend erledigte ich den ganzen Zylinder, ohne zu zielen, endlich ging ein einziger, armseliger Schuß ab. Aber der Knall war stark in der frosterstarrten Luft, und vom Wege her hörte ich Rufe: Lauf! Lauf!

Da sprang plötzlich noch ein Mann von dem Vorplatz in den Schnee hinaus, den Weg entlang, und verschwand in der Finsternis. Ich hatte richtig geraten: es war noch einer dagewesen. Und diesem einen konnte ich nicht einmal hübsch gute Nacht sagen, denn es war nur *ein* elender Schuß in dem Revolver gewesen, und den hatte ich verbraucht.

Ich zündete die Lampe wieder an, holte das Geld aus dem Bett und steckte es zu mir. Und jetzt, nachdem alles überstanden war, war ich so jämmerlich feige geworden, daß ich es nicht wagte, mich in dieser Nacht in das Ehebett zu legen, ich wartete noch eine halbe Stunde, bis es zu dämmern begann, dann zog ich meinen Überzieher an und verließ das Haus. Ich verbarrikadierte die zertrümmerte Tür, so gut es ging, schlich in die Stadt hinab und schellte im Hotel.

Wer die Spitzbuben waren, weiß ich nicht. Zu den professionellen werden sie kaum gehört haben, denn in dem Fall würden sie sich wohl kaum von einer Tür haben abschrecken lassen, wo doch zwei Fenster da waren, durch die sie hätten hereinkommen können. Aber auch diese Schlingel waren nicht ohne eine gewisse kalte und freche Gewalttätigkeit gewesen, denn sie zerbrachen das Schloß und den Sperrbalken an meiner Tür.

Aber so bange um mein Leben bin ich niemals gewesen wie in dieser Nacht in der Präriestadt Madelia, Jessie James' Zufluchtsstätte. Es ist mir auch seither mehrmals passiert, wenn ich erschreckt wurde, daß der Schlag meines Herzens bis oben in meinen Hals hinauf gehämmert und mir meinen Atem behindert hat – das ist ein Überbleibsel aus dieser Nacht. Nie zuvor hatte ich eine Ahnung von einer Angst gehabt, die sich auf so außergewöhnliche Weise äußern kann.

2. *Eine Straßenrevolution*

Eines Morgens im Sommer 1894 wurde ich von dem dänischen Schriftsteller Sven Lange geweckt, der in mein Zimmer in der Rue de Vaugirard trat und sagte, jetzt sei Revolution in Paris ausgebrochen.

Was? Revolution?

Die Studenten haben jetzt die Sache in die Hand genommen und machen Revolution in den Straßen.

Ich war schläfrig und wütend und sagte:

Richten Sie einen Wasserschlauch auf die Kerle und spritzen Sie sie von den Straßen herunter.

Hierüber aber wurde Sven Lange ärgerlich, denn er nahm die Partei der Studenten, wurde verdrießlich und ging.

Die »Sache«, die die Studenten in die Hand genommen hatten, war folgende:

Der Verein oder die Gesellschaft »Die vier schönen Künste« wollte einen Ball in dem Vergnügungslokal Moulin Rouge abhalten. Die vier Damen, die auf diesem Ball die vier schönen Künste personifizieren sollten, traten so gut wie nackt auf, sie hatten eigentlich nur ein seidenes Band um die Taille. Nun ist die Pariser Polizei langmütig und an allerlei gewöhnt, hier aber trat sie dazwischen, der Ball wurde untersagt und das Etablissement geschlossen.

Hiergegen erhoben die Künstler Protest. Die Studenten im ganzen Quartier Latin nahmen die Partei der Künstler und erhoben ebenfalls Protest.

Ein paar Tage später ging eine kleine Polizeipatrouille den Boulevard St. Michel hinab. Vor einer der zahlreichen Kneipen sitzen einige Studenten, die der Patrouille im Vorübergehen höhnische Bemerkungen zurufen. Die Pariser Polizei ist langmütig und an allerlei gewöhnt, jetzt aber wird der eine Konstabler wütend, er nimmt einen schweren Streichholzbehälter aus Stein, der draußen auf einem Tisch am Boulevard steht, und schleudert ihn nach dem Unruhestifter. Er zielt indessen schlecht, der Behälter fliegt durch das Fenster in die Kneipe hinein und trifft einen ganz harmlosen Studenten an den Kopf, so daß das unglückliche Opfer auf der Stelle tot ist.

Und da geschah es, daß die Studenten die »Sache« in die Hand nahmen ...

Als Sven Lange sich entfernt hatte, stand ich auf und ging aus. Große Unruhe in den Straßen, eine Menge Leute, Polizisten zu Pferd und zu Fuß. Ich drängte mich durch, erreichte mein Restaurant, frühstückte, zündete mir eine Zigarette an und wollte wieder nach Hause gehen. Als ich aus dem Restaurant herauskam, war die Unruhe und die Volksmenge noch gewachsen. Um die Ordnung aufrecht zu erhalten, war jetzt auch die Nationalgarde zu Fuß und zu Pferd ausgerückt. Als diese sich zuerst auf dem Boulevard St. Germain zeigte, wurde sie mit Johlen und Steinwürfen vom Volk empfangen. Die Pferde bäumten sich, schnoben, waren nicht zu halten. Das Volk zertrümmerte den Asphalt der Straßen und benutzte ihn als Wurfgeschoß.

Ein Mann fragte mich ganz empört, ob ich fände, daß es jetzt Zeit sei, eine Zigarette zu rauchen. Ich ahnte gar nicht, daß so große Gefahr vorhanden war; verstand auch nur wenig oder gar kein Französisch, so war ich gewissermaßen entschuldigt. Der Mann aber rief mit verzweifelter Gebärde:

Revolution! Revolution!

Da warf ich die Zigarette weg.

Jetzt waren es nicht mehr die Studenten und Künstler allein, die auf den Beinen waren, die Hefe von Paris war zu Zehntausenden herbeigeströmt, Lazzaroni, Müßiggänger, gescheiterte Existenzen. Sie kamen aus allen Ecken der Stadt, tauchten aus den Seitenstraßen auf und mischten sich unter die Menge. Mehr als ein anständiger Mensch büßte seine Uhr ein.

Ich ließ mich von dem Strom treiben. Das Kreuz, das die beiden Boulevards St. Michel und St. Germain bilden, war der Brennpunkt für den Tumult, und dort schien es außerordentlich schwer, die Ordnung aufrecht zu erhalten. Das Volk tat lange Zeit, was es wollte. Ein Omnibus kam von dem andern Seine-Ufer über die Brücke; als er auf dem Platz St. Michel haltmachte, trat ein Mann aus der Menge hervor, lüpfte den Hut und sagte:

Meine Damen und Herren, wollen Sie gefälligst aussteigen?

Und die Fahrgäste stiegen aus.

Dann wurden die Pferde ausgespannt und der Omnibus unter lautem Jubel mitten auf der Straße umgestürzt. Der nächste Omnibus erfuhr dasselbe Schicksal. Die Straßenbahnen, die vorüberkamen, wurden angehalten und ebenfalls umgestürzt, und bald zog sich eine hohe Barrikade quer über die Straße von einem Bürgersteig bis zum andern. Aller Verkehr stockte, Leute, die weiter wollten, konnten sich nicht hindurcharbeiten, sondern wurden von der wogenden Menschenmenge mit fortgerissen, aus ihrem Wege geführt, tief in die Seitenstraßen hineingedrängt oder gar durch die verriegelten Türen in die Häuser hinein.

Ich war wieder ungefähr bis zu meinem Ausgangspunkt, dem Restaurant, zurückgeführt, ich wurde weiter getrieben, immer weiter, bis ich an ein hohes, schwarzes, eisernes Gitter kam, das ein Museum umschloß – hier klammerte ich mich fest. Man riß mir fast die Arme vom Leibe, aber ich hielt stand. Plötzlich ertönte ein Schuß und noch einer. Eine Panik bemächtigte sich der Menge, sie stürzte sich unter fürchterlichem Geschrei in die Seitenstraßen; gleichzeitig benutzte die Polizei die Gelegenheit, in verschiedenen Richtungen dem Pöbel nachzureiten, ihn niederzutrampeln, mit dem Säbel um sich zu hauen.

In diesem Augenblick hatte man eine Empfindung von Krieg.

Ich war so glücklich, mich am Gitter halten zu können, wo jetzt kein Gedränge mehr stattfand. Ein Nachzügler kam atemlos auf mich zu, wahnsinnig vor Angst. Er hielt seine Visitenkarte in die Höhe, er preßte mir die Karte in die Hand und flehte um Gnade, er glaubte, ich wollte ihn töten. Auf der Karte stand: Dr. Hjohannes. Während er vor mir stand, zitterte er wie Espenlaub. Er erklärte mir, er sei Armenier und befinde sich auf einer Studienreise in Paris, sonst sei er Arzt in Konstantinopel. Ich schonte sein Leben und nahm es ihm nicht. Ich entsinne mich des Mannes noch ganz genau, namentlich seines ganz verstörten Gesichts mit dem schwarzen, spärlichen Bart und den großen Zwischenräumen, die zwischen den Zähnen in seinem Oberkiefer waren, obwohl er keinen Zahn verloren hatte.

Es verlautete jetzt, die Schüsse seien aus einem Schuhladen gekommen, oder eigentlich aus der Werkstatt darüber. Es seien »italienische« Arbeiter, die auf die Polizei geschossen hätten – natürlich waren es Italiener, denen man die Schuld gab. Jetzt kehrte der Mut bei der Menge zurück, und diese strömte wieder auf den Boulevard. Die reitende Polizei versuchte jetzt, den Brennpunkt gegen weitere Zuströmung von Menschen aus anderen Teilen der Stadt durch einen Kordon abzusperren; sobald aber die Menge diesen Trick bemerkte, fing sie an, die Fenster in den Zeitungskiosken zu zertrümmern, die Gaslaternen mit Steinen einzuwerfen und die eisernen Stangen zu entfernen, die die Kastanienbäume auf den Boulevards beschützen, alles, um der Polizei anderes zu schaffen zu machen, als die Strecke abzusperren. Als dies nichts nützte, galt es, die sich bäumenden Pferde der Polizei bis aufs äußerste zu erschrecken, deswegen wurden die Barrikaden aus den umgestürzten Omnibussen in Brand gesteckt. Man fuhr auch noch immer fort, den Asphalt zu Wurfgeschossen aufzubrechen, und da dies ein schweres Stück Arbeit war und der Bedarf keineswegs gedeckt wurde, so griff man nach anderen Auswegen. Die zerbrochenen eisernen Stangen um die Kastanienbäume wurden in kleine Stücke zerhauen, man riß das Holzwerk der Treppengeländer nieder, und bald kam auch die Reihe an mein eigenes, großes, schönes Eisengitter. Und dann warf man und schrie und zerstörte und floh und kehrte zurück.

So vergingen die Stunden.

Da wurden die Aufrechterhalter der Ordnung durch Truppen aus Versailles verstärkt. Ein Schock ging durch die Menge. Die

Polizei und die Nationalgarde hatte man verhöhnt und ihr alles erdenkliche Böse zugefügt, sobald sich aber die Truppen zeigten, rief das Volk aus: Es lebe die Armee! Es lebe die Armee! Und die Offiziere griffen an die Mütze und dankten für die Huldigung. Kaum aber waren Offiziere und Soldaten vorübergeritten, als das Treiben mit der Polizei und den Fensterscheiben und dem Gitterwerk von neuem begann und derselbe Zustand wieder eintrat.

Und es wurde Abend.

Da schreien die Studenten:

Bespuckt Lozé!

Lozé war der Polizeipräfekt. Und nun ordnete sich ein unermeßlicher Zug, der nach dem Hotel des Polizeipräfekten wollte, um Lozé »zu bespucken«. Der Zug setzte sich in Bewegung. Und die zurückgebliebenen Tausende setzten ihre Ausschreitungen fort.

Da es so schien, als wenn es heute nicht mehr viel zu sehen geben würde, begab ich mich wieder in mein Restaurant, aß und kehrte auf einem langen, langen Umweg heim ...

Aber die Tage vergingen, und die Tumulte nahmen ihren Fortgang.

Gleich wenn man aus seinem Zimmer und auf die Straße hinauskam, sah und hörte man ungewöhnliche Dinge. Eines Abends wollte ich wieder nach meinem Restaurant gehen, um zu essen. Es regnete ein wenig, und ich nahm den Regenschirm mit. Ungefähr auf halbem Wege wurde ich von einer Bande angehalten, die beschäftigt war, eine zeitweilig aufgestellte Balustrade niederzubrechen, die die Vorübergehenden verhindern sollte, in eine Vertiefung der Straße hinabzustürzen. Die Balustrade war aus Balken und Brettern. Ich wurde in sehr bestimmtem Ton ersucht, bei dem Herunterreißen behilflich zu sein, ich sähe stark aus und müsse zu gebrauchen sein. Ich wußte, es würde nichts helfen, mich zu widersetzen, und so antwortete ich denn, ich würde entzückt sein, ihnen behilflich sein zu können. Und dann fingen wir an zu brechen und niederzureißen. Es nützte aber nichts. Wir waren vielleicht fünfzig Mann, aber wir arbeiteten nicht im Takt und konnten der Balustrade nicht Herr werden. Da kam ich auf den Einfall, einen Aufgesang anzustimmen, wie ihn die norwegischen Steinbrecher zu brüllen pflegen. Das half. Bald fing es an, in den Planken zu knacken, und nach einer Weile stürzte die Balustrade zusammen. Da schrien wir hurra!

Ich wollte meinen Weg nach dem Restaurant fortsetzen. Da kommt ein zerlumpter Mann gegangen und nimmt ohne weiteres meinen Regenschirm, den ich hingestellt hatte, und spaziert damit von dannen. Er wollte ihn nicht wieder ausliefern, er sagte, es sei sein Regenschirm. Ich schaffte Zeugen unter meinen Kameraden bei der Balustrade herbei, die bestätigen mußten, daß ich diesen Schirm bei mir hatte, als ich kam.

Ja, sagte der Mann. Aber ist denn nicht Revolution?

Da schwiegen meine Genossen und ließen den Mann Recht bekommen.

Das wollte ich jedoch nicht, ich nahm ihm den Schirm mit Gewalt ab, und da sich dies nicht glimpflicher machen ließ, als daß wir beide, der Mann und ich, kopfüber auf die Straße rollten, fing der Mann an, um Hilfe zu schreien. Die Genossen kamen abermals herbei, und als der Mann sich beklagte, daß ich ihn überfallen habe, antwortete ich:

Ja freilich! Aber ist denn nicht Revolution?

Und dann nahm ich meinen Schirm und ging ...

Des Abends, wenn ich meine Tagesarbeit beendet hatte, ging ich gewöhnlich aus und wohnte den Tumulten in angemessener Entfernung bei. Die Straßen waren sehr dunkel, fast alle Gaslaternen waren zertrümmert, und die Gegend wurde daher im wesentlichen durch das Licht aus den Läden erleuchtet, die man aus Furcht vor Plünderung nicht ganz dunkel lassen wollte. Die Gardisten ritten auf den Bürgersteigen, ihre großen Pferde sahen aus wie Ungeheuer in dem nebligen Licht, und man hörte ununterbrochen, ununterbrochen das Getrampel der Hufeisen auf dem Asphalt und das Geheul irgendeiner Bande in den Seitenstraßen.

Inzwischen hatten die Studenten – als sie sahen, welch einen Umfang das Unwesen annahm – eine Proklamation erlassen, worin sie die Verantwortung für die stattgefundenen Zerstörungen und Verbrechen von sich wiesen. Es waren jetzt nicht mehr die Studenten, die gegen das Auftreten der Polizei auf dem Ball in der Moulin Rouge protestierten, sondern die Hefe von Paris, und die Studenten wollten jeden einzelnen auffordern, jetzt inne zu halten. Die Proklamation war in vielen Exemplaren erschienen und an den Bäumen am Boulevard angeschlagen.

Aber ihre vernünftigen Worte fruchteten natürlich nicht mehr im geringsten.

Die Menge hatte es auf die *Polizei* abgesehen. Man fuhr fort, in großen Zügen zur Polizeipräfektur zu marschieren und Lozé zu »bespucken«, man bewarf Polizisten überall, wo man ihrer habhaft werden konnte, mit Steinen und schoß auf sie, und als ein armer Konstabler eines Abends spät eine der Seinebrücken mit einer Order passieren wollte, wurde er von der Menge ergriffen und in den Fluß geworfen. Er trieb am nächsten Tage weit abwärts von Notre Dame ans Ufer und wurde in die Leichenhalle gebracht.

Eines Abends trug sich auf dem Boulevard St. Michel etwas zu, das großes Aufsehen erregte. Ein Konstabler hatte sich ganz allein unter die Menschenmenge auf den Bürgersteig verirrt. Da zieht ein Herr eine lange Duellpistole aus der Tasche und erschießt den Konstabler auf der Stelle. Bei dem Knall sprengte die Polizei herbei, in größter Hast wurde gefragt und geantwortet, wurden einige Verhaftungen vorgenommen. Aber den Schuldigen fand man nicht. Nachdem er die Pistole abgefeuert hatte, trat der Mörder ein paar hastige Schritte zurück, die Menschenmenge schlug über seinem Wege zusammen, und er war für immer verschwunden. Aber der Herr war Ritter der Ehrenlegion, das hatten die Zunächststehenden gesehen. Und sie schienen auch zu wissen, wer er war, obwohl sie ihn nicht ausliefern wollten – ein Herr mit einem Namen, den ganz Paris kannte, den Frankreich, ja ein großer Teil der Welt kennt. Dieser Mann hat also an jenem Abend einen Menschen töten wollen: der Mord- und Revolutionsinstinkt der Franzosen war in ihm erwacht und in hellen Flammen aufgelodert . . .

Eines Abends wurde ich beim »Asphaltzertrümmern« angestellt. Ich kam ganz ruhig eine Straße hinabgegangen, wo ich sah, daß ein Haufe Menschen mit etwas beschäftigt war. Als ich nahe genug herangekommen war, wurde ich angerufen, man überreichte mir ein Brecheisen und stellte mich an. Eine Kompanie der Garde war in einiger Entfernung postiert, um die Straße abzusperren, und soweit ich verstehen konnte, handelte es sich darum, mit dem losgebrochenen Asphalt die Garde zu steinigen und sich Zutritt zu der verbotenen Straße zu erzwingen. Es war eine schändliche Sklaverei, in die ich hineingeraten war, und ich bereute bitter, nicht einen anderen Weg eingeschlagen zu haben. Jetzt gab es indes keinen Ausweg mehr, ich mußte Asphalt zertrümmern. Und ich war nicht der einzige bei dieser Arbeit, mehrere Brecheisen waren in Tätigkeit, und man löste sich gegenseitig ab. Der Pöbel stand da und schrie und beriet, was nun aus der Garde werden sollte: ach, es würde der Garde schlecht ergehen, es sollten nicht viele von der Garde am Leben bleiben!

Da hörten wir plötzlich, wie kommandiert wurde:

Fällt das Bajonett!

Wir sehen auf.

Dieselbe Stimme schrie:

Vorwärts mit dem Bajonett!

Und die Gardekompanie kam gerade auf uns zu.

Da warfen wir feige unsere Brecheisen hin und rannten davon. Du lieber Gott, wie wir rannten! Wir hinterließen dem Feind alle unsere Kugeln, all unseren köstlichen Asphalt und flohen. Jetzt kam es mir zugute, daß ich lange Beine hatte und sie so gut wie nur ein Hase zu gebrauchen verstand, und ich muß es selber eingestehen, ich habe noch nie einen Mann so brillant fliehen sehen wie mich. Ich entsinne mich noch, daß ich einen kleinen Franzosen quer gegen eine Mauer rannte, mit einer solchen Gewalt, daß er umfiel und ein Röcheln von sich gab. Natürlich überholte ich die meisten meiner fliehenden Genossen, und als die vordersten endlich haltmachten, benutzte ich die allgemeine Verwirrung, um mich von der Asphaltfabrikation wegzuschleichen.

Ich bin auch nie wieder dazu gekommen.

Nach Verlauf zweier Wochen fing das Unwesen in den Straßen an abzunehmen, und nach drei Wochen war Paris wieder so unterwürfig wie vorher. Nur die aufgewühlten Straßen zeugten noch längere Zeit von den Zerstörungen der letzten französischen Revolution. Einen reellen Nutzen hatten die Tumulte: der Polizeipräfekt, der »bespuckte« Lozé, mußte abdanken.

3. Ein Gespenst

Mehrere Jahre meiner Kindheit verbrachte ich bei meinem Onkel auf dem Pfarrhof im Nordland. Es war eine harte Zeit für mich, viel Arbeit, viele Prügel und selten oder niemals eine Stunde zu Spiel und Vergnügen. Da mein Onkel mich so streng hielt, bestand allmählich meine einzige Freude darin, mich zu verstecken und allein zu sein; hatte ich ausnahmsweise einmal eine freie Stunde, so begab ich mich in den Wald, oder ich ging auf den Kirchhof und wanderte zwischen Kreuzen und Grabsteinen herum, träumte, dachte und unterhielt mich laut mit mir selber.

Der Pfarrhof lag ungewöhnlich schön, dicht beim Meeresstrom Glimma, einem breiten Strom mit vielen großen Steinen, dessen Brausen Tag und Nacht, Nacht und Tag ertönte. Die Strömung ging einen Teil des Tages südwärts, den übrigen Teil nordwärts, je nachdem Flut oder Ebbe war – immer aber brauste ihr ewiger Gesang, und ihr Wasser rann mit gleicher Eile im Sommer wie im Winter dahin, welche Richtung es auch nahm.

Oben auf einem Hügel lagen die Kirche und der Kirchhof. Die Kirche war eine alte Kreuzkirche aus Holz, und der Kirchhof war ohne Pflanzen und die Gräber ohne Blumen; hart an der steinernen Mauer aber pflegten die üppigen Himbeeren zu wachsen, eine große und saftige Frucht, die Nahrung aus der fetten Erde der Toten sog. Ich kannte jedes Grab und jede Inschrift, und ich erlebte, daß Kreuze, die ganz neu aufgestellt wurden, im Laufe der Zeit sich zu neigen begannen und schließlich in einer Sturmnacht umstürzten.

Waren da aber keine Blumen auf den Gräbern, so wuchs im Sommer hohes Gras auf dem ganzen Kirchhof. Es war so hoch und so hart, daß ich oft da saß und dem Winde lauschte, der in diesem sonderbar harten Grase sauste, das mir bis an die Hüften ging. Und dann mitten in dies Gesause hinein konnte die Wetterfahne auf dem Kirchturm sich herumdrehen, und dieser rostige eiserne Ton klang jammernd über den ganzen Pfarrhof hin. Es war, als ob dies Stück Eisen gegen irgendein anderes Eisen die Zähne knirschte.

Wenn der Totengräber bei der Arbeit war, hatte ich gar manches Mal eine Unterhaltung mit ihm. Er war ein ernster Mann, er lächelte selten, aber er war sehr freundlich gegen mich, und wenn er so dastand und Erde aus dem Grabe aufschaufelte, kam es wohl vor, daß er mir zurief, ein wenig aus dem Wege zu gehen, denn jetzt habe er ein großes Stück Hüftknochen oder den grinsenden Schädel eines Toten auf dem Spaten.

Ich fand oft Knochen und Haarbüschel von Leichen auf den Gräbern, die ich dann wieder in die Erde eingrub, wie es der Totengräber mich gelehrt hatte. Ich war so hieran gewöhnt, daß ich kein Grausen empfand, wenn ich auf diese Menschenreste stieß. Unter dem einen Ende der Kirche befand sich ein Leichenkeller, wo Unmengen von Knochen lagen und sich umhertrieben, und in diesem Keller saß ich gar manches Mal, spielte mit den Knochen und bildete aus dem zerbröckelten Gebein Figuren auf dem Boden.

Eines Tages aber fand ich einen Zahn auf dem Kirchhof.

Es war ein Vorderzahn, schimmernd weiß und stark. Ohne mir weiter Rechenschaft davon abzulegen, steckte ich den Zahn zu mir. Ich wollte ihn zu etwas gebrauchen, irgendeine Figur daraus zurechtfeilen und ihn in einen der wunderlichen Gegenstände einfügen, die ich aus Holz schnitzte.

Ich nahm den Zahn mit nach Hause.

Es war Herbst, und die Dunkelheit brach früh herein. Ich hatte noch allerlei anderes zu besorgen, und es vergingen wohl ein paar Stunden, bis ich mich in die Gesindestube hinüber begab, um an meinem Zahn zu arbeiten. Indessen war der Mond aufgegangen; es war Halbmond.

In der Gesindestube war kein Licht, und ich war ganz allein. Ich wagte nicht, ohne weiteres die Lampe anzuzünden, ehe die Knechte hereinkamen; aber mir genügte das Licht, das durch die Ofenklappe fiel, wenn ich tüchtig Feuer anmachte. Ich ging deshalb in den Schuppen hinaus, um Holz zu holen.

Im Schuppen war es dunkel.

Als ich mich nach dem Holz vorwärts tastete, fühlte ich einen leichten Schlag wie von einem einzelnen Finger auf meinem Kopfe.

Ich wandte mich hastig um, sah aber niemand.

Ich schlug mit den Armen um mich, fühlte aber niemand.

Ich fragte, ob jemand da sei, erhielt aber keine Antwort.

Ich war barhäuptig, ich griff nach der berührten Stelle meines Kopfes und fühlte etwas Eiskaltes in meiner Hand, das ich sofort wieder los ließ. Das ist doch sonderbar! dachte ich bei mir. Ich griff wieder nach dem Haar hinauf – da war das Kalte weg.

Ich dachte:

Was mag das wohl Kaltes gewesen sein, das von der Decke herunterfiel und mich auf den Kopf traf?

Ich nahm einen Armvoll Holz und ging wieder in die Gesindestube, heizte ein und wartete, bis ein Lichtschein durch die Ofenklappe fiel.

Dann holte ich den Zahn und die Feile hervor.

Da klopfte es an das Fenster.

Ich sah auf. Vor dem Fenster, das Gesicht fest an die Scheibe gedrückt, stand ein Mann. Er war mir ein Fremder, ich kannte ihn nicht, und ich kannte doch das ganze Kirchspiel. Er hatte einen roten Vollbart, eine rote wollene Binde um den Hals und einen Südwester auf dem Kopfe. Worüber ich damals nicht nachdachte, was mir aber später einfiel: wie konnte sich mir dieser Kopf so deutlich in der Dunkelheit zeigen, namentlich an einer Seite des Hauses, wo nicht einmal der Halbmond schien? Ich sah das Gesicht mit erschreckender Deutlichkeit, es war bleich, beinahe weiß, und seine Augen starrten mich gerade an. Es vergeht eine Minute. Da fängt der Mann an zu lachen.

Es war kein hörbares, schüttelndes Lachen, sondern der Mund öffnete sich weit, und die Augen starrten wie vorhin, der Mann aber lachte.

Ich ließ fallen, was ich in der Hand hatte, und ein eisiger Schauer durchrieselte mich vom Scheitel bis zur Sohle. In der ungeheuren Mundhöhle des lachenden Gesichts vor dem Fenster entdeckte ich plötzlich ein schwarzes Loch in der Zahnreihe – es fehlte ein Zahn.

Ich saß da und starrte in meiner Angst geradeaus. Es verging noch eine Minute. Das Gesicht fing an, Farbe anzunehmen, es wurde stark grün, dann wurde es stark rot; das Lachen aber blieb. Ich verlor die Besinnung nicht, ich bemerkte alles um mich herum; das Feuer leuchtete ziemlich hell durch die Ofenklappe und warf einen kleinen Schein bis auf die andere Wand hinüber, wo eine Leiter stand. Ich hörte auch aus der Kammer nebenan, daß eine Uhr an der Wand tickte. So deutlich sah ich alles, daß ich sogar bemerkte, wie der Südwester, den der Mann vor dem Fenster aufhatte, oben im Kopfstück von schwarzer, abgenützter Farbe war, aber einen grüngemalten Rand hatte.

Da senkte der Mann den Kopf an der Fensterscheibe herab, ganz langsam herab, immer weiter, so daß er sich schließlich unterhalb des Fensters befand. Es war, als gleite er in die Erde hinein. Ich sah ihn nicht mehr.

Meine Angst war entsetzlich, ich fing an zu zittern. Ich suchte auf dem Fußboden nach dem Zahn, wagte aber nicht, die Blicke vom Fenster zu wenden – vielleicht konnte das Gesicht ja wiederkehren.

Als ich den Zahn gefunden hatte, wollte ich ihn gleich wieder nach dem Kirchhof bringen, hatte aber nicht den Mut dazu. Ich saß noch immer allein und konnte mich nicht rühren. Ich hörte Schritte draußen auf dem Hof und meine, daß es eine der Mägde ist, die auf ihren Holzpantoffeln geklappert kommt; ich wage aber nicht, sie anzurufen, und die Schritte gehen vorüber. Eine Ewigkeit vergeht. Das Feuer im Ofen fängt an auszubrennen, und keine Rettung zeigt sich mir

Da beiße ich die Zähne zusammen und stehe auf. Ich öffne die Tür und gehe rückwärts zur Gesindestube hinaus, unverwandt nach dem Fenster sehend, an dem der Mann gestanden hatte. Als ich auf den Hof hinaus gekommen bin, renne ich nach dem

Stall hinüber, um einen der Knechte zu bitten, mich nach dem Kirchhof hinüber zu begleiten.

Die Knechte befanden sich aber nicht im Stalle.

Jetzt unter freiem Himmel war ich indes kühner geworden, und ich beschloß, allein nach dem Friedhof hinauf zu gehen; dadurch würde ich es auch vermeiden, mich jemandem anzuvertrauen und dann später in des Onkels Klauen zu geraten.

So ging ich denn allein den Hügel hinan.

Den Zahn trug ich in meinem Taschentuch.

Oben an der Kirchhofspforte blieb ich stehen – mein Mut versagte mir seinen ferneren Beistand. Ich höre das ewige Brausen des Stromes, sonst ist alles still. Der Kirchhofseingang war keine Tür, nur ein Bogen, durch den man hindurch ging; ich stelle mich voller Angst auf die eine Seite dieses Bogens und stecke den Kopf vorsichtig durch die Öffnung, um zu sehen, ob ich es wagen könne, weiter zu gehen.

Da sinke ich plötzlich platt auf die Knie.

Ein Stück jenseits der Pforte, da drinnen zwischen den Gräbern, stand mein Mann mit dem Südwester. Er hatte wieder das weiße Gesicht, und er wandte es mir zu, gleichzeitig aber zeigte er vorwärts, nach dem Kirchhofe hinauf.

Ich sah dies als Befehl an, wagte aber nicht zu gehen. Ich lag sehr lange da und sah den Mann an, ich flehte ihn an, und er stand unbeweglich und still da.

Da geschah etwas, was mir wieder ein wenig Mut machte: ich hörte einen der Knechte unten am Stallgebäude geschäftig umhergehen und pfeifen. Dieses Lebenszeichen um mich her bewirkte, daß ich mich erhob. Da entfernte sich der Mann ganz allmählich, er ging nicht, er glitt über die Gräber dahin, immer vorwärts zeigend. Ich trat durch die Pforte. Der Mann lockte mich weiter. Ich tat einige Schritte und blieb dann stehen; ich konnte nicht mehr. Mit zitternder Hand nahm ich den weißen Zahn aus dem Taschentuch und warf ihn mit aller Macht auf den Kirchhof. In diesem Augenblick drehte sich die eiserne Stange auf dem Kirchturm herum, und der schrille Schrei ging mir durch Mark und Bein. Ich stürzte zur Pforte hinaus, den Hügel hinab und nach Hause. Als ich in die Küche kam, sagten sie mir, mein Gesicht sei weiß wie Schnee ...

Es sind jetzt viele Jahre seitdem vergangen, aber ich entsinne mich jeder Einzelheit. Ich sehe mich noch auf den Knien vor der Kirchhofstür liegen, und ich sehe den rotbärtigen Mann. Sein Alter kann ich nicht einmal ungefähr angeben. Er konnte zwanzig Jahre alt sein, er konnte auch vierzig sein. Da es nicht das letzte Mal sein sollte, daß ich ihn sah, habe ich auch später noch über diese Frage nachgedacht; aber noch immer weiß ich nicht, was ich über sein Alter sagen soll ...

Manchen Abend und manche Nacht kam der Mann wieder. Er zeigte sich, lachte mit seinem weit geöffneten Munde, in dem ein Zahn fehlte, und verschwand. Es war Schnee gefallen, und ich konnte nicht mehr auf den Kirchhof gehen und den Zahn in die Erde stecken. Und der Mann kam wieder und wieder, aber mit immer längeren Zwischenräumen, den ganzen Winter hindurch. Meine haarsträubende Angst vor ihm nahm ab; aber er machte mein Leben sehr unglücklich, ja unglücklich bis zum Übermaß. In jenen Tagen war es mir oft eine gewisse Freude, wenn ich daran dachte, daß ich meiner Qual ein Ende machen könnte, indem ich mich bei Flut in den Strom Glimma stürzte.

Dann kam der Frühling, und der Mann verschwand gänzlich. Gänzlich? Nein, nicht gänzlich, aber für den ganzen Sommer. Den nächsten Winter stellte er sich wieder ein. Nur einmal zeigte er sich, dann blieb er lange Zeit fern. Drei Jahre nach meiner ersten Begegnung mit ihm verließ ich das Nordland und blieb ein Jahr fort. Als ich zurückkehrte, war ich konfirmiert und, wie ich selber meinte, ein großer, erwachsener Mann. Ich wohnte nun nicht mehr bei meinem Onkel auf dem Pfarrhof, sondern daheim bei Vater und Mutter.

Eines Abends zur Herbstzeit, als ich gerade schlafen gegangen war, legte sich eine kalte Hand auf meine Stirn. Ich schlug die Augen auf und erblickte den Mann vor mir. Er saß auf meinem Bett und sah mich an. Ich lag nicht allein im Zimmer, sondern mit zweien von meinen Geschwistern zusammen; aber ich rief trotzdem keines von ihnen. Als ich den kalten Druck gegen meine Stirn fühlte, schlug ich mit der Hand um mich und sagte: Nein, geh weg! Meine Geschwister fragten aus ihren Betten, mit wem ich spräche.

Als der Mann eine Weile still gesessen hatte, fing er an, sich mit dem Oberkörper hin und her zu wiegen. Dabei nahm er mehr und mehr an Größe zu, schließlich stieß er beinahe an die Decke, und da er offenbar nicht viel weiter kommen konnte, erhob er sich, entfernte sich mit lautlosen Schritten von meinem Bett, durch das Zimmer, nach dem Ofen, wo er verschwand. Ich folgte ihm die ganze Zeit mit den Augen.

Er war mir noch nie so nahe gewesen wie diesmal; ich sah ihm gerade ins Gesicht. Sein Blick war leer und erloschen, er sah zu mir hin, aber gleichsam an mir vorüber, quer durch mich hindurch, weit in eine andere Welt hinein. Ich bemerkte, daß er graue Augen hatte. Er bewegte sein Gesicht nicht, und er lachte nicht. Als ich seine Hand von meiner Stirn wegschlug und sagte: Nein, geh weg! zog er seine Hand langsam zurück. Während all der Minuten, die er auf meinem Bett saß, blinzelte er niemals mit den Augen ...

Einige Monate später, als es Winter geworden und ich wieder von Hause fortgereist war, hielt ich mich eine Zeitlang bei einem Kaufmann W. auf, dem ich im Laden und auf dem Kontor half. Hier sollte ich meinem Mann zum letztenmal begegnen.

Ich gehe eines Abends auf mein Zimmer hinauf, zünde die Lampe an und entkleide mich. Ich will wie gewöhnlich meine Schuhe für das Mädchen hinausstellen, ich nehme die Schuhe auch in die Hand und öffne die Tür.

Da steht er auf dem Gang, dicht vor mir, der rotbärtige Mann.

Ich weiß, daß Leute im Nebenzimmer sind, daher bin ich nicht bange. Ich murmele: Bist du nun schon wieder da! Gleich darauf öffnet der Mann seinen großen Mund wieder und fängt an zu lachen. Dies machte keinen erschreckenden Eindruck mehr auf mich; aber diesmal wurde ich aufmerksamer: der fehlende Zahn war wieder da!

Er war vielleicht von irgend jemand in die Erde hineingesteckt worden. Oder er war in diesen Jahren zerbröckelt, hatte sich in Staub aufgelöst und mit dem übrigen Staub vereint, von dem er getrennt gewesen war. Gott allein weiß das!

Der Mann schloß seinen Mund wieder, während ich noch in der Tür stand, wandte sich um und ging die Treppe hinab, wo er tief unten verschwand.

Seither habe ich ihn nie wieder gesehen. Und es sind jetzt viele Jahre vergangen ...

Dieser Mann, dieser rotbärtige Bote aus dem Lande des Todes, hat mir durch das unbeschreibliche Grauen, das er in mein Kinderleben gebracht, viel Böses getan. Ich habe seither mehr als eine Vision gehabt, mehr als einen seltsamen Zusammenstoß mit Unerklärbarem – nichts aber hat mich so tief ergriffen wie dies.

Und doch hat er mir vielleicht nicht ausschließlich Schaden zugefügt, dieser Gedanke ist mir oft gekommen. Ich könnte mir vorstellen, daß er eine der ersten Ursachen gewesen ist, durch die ich lernte, die Zähne zusammenzubeißen und mich hart zu machen. In meinem späteren Leben habe ich hin und wieder Verwendung dafür gehabt.

4. Auf der Prärie

Den ganzen Sommer 1887 arbeitete ich auf einer Sektion von Dalrumples unendlicher Farm in dem Tal des Roten Flusses in Amerika. Außer mir waren dort zwei andere Norweger, ein Schwede, zehn, zwölf Irländer und einige Amerikaner. Wir waren ungefähr zwanzig Mann auf unserer kleinen Sektion – nur ein Bruchteil von den Hunderten von Arbeitern der ganzen Farm.

Grüngelb und unermeßlich wie ein Meer lag die Prärie da. Kein Haus war zu sehen außer unseren eigenen Ställen und Schlafschuppen mitten auf der Prärie. Kein Baum, kein Busch wuchs dort, nur Weizen und Gras, so weit das Auge reichte. Da waren auch keine Blumen, nur hin und wieder traf man mitten im Weizen die gelben Quasten des wilden Senfs an, der einzigen Blume der Prärie. Dies Gewächs war durch ein Gesetz verboten, wir jäteten es mit der Wurzel aus, fuhren es nach Hause, trockneten und verbrannten es.

Und kein Vogel flog, kein anderes Leben sah man als das Wogen des Weizens im Winde, und der einzige Laut, den wir hörten, war das ewige Zirpen der Millionen Heuschrecken – der einzige Gesang der Prärie.

Wir schmachteten nach einem Schatten. Wenn der Proviantwagen mittags zu uns hinauskam, legten wir uns auf den Bauch unter den Wagen, die Pferde, um ein wenig Schatten zu haben, während wir das Essen verschlangen. Die Sonne war oft glühend heiß. Wir gingen in Hut, Hemd, Beinkleid und Schuhen, das war alles, und weniger konnte es nicht sein, denn sonst wären wir verbrannt. Riß man sich zum Beispiel während der Arbeit ein Loch in das Hemd, so brannte die Sonne durch und hinterließ eine Blase auf der Haut.

Während der Weizenernte arbeiteten wir bis zu sechzehn Stunden am Arbeitstage. Zehn Mähmaschinen fuhren auf dem gleichen Acker tagaus, tagein hintereinander. Wenn das eine Viereck abgemäht war, fuhren wir auf ein anderes Viereck und mähten auch das nieder. Und so weiter, immer weiter, während zehn Mann hinter uns herkamen und die Garben in Hocken setzten. Und hoch zu Roß, den Revolver in der Tasche, ein Auge an jedem Finger, saß der Aufseher da und beobachtete uns. Er ritt jeden Tag seine zwei Pferde müde. Trat irgendein Unfall ein, zerbrach zum Beispiel eine Maschine, so war er sofort da, besserte den Schaden aus oder schickte die Maschine weg. Er konnte oft weit weg sein, sobald er aber merkte, daß etwas nicht in Ordnung war, war er zur Stelle, da es aber nirgends einen Weg gab, mußte er den ganzen Tag in dem dichten Weizen umher reiten, so daß die Pferde von Schweiß schäumten.

Als der September und der Oktober herankamen, war es des Tages noch grausam warm, die Nächte aber wurden sehr kalt. Es fror uns oft sehr. Und dann bekamen wir lange nicht genug Schlaf; wir wurden oft um drei Uhr morgens geweckt, wenn es noch ganz dunkel war. Wenn wir dann die Pferde und uns selber gefüttert und den langen Weg bis zur Arbeitsstelle gefahren waren, dämmerte endlich der Tag, und wir konnten sehen, was wir zu tun hatten. Dann zündeten wir einen Heuhaufen an, um unsere Ölkannen aufzutauen, die wir zum Schmieren der Maschinen brauchten, und dabei wärmten wir uns selber dann gleich ein wenig. Aber viele Minuten währte es freilich nicht, bis wir wieder auf die Maschine hinauf mußten. Wir hielten nie Feiertag. Der Sonntag war wie der Montag. Aber bei Regenwetter konnten wir nichts tun, und dann lagen wir im Schuppen. Wir spielten »Kasino« und plauderten miteinander und schliefen.

Unter uns befand sich ein Irländer, über den ich am Anfang sehr erstaunt war; Gott mag wissen, was er im Grunde gewesen ist. Bei Regenwetter lag er immer da und las Romane, die er sich mitgebracht hatte. Er war ein großer, schöner Bursche von etwa sechsunddreißig Jahren und sprach eine sehr gewählte Sprache. Er sprach auch deutsch.

Dieser Mann kam in einem seidenen Hemd auf die Farm und fuhr auch die ganze Zeit hindurch fort, in seinem seidenen Hemd zu arbeiten. Wenn das eine abgetragen war, zog er ein neues an. Er war kein tüchtiger Arbeiter, er hatte keinen »Griff« für die Arbeit, aber er war ein sonderbarer Mann.

Evans hieß er.

An den beiden Norwegern war nicht viel dran. Der eine von ihnen nahm auch Reißaus, weil er die Arbeit nicht vertragen konnte; der andere hielt aus – aber der war auch aus Valdres.

Beim Dreschen suchten wir alle einen Platz so weit wie möglich von der Dampfmaschine entfernt zu ergattern; Staub, Spreu und Sand stoben nämlich wie Schneeflocken aus allen Öffnungen und von allen Schaufeln der Maschine. Ein paar Tage befand ich mich mitten im Feuer, dann bat ich den Aufseher, mir einen andern Platz anzuweisen, was er auch tat. Er gab mir einen ausgezeichneten Platz draußen auf dem Felde, wo ich bei dem Beladen der Wagen tätig sein sollte. Er vergaß nie, daß ich ihm gleich zu Anfang eine Freundlichkeit erwiesen hatte. Das trug sich folgendermaßen zu:

Ich besaß eine Uniformjacke mit blanken Knöpfen, noch aus der Zeit, wo ich Pferdebahnschaffner in Chikago gewesen war.

Diese Jacke und die herrlichen Knöpfe erregten das Wohlgefallen des Aufsehers; er war ein reines Kind in bezug auf Staat, und hier draußen in der Prärie war ja kein Staat zu haben. Da sagte ich denn eines Tages zu ihm, er könne die Jacke gern bekommen. Er wollte mir die Jacke bezahlen, ich sollte nur sagen, was ich haben wollte; als ich sie ihm aber schenkte, erklärte er, daß er mir ewig dankbar dafür sein würde. Nach Beendigung der Ernte gab er mir eine gute andere Jacke dafür, weil er sah, daß ich keine hatte.

Aus den Tagen, in denen ich beim Weizenaufladen angestellt war, entsinne ich mich einer Episode:

Der Schwede kam, um das Fuder abzuholen. Er hatte große Stiefel an, in deren Schäften die Hosen steckten. Wir gehen ans Aufladen. Er arbeitete mit Riesenkräften, und ich hatte meine liebe Not, ihn im Zaum zu halten. Er trieb immer mehr zur Eile an, und da dies schließlich anfing, mich ein wenig zu ärgern, begann auch ich, aus Leibeskräften drauflos zu arbeiten.

Jede Hocke bestand aus acht Garben, und in der Regel nahmen wir nur eine Weizengarbe auf die Gabel und reichten sie auf das Fuder hinauf – und jetzt nahm ich vier. Ich überschwemmte den Schweden mit Garben, überschüttete ihn förmlich damit. Da stellte es sich heraus, daß in einer der schweren Ladungen, die ich dem Schweden hinaufsandte, eine Schlange gewesen war. Sie glitt in einen seiner Stiefelschäfte. Ich ahnte nichts davon, bis ich einen entsetzlichen Schrei höre und sehe, wie der Schwede vom Fuder herabstürzt, während ihm die dunkelgefleckte Schlange aus dem einen Stiefelschaft heraushängt. Sie biß jedoch nicht, und bei dem Fall auf die Erde fuhr sie aus dem Stiefel und verschwand blitzschnell über den Acker. Wir verfolgten sie beide mit unsern Heugabeln, konnten sie aber nicht entdecken. Die beiden Maultiere, die vor das Fuder gespannt waren, zitterten am ganzen Leibe.

Ich höre noch den Schrei des Schweden und sehe ihn in der klaren Luft, während er sich von dem Fuder herabstürzt.

Dann einigten wir uns dahin, daß er in Zukunft mit etwas mehr Vernunft arbeiten solle und daß ich ihm nur eine Garbe auf einmal hinaufreichen wollte ...

Und dann hatten wir gepflügt und gesät, Heu gemäht und eingefahren, Weizen gemäht und gedroschen, – und nun waren wir fertig und sollten Abrechnung haben. Frohen Herzens und Geld in der Tasche, wanderten wir zwanzig Mann stark nach der nächsten Präriestadt, um einen Zug zu finden, der uns nach dem Osten hinabführen sollte. Der Aufseher begleitete uns, er wollte ein Abschiedsglas mit uns leeren, und er hatte die Jacke mit den blanken Knöpfen an.

Wer nie einem solchen Abschied zwischen einer Schicht Präriearbeiter beigewohnt hat, kann sich kaum einen Begriff davon machen, wie mannhaft dabei getrunken wird. Jeder spendiert gleich eine Runde – das macht zwanzig Glas auf den Mann. Glaubt man aber, daß es hiermit zu Ende ist, so irrt man sehr, denn unter uns sind, weiß Gott, Gentlemen, die ihrerseits gleich fünf Runden auf einmal stiften wollen. Und Gott gnade dem Wirt, der den Versuch machen wollte, Einspruch gegen eine solche Unvernunft zu erheben. Er würde sofort von seinem eigenen Schenktisch vertrieben. Eine solche Bande von Sommerarbeitern schlägt alles nieder, was ihr in den Weg kommt. Sie reißt schon beim fünften Glas die Herrschaft über die Stadt an sich, und von dem Augenblick an regiert sie ohne den geringsten Einspruch. Die Ortspolizei ist machtlos, sie macht gemeinsame Sache mit der Bande, sie trinkt mit ihr. Und es wird mindestens zwei Tage getrunken, zwei Nächte gespielt und geprügelt und gejuchheit.

Wir Arbeiter waren untereinander außerordentlich liebenswürdig. Während des Sommers war es mit der Liebe zwischen uns oft nur soso lala gewesen; jetzt aber beim Abschied war alle Feindseligkeit vergessen. Je mehr wir tranken, je größer wurden unsere Herzen, wir traktierten einander, bis wir fast umsanken und unsere Gefühle uns einander in die Arme trieben. Der Koch, der ein alter, buckliger Mann mit Weiberstimme und ohne Bart war, vertraute mir schluchzend auf norwegisch an, daß er Norweger sei, ebenso wie ich, und der Grund, weshalb er sich nicht früher zu erkennen gegeben habe, sei die allgemeine Verachtung der Yankees gegen die Norweger. Er habe den Valdresmann und mich während der Mahlzeiten oft über sich sprechen hören, und er habe jedes Wort verstanden; jetzt solle aber alles vergessen und vergeben sein, denn wir wären prächtige Burschen. Ja, er sei ein Nachkomme von Altnorwegens kühnen Söhnen und sei am 22. Juli 1845 in Jowa geboren. Und deshalb wollten wir gute Freunde und *partners* bleiben, solange die norwegische Sprache von unseren Lippen flösse. – Der Koch und ich umarmten uns. Nie sollte unsere Freundschaft ein Ende nehmen. Alle Arbeiter umarmten sich, wir drückten uns platt mit unseren gehärteten Armen und tanzten vor Begeisterung miteinander herum.

Wir pflegten zueinander zu sagen: Was willst du jetzt trinken? Hier ist nichts, was gut genug für dich wäre! Und dann gingen wir selber hinter den Schenktisch, um das Köstlichste herauszufinden. Wir holten sonderbare Flaschen hoch oben von den Borden herunter, Flaschen mit prachtvollen Etiketten, die hauptsächlich zum Staat dort standen, deren Inhalt wir guten Freunde einander einschenkten und austranken und mit lächerlich hohem Preis bezahlten.

Evans war wohl am erpichtesten darauf, Runden zu bestellen. Sein letztes seidenes Hemd sah jetzt traurig aus, die leuchtenden Farben hatten Sonne und Regen vernichtet, und die Ärmel waren arg mitgenommen. Evans selber aber stand groß und stolz da und bestellte mit großer Überlegung eine Runde nach der andern. Ihm gehörte die Kneipe, ihm gehörte die Welt. Wir andern pflegten eine runde Summe, drei Dollars für die Runde, beizusteuern, Evans aber fragte kurz und bündig, ob er nicht diverse Runden zu sechs Dollars bekommen könne. Denn es befände sich in diesem elenden Schuppen nichts, was gut genug für solche Herren sei, wie er sie hier bei sich habe, sagte er. Da mußten wir denn unsere Zuflucht zu den sonderbaren Flaschen oben auf den Borden nehmen, um die Ware teuer genug zu bekommen ...

In seiner überströmenden Liebenswürdigkeit nahm Evans mich beiseite und suchte mich zu überreden, für den Winter mit ihm in die Wälder Wisconsins zu kommen, um Holz zu hauen. Sobald er sich mit einigen neuen Hemden, ein paar Hosen und einigen neuen Romanen ausgerüstet habe, zöge er seinerseits wieder in die Wälder, sagte er, und bliebe bis zum Frühling dort. Und wenn es Frühling würde, zöge er wieder irgendwo in die Prärie hinaus. Das sei sein Leben. Zwölf Jahre habe er sein Leben zwischen Prärie und Wald geteilt, und er habe sich so daran gewöhnt, daß dies jetzt etwas ganz Selbstverständliches sei.

Als ich ihn aber fragte, was ihn eigentlich zu Anfang auf diese Bahn getrieben habe, antwortete er nicht – wie Betrunkene es in der Regel tun – mit einem langen trübseligen Bericht, wie das Ganze sich zugetragen habe, sondern nur mit den Worten:

Die Verhältnisse.

Wieso? fragte ich.

Die Verhältnisse, wiederholte er. Und mehr wollte er nicht herausrücken.

Ich sah ihn späterhin am Abend in einem Nebenzimmer der Kneipe, wo man mit Würfeln spielte. Evans hatte verloren. Er war ziemlich betrunken und machte sich nichts aus Geld. Als ich hereinkam, zeigte er mir noch einige Scheine und sagte: Ich habe noch Geld! Sieh nur!

Einige rieten ihm, das Spiel zu beenden; einer seiner Landsleute, ein Irländer namens O'Brien, meinte, er müsse seine Scheine für die Eisenbahnkarte gebrauchen. Das beleidigte Evans.

Nein, Reisegeld mußt du mir leihen, sagte er.

O'Brien schlug es ihm kurz ab und verließ das Zimmer.

Das reizte Evans. Er setzte all sein Geld auf einmal ein und verlor. Er nahm es ruhig hin. Er zündete eine Zigarre an und sagte lächelnd zu mir:

Willst du mir Reisegeld leihen?

Ich war ein wenig benebelt von dem letzten Gesöff von Wein, der in den Flaschen oben auf den Borden gestanden hatte, ich knöpfte meine Jacke auf und reichte Evans meine Geldtasche mit allem, was darin war. Ich tat es, um ihm zu zeigen, wie bereitwillig ich ihm das Reisegeld leihen wollte, und überließ es ihm, zu nehmen, was er gebrauchte. Er sah mich an und die Tasche. Eine sonderbare Bewegung zuckte über sein Gesicht, er öffnete die Tasche und sah, daß sie all mein Geld enthielt. Als er mir den Kopf wieder zuwandte, nickte ich nur.

Dies Nicken mißverstand er. Er glaubte, daß ich ihm das Ganze überließe.

Ich danke dir! sagte er.

Und zu meinem großen Schrecken setzte er von meinem Geld ein und begann das Spiel von neuem.

Zuerst wollte ich ihn zurückhalten, besann mich aber. Laß ihn erst sein Reisegeld verbrauchen, wie er will, dachte ich bei mir. Wenn er aber eine anständige Summe verspielt hat, nehme ich den Rest zurück.

Evans aber verlor nicht mehr. Er war wie mit einem Schlage wieder nüchtern geworden und spielte bestimmt und schnell. Das Vertrauen, das ihm in Gegenwart so vieler Kameraden erzeigt worden war, hatte ihn umgewandelt. Groß und schweigend saß er auf dem Whiskyanker, der ihm als Stuhl diente, und setzte ein und nahm seine Gewinne an sich. Verlor er einmal, so verdoppelte er das nächste Mal den Einsatz; er verlor dreimal hintereinander und verdoppelte jedesmal, schließlich gewann er das Ganze wieder. Da setzte er einen ganzen Fünfdollarschein ein und sagte, wenn er jetzt gewinne, wolle er aufhören.

Er verlor.

Und er fuhr fort zu spielen.

Nach Verlauf einer Stunde gab er mir meine Brieftasche mit dem Geld darin zurück; er hatte im Laufe des Spiels genau Rechnung geführt. Er selber hatte jetzt wieder einen Haufen Scheine. Er spielte weiter. Da setzte er plötzlich alles ein, was er besaß. Ein Murmeln der Zuschauer ging durch das Zimmer. Evans sagte:

Mag ich nun verlieren oder gewinnen, aufhören werde ich jetzt!

Er gewann.

Evans erhob sich.

Habt die Güte, mich zu bezahlen! sagte er.

Morgen, antwortete der Bankier, heute abend habe ich nicht so viel. Ich werde morgen schon einen Ausweg finden!

Evans sagte:

Gut, also morgen!

Als wir hinausgehen wollten, kamen einige Männer schwerfällig trampelnd in das Zimmer. Sie trugen eine verstümmelte Leiche. Es war O'Brien, der Irländer, derselbe, der sich geweigert hatte, Evans das Reisegeld zu leihen. Er war eben von einem Weizenzug überfahren worden, beide Beine waren abgetrennt, das eine hoch oben an der Hüfte. Er war schon tot. Er war aus dem Zimmer hinausgegangen und in der Dunkelheit direkt unter die Eisenbahnräder getaumelt. Man legte die Leiche auf die Erde und deckte sie zu ...

Und dann suchten wir uns eine Liegestatt, wo wir sie finden konnten, einige legten sich in der Kneipe auf den Fußboden. Der Valdresmann und ich fanden ein Lager in einer Scheune. Am Morgen kam Evans in die Stadt hinab.

Hast du dein Geld von dem Bankier bekommen? fragte der Valdresmann.

Noch nicht! antwortete Evans. Ich bin draußen auf dem Felde gewesen und habe ein Loch für unseren Kameraden gegraben.

Wir bestatteten O'Brien ein wenig abseits von der Stadt in

einer Kiste, die wir vor einem Hause wegnahmen. Da die Leiche so kurz abgeschnitten war, reichte die Länge der Kiste gottlob aus. Wir sangen nicht und sprachen auch kein Gebet, aber wir waren alle versammelt und standen einen Augenblick mit unseren Hüten in der Hand da.

Und dann war die Zeremonie beendet ...

Als aber Evans sein gewonnenes Geld haben sollte, zeigte es sich, daß der gerissene Bankier verschwunden war.

Auch dies nahm Evans mit derselben Gemütsruhe hin wie alles andere, es schien ihm ganz gleichgültig zu sein. Er hatte indessen noch viel Geld, er konnte seine Fahrkarte lösen und seine Hemden, seine Hose und seine Romane kaufen. Und da war Evans ja für den Winter ausgerüstet.

Wir blieben noch bis zum Abend des nächsten Tages in der Stadt. Wir führten dasselbe Leben und tranken die Kneipe leer. Mehrere von den Arbeitern hatten keinen roten Heller mehr, als sie den Ort verließen, und da sie keine Fahrkarte lösen konnten, schmuggelten sie sich in die Lastwagen ein, wo sie sich in den Weizen verkrochen. Aber dem alten, buckligen Koch, dem Norweger aus Jowa, erging es schlecht dabei. Glücklich und ungesehen war er in den Weizen hineingekommen, da drinnen aber konnte er sich nicht ruhig halten, in seiner Betrunkenheit fing er an, mit seiner Weiberstimme abscheuliche Lieder zu singen. Da wurde er gefunden und hinausgeworfen. Und als das Männlein durchsucht wurde, hatte er so viel Geld, daß er mit Leichtigkeit eine Karte für uns alle hätte lösen können, der Schurke!

Wir zerstreuten uns nach allen Himmelsrichtungen. Der Valdresmann kaufte sich eine kleine Schießbahn in einer Stadt in Minnesota, und der Koch zog gen Westen an die Küste des Stillen Ozeans. Evans aber geht sicher noch in seinen seidenen Hemden umher und streut Geld mit vollen Händen aus. Jeden Sommer ist er in der Prärie und erntet Weizen, und jeden Winter liegt er in den Wäldern von Wisconsin und schlägt Holz. Das ist nun einmal sein Leben.

Ein Leben, das vielleicht ebenso gut ist wie jedes andere.

5. *Auf der Tournee*

Ich wollte in Drammen einen Vortrag über moderne Literatur halten. Ich hatte beschlossen, mir auf diese Weise eine sehr erwünschte Einnahme zu verschaffen, und das konnte ja geschehen, ohne mir weitere Anstrengungen zu verursachen. An einem schönen Spätsommertage saß ich also im Zug auf dem Wege nach dieser guten Stadt. Es war im Jahre 1886.

Ich kannte keine Menschenseele in Drammen, und niemand kannte mich. In der Zeitung hatte ich meinen Vortrag auch nicht angemeldet, aber ich hatte mir zu Anfang des Sommers in einem geldreichen Moment fünfhundert Besuchskarten drucken lassen, und diese wollte ich nun in Hotels, Wirtschaften und größeren Läden verteilen lassen, um die Leute auf das Ereignis aufmerksam zu machen. Die Karten waren freilich nicht ganz nach meinem Geschmack; mein Name war verdruckt, aber mit etwas gutem Willen konnte man doch herausfinden, daß ich es sein sollte. Und außerdem war mein Name so absolut unbekannt, daß eine Verstümmelung keinen Unterschied machen konnte.

Während ich im Zuge saß, machte ich meinen Status auf. Dies dämpfte meinen Mut keineswegs. Ich war daran gewöhnt, viel Hindernisse mit wenig oder auch ohne Geld zu überwinden. Allerdings war ich auch jetzt nicht reich genug, um so aufzutreten, wie es meines ästhetischen Vorhabens in der fremden Stadt würdig war, aber mit etwas Sparsamkeit würde ich mein Vorhaben schon durchführen. Keine flotten Veranstaltungen! Was das Essen anbelangte, so konnte ich mich des Abends in der Dämmerung in die Keller hinabschleichen und dort essen, und in bezug auf ein Hotel wollte ich Unterkunft in einem ›Logis für Reisende‹ suchen. Und welche weiteren Ausgaben hatte ich denn sonst noch?

Ich saß im Zuge und studierte meinen Vortrag. Ich wollte über Alexander Kielland sprechen.

Meine Mitreisenden, einige fröhliche Bauern, die in Kristiania gewesen waren, ließen eine Flasche unter sich die Runde machen, sie boten auch mir einen Tropfen, aber ich lehnte es dankend ab. Auch später machten sie nach Art betrunkener und wohlwollender Leute allerlei Annäherungsversuche, ich gab mich aber nicht mit ihnen ab. Schließlich verstanden sie wohl aus meiner ganzen Haltung, wie aus den vielen Notizen, die ich machte, daß ich ein gelehrter Mann sei, dessen Kopf mit allerlei Dingen angefüllt war, und ließen mich in Ruhe.

Bei der Ankunft in Drammen stieg ich aus dem Zuge und trug meine Reisetasche nach einer Bank. Ich wollte mich ein wenig besinnen, ehe ich in die Stadt ging. Für die Reisetasche hatte ich eigentlich keine Verwendung, ich hatte sie nur mitgenommen, weil ich gehört hatte, daß es leichter sei, in ein Logis hinein und wieder hinaus zu gelangen, wenn man Gepäck bei sich hatte. Diese armselige Reisetasche aus Teppichstoff war indessen so mitgenommen von Alter und Gebrauch, daß sie nicht einmal eines reisenden Literaten würdig war, während meine eigene Kleidung, ein dunkelblauer Jackettanzug, mehrere Grade anständiger aussah.

Ein Hoteldiener mit Buchstaben auf der Mütze kam zu mir heran und wollte die Tasche tragen.

Ich schlug es ab. Ich erklärte, ich habe noch keinen Entschluß in bezug auf ein Hotel gefaßt, ich wollte nur einige Redakteure in der Stadt aufsuchen, ich beabsichtige Vorträge über Literatur zu halten.

Nun, ein Hotel müsse ich aber doch haben, irgendwo wohnen müsse ich ja doch? Sein Hotel sei ohne Frage das beste seiner Art. Elektrische Glocken, Badezimmer, Lesezimmer. Es liegt ganz in der Nähe, diese Straße hinauf, dann gleich links. Er ergriff meine Reisetasche.

Ich hielt ihn zurück.

Ob ich denn mein Gepäck selber ins Hotel tragen wolle?

Ja, natürlich. Zufälligerweise ginge ich denselben Weg wie mein Gepäck, da könnte ich es auf den kleinen Finger hängen, und es folgte mir.

Da sah der Mann mich an und begriff plötzlich, daß ich kein feiner Herr war. Er schlenderte wieder nach dem Zug hinunter und spähte nach anderen Reisenden aus. Da er aber keine entdecken konnte, kam er wieder zu mir zurück, um von neuem mit mir zu verhandeln. Schließlich machte er sogar eine Äußerung, daß er eigentlich nur meinetwegen nach dem Bahnhof gegangen sei.

Ja, das änderte natürlich die Sache. Der Mann war vielleicht von einem Komitee ausgesandt, das von meinem Kommen gehört hatte, vielleicht von dem Arbeiterverein. Es herrschte offenbar ein sehr reges geistiges Leben in Drammen, ein großes Bedürfnis nach guten Vorträgen, die ganze Stadt in fieberhafter Aufregung. Ich war mir nicht ganz klar darüber, ob Drammen in der Beziehung nicht über Kristiania stand.

Sie sollen natürlich mein Gepäck tragen, sagte ich zu dem Manne. Und dann fällt mir ein, es ist doch wohl Wein in Ihrem Hotel zu haben, Wein zu den Speisen?

Wein? Allerbeste Marken!

Gut, Sie können gehen. Ich komme nach. Ich will nur noch einige Besuche in den Redaktionen machen.

Der Mann schien mir ganz gewitzt zu sein, deswegen fragte ich ihn um Rat:

Wen von den Redakteuren würden Sie mir empfehlen? Ich habe keine Lust, alle aufzusuchen.

Arentsen ist der vornehmste, ein feiner Mann. Zu dem gehen alle.

Redakteur Arentsen war natürlich auf der Redaktion nicht zu finden; aber ich suchte ihn in seinem Hause auf. Ich trug mein Anliegen vor, es handle sich um Literatur.

Ja, hier sei nur wenig Sinn für dergleichen. Im vorigen Jahre sei ein schwedischer Student dagewesen und habe über den ewigen Frieden gesprochen, aber der habe Geld dabei zugesetzt.

Ich will über Literatur sprechen, sagte ich.

Ja, das habe ich wohl verstanden, antwortete der Redakteur. Aber ich will Sie doch darauf aufmerksam machen, daß auch Sie dabei zusetzen werden.

Noch dabei zusetzen! Herr Arentsen war köstlich. Er ging vielleicht davon aus, daß ich für eine Firma reiste. Ich sagte kurz:

Wissen Sie vielleicht, ob der große Saal des Arbeitervereins frei ist?

Nein, antwortete der Redakteur. Der Arbeiterverein ist für morgen Abend vermietet. Dort finden antispiritistische Kunststücke statt. Außerdem sind da Affen und wilde Tiere. Von anderen Lokalen könnte ich ihnen nur den Parkpavillon in Vorschlag bringen.

Würden Sie mir dies Lokal empfehlen?

Es ist ein großes, luftiges Lokal. Der Preis? Ja, darüber weiß ich nichts, aber das werden Sie sicher sehr billig bekommen. Sie müssen mit der Direktion reden.

Ich entschloß mich für den Parkpavillon. Das war das gegebene Lokal. Die Säle der Arbeitervereine waren in der Regel klein und unbequem. Wer war in der Direktion?

Rechtsanwalt Carlsen, Kürschner X. und Buchhändler Y. Ich machte mich auf den Weg zu Rechtsanwalt Carlsen. Er wohnte auf dem Lande, ich ging und ging, und endlich nahm der Weg ein Ende. Ich erklärte ihm mein Anliegen und bat um den Parkpavillon. Der müsse sehr geeignet sein für so ein seltenes Unternehmen wie diese literarischen Vorträge.

Der Rechtsanwalt überlegte, schüttelte dann aber den Kopf.

Nicht? War denn das Lokal so groß? Es wäre doch ein Jammer, wenn die Leute wegen Mangel an Platz wieder umkehren müßten!

Der Rechtsanwalt erklärte sich genauer. Er könne mir von dem ganzen Vorhaben nur abraten. Hier sei so wenig Interesse für dergleichen, ein schwedischer Student habe auch Vorträge halten wollen ...

Ja, aber der redete über den ewigen Frieden, entgegnete ich – wohingegen ich über Literatur, über schöngeistige Literatur reden will.

Außerdem sind Sie zu einem ungünstigen Zeitpunkt gekommen, fuhr Herr Carlsen fort. Es ist gerade eine antispiritistische Vorstellung im Arbeiterverein angekündigt, und da sind Affen und wilde Tiere.

Da lächelte ich und sah den Mann an. Er schien zu meinen, was er sagte, und ich gab ihn als hoffnungslos auf.

Wieviel wollen Sie für den Parkpavillon haben? fragte ich kurz.

Acht Kronen, antwortete er. Im übrigen muß die Vermietung des Parkpavillons in einer Direktionsversammlung beschlossen werden. In einigen Tagen können Sie bestimmten Bescheid erhalten, aber ich glaube wohl, daß ich Ihnen schon jetzt das Lokal versprechen kann.

Ich machte einen blitzschnellen Überschlag: die beiden Wartetage berechnete ich auf drei Kronen, der Parkpavillon kostete acht, das waren elf, der Kartenverkäufer würde eine Krone bekommen, das machte im ganzen zwölf Kronen. Vierundzwanzig Zuhörer zu fünfzig Öre konnten also die Ausgaben decken, die übrigen hundert oder zweihundert Menschen, die sich einfanden, würden also barer Gewinn sein!

Ich schlug ein. Der Parkpavillon war gemietet.

Ich fand das Hotel und trat ein. Ein Mädchen fragte:

Wünschen Sie ein Zimmer im ersten oder im zweiten Stock?

Ich antwortete ruhig und ungeniert:

Ich wünsche ein billiges Zimmer, das billigste, das Sie haben.

Das Mädchen musterte mich. War ich ein Scherzvogel, der sich ein Vergnügen daraus machte, von einem billigen Zimmer zu reden? War ich denn nicht derselbe Herr, der sich bei dem Hausdiener erkundigt hatte, ob es auch Wein zu den Speisen gäbe? Oder trat ich nur so bescheiden auf, um das Hotel nicht in Verlegenheit zu bringen? Sie stieß eine Türe auf. Ich fuhr zurück.

Ja, dies Zimmer ist frei, sagte sie – das ist für Sie bestimmt. Ihr Gepäck ist schon hier. Bitte schön.

Hier gab es kein Entrinnen. Ich trat ein. Es war der allerfeinste Salon des Hotels.

Wo ist das Bett?

Da – ein Schlafsofa. Wir können hier nicht gut ein Bett stehen haben. Aber das Sofa wird des Nachts aufgeschlagen, dann ist es ein Bett.

Das Mädchen zog sich zurück.

Ich geriet in eine schlimme Laune. Und da stand meine armselige Reisetasche in dieser Umgebung! Und meine Schuhe sahen böse aus nach der langen Wanderung auf der Landstraße. Kurz, ich fluchte.

Sofort steckte das Mädchen den Kopf zur Tür herein und fragte:

Wünschen Sie etwas?

Herr Gott, nicht einmal in einem kurzen Fluch konnte ich meinen Gefühlen Luft machen, ohne daß ein ganzes Heer von Dienern hereinstürzte.

Nein, antwortete ich mürrisch. Ja – bringen Sie mir zwei Butterbrote.

Sie sieht mich an.

Nichts Warmes?

Nein.

Da begriff sie. Der Magen. Es war Frühling. Ich hatte meine Periode.

Als sie mit den Butterbroten kam, brachte sie auch eine Weinkarte mit. Das wohldressierte Geschöpf ließ mir den ganzen Abend keine Ruhe:

Wünschen Sie Ihr Bett gewärmt? Da drinnen ist das Bad, falls Sie ...

Als der Morgen kam, sprang ich nervös auf und fing an, mich anzukleiden. Mich fror; natürlich war das verdammte Schlafsofa zu kurz für mich gewesen, und ich hatte schlecht geschlafen. Ich schellte. Niemand kam. Es mußte noch sehr früh sein, ich hörte keinen Laut von der Straße her, und als ich mich ein wenig besonnen hatte, sah ich, daß es noch nicht ganz hell war.

Ich musterte das Zimmer, es war das prächtigste, das ich jemals gesehen hatte. Dunkle Ahnungen stiegen in mir auf, und ich schellte von neuem. Ich stand bis an die Knöchel in dem weichen Teppich und wartete. Jetzt sollte ich meiner letzten Groschen entblößt werden, vielleicht reichten sie gar nicht einmal. Ich fing in aller Eile an, einen Überschlag zu machen, wieviel Geld ich eigentlich hatte; da höre ich Schritte auf dem Gang und halte inne.

Aber es kam niemand. Die Schritte auf dem Gang waren eine Einbildung gewesen. Ich fange von neuem an zu zählen. In welcher schrecklichen Ungewißheit befand ich mich! Wo war denn das Mädchen mit dem aufdringlichen Diensteifer von gestern abend geblieben? Schlief sie noch, die faule Person, obwohl es beinahe heller Tag war?

Endlich kam sie, halb angekleidet, nur einen Schal um die Schultern.

Haben Sie geschellt?

Ich wünsche meine Rechnung, sagte ich so gefaßt wie möglich.

Die Rechnung? Ja, das habe seine Schwierigkeit, die Madame schlafe noch, die Uhr sei erst halb drei. Das Mädchen war ganz hilflos und starrte mich an. Was für eine Manier war das, so zu starren! Was ging es sie an, daß ich das Hotel so frühzeitig verlassen wollte?

Das ist ganz einerlei, sagte ich. Ich muß die Rechnung jetzt haben, sofort.

Das Mädchen ging.

Sie blieb eine Ewigkeit fort. Was namentlich meine Unruhe steigerte, war die Furcht, daß das Zimmer möglicherweise für die Zeit, für die Stunde berechnet werden könne, und daß ich nun hier stand und mein Geld in unverschuldetem Warten schändlich vergeudete. Ich hatte keine Erfahrung in bezug auf das feine Hotelleben und fand diese Art und Weise der Berechnung am vernünftigsten. Außerdem war neben dem Waschtisch ein Plakat angeschlagen, auf dem stand, daß für ein Zimmer, das nicht vor sechs Uhr abends gekündigt würde, ein neuer Tag berechnet werde. Das alles erfüllte mich mit Angst und verwirrte meinen schöngeistigen Kopf.

Endlich klopfte das Mädchen an die Tür und kam herein.

Nie – nein, nie im Leben werde ich dem Fatum diesen Narrenstreich vergessen! Zwei Kronen und siebzig Öre, das war das Ganze! Eine Bagatelle, ein Trinkgeld, das ich dem Mädchen für Haarnadeln schenken konnte! Ich warf einige Kronen auf den Tisch, noch eine. Behalten Sie den Rest für sich! Bitte schön, mein Kind!

Man mußte doch zeigen, daß man Lebensart hatte. Gar nicht davon zu reden, daß dieses Mädchen Anerkennung verdiente. Ein seltenes Mädchen, ein Herzensmensch, das als Beute für Willkür der Reisenden in einem Hotel in Drammen gestrandet war. Solche Frauen werden nicht mehr geboren, die Rasse ist ausgestorben. Welche Fürsorge legte sie nicht bis zum letzten Augenblick an den Tag, als sie wußte, daß sie es mit einem reichen Manne zu tun hatte.

Der Hausdiener soll Ihr Gepäck tragen!

Bewahre! Bewahre! antwortete ich, um ihr keine Mühe zu machen. So eine Kleinigkeit wie eine Reisetasche. Und noch dazu eine so jämmerliche Reisetasche. Sie müssen wissen, diese Tasche hat mich auf allen meinen literarischen Tournees begleitet; ich will keine andere haben, das ist eine Eigenheit von mir. Aber es half kein Widerspruch, der Hausknecht wartete schon unten. Er sah meine Tasche durchbohrend an, als ich kam. Ach, wie solch ein Mann eine Reisetasche ansehen und darauf brennen kann, sie zu ergreifen!

Ich werde Sie begleiten! sagte er.

Hatte ich den Rest meines Geldes nicht selber nötig? Konnte ich auf irgendeine Einnahme vor dem Vortrag rechnen? Also wollte ich meine Tasche persönlich tragen.

Der Hausknecht aber hatte sie schon in der Hand. Der überaus sorgfältige Mensch schien sie keineswegs als Last zu empfinden, er schien auch an keine Belohnung zu denken, er trug sie so treuherzig, es schien, als könne er für den in den Tod gehen, der eine solche Reisetasche besaß.

Halt! rief ich kurz und stand still. Wohin tragen Sie die Tasche eigentlich?

Da lächelte der Mann.

Das müssen Sie selber bestimmen, antwortete er.

Das ist richtig, sagte ich. Das muß ich selber bestimmen. Ich habe keine Lust, nach Ihrer Pfeife zu tanzen.

Ich wollte ihn unter keinen Umständen weiter mit haben. Wir waren nämlich an einem ›Logis für Reisende‹ in einem Keller vorübergegangen, und in diesem Keller wollte ich mich anmelden. Aber den Hausknecht eines konkurrierenden Hotels wollte ich nicht als Zeugen haben, ich wollte mich allein da hinunterschleichen.

Ich nahm eine halbe Krone aus der Tasche und gab sie dem Hausknecht.

Er hielt die Hand noch immer hin.

Ich habe gestern Ihre Tasche auch getragen, sagte er.

Das haben Sie für gestern, erwiderte ich.

Und dann habe ich sie jetzt getragen, fuhr er fort.

Der Satan plünderte mich.

Und das ist für heute, sagte ich und warf ihm noch eine halbe Krone hin. Und nun will ich hoffen, daß Sie verschwinden!

Der Bursche ging. Aber er sah sich mehrmals um und beobachtete mich.

Ich ging auf eine Bank in der Straße zu und setzte mich. Es war ein wenig kalt, als aber die Sonne aufging, wurde es besser. Ich schlief ein und muß eine ganze Weile geschlafen haben; als ich erwachte, waren mehrere Menschen auf der Straße, und aus verschiedenen Schornsteinen stieg Rauch auf. Da ging ich in den Keller hinab und einigte mich mit der Frau um ein Logis. Ich sollte für die Nacht eine halbe Krone bezahlen.

Als die beiden Wartetage verstrichen waren, begab ich mich wieder zu Rechtsanwalt Carlsen auf das Land hinaus. Er wiederholte seinen Rat, von dem Vortrag abzusehen, aber ich ließ mich nicht bereden; inzwischen hatte ich mir sogar in Arentsens Blatt eine Annonce geleistet, in der Zeit, Ort und Thema mitgeteilt waren.

Als ich die Miete für das Lokal gleich bezahlen wollte, wodurch ich mich allerdings meines letzten Hellers entblößt haben würde, sagte dieser sonderbare Mann:

Die Bezahlung hat ja Zeit bis nach dem Vortrag.

Ich mißverstand ihn und fühlte mich beleidigt.

Glauben Sie etwa, daß ich keine acht Kronen habe?

Mein Gott ja, antwortete er. – Aber offen gestanden, es ist gar nicht sicher, daß Sie Verwendung für das Lokal haben werden, dann brauchen Sie ja nicht dafür zu bezahlen.

Ich habe den Vortrag schon angekündigt, entgegnete ich.

Er nickte.

Das habe ich gesehen, antwortete er. Nach einer Weile fragte er: Würden Sie reden, auch wenn nicht mehr als fünfzig Menschen kämen?

Ich war im Grunde ein wenig beleidigt; aber ich dachte darüber nach und sagte, daß fünfzig Menschen ja freilich ein spärliches Publikum seien, daß ich es aber trotzdem tun würde.

Vor zehn würden Sie aber nicht reden?

Da lachte ich laut.

Nein, entschuldigen Sie. Aber es gibt Grenzen!

Dann sprachen wir nicht mehr darüber, und ich bezahlte das Lokal nicht. Wir fingen an, über Literatur zu reden. Der Rechtsanwalt kam mir nicht mehr als ein so hoffnungsloser Fall vor wie bei meinem ersten Besuch, er war offenbar ein Mann mit

Interessen, aber seine Ansichten erschienen mir im Vergleich zu meinen eigenen ja nicht viel wert.

Als ich Abschied nahm, wünschte er mir ein recht volles Haus für meinen Vortrag am nächsten Abend.

Ich kehrte in meinen Keller zurück, von den besten Hoffnungen erfüllt. Jetzt war alles zur Bataille bereit. Schon am Vormittag hatte ich für anderthalb Kronen einen Mann gemietet, der durch die Stadt gehen und meine fünfhundert Besuchskarten ausstreuen sollte. Das Ereignis war jetzt in Haus und Hütte bekannt.

Ich geriet in eine gehobene Stimmung. Der Gedanke an den wichtigsten Tag, der bevorstand, machte mir den Aufenthalt in dem Keller mit dem ordinären Publikum ungemütlich. Alle wollten wissen, wer ich sei und warum ich dort wohnte. Die Wirtin, die Frau hinter dem Ladentisch, erklärte, ich sei ein gelehrter Mann, der den ganzen Tag dasäße und schriebe und studierte, und sie sorgte dafür, daß man mich nicht mit Fragen peinigte. Sie war mir eine große Hilfe. Die Leute, die dies Lokal aufsuchten, waren hungrige Seelen in Blusen und Hemdsärmeln, Arbeiter und Lastträger, die in den Keller hinuntertauchten, um sich eine Tasse warmen Kaffee oder einen Knacken Brot mit Butter und Molkenkäse geben zu lassen. Zuweilen wurden sie unangenehm und traktierten die Wirtin mit groben Worten, weil das Gebäck zu alt oder die Eier zu klein waren. Als sie hörten, daß ich im Parkpavillon reden wollte, verlangten sie zu wissen, was das Billett kosten sollte; einige von ihnen erklärten, sie wollten gern meine Rede hören, aber eine halbe Krone sei zu viel, und nun begannen sie, mit mir um den Preis zu feilschen und zu handeln.

Ich nahm mir vor, mich von diesen Menschen nicht in meiner Würde kränken zu lassen; ihnen ging jegliche Bildung ab.

Ein Herr bewohnte ein Zimmer neben mir. Er sprach ein schreckliches Schwedisch-Norwegisch, und die Wirtin nannte ihn Herr Direktor. Wenn dieser Mann zu uns anderen in den Keller stolziert kam, erregte er das größte Aufsehen, unter anderem, weil er immer den Staub mit seinem Taschentuch von dem Stuhl schlug, ehe er sich hinsetzte. Er war ein feiner Mann mit teuren Gewohnheiten; wenn er Butterbrot haben wollte, verlangte er jedesmal »frisches Brot mit bester Butter«.

Sind *Sie* der Herr, der den Vortrag halten will? fragte er mich.

Ja, das ist der Herr! antwortete die Wirtin.

Eine schlechte Spekulation, fuhr der Herr Direktor zu mir

gewendet fort. Sie annoncieren ja nicht. Haben Sie denn nicht gesehen, wie *ich* annonciere?

Jetzt stellte sich heraus, wer der Herr war: der Antispiritist, der Mann mit den Affen und den wilden Tieren.

Ich annonciere mit Plakaten von *der* Größe! fuhr er fort. Ich kleistere sie an jede Straßenecke, überall, wo ich hinkommen kann; mit ganz dicken Buchstaben. Haben Sie meine Buchstaben nicht gesehen? Es sind auch Abbildungen von Tieren darauf.

Mein Vortrag handle von schöngeistiger Literatur, wandte ich ein – also Kunst, geistige Dinge.

Darauf pfeife ich! entgegnete er. Und in seiner Frechheit fuhr er fort: Eine andere Sache wäre es, wenn Sie bei mir in Dienst treten wollten. Ich muß einen Mann haben, der die Tiere erklären kann, möchte dazu am liebsten einen fremden Mann haben, der hier in der Stadt nicht bekannt ist. Kommt ein bekannter Mann zum Vorschein, so schreit das Publikum: Ach, das ist ja Pedersen! Was weiß der von tropischen Tieren!

In schweigender Verachtung wandte ich dem Manne den Rücken. Ich hielt mich für zu erhaben, um auf eine solche Frechheit zu antworten.

Überlegen Sie sich die Sache, sagte der Herr Direktor. Überlegen Sie es sich. Ich bezahle fünf Kronen für den Abend.

Da erhob ich mich, ohne ein Wort zu sagen, von meinem Stuhl und verließ den Keller. Ich fand, das war das einzige, was mir zu tun übrig blieb. Der Herr Direktor fürchtete natürlich meine Konkurrenz, ich würde das ganze Publikum der Stadt anlocken; er wünschte, sich mit mir abzufinden, mich zu bestechen. Niemals! sagte ich zu mir selber; nie soll mich jemand verlocken, die geistigen Interessen zu verraten! Mein Weg ist der ideale!

Der Tag verging, und der Abend kam. Ich bürstete sorgfältig meine Kleider, zog reine Wäsche an und machte mich auf den Weg nach dem Parkpavillon. Die Uhr war sieben. Ich hatte meinen Vortrag mit großem Fleiß studiert, mein Kopf war voll von all den hohen und schönen Worten, die ich gebrauchen wollte, und im Geiste durchlebte ich einen sicheren Erfolg, vielleicht würde sogar der Telegraph in Bewegung gesetzt, um von der Schlacht zu berichten, die ich schlagen wollte.

Es regnete. Das Wetter war gerade nicht allzu günstig, aber ein literarisch interessiertes Publikum würde sich niemals in alle Ewigkeit von etwas Regen zurückhalten lassen. Mir begegneten ja Menschen auf der Straße, immer wieder ein Paar, das unter einem Regenschirm ging. Es fiel mir freilich auf, daß sie nicht dieselbe Richtung einschlugen wie ich – nach dem Parkpavillon. Wo wollten sie nur hin? Ach, es waren wohl die niederen Schichten der Bevölkerung, die sich auf dem Wege nach dem Arbeiterverein und den Affen befanden.

Der Kartenverkäufer war auf seinem Posten.

Ist schon jemand da? fragte ich.

Noch nicht, antwortete er, aber es ist noch eine gute halbe Stunde bis zum Anfang.

Ich ging in den Saal, in den unendlichen Raum, in dem meine Schritte widerhallten wie Pferdegetrappel. Ach du lieber Gott, wenn jetzt ein ausverkauftes Haus da drinnen gesessen hätte, Kopf an Kopf, Damen und Herren, die nur auf den Redner warteten! – Keine Menschenseele.

Ich wartete die lange halbe Stunde; niemand kam. Ich ging zu dem Kartenverkäufer hinaus und fragte nach seiner Ansicht. Sie war etwas vorbehaltlich; trotzdem tröstete sie mich. Die Ansicht des Kartenverkäufers ging dahin, daß heute abend kein Wetter für einen Vortrag sei, die Leute gingen bei so starkem Regen nicht aus; – übrigens, sagte er, könnte man den größten Teil wohl jetzt, in den letzten Minuten erwarten.

Und wir warteten.

Endlich kam ein Mann, regentriefend und hastig, er löste seine Karte mit einer halben Krone und ging hinein.

Jetzt fangen sie an zu kommen, sagte der Kartenverkäufer und nickte. Eine verdammte Angewohnheit von den Leuten, massenweise im letzten Augenblick zu kommen.

Wir warteten. Es kam niemand mehr. Schließlich verließ mein einziger Zuhörer den Saal und sagte:

So ein Hundewetter!

Es war Rechtsanwalt Carlsen.

Ich fürchte, heute abend wird niemand kommen, sagte er; es gießt ja förmlich. Er bemerkte meine verzagte Miene und fügte hinzu: Ja, ich sah es am Barometer, das sank ja zu plötzlich! Deshalb riet ich Ihnen ab, den Vortrag zu halten.

Der Kartenverkäufer wollte mir noch immer Mut machen:

Wir wollen doch noch eine halbe Stunde warten, meinte er. Es müßte ja sonderbar zugehen, wenn nicht schließlich doch noch zwanzig, dreißig Menschen kämen.

Ich glaube es nicht, sagte der Rechtsanwalt und knöpfte seinen

Regenrock zu. Dabei fällt mir ein, sagte er zu mir gewandt, Sie brauchen natürlich nichts für das Lokal zu bezahlen.

Er nahm den Hut ab, grüßte und ging.

Der Kartenverkäufer und ich warteten noch eine halbe Stunde und besprachen die Sache eingehend miteinander. Es war eine fatale Situation, und ich fühlte mich sehr gedemütigt. Der Rechtsanwalt hatte obendrein seine halbe Krone im Stich gelassen, die er hätte zurück haben müssen. Ich wollte dem Mann mit dem Geld nachlaufen, der Kartenverkäufer hielt mich aber davon zurück.

Dann behalte ich die halbe Krone, sagte er. Sie schulden mir dann nur noch eine halbe.

Aber ich gab ihm noch eine ganze Krone. Er war getreulich auf seinem Posten gewesen, und ich wollte ihm meine Anerkennung erzeigen. Er dankte auch aufrichtig und reichte mir, als er ging, die Hand zum Abschied.

Als geschlagener Mann wanderte ich heim. Die Enttäuschung, das Verschmähtsein lähmte mich fast, willenlos schlenderte ich die Straßen hinab und dachte nicht darüber nach, wohin ich ging. Der Gipfelpunkt des Unglücks war jetzt, daß ich nicht mehr die Mittel besaß, um nach Kristiania zurückkehren zu können.

Der Regen strömte noch immer hernieder.

Ich war an ein großes Haus gelangt; von der Straße aus sah ich einen erleuchteten Kartenschalter im Eingang. Es war der Arbeiterverein. Von Zeit zu Zeit ging ein Nachzügler hinein, löste eine Karte am Schalter und verschwand durch die großen Türen in den Saal. Ich fragte den Kartenverkäufer, wie viele Menschen da drinnen wären. Es war jetzt fast ausverkauft.

Der elende Direktor hatte mich mit Glanz besiegt.

Dann schlich ich mich in den Keller zurück. Ich aß und trank nicht, sondern ging stillschweigend zu Bett.

In der Nacht klopfte es bei mir an, und ein Mann trat ein. Er trug ein Licht in der Hand. Es war der Herr Direktor.

Wie ging es mit Ihrem Vortrag? fragte er.

Unter anderen Umständen würde ich ihn zur Tür hinausgeworfen haben, jetzt war ich zu geknickt zu einem so kühnen Auftreten, und so antwortete ich ihm denn nur, daß ich den Vortrag aufgegeben habe.

Er lächelte.

Es sei kein Wetter zu einem Vortrag über schöngeistige Literatur gewesen, erklärte ich. Das müsse er doch selber einsehen.

Sie sollten nur wissen, wie kolossal das Barometer gefallen ist, sagte ich.

Ich hatte ausverkauftes Haus, entgegnete er. Übrigens lächelte er nicht mehr, sondern bat um Verzeihung, daß er mich gestört habe. Er komme mit einem Vorschlag.

Sein Vorschlag war ganz seltsamer Art: er kam, um mir von neuem ein Engagement als Redner bei seinen Vorstellungen anzubieten.

Ich fühlte mich in meinem Innersten gekränkt, und ich bat ihn auf das bestimmteste, mir meine nächtliche Ruhe nicht länger zu entziehen.

Statt zu gehen, setzte er sich mit dem Licht in der Hand auf mein Bett.

Wir können ja über die Sache reden, sagte er. Er erklärte mir, der Drammener, den er engagiert habe, um die Tiere zu erklären, sei zu bekannt. Er selber – der Direktor – habe einen phänomenalen Erfolg mit seinen antispiritistischen Kunststücken erzielt, aber der Drammener Redner habe ihm die ganze Wirkung verpfuscht. Ach, das ist ja Björn Pedersen! hätten die Leute gerufen; wo hast du den Dachs her? Als aber Björn Pedersen nach dem Programm erklärte, daß es kein Dachs, sondern eine Hyäne aus dem Buschland sei, die bereits drei Missionare aufgefressen habe, da schrien die Leute vor Erbitterung, weil er sie zum Narren haben wolle. – Ich begreife das nicht, sagte der Direktor, ich hatte ihm sein Gesicht ganz schwarz gemacht und ihm eine große Perücke aufgesetzt, trotzdem wurde er aber erkannt.

Das alles ging mich nichts an, und ich drehte mich nach der Wand um.

Überlegen Sie sich die Sache, sagte der Herr Direktor, ehe er ging. Vielleicht gehe ich bis zu sechs Kronen den Abend, wenn Sie Ihre Sache gut machen.

Nie würde ich zu einer so gemeinen Hantierung herabsinken, wie er sie mir vorschlug! Man hatte doch noch Ehre im Leibe!

Am nächsten Tage kam der Herr Direktor zu mir und bat mich, mir den Vortrag einmal anzusehen, der von den Tieren handelte. Wenn ich ihn hier und da korrigieren und die Sprache ein wenig verbessern wollte, würde er mir zwei Kronen dafür geben. Trotz meiner Abneigung übernahm ich die Arbeit. Ich erwies dem Mann ja eine Wohltat damit, und es war doch gewissermaßen eine Arbeit im Dienste der Literatur. Außerdem hatte ich die zwei Kronen sehr nötig. Aber ich ersuchte ihn, meine Mitarbeiterschaft auf das strengste geheim zu halten.

Ich arbeitete den ganzen Tag, machte eine ganz neue Rede von Anfang bis zu Ende, legte viel Gefühl und viel Witz in diese Beschreibung, stattete sie reich mit Bildern aus und ward mehr und mehr von meiner eigenen Arbeit gefesselt. Es war ein wahres Kunststück, so viel aus ein paar elenden Tieren herauszubringen. Als ich gegen Abend dem Herr Direktor mein Werk vorlas, behauptete dieser Mann, nie im Leben etwas Ähnliches von einer Rede gehört zu haben. Einen solchen Eindruck hatte sie auf ihn gemacht. Er gab mir aus Anerkennung drei Kronen.

Dies rührte und ermunterte mich. Ich fing an, neue Hoffnung für meine literarische Mission zu schöpfen.

Hätte ich nur jetzt einen tüchtigen Mann, um diese Rede zu halten! sagte der Direktor. Einen solchen Mann gibt es hier aber nicht!

Ich fing an, mir die Sache zu überlegen. Es wäre im Grunde ärgerlich, wenn irgendein beliebiger Björn Pedersen über eine so auserwählte Rede herfallen und sie durch seinen elenden Vortrag verpfuschen sollte. Ich konnte den Gedanken daran nicht ertragen.

Unter gewissen Bedingungen könnte ich am Ende die Rede halten, sagte ich. Der Direktor rückte näher heran.

Welche Bedingungen stellen Sie? Ich zahle Ihnen sieben Kronen!

Ja, das genügt mir. Aber die Hauptsache ist, daß es streng unter uns beiden bleibt, wer Ihr Redner ist.

Das verspreche ich!

Ja, denn Sie werden doch verstehen, sagte ich, daß ein Mann mit meinem Beruf nicht gut Vorträge über Tiere halten kann.

Ja, das verstand er.

Und wäre die Rede nicht durch und durch mein eigenes literarisches Werk gewesen, dann hätte ich es nie getan.

Ja, auch das verstand er.

Dann will ich Ihnen also wirklich diesen Dienst erweisen, sagte ich.

Der Herr Direktor dankte.

Als die Uhr sieben war, gingen wir zusammen nach dem Arbeiterverein. Ich sollte mir die Tiere ansehen und mich ein wenig mit ihrer Behandlung vertraut machen.

Es stellte sich heraus, daß es zwei Affen, eine Schildkröte, ein Bär, zwei junge Wölfe und ein Dachs waren.

Über die Wölfe und den Dachs enthielt meine Erklärung kein Wort, um so mehr über eine gewisse Hyäne aus dem Buschlande, einen Zobel und einen Marder, »schon aus der Bibel bekannt«, wie über einen ungeheuren amerikanischen Bären. Von der Schildkröte hatte ich den köstlichen Witz gemacht, daß sie eine feine Dame sei, die von nichts weiter als von echter Schildkrötensuppe lebe.

Wo sind der Zobel und der Marder? fragte ich.

Hier! antwortete der Direktor und zeigte mir die beiden jungen Wölfe.

Und wo ist die Hyäne? Da zeigte er, ohne sich zu besinnen, auf den Dachs und sagte: Die Hyäne ist hier!

Ich wurde dunkelrot vor Zorn und sagte:

Auf *die* Weise geht es nicht; das ist Betrug! Ich muß glauben, was ich verkünden soll; das muß meine innerste Überzeugung sein.

Wir wollen uns doch nicht um eine solche Kleinigkeit streiten, sagte der Direktor. Er holte eine Branntweinflasche aus der Ecke und bot mir einen Schluck an.

Um ihm zu zeigen, daß ich nichts gegen seine Person habe, sondern nur gegen seine schmutzige Sache, nahm ich das Glas und trank es aus. Er selber trank nach mir.

Stürzen Sie mich nicht ins Unglück! sagte er. – Die Rede ist so herrlich, die Tiere sind auch nicht schlecht, wirklich nicht; sehen Sie nur, welch großer Bär! Halten Sie nur jetzt die Rede, dann geht alles gut!

Die ersten Menschen fingen jetzt an, sich im Saal einzufinden, und der Direktor wurde immer unruhiger. Ich hielt sein Schicksal in meiner Hand, und es war nur natürlich, daß ich meine große Macht mit Maß benutzte. Ich sah außerdem die Unmöglichkeit ein, die vielen Änderungen in meiner Rede in der kurzen Zeit vorzunehmen, die mir jetzt noch blieb; außerdem würde es völlig unmöglich sein, dasselbe Gefühl in die Beschreibung eines Dachses zu legen wie in die Schilderung von dem Leben einer schrecklichen Hyäne. Durch Veränderungen würde also mein literarisches Werk mehr verlieren, als ich verantworten konnte. Das sagte ich dem Herrn Direktor.

Er verstand alles sofort. Er schenkte mir noch einen Schnaps ein, und ich trank.

Die Vorstellung begann vor ausverkauftem Hause, der Antispiritist machte Kunststücke, die kein Teufel begreifen konnte; er zog Taschentücher aus seiner Nase, holte den Cœur-Buben aus der Tasche einer alten Frau ganz unten im Saal, ließ einen Tisch über den Fußboden tanzen, ohne ihn auch nur zu berühren; schließlich wurde der Herr Direktor ein Geist und versank durch eine Luke in den Fußboden. Das Publikum war entzückt, trampelte wie besessen. Jetzt kam die Reihe an die Tiere. Der Herr Direktor führte sie eigenhändig vor, eines nach dem anderen, und ich sollte die Erklärung dazu geben.

Ich war mir gleich darüber klar, daß ich einen Erfolg wie den des Herrn Direktors nicht erzielen konnte; aber ich hegte die Hoffnung, daß die wirklich Verständnisvollen unter dem Publikum Interesse für meine Leistung haben würden. Und diese Hoffnung sollte nicht zuschanden werden.

Nachdem die Schildkröte vorgeführt war, hatte ich nur noch mit Landtieren zu tun, und so nahm ich denn meinen Ausgangspunkt von Noah, der ein Paar von allen Tieren, die nicht im Wasser leben konnten, in seine Arche nahm. Aber die Vorstellung machte keinen rechten Eindruck, der Humor hatte das Publikum verlassen. Der Zobel und der Marder wurden nicht nach Gebühr bewundert, obwohl ich erzählte, in wie viele dieser köstlichen Tiere die Königin von Saba während ihres Besuchs bei Salomo gekleidet gewesen sei. Jetzt fühlte ich übrigens, daß ich gut sprach; durchglüht von dem biblischen Thema und den beiden Schnäpsen wurde meine Rede farbenreich und schön, ich wich von meinen Papieren ab und schuf einen Text auf eigene Faust, und als ich geendet hatte, riefen mehrere Stimmen unten im Saal Bravo! und das ganze Haus klatschte.

Da hinter dem Vorhang steht ein Schnaps! flüsterte der Herr Direktor zu mir.

Ich trat zurück und fand den Schnaps. Die Flasche stand daneben. Ich setzte mich einen Augenblick auf einen Stuhl.

Inzwischen führte der Direktor ein neues Tier vor und wartete auf mich. Ich schenkte mir noch einen Schnaps ein und setzte mich wieder hin. Die Wartezeit war dem Herrn Direktor wohl zu lang erschienen, deswegen begann er selber eine Erklärung in seinem unmöglichen Kauderwelsch, und ich hörte zu meinem Entsetzen, daß er die Hyäne vornahm; schließlich versprach er sich und sagte der Dachs. Da ergriff mich ein gerechter Zorn, ich trat auf die Bühne, führte den Herrn Direktor mit einer Armbewegung beiseite und ergriff selber das Wort. Die Hyäne war der Trumpf der Vorstellung, ich mußte sprechen wie nie zuvor, um sie zu retten, und schon bei meinem Erscheinen, als ich den Direktor mit meinem Arm entfernte, hatte ich das

Publikum auf meiner Seite. Ich desavouierte den Herrn Direktor, sagte, er habe nie im Leben eine Hyäne gesehen, und ich begann mit der Schilderung des zügellosen Lebens eines solchen Raubtieres. Die Schnäpse wirkten, meine Begeisterung stieg zu einer schwindelnden Höhe; ich hörte selber, daß meine Worte heftiger und röter wurden, während die Hyäne zu Füßen des Herrn Direktors stand und geduldig mit ihren winzig kleinen Augen blinzelte. Halten Sie sie gut fest! schrie ich dem Direktor zu. Sie steht auf dem Sprung, sie lechzt nach meinem Gedärm! Halten Sie die Pistole in Bereitschaft für den Fall, daß sie sich losreißen sollte!

Der Direktor mußte selber nervös geworden sein, er zerrte die Hyäne an sich heran – das Band zerriß, und das Tier schlüpfte zwischen seine Beine. Ein Gekreische von Frauen und Kindern stieg aus dem Saal auf, die Hälfte des Publikums erhob sich. In diesem Augenblick war die Spannung groß. Da enteilte die Hyäne mit trippelnden Schritten über die Bühne in ihr kleines Loch. Der Direktor schlug die Tür hinter ihr mit einem lauten Knall zu.

Wir atmeten alle auf, und ich beschloß meinen Vortrag mit einigen Worten. Diesmal seien wir glücklich davongekommen, sagte ich, und es sollte noch heute abend für eine starke, eiserne Kette für das Ungetüm gesorgt werden. Dann verneigte ich mich und trat zurück.

Da brach der Beifall los, er wurde geradezu ohrenbetäubend, und man rief den Redner hervor – den Redner. Ich trat vor und verneigte mich von neuem, und ich hatte wirklich einen ungeheueren Erfolg zu verzeichnen. Selbst der letzte Mensch im Saal klatschte noch bis zur Tür. Aber es gab auch welche, die lachten.

Der Direktor war zufrieden, er dankte mir aufrichtig für meinen Beistand. Er würde sicher noch oft ein volles Haus erzielen.

Als ich nach Hause gehen wollte, wartete draußen an der Tür ein Mann auf mich. Es war mein Kartenverkäufer aus dem Pavillon. Er hatte der Vorstellung beigewohnt und war entzückt. Er rühmte in hohen Tönen mein Rednertalent, ich dürfe unter keinen Umständen den Vortrag im Parkpavillon aufgeben, jetzt sei es Zeit, ihn anzukündigen, jetzt, wo die Leute gehört hätten, was ich taugte. Zum Beispiel eine Wiederholung der Rede über die Hyäne, namentlich wenn ich das Tier mitbrächte.

Aber der Herr Direktor, der schändliche Kerl, wollte am nächsten Tage das Geld nicht herausrücken. Wenn ich mich nicht schriftlich verpflichtete, auch noch am nächsten Abend aufzutreten, wollte er die Sache durch das Gericht entscheiden lassen, sagte er. Der Schwindler, der Schurke! Wir schlossen schließlich eine gütliche Übereinkunft: Er sollte mir fünf Kronen bezahlen. Mit den dreien, die er mir schon gegeben hatte, waren es dann acht, und ich hatte jetzt das Reisegeld für die Rückfahrt nach Kristiania. Die geschriebene Rede wollte er aber behalten. Über diesen Punkt verhandelten wir lange, da ich ihm ungern die Rede zur Profanation überlassen wollte. Andererseits war sie unleugbar sein Eigentum, da er dafür bezahlt hatte. Schließlich gab ich nach. Er legte einen ungeheuren Wert auf die Arbeit.

Eine solche Rede habe ich noch nie gehört, sagte er. Gestern hat sie mich tiefer ergriffen als je eine Predigt.

Ja, da können Sie sehen, entgegnete ich. Das ist die Macht der Literatur über die Gemüter.

Dies waren die letzten Worte, die ich an ihn richtete. Mit dem Mittagszug kehrte ich nach Kristiania zurück.

Vater und Sohn
Eine Spielergeschichte

1

Im letzten Herbst machte ich eine Reise nach dem Süden, weit nach dem Süden hinab, und kam an einem frühen Morgen mit dem Flußdampfer nach der Stadt D., einer kleinen Stadt, einer sonderbaren Stadt, versteckt und vergessen, einer Stadt mit einem Dutzend Häuser, einer Kirche, einem Posthause und einer Flaggenstange. Der Ort ist Eingeweihten, Abenteurern und Spielern, feinen Leuten und Vagabunden bekannt, und während einiger Sommermonate des Jahres herrscht in diesem Krähwinkel Leben und großer Umsatz.

Jetzt war Markt in der Stadt, und die Bevölkerung der Umgebung war herbeigekommen; sie trugen Gewänder aus Seide und Pelz mit Gürteln und Schärpen und Geschmeiden, je nach Stand und Vermögen. Um die Kirche herum standen Reihen von Zelten, wo gekauft und verkauft wurde, eines dieser Zelte war blau – es war das Zelt des Pavo aus Sinvara.

Aber ganz in der Nähe der Kirche, mitten zwischen der Flaggenstange und dem Posthause, lag das Hotel. Das obere Stockwerk war blau – dort verspielten die Spieler ihr Geld.

Man erzählte im Hotel, heute aber würde Pavo ganz sicher kommen. Ich fragte, wer Pavo sei, und man ersah aus dieser Frage, daß ich hier fremd war, sonst kannten alle Pavo. Er war der Mann, der die Bank dreimal gesprengt hatte, sein Vater war der Besitzer des größten Gutes in meilenweitem Umkreis, und Pavo selber hatte bei dem letzten Frühlingsfest sein ganzes Vermögen durchgebracht. Jedes Kind kannte Pavo; alle Mädchen des Dorfes sprachen von ihm, wenn sie am Abend beim Brunnen zusammenkamen, und die Frommen beteten für ihn, so oft sie an ihn dachten. Kurz, er war der Spieler und der verlorene Sohn, eine gefallene Größe, ein Ex-Krösus, Pavo von Sinvara. Er war der Stolz der Stadt und ihre Schande zugleich.

Und mit Pavos Zelt hatte es die Bewandtnis, daß seine gute Mutter das Zelt für ihn gekauft und ihm das Geschäft eingerichtet hatte, um ihn, wenn möglich, noch auf den rechten Weg zu bringen. Es hätte ja auch alles gut gehen können, wenn Pavo nur hätte Ernst machen wollen, aber das mißratene Kind hatte schon in der nämlichen Woche sein Zelt mit der blauen Farbe der Spielbank angestrichen, denn sein Sinn war unverändert. Er spielte auch noch immer. Alles, was er hinter dem Ladentisch verdiente, legte er auf den Roulettisch, und in der Regel verließ er die Bank ärmer, als er gekommen war. Sein Zelt hatte eine gute Kundschaft; er verkaufte viele Sachen, weder die Bauern noch die Dorfbewohner gingen an ihm vorüber, alle wollten mit Pavo aus Sinvara handeln. Und seine Mutter verschaffte ihm immer Waren in Hülle und Fülle, sein Zelt war bis an das Dach vollgepfropft.

Jetzt, heute abend, sollte er kommen. Das ganze Dorf wußte, daß er kommen würde.

2

Die Turmuhr schlug, ich hörte fünf singende Schläge, die sich in den übrigen Lärm vom Marktplatz her mischten. Plötzlich klopfte der Hoteldiener an mein Zimmer. Der junge Mann war sehr erregt.

Denken Sie nur, sagt er – der Herr von Sinvara will auch kommen.

Ich hatte nicht um diese Mitteilung gebeten, und ich sagte zu dem Diener, daß besagter Herr mich nichts angehe. Wer war er? Woher kam er? Der Diener zuckte die Achseln und erklärte, der Herr aus Sinvara sei kein anderer als der vornehmste Herr der ganzen Gegend, der reichste Herr, Fürst Yariws Freund und Pavos leiblicher Vater. Und *der* würde kommen. Im übrigen sei der Zweck des Kommens wohl kein anderer, als daß er sich danach umsehen wolle, wie es mit seinem Sohne stünde; er wolle selber dies verfluchte Roulett sehen, das sein Kind ruinierte und dessen Mutter so viel Kummer bereitete.

Alle diese Nachrichten interessieren mich nicht, antwortete ich dem Diener. Dagegen habe ich um Tee gebeten. Adieu!

Und dann ging der Diener.

Als die Uhr sechs war, entstand große Bewegung im Hotel, der Herr war gekommen. Er ging an der Seite seines Sohnes, Pavo in heller Kleidung, er selber in dunkler. Er war ernsthaft und bestimmt. Die Kirchenglocke läutete, denn schon beim Betreten der Stadt hatte der Herr der Kirche eine große Summe versprochen, die deren Zukunft völlig sicherte. Er hatte außerdem die Flaggenstange des Posthauses mit einer neuen Flagge bedacht. Aus diesem Grunde war der ganze Ort in gehobener Stimmung. Die Diener erhielten einen freien Tag, alle Leute waren auf den Straßen, und der Bürgermeister ging in einer funkelnagelneuen Uniform herum.

Der Herr von Sinvara war ein würdiger Mann von einigen sechzig Jahren, ein wenig korpulent, ein wenig blaß und aufgeschwemmt von dem stillen Leben, das er führte, aber mit gewichstem Schnurrbart und jungen Augen; er hatte außerdem eine lustige, aufwärts gebogene Nase. Es war allgemein bekannt, daß er Fürst Yariws Freund war, er hatte zwei hohe Orden, trug sie aber selten, weil sein Auftreten auch ohne diese Dekoration höchst achtungsgebietend war. Redete er jemand an, so nahm der Angeredete den Hut ab und antwortete schüchtern.

Als er ein Glas Wein mit Wasser getrunken hatte, sah er alle die neugierigen Menschen an, die ihn bis an das Hotel begleitet hatten, und er gab ihnen allen etwas. Ein kleines Mädchen rief er sogar aus dem Haufen heraus und schenkte ihr mit eigener Hand ein Goldstück. Aber das Mädchen war nun freilich nicht so übertrieben klein, auch war sie nicht mehr unter sechzehn, siebzehn Jahre alt.

Plötzlich sagt er:

Wo ist die Bank? Ich will dahin.

Pavo, der ganz entzückt über den Einfall des Vaters ist, geht vor ihm her die Treppe hinauf. Alle folgen ihnen.

Er wurde da drinnen mit der größten Aufmerksamkeit empfangen. Das Rad ist in vollem Gange, das Spiel ist sehr lebhaft; ein brünetter Herr, den der Diener Prinz nennt, macht liebenswürdig vor seinem Freund, dem großen Herrn von Sinvara, Platz.

Im selben Augenblick ruft der Croupier:

Dreizehn!

Er heimst alles Geld ein.

Da lagen Haufen von Silber, viele große goldene Münzen und ganze Packen von Papiergeld auf dem Tisch, alles verschwindet in dem eisernen Schubfach der Bank unter dem Tisch. Und es wird von neuem Geld gesetzt, so stillschweigend und ruhig, als sei nichts geschehen. Und doch bedeutet in Wirklichkeit diese Dreizehn einen großen Coup. Aber niemand spricht, das Spiel geht seinen Gang, das Rad saust herum, geht langsamer, steht still: Wieder dreizehn!

Dreizehn! ruft der Croupier abermals und heimst das Geld ein.

Diese beiden Coups haben die Bank um viele hundert Goldstücke reicher gemacht, als sie war. Und wieder wird gesetzt, der Prinz wirft eine ganze Hand voll Scheine auf den Tisch, ohne sie zu zählen. Niemand spricht, es ist sehr still ringsumher, einer der Diener stößt in seiner Erregung ein leeres Weinglas gegen den Tisch, ein feines Klirren ertönt und mischt sich in den dumpfen Laut des Rades, das sich dreht.

Erkläre mir doch das Spiel, sagt der Herr von Sinvara.

Und Pavo, der das Spiel von Grund auf kennt, teilt ihm alles darüber mit. Der große Mann ist ganz von dem Prinzen in Anspruch genommen. Er wird sich ruinieren! behauptet er. Und als sei es sein eigenes Geld, das auf dem Spiel steht, rückt er unruhig auf seinem Stuhl hin und her.

Der Prinz ruiniert sich keineswegs, entgegnet Pavo. Er arbeitet nur mit dem Gewinn des Tages. Der versteht zu spielen.

Es verhielt sich wirklich so. Der Prinz hatte viel gewonnen; ein Diener stand fortwährend neben seinem Stuhl, um ihm Wasser zu reichen, sein Taschentuch aufzunehmen, wenn er es fallen ließ, ihm alle möglichen Dienste zu leisten, alles in der Hoffnung auf eine gute Belohnung, sobald das Spiel beendet war.

Ein großer, blasser Mann, ein dunkelhaariger Rumäne, steht neben ihm. Er spielt ums Leben. Infolge der beiden letzten

Dreizehn hat er eine ungeheure Summe verloren, da er eigensinnig auf seine eigene, unglückliche Einzelzahl gehalten hat. Er steht halb hinter dem Herrn von Sinvara und streckt die Hand über dessen Schultern, wenn er seinen Einsatz macht. Sein Arm zittert.

Der junge Mann ist verloren! sagt der Herr.

Der Sohn, Pavo, nickt und sagt:

Verloren!

Bitte ihn, aufzuhalten! fährt der Vater fort. Sage es ihm von mir. Warte, ich will es selber tun.

Hierauf entgegnete der Sohn, es sei nicht der Brauch, Ratschläge zu erteilen – ebensowenig, fügte er verschmitzt hinzu, ebensowenig, wie es erlaubt ist, nur als Zuschauer hier zu sitzen.

Der Vater sieht ihn verwundert an. Er begreift nicht, daß in Pavos Herzen schon die Lust rast, sich am Spiel zu beteiligen.

Hier stehen ja so viele andere, die auch nicht spielen! wendet er ein.

Das sind Spieler, die nur darauf warten, daß die Reihe an sie kommt, lügt Pavo.

Da zieht der Herr von Sinvara mit großer Würde seine Brieftasche hervor.

So, spiele! sagte er – spiele ein wenig, zeige es mir. Aber ganz niedrig, ungefährlich.

Gleich darauf aber ergreift er den Arm des Sohnes und verlangt Aufklärung über die sonderbare Zahl dreizehn:

Warum gewinnt dreizehn jedesmal? Ist das nicht ein Betrug vom Croupier? Sage ihm das doch!

Er ist gerade im Begriff, seine Brieftasche wieder einzustecken, als ihm plötzlich ein Gedanke kommt. Er zieht einige Scheine heraus, schiebt sie Pavo hinüber und sagt:

Setze auf dreizehn!

Pavo wendet ein:

Die dreizehn ist zweimal hintereinander herausgekommen.

Der Vater nickt und entgegnet bestimmt:

Ja! Setze auf dreizehn!

Pavo wechselt einen Schein, wirft ein Goldstück auf Nummer dreizehn und lächelt nachsichtig über diese Torheit.

Verloren! sagte der Vater. Versuche es noch einmal. Setze das Doppelte!

Pavo machte keine Einwendungen mehr. Dies ist zu komisch. Man wechselt die Plätze am Tisch, Pavo setzt einmal nach dem andern die doppelte Summe, und alle wollen den sonderbaren

Spieler, den Herrn von Sinvara, sehen. Er selber ist schon sehr interessiert, seine lebhaften Augen folgen den Bewegungen des Rades, er rückt auf dem Stuhle hin und her. Er ballt seine etwas fette Hand, an dem einen Finger trägt er zwei kostbare Ringe.

Als der Croupier die Zahl dreiundzwanzig statt der erwünschten dreizehn nennt, ruft er:

Na, setze noch einmal auf dreizehn! Setze hundert!

Aber –

Setze hundert!

Und Pavo setzt. Das Rad spinnt weiter, der Zeiger rast zwanzig, dreißigmal über jede Zahl hin, er sucht zwischen allen diesen Chancen, Rot und Schwarz, Gleich und Ungleich, von eins bis siebzehn, von siebzehn bis vierunddreißig, er durchsucht das ganze System, beschnüffelt jede Zahl und bleibt stehen.

Dreizehn! ruft der Croupier.

Nun, Pavo, hatte ich nicht recht? sagte der Herr von Sinvara. Und er brüstet sich und läßt alle Umstehenden hören, was er sagt: Setze noch einmal. Setze hundert auf die dreizehn!

Das kann nicht dein Ernst sein, Vater. Dreizehn kommt wahrscheinlich den ganzen Abend nicht mehr heraus.

Setze hundert auf dreizehn!

Warum willst du das Geld wegwerfen?

Der Herr von Sinvara wurde ungeduldig, er machte eine Bewegung, als wollte er dem Sohn das Geld wegnehmen, beherrschte sich aber und sagte:

Mein Sohn, wenn ich nun die Absicht hätte, die Bank zu sprengen und das abscheuliche Roulett um einer gewissen Ursache willen zu zerstören? Setze hundert auf dreizehn!

Und Pavo setzte abermals. Er wechselte ein Lächeln mit dem Croupier, und der Rumäne lachte auf. Das Pharaospiel am Nebentisch hörte gänzlich auf, aller Aufmerksamkeit war auf das Roulett gelenkt.

Dreizehn!

Was hab ich gesagt! rief der Herr von Sinvara. Da ist das Geld. Wieviel soll hier sein? Zähle es nach!

Pavo war bestürzt.

Dies sind drei und ein halbes tausend, sagte er ganz geschlagen. Du hast im ganzen fünftausend gewonnen.

Gut, jetzt spiele du! Laß mich sehen, wie du es machst. Setze auf Rot!

Pavo setzte auf Rot und verlor.

Der Vater nickte und lächelte den Zuschauern zu.

So also spielst du! Siehst du denn nicht, wohin das führt? Man hat mir erzählt, du habest die Bank dreimal gesprengt, das war gut gemacht. Aber warum hast du alles wieder verloren? Setze auf Gerade.

Wieviel?

Soviel du willst. Setze sechshundert.

Sechshundert ist zu viel.

Ich überlege mir eben, ob du nicht noch mehr setzen sollst. Ja, ich will es! Setze zwölfhundert auf Gerade.

Gerade verlor.

Da erhob der Herr von Sinvara seinen fetten Finger drohend und sagte unbeherrscht:

Geh, Pavo! Hier haben wir um deinetwillen zwölfhundert verloren. Jetzt entferne dich. Ich wünsche es.

Und Pavo ging. Ich folgte ihm. Er lachte, lachte wie ein Besessener. Ob ich jemals so ein Spiel gesehen hätte? Er sitzt da und gewinnt Tausende allein auf Grund seiner Dummheit. Gott halte seine Hand gnädig über ihn. Welch ein Einfall von dem guten Mann, Roulett spielen zu wollen!

Pavo redete alle an, die er traf, und erklärte ihnen unter lautem Lachen, was für einen Einfall der Vater gehabt habe.

Späterhin am Abend hörte ich, der Herr von Sinvara habe neuntausend verloren, ehe er die Bank verließ.

3

Es war zehn Uhr. Ich saß auf dem Balkon des Hotels und rauchte in Gesellschaft des Russen Iljitsch eine Papyros nach der anderen. Plötzlich ruft der Hoteldiener zu uns herauf, der Herr von Sinvara habe eben nach seinem Sohn geschickt. Ich war gerade im Begriff, ihm einen Verweis wegen seiner Zudringlichkeit zu erteilen, der Russe aber hielt mich zurück. Er war sofort neugierig geworden.

Geben Sie acht, sagte er. Wir wollen doch sehen, was jetzt kommt. Er schickt zu nächtlicher Stunde nach Pavo!

Wir saßen eine Weile und rauchten schweigend. Pavo kommt. Der Vater geht ihm bis vor die Hoteltreppe entgegen.

Hör einmal, sagt er. Ich habe neuntausend bei dem verfluchten Roulett verloren. Ich war schon zu Bett gegangen, aber ich konnte nicht einschlafen. Dies Geld peinigt mich, es war genau die Summe, die ich der Kirche gelobt hatte. Ich muß sie zurückgewinnen. Ich finde keine Ruhe, bis ich das Geld wieder in Händen habe. Ich muß nach der Bank zurück.

Pavo steht stumm da.

Selbst Pavo, der gewiegte Spieler, ist starr vor Staunen. Er sagt kein Wort.

Was stehst du da! ruft der Vater aus. Das Spiel hört ja erst lange nach Mitternacht auf, wir haben noch viele Stunden. Laß uns keine Zeit verlieren.

Und von dannen ging es.

Kommen Sie! sagte der Russe zu mir. Lassen Sie uns hineingehen. Dort wird sich etwas ereignen.

Das Spiel war aufgeregter denn je. Wie immer, wenn Mitternacht naht, wurden größere Summen als zu Anfang des Abends gewagt. Der Prinz sitzt noch immer finster und ruhig auf seinem Platz, setzt Geld und gewinnt. Es lagen wohl zwanzigtausend vor ihm auf dem Tisch. Er operiert gleichzeitig mit drei Chancen, besorgt alles mit der größten Ruhe, setzt Hände voll Geld, manchmal ohne es zu zählen. Nichts stört ihn, nicht einmal der bleiche, rasende Rumäne, der, nachdem er dreiviertel Stunden regelmäßig und bescheiden gewonnen hat, wieder anfängt zu verlieren. Auch er stapelt sein Geld auf und versucht in jedem freien Augenblick, es zu zählen, es in Haufen zu je eintausend zusammenzulegen, um einen Überblick über den Bestand zu behalten; aber er ist zu unruhig, seine Hände zittern, er muß auch die ganze Zeit hindurch das Rad beobachten, und er gibt es schließlich auf, zu zählen. Wie dumm er es macht! Er spielt im Quadrat, belegt vier Nummern, hält ununterbrochen diese Zahlen wie ein trotziges Kind, das nichts aufgeben will! Er würde vielleicht lieber ohne einen roten Heller vom Tische gehen als diese Chance aufgeben. Und er erhöht den Einsatz ständig.

Der Prinz wirft einen Blick zur Tür, als Vater und Sohn wieder eintreten, er macht auch neben sich Platz. Dann setzt er das Spiel kühl und finster fort, völlig kaltblütig. Er scheint sich einer großen Achtung bei den Spielern zu erfreuen.

Pavo! sagt der Herr von Sinvara – du spielst wie gewöhnlich, wie du selber willst. Hier ist Geld. Nicht wahr, du hast am meisten Glück mit Rot, setze also auf Rot.

Pavo erkundigt sich bei seinem Nachbarn, einem alten Offizier mit einem Arm, und dieser teilt ihm mit, daß Rot siebenmal hintereinander herausgekommen ist. Deshalb setzt Pavo auf Schwarz.

Gerade – vierundzwanzig – siebzehn zu vierunddreißig – Rot! meldet der Croupier und streicht das Geld ein.

Du fängst schlecht an, Pavo, setze aber doch nach deinem Kopf, sagt der Herr von Sinvara enttäuscht. Wie oft soll ich es sagen? Glaubst du, daß ich das Geld in Scheffeln habe? Jetzt setzest du auf Rot!

Aber Rot verlor. Endlich nach acht Malen kam Schwarz an die Reihe, traf das Kreuz des Rumänen und brachte ihn wieder auf die Beine. Rasend über sein Unglück, zu Verwegenheit getrieben, hatte er diesmal eine kolossale Summe auf seine vier Zahlen geworfen, und von Trotz verhärtet, war es ihm im Augenblick gleichgültig, ob er gewann oder verlor. Als das Rad still stand und der Zeiger auf einer von seinen vier Zahlen liegen blieb, rief er instinktmäßig den Diener, der hinter dem Stuhl des Prinzen stand, und gab ihm, ohne ein Wort zu sagen, einen Schein. Dann setzte er von neuem mit unsicheren Händen.

Pavo! sagte der Vater wieder, du hast nun abermals verloren. Du hast gar kein Glück. Ich lasse dich mein Geld durchbringen, und ich tue es um deiner selbst willen. Diese Nacht will ich dich bessern. Pavo, hast du mich verstanden?

Und der durchtriebene Pavo versteht ihn sehr wohl. Er weiß, daß sein guter Vater schon von dem Rausch des Spiels erfaßt ist, und selbst wenn er verliert, ist es ihm doch eine Lust, teilzunehmen. Er durchlebt so heftig wie nur irgend jemand die Qualen des Spiels, bei den großen Chancen stockt sein Blut, er hört seinen eigenen Atem. Ach, das alles versteht Pavo nur zu gut.

Plötzlich wird er nachdenklich, er wird unaufmerksam, geistesabwesend. Der Croupier macht ihn darauf aufmerksam, daß er – der hochverehrte Spieler – gegen sich selber spielt, und er wundert sich in seinem stillen Sinn über Pavo. Ich selber werde darauf aufmerksam, daß Pavo einmal über das andere Geld zurücknimmt, das er bereits gesetzt hat, gleichsam um es zu retten, ehe das Rad still steht. Ist er vernünftig geworden? Fürchtet er das Unglück?

Der Russe aber führt mich an ein Sofa am Ende des Saales und fängt an über Pavo zu reden. Ob ich nicht bemerkt habe, daß er plötzlich sein Spiel veränderte? Ach, Pavo war im Grunde klug wie ein Teufel, er verstand sich auf so viel. Der Russe zeigte zu Vater und Sohn hinüber und sagte:

Von den beiden ist der Sohn am geringsten besessen. Pavo hat schon gemerkt, daß die Spielsucht seinen Vater gepackt hat, er will ihn zurückhalten. Es ist sehr komisch, aber er will wirklich versuchen, den Alten zurückzuhalten. Nicht wahr, das ist ausgezeichnet? Es kann Pavo nicht gleichgültig sein, ob sich der Vater ruiniert.

Wir sitzen dort im Sofa. Am Roulett geht etwas Ungewöhnliches vor sich, alle haben den Herrn von Sinvara und seinen Sohn umringt. Das Pharaospiel hat aufgehört, selbst die drei Bergbauern in den großen, grauen Mänteln mit den Metallgürteln und die alten Zeltkrämer, die unten an der Tür gesessen und unter sich um Weinkannen gespielt haben, stehen auf und mischen sich unter die Menge am Roulettisch. Wir gehen auch dahin.

Geben Sie jetzt acht! sagt der Russe. Er ist sehr erregt.

Der Herr von Sinvara hatte wieder angefangen, mit Nummer dreizehn zu operieren. Er hatte in seinem Eifer selbst das Geld übernommen und den Einsatz persönlich besorgt. Seine fetten Hände wühlten in den Scheinen, zitternd, suchend, das schmutzige Papier umkrallend, eifrig bemüht, es zu zählen und in Haufen zu ordnen. Seine beiden Ringe leuchten stark in diesem Sumpf von schmutzigen Scheinen. Er spricht nicht, und Pavo sitzt schweigend an seiner Seite. Seine Miene ist sehr finster.

Dreizehn! meldet der Croupier.

Der Herr von Sinvara zuckt zusammen, und selbst Pavo sieht ganz blödsinnig aus. Welch Glück heftete sich doch an dies sinnlose Spiel! Der letzte Coup bricht eine große Lücke in die Bank. Der Croupier zahlt die Summe mit ruhigen Bewegungen aus. Diesen Mann setzt nichts mehr in Erstaunen, er hat alle Launen des Hasards gesehen, hat die verzweifeltsten Dinge erlebt. Der Prinz bleibt einen Augenblick fassungslos stehen, gleich darauf packt er all sein Geld zusammen, scheidet das Gold von dem Papier und stopft alles in seine Taschen. Er verlangt ein Glas Wein, das er in einem Zuge austrinkt, dann steht er auf und schließt mit dem Spiel ab. Beim Hinausgehen verteilt er Scheine nach rechts und links, an alle Diener, die ihm in den Weg kommen.

Der Herr von Sinvara aber stößt seinen Sohn gegen den Arm und sieht ihn mit fieberglühenden Augen an.

Siehst du! Siehst du wohl! Willst du mich spielen lehren? Ich spiele euch doch alle unter den Tisch!

Und er lacht kurz und laut auf, zu den erstaunten Zuschauern gewendet. Entzückt über sein Glück wirft er noch eine Summe auf die dreizehn.

Laß das da stehen, sagt er – laß das Geld nur da liegen, sage ich. Dreizehn ist ja doch eine sonderbare Zahl.

Der Croupier aber holt sein Geld mit der Harke weg. Er tut es zögernd, er hätte gewiß gerne gesehen, daß die dreizehn noch einmal herausgekommen wäre, um den reichen Spieler zu ermuntern, der ja doch früher oder später seine Beute werden mußte.

Nach vier vergeblichen Versuchen mit der dreizehn geht dem Herrn von Sinvara die Geduld aus. Er redet heftig auf den Sohn ein.

Ich sage dir, Pavo, ich setze nicht mehr auf dreizehn. Ich habe auf dieser dummen Zahl genug verloren.

Er wird immer gereizter, ein Diener mit knarrenden Schuhen wird gebeten, seiner Wege zu gehen, der Rumäne erhält einen bitterbösen Blick, als er einmal versäumt, seinen Gewinn einzuziehen, und dadurch das Spiel verzögert. Der Herr von Sinvara fängt auch an, sich über alle die Zuschauer zu beklagen, die ihn fortwährend umstehen. Haben die denn gar nichts weiter zu tun? Er winkt das junge Mädchen aus der Menge heran und sagt:

Habe ich nicht *dir* das Goldstück gegeben?

Das Mädchen errötet und macht einen tiefen Knicks.

Ja, Herr! antwortet sie.

Aber warum gehst du denn nicht weg, mein Kind.

Ihr kleiner roter Mund bewegte sich, aber sie schwieg und schlug die Augen nieder. Der Herr von Sinvara sah sie genauer an und reichte ihr noch ein Goldstück.

Hier nimm das! Komm nach dem Spiel, nach Mitternacht zu mir!

Das kleine Mädchen erglühte über das ganze Gesicht und knickste voller Ehrfurcht. Dann zog sie sich aus der Menge zurück, lächelte allen zu und ging.

Der Herr von Sinvara wandte sich wieder dem Spiel zu.

Jetzt sind hier Fliegen an den Fenstern, sagte er. Hier ist so viel, was stört. Jagt die Fliegen hinaus!

Sein Geld schwand stark hin. Der Rumäne hatte Glück. Der Herr von Sinvara beobachtet das Glück mit großem Unwillen.

Siehst du denn nicht, daß ich nur noch ein paar elende Scheine habe? sagt er zu Pavo. Aber ich gebe es nicht auf, ich verliere alles. So, jetzt setze ich tausend auf Rot, vielleicht ist das meine Farbe.

Rot gewann.

Vielleicht hat Rot wirklich Glück. Ich setze noch einmal. Es ist ein Versuch.

Rot verlor.

Da verlor der Herr von Sinvara die Beherrschung ganz.

Geh! schrie er dem Sohn an seiner Seite zu. Du bringst mir Unglück! Kannst du denn nicht sehen, daß du mich ruinierst? Ich muß Revanche haben, ich will mein Geld wieder haben! – Im selben Augenblick fiel ihm aber ein, welche Rolle er spielen wollte, und er fügte hinzu: Da siehst du, was ich dir zuliebe tue. – Ich will dich belehren.

Ich bin belehrt! murmelte Pavo.

Schweig! du bist nicht belehrt. Du fällst wieder zurück. Ich tue das alles um deinetwillen. Jetzt mach, daß du fortkommst.

Und Pavo erhob sich und ging.

4

Es war fast zwölf Uhr.

Ein Spieler nach dem andern erhob sich vom Roulettisch, nur der Rumäne und der einarmige Offizier hielten noch stand. Der weißbärtige Krieger spielte sehr vorsichtig, setzte einen kleinen Schein, spielte brutal um kleine Münze und gewann. Er hatte fortwährend Glück, aber sein Glück machte ihn nicht kühner.

Der Herr von Sinvara operierte auf ganz andere Weise, bei dem geringsten Glücksfall wurde er dummdreist. Er hatte vielleicht alles in allem noch gut tausend übrig, als Pavo ihn verließ. In zwei Zügen hatte er darauf sechshundert gewonnen, die er sofort einsetzte und verlor. Im Grunde schien der Herr beklagenswert, und er erregte auch die Sympathie der Umherstehenden. Der Prinz, der als Zuschauer in den Saal zurückgekehrt war, holte eigenhändig ein großes Glas Wein für den Herrn von Sinvara.

Sie haben Unglück! sagte der Prinz. Hören Sie für heute abend auf.

Der Prinz gab diesen Rat mit lauter Stimme. Der Herr von Sinvara antwortete nicht, er sah nur auf, geistesabwesend, ganz vom Spiel in Anspruch genommen, und trank den Wein schweigend aus.

Und plötzlich schien das Glück sich ihm zuwenden zu wollen, er gewann dreimal, Schlag auf Schlag.

So müssen Sie spielen, sagte er munter und liebenswürdig zu dem alten Offizier. Dieser aber hörte nichts, er ist so in Anspruch genommen von seinem Spiel um den herkömmlichen kleinen Schein. Der Rumäne beobachtet aufmerksam die nervöse Erregung, in der sich der Herr von Sinvara befindet, er wechselt einen Blick mit dem Croupier und zieht seinen letzten Gewinn ein. Auch er beschließt das Spiel.

Der Herr von Sinvara ist jetzt ganz blank. Sein Geld beläuft sich auf ein paar hundert, die setzt er auf Schwarz und verliert. Er sieht verwirrt um sich. Er ist sehr blaß geworden.

Zum Teufel mit der schwarzen Farbe! rast er.

Dann besinnt er sich einen Augenblick. Der Croupier läßt ihn nicht aus den Augen; mechanisch bezahlt er dem alten Krieger seinen Schein, mag er gewinnen oder nicht. Der Herr von Sinvara sitzt noch immer regungslos da, er scheint zu überlegen. Warum geht es denn nicht? Er zieht seine beiden Ringe vom Finger, einen nach dem andern, und reicht sie über das Rad hinweg dem Croupier hin. Dieser wirft einen Blick darauf, legt sie ruhig in sein eisernes Schubfach zu anderen Ringen und reicht dem Herrn von Sinvara dreitausend in Gold. Niemand spricht ein Wort. Er hält die schweren Rollen eine ganze Minute in der Hand, er zittert am ganzen Leibe. Plötzlich macht er eine heftige Bewegung, er erhebt sich halb vom Stuhl und setzt die Rollen eine nach der andern auf Schwarz. Die Goldstücke klirren dumpf in den Papierhüllen.

Das Rad dreht sich herum, es saust so leicht und lautlos, zögert bald bei dieser, bald bei jener Zahl, hält endlich an.

Rot!

Der Herr von Sinvara springt auf. Er greift sich mit beiden Händen an den Kopf und schreit, stößt einen Ruf aus und verläßt den Tisch.

5

Am nächsten Morgen konnte die Klatschbase von Hoteldiener mir erzählen, daß der Herr von Sinvara am vorhergehenden Abend vierundfünfzigtausend beim Roulett verloren habe. Pavo hingegen war in sein Zelt zurückgekehrt, er, der Diener, habe ihn beim Brunnen getroffen, er sei barhäuptig gegangen und habe laut mit sich selber geschwatzt oder gepredigt. Übrigens könne kein Priester so predigen wie Pavo, wenn ihm das in den Sinn kam. – Fliehe das Verderben! hatte er ein über das andere Mal ausgerufen. Wende dem Versucher den Rücken! Gib ihm deinen Finger, und er nimmt dein Herz. Bist du so tief gesunken, daß ich – dein verlorener Sohn – dich warnen muß?

Pavo hatte wirklich sehr eindringlich geredet, der Diener meinte, er habe sich die Rede eingeübt, die er dem Vater heute morgen halten wollte.

Der durchtriebene Diener steckte seine Nase in alles und wußte überall Bescheid.

Sie wollen heute abreisen? sagte er zu mir.

Ich hatte kein Wort davon im Hotel gesagt und auch nicht um meine Rechnung gebeten.

Woher weißt du das? fragte ich.

Ich weiß es nicht, antwortete er. Sie haben aber die Nachsendung Ihrer Briefe im Posthaus bestellt, und Sie haben auch einen Wagen um fünf Uhr nach dem Dampfer bestellt.

Sogar dies hatte er herausgeschnüffelt! Ich hatte ein Gefühl, als würde ich von diesem klugen Menschen ausspioniert, und ich fühlte mich von ihm abgestoßen. Ein heftiger Zorn erfaßte mich, ich konnte seinen naseweisen Blick nicht ertragen; er hatte ein paar Augen, die mich durchschauerten wie ein eisiger Zugwind.

Mach, daß du wegkommst, du Hund, sagte ich.

Er stand ganz still. Der unverschämte Mensch rührte sich nicht vom Fleck. Er hielt die beiden Hände hinter seinem Rükken. Woran dachte er, und was machte er mit den beiden Händen hinter dem Rücken? Hatte er irgend etwas vor?

Was Sie eben sagten, tut mir sehr leid, sagte er endlich. Weiter sagte er nichts, aber er starrte mich unverwandt an. Ich trete hinter seinen Rücken, um ausfindig zu machen, was er vorhatte. Er hatte nichts in den Händen, er hielt sie gefaltet und rang sie heftig. Ich trete wieder vor ihn hin. Seine Schultern beben, und seine Augen haben sich mit Tränen gefüllt. Ich bereue, ihn ausgescholten zu haben, und bin im Begriff, es wieder gutzumachen, als er plötzlich eine Bewegung auf mich zu macht, ein seltsamer Gegenstand blitzt in seiner Hand, ein lächerlich aussehender Türschlüssel mit zwei Bärten. Er hebt ihn in die Höhe und trifft mein rechtes Handgelenk. Meine Hand sinkt herab, der dumpfe Schlag hat sie lahm gemacht. Ich bin ganz starr über seine Frechheit, ich kann kein Wort sagen und stehe regungslos auf demselben Fleck. Er legt seine Hände wieder auf den Rücken. Nach einer Weile gehe ich an ihm vorüber auf die Tür zu.

Sie glauben, daß ich Sie noch einmal schlagen will, sagt er. Aber das brauchen Sie nicht zu glauben. Gott bewahre!

Ich öffne die Tür mit der linken Hand und erwidere kühl: Geh und hole meine Rechnung!

Der Diener verneigt sich tief vor mir und geht. Ich höre ihn laut schluchzen, als er zur Türe hinaus ist ...

Ich reiste an jenem Tage nicht; meine Hand schmerzte zu heftig, und ich fühlte mich ziemlich krank. In meinem Handgelenk befanden sich zwei tiefe Löcher. Löcher von blutunterlaufenem, zerquetschtem Fleisch. Die Adern schwollen bis an die Ellbogen hinauf an. Welche Roheit von einem Diener! Er schien indessen seinen Überfall sofort zu bereuen, er brachte mir Spiritus für den Arm und legte mir einen Verband um die Wunde; jetzt hinterher konnte niemand behilflicher sein als er. Er sorgte auch dafür, daß in den Nebenzimmern alles still war, nachdem ich mich am Abend zur Ruhe begeben hatte, und dies tat er ganz aus eigenem Antrieb. Einen Haufen betrunkener Bauern, die gegen ein Uhr des Nachts vor meinen Fenstern stehen blieben und sangen, jagte er wütend weg. Ich hörte, wie er ihnen Vorwürfe machte, weil sie die nächtliche Ruhe eines kranken, vornehmen Herrn störten, eines Fürsten, der sein Handgelenk verletzt habe.

Am nächsten Tag schellte ich zweimal, ohne daß er kam. Ich war in gereizter Stimmung und sehr krank, ich zog heftig an der Glocke und schellte noch einmal. Endlich sah ich ihn die Straße heraufkommen. Er war fortgewesen. Als er in mein Zimmer kam, konnte ich mich nicht enthalten zu sagen:

Ich habe eine Viertelstunde lang geschellt. Ich will gern das Doppelte bezahlen, wenn Sie glauben, daß Sie es verdienen. Bringen Sie mir Tee.

Ich sah, wie weh meine Worte ihm taten. Er erwiderte nichts, sondern eilte hinaus, um den Tee zu holen. Ich wurde plötzlich ganz gerührt durch seine Geduld und Demut; er hatte vielleicht nie im Leben ein freundliches Wort erhalten, dachte ich wie ein Frauenzimmer, jetzt war auch ich unbillig gewesen. Ich wollte mein Unrecht gleich wieder gutmachen. Deswegen sagte ich, als er zurückkam:

Vergessen Sie! Ich werde nie so etwas wieder sagen. Ich bin heute auch krank.

Er schien sehr erfreut über meine Freundlichkeit zu sein und entgegnete:

Ich mußte vorhin fortgehen. Ich versichere Ihnen, daß es eine ganz notwendige Besorgung war.

Aber durch meine Freundlichkeit ermuntert, kam sofort die alte Geschwätzigkeit wieder zum Vorschein. Er steckte voller Geschichten und war bereit, mir allerlei aufgespürte Sachen über Dinge und Leute im Hotel zu erzählen.

Wenn ich es Ihnen erzählen darf, sagte er, so hat der Herr von Sinvara in diesem Augenblick einen Mann nach Hause geschickt, um Geld zu holen, viel Geld. Pavo meint, er werde sich am Roulett ruinieren. Seine Ringe hat er noch nicht wieder eingelöst.

Es ist gut! sagte ich.

Und das kleine Mädchen, das Sie gestern sahen, ist über Nacht bei ihm gewesen. Sie ist aus den Bergen, sie hat sich eine solche Erhöhung sicher nicht träumen lassen. Selbst ihr Vater wollte es nicht glauben.

Gegen Abend saß ich wieder draußen auf dem Balkon und beobachtete den Verkehr unten auf dem Marktplatz. Ich trug die Hand in der Binde. Der Russe lag auf einer Bank neben mir und las in einem Buch. Plötzlich sah er zu mir auf und fragte, ob ich wisse, daß der Herr von Sinvara einen Kurier abgesandt habe, um mehr Geld holen zu lassen. Er habe am Vormittag auch eine Zusammenkunft mit Pavo gehabt. Pavo habe ihm eine Standrede gehalten, und der Vater habe ihm recht geben müssen. Aber er wollte sich nichts sagen lassen, er behaupte, er wolle wenigstens sein Geld wieder haben. Ob man sich einbilde, daß er dem ersten besten Bettler einen solchen Ring an jeden Finger tausend in blankem Golde überlassen wolle? Dann irre man sich sehr. Er wolle übrigens nicht allein spielen, um nur seinen Verlust wieder zu ersetzen. Die guten Leute, die ihn so bedauert hatten, als er seine Ringe verloren habe, sollten nur wissen, daß er dem ersten besten Bettler einen solchen Ring an jeden Finger schenken könne, ohne dadurch ärmer zu werden.

Und das ist wahr, sagte der Russe – er ist schon ein so eingefleischter Spieler, daß es ihm nicht in erster Linie um seinen Verlust zu tun ist. Was ihn jetzt anzieht, ist der Reiz, die Spannung, die Qual, diese wilden Erregungen des Blutes.

Und Pavo? Was hat denn Pavo dazu gesagt?

Fliehe das Verderben! hatte Pavo gesagt. Richte dich wieder auf, Mensch! Nimm dir ein Beispiel an mir!

Pavo hatte eindringlich geredet, seine Stimme war traurig gewesen, und von Zeit zu Zeit hatte er sogar zum Himmel emporgezeigt. Es war ein köstlicher Anblick gewesen, diesen abgefeimten jungen Sünder eine Tugend heucheln zu sehen, deren er längst verlustig war. Er war frech genug, dem Vater die ernsteste Ermahnungsrede zu halten. Der Vater hatte behauptet, er spiele nur um des Sohnes willen, er wollte diesen von dem Laster erretten, und zu dem Zweck würde er nicht sparen. Da war Pavo heftig geworden: er habe sein ganzes Leben lang seine Selbstachtung bewahrt, der Vater hingegen habe seine Ringe verspielt, seine Kleinodien in aller Beisein verpfändet. Er, Pavo, habe seine Würde aufrecht erhalten, er habe nie eine Anleihe auf sein Zelt gemacht, das stehe unberührt da, er besorge immer sein Geschäft. Schließlich habe Pavo dem Alten mit Fürst Yariw gedroht.

Schweig! sagte der Vater. Ich habe mir selber gelobt, dir die Folgen deiner Ausschweifungen zu zeigen, und das werde ich tun. Leb wohl, Pavo!

Und Pavo hatte gehen müssen. Aber er war direkt von dem Vater in die Spielhölle gegangen.

Glauben Sie denn nicht, daß es wirklich die Absicht des Vaters ist, Pavo auf diese Weise wieder auf den rechten Weg zu bringen? fragte ich den Russen.

Er schüttelte den Kopf.

Vielleicht. Aber das wird ihm nicht gelingen. Außerdem ist der Alte ebenso darauf versessen wie der Junge.

Jetzt sprachen alle von dem Herrn von Sinvara und seinem Spiel. Das sei ihm ganz einerlei, meine er, und er trüge den Kopf noch höher als bisher und mache ein fröhliches Gesicht. Hin und wieder ließe er sich zu einem Scherz mit seiner Umgebung herab:

Sie sehen meine Hände an, sagte er. Ach ja, ich bin sehr arm geworden, sogar meine Ringe habe ich verspielt! Hahaha! Er ging nicht mehr in die Bank, jetzt da er kein Geld mehr hatte, aber er ließ sich von dem Diener über den Gang des Spieles berichten, wer verlor und wer gewann, wieviel gewagt wurde, wer am kühnsten spielte. Der Russe kam am nächsten Tag und erzählte mir, der Herr von Sinvara habe drei Stunden lang zu Gott um Glück gefleht; er wolle nur das verlorene Geld wiederhaben, dann wolle er auch aufhören. Er habe Gott das mit lauter Stimme gelobt und sogar dabei geweint. Der Russe hatte das von dem Hoteldiener gehört, der durch das Schlüsselloch geguckt hatte.

6

Es vergingen drei Tage. Meine Hand schmerzte nicht mehr, ich hatte beschlossen, am Abend abzureisen. Ich ging in die Stadt, um einige Angelegenheiten zu ordnen, unter anderem war ich auf der Polizei, um meinen Paß unterschreiben zu lassen. Auf dem Rückwege kam ich an Pavos Zelt vorüber. Ich fing schließlich gegen meinen Willen an, Interesse für diesen Mann und seinen Vater zu fassen. Alle sprachen von ihnen, das ganze Hotel war voll von Geschichten über diese beiden Menschen, ich konnte schließlich nicht mehr umhin, ebensoviel wie die anderen an sie zu denken und jeden Tag nach dem Herrn zu fragen.

Ich ging in Pavos Zelt. Am vorhergehenden Abend hatte ich gehört, daß er eine große Summe im Pharao gewonnen habe. Er hatte einen fremden Reisenden seiner ganzen Barschaft beraubt und ihm dann hinterher ein paar Hundert geschenkt, dann hatte er sich dem Roulett zugewandt, stets vom Glück begleitet, und die Bank um ein ganzes Vermögen geschädigt. Denken Sie nur, sagte Pavo zu mir, sobald ich sein Zelt betrat – denken Sie nur, der Herr von Sinvara, mein Vater, ist eben hier gewesen, um sich Geld zu leihen! Er wollte seine Ringe einlösen. Es fällt mir natürlich nicht im Traum ein, eine solche Dummheit zu begehen. Mein Vater ist sehr gut, und es tat mir leid, ihm diesen Liebesdienst abschlagen zu müssen. Aber ich habe es um seiner selbst willen getan. Ein Sohn muß für die Ehre der Familie sorgen. Es muß meinem Vater klar werden, wohin es führt, wenn man sich in Torheiten stürzt. Ich finde, daß ich ganz richtig gehandelt habe. Wie denken Sie darüber?

Sein Äußeres stieß mich in diesem Augenblick zurück. Er war selbstbewußt und sicher geworden durch das ungeheure Glück des vorhergehenden Abends, der seine Taschen wieder mit Geld gefüllt hatte. Während er sprach, senkte er die Stirn, verbarg sie, tauchte sie unter, als sei sie gebrandmarkt, und seine Augen logen so unehrlich, sobald er sie aufschlug. Aber er hatte den schönsten Hals, den man sich denken konnte, und einen feinen, roten Mund.

Wie denken Sie darüber? wiederholte er.

Ich habe kein Urteil darüber, entgegnete ich.

Das heißt, murmelte er wütend, Sie verstehen die Rede eines vernünftigen Mannes nicht.

Er zuckte heftig die Achseln und lief hinter seinem Ladentisch auf und nieder. Dann stand er still und fragte:

Womit kann ich Ihnen übrigens dienen, da Sie sich die Mühe gemacht haben, mich aufzusuchen?

Ich nannte allerlei, was mir gerade einfiel, wofür ich aber im Grunde keine Verwendung hatte. Als ich das Gewünschte erhalten hatte, entfernte ich mich wieder.

Kaum war ich ins Hotel zurückgekehrt, als der Diener auf mich zustürzte und mir erzählte, der Kurier des Herrn von Sinvara sei mit dem Geld angelangt. Jetzt säße er da, bereit, das

Spiel von neuem zu beginnen, sobald die Bank geöffnet werde. Pavo wisse nichts davon. Pavo sollte nichts wissen, er, der Diener, habe eine Bezahlung ausdrücklich dafür erhalten, daß er nicht hinlaufe und es Pavo erzähle.

Die Uhr ging auf fünf.

Sobald der Spielsaal geöffnet wurde, begab sich der Herr von Sinvara dorthin. Er war in erregter Stimmung, er machte die eigentümlichsten Handbewegungen, als versichere er etwas, als gelobe er etwas.

Der Prinz und der alte Offizier waren auch zugegen, der Rumäne hingegen nicht, ein paar Fremde fingen ebenfalls an zu spielen. Zuerst löste der Herr von Sinvara seine Ringe aus. Ich werde heute abend mit den höchstzulässigen Summen operieren, sagte er zu dem Croupier, ohne ihn aber anzusehen. Seine Miene war von jetzt an kühl und vornehm.

Möchte Ihr guter Stern Ihnen Glück schenken, sagte der Croupier, indem er sich verneigte.

Das Spiel begann.

Der Herr von Sinvara sah entschlossen aus. Er setzte dreimal hintereinander auf Rot und gewann. Dann steckte er sein eigenes Geld in die Tasche und spielte von nun an nur mit dem Gewinn. Er machte ein paarmal den Versuch mit dreizehn, verliert aber, der Wechsel des Glückes reizt ihn, er setzt noch ein paarmal auf Rot und gewinnt. Jetzt hat er eine beträchtliche Summe vor sich auf dem Tisch liegen, er spielt ohne Berechnung, ohne Überlegung, er wagt kühn, und um keine Zeit zu verlieren, bereitet er sich schon, ehe das Rad still steht, auf den nächsten Einsatz vor. Er zählt auch nicht, er spielt in Ekstase. Seine Augen fallen auf ein schwarzes Quadrat auf dem Tisch, und er setzt eine große Summe auf dies Quadrat.

Schwarz gewinnt. Er gewinnt jetzt unaufhaltsam. Dieses schwarze Quadrat wird eine Goldgrube, aus der er Schätze schöpft, und er nutzt sie aus. Plötzlich besinnt er sich, er hält einen Augenblick inne, er atmet tief auf. Das Rad dreht sich herum, aber der Herr von Sinvara vergißt, seinen Einsatz zu machen, er atmet noch immer tief auf. Sein kleines Mädchen kommt herein. Lächelnd und rosig nähert sie sich ihm. Er bemerkt sie und winkt ihr ab.

Siehst du, du kommst, und ich vergaß zu setzen! sagt er. Im nächsten Augenblick winkt er sie wieder heran. Das Rad ist stehen geblieben, der Zeiger steht auf Rot, und es war das Glück des Herrn von Sinvara, daß er es diesmal unterlassen hat, auf das schwarze Viereck zu setzen. Er legt einen seiner kostbaren Ringe in die Hand des kleinen Mädchens und flüstert ihr etwas zu. Und das kleine Mädchen wird dunkelrot, legt beide Arme um ihren eigenen Nacken und läuft aus dem Saal hinaus.

Aber der Herr von Sinvara setzt das Spiel fort, dummdreist, völlig mechanisch. Er nimmt mehrere Hände voll Geld, viele schwere Rollen und setzt sie auf Rot. Gleich darauf erfaßt ihn eine schreckliche Unsicherheit, er macht eine ängstliche Bewegung mit der Hand, als wolle er die Summe wieder zurückziehen, beherrscht sich aber und läßt sie stehen.

Das Rad hält an.

Rot!

Rot! wiederholt der Herr von Sinvara. Und er lächelt den Umstehenden wieder triumphierend zu und spricht laut: Wieder Rot! Ja, ich hatte eine Ahnung davon!

Von diesem Augenblick an verliert er die Besinnung. Die Uhr wird zehn, mehrere Fremde kommen herein, die nächtlichen Spieler, deren Tätigkeit erst in den späten Stunden beginnt. Unter ihnen befindet sich der Rumäne. Ich vergaß meine Reise und rührte mich nicht vom Fleck, ich folgte den Operationen des Herrn von Sinvara mit der größten Spannung. Er selber merkte nichts von allen den neuen Menschen, die ihn umgaben, er ahnte kaum, daß er Mitspieler am Tisch hatte. Sein Glück halluziniert ihn, und er arbeitet mit großen Summen auf mehreren Nummern zu gleicher Zeit. Eine Laune, eine plötzliche Eingebung, veranlaßt ihn, eine Hand voll Geld zu nehmen und den höchsten Einsatz auf fünfundzwanzig zu setzen. Drei von den Spielern folgen seinem Beispiel, alle um ihn her flüstern und warten.

Dreizehn!

Verloren. Der Rumäne knirscht vor Erbitterung mit den Zähnen. Der Herr von Sinvara hat einen neuen Einfall. Er richtet sich halb auf seinem Stuhl auf und setzt die höchste Summe auf Null. Niemand folgt ihm mehr, dies verzweifelte Spiel schreckt alle zurück.

Null!

In dem Getöse, das jetzt entstand, hörte ich den Rumänen fürchterlich fluchen. Gleich darauf kam Pavo zur Tür herein, von dem Hoteldiener gefolgt, der ihn doch benachrichtigt hatte. Pavo ging gleich auf den Stuhl des Vaters zu; ohne etwas zu sagen, packte er ihn bei der Schulter und schüttelte ihn.

Er sah auf, erkannte den Sohn und ergab sich sofort. Er begriff, daß ihm kein Widerstand half, er war auch zu angegriffen.

Wie zornig du bist, Pavo, sagte er nur. Mechanisch zieht er seinen letzten Gewinn ein, sammelt sein Geld und fängt an, seine Taschen zu füllen. Er stopft Gold und Papier zusammen in wilder Unordnung, nimmt den letzten Haufen Scheine in die Hand, steht auf und geht mit Pavo.

Der Croupier sieht den Davonziehenden mit wütenden Blikken nach; das Spiel gerät ins Stocken ...

Später erzählt man im Hotel, der Herr von Sinvara habe nicht nur seinen ganzen Verlust am Roulett von den vorhergehenden Abenden wieder eingeholt, sondern außerdem noch eine kleine Summe gewonnen. Man nannte siebenhundert als Reingewinn. Ich freute mich im stillen darüber, ich gönnte ihm den Sieg. Niemand spielte aus ehrlicherem Herzen als er, und nun würde er dem Roulett sicher für ewige Zeiten den Rücken wenden.

7

Am nächsten Abend war ich reisefertig. Meine Sachen waren nach dem Dampfer hinuntergeschafft, meine Rechnung war bezahlt und alles geordnet. Ich stecke dem Hoteldiener einen Geldschein in die Hand und sage ihm Lebewohl. Er zwinkert heftig mit den weißen Augen und fängt an zu weinen. Der arme Teufel küßt mir die Hand.

Wollen Sie es wohl glauben, sagt er gleich darauf und trocknet seine Augen – der Herr von Sinvara reist mit demselben Dampfer wie Sie. Er hat Pavo versprochen, heimzukehren. Und der allwissende Mensch verfolgt mich bis zum letzten Augenblick mit seinen Geschichten: Pavo hatte seinem Vater wieder eine Rede gehalten. Als es nicht half, daß er ihm mit Fürst Yariw drohte, hatte er ihm eine kleine, völlig unbrauchbare Pistole gezeigt, mit der er sich leider erschießen müsse, um seine Ehre zu retten. Da hatte der Vater nachgegeben. Er wollte wirklich Fürst Yariws Freundschaft nicht verlieren. Außerdem hatte er Gott hoch und teuer gelobt, mit dem Spielen innezuhalten, sobald er sein Geld zurückgewonnen habe. Kurz: der Herr von Sinvara wollte nach Hause reisen.

Adieu! sagte der Diener. Sie treffen ihn unten am Dampfer. Die Uhr schlug fünf.

Im selben Augenblick, als der Spielsaal geöffnet wurde, begab ich mich an den Landungsplatz. Der Dampfer nahm eine Partie Bastmatten ein. Einige Minuten später kamen auch wirklich der

Herr von Sinvara und sein Diener, sie waren beide reisemäßig gekleidet. Es waren viele Menschen zugegen, Pavo sah ich aber nicht. Ich fragte einen alten Mann nach ihm, ich sagte:

Weshalb begleitet er seinen Vater nicht an das Schiff?

Pavo ist stolz! antwortete ein junges Mädchen, das gerade herzukam. Einen Vater, der seine Ringe verspielt, kennt er nicht. Das sieht Pavo ähnlich.

Da stand auch das kleine Mädchen des Herrn von Sinvara. Sie stand abseits und sah zu, aus der Entfernung, mit gesenktem Haupt. Der, nach dem sie ausschaute, schenkte ihr keinen Blick. Ich ging ein paarmal auf dem Kai auf und nieder, bezahlte meinen Wagen und gab acht, daß alle meine Sachen an Bord gebracht wurden. Dann ging ich selbst an Bord. Der alte Diener des Herrn von Sinvara war schon da, ihn selber sah ich hingegen nicht. Ich sah mich nach seinem kleinen Mädchen um, auch sie war verschwunden.

Die letzte Matte wurde in den Lastraum versenkt, und der letzte Passagier kam an Bord. Plötzlich entsteht ein allgemeines Fragen nach dem Herrn, dem Herrn von Sinvara, der mitfahren wollte. Wo war er geblieben? Sein alter Diener springt auf. Wo in aller Welt war sein Herr? Der Dampfer blieb liegen, man konnte doch nicht ohne den großen Herrn abfahren! Wir durchsuchen alle das Schiff, den Kai, alle Ecken und Winkel, wir fragen alle Menschen nach ihm, und niemand vermag uns Bescheid zu geben. War er ins Wasser gefallen? Hatte er sich hineingestürzt und war in aller Stille ertrunken? Plötzlich überkommt mich eine Ahnung, ein ganz sonderbarer Gedanke, ich bitte den Schiffer, noch fünf Minuten zu warten, dann würde ich vielleicht Auskunft über den Vermißten geben können.

Ich springe an Land, ich eile nach dem Hotel, stürme die Treppe hinauf, in das blaue Stockwerk. Mit verhaltenem Atem öffne ich die Tür und sehe hinein.

Zuerst sehe ich das kleine Mädchen des Herrn von Sinvara. Sie hat ihre errötende Miene wiedergewonnen und sieht glücklich aus. Und vor ihr auf dem Stuhl sitzt der Herr von Sinvara selbst. Er sitzt wieder am Roulett.

Die Stimme des Lebens

Der Schriftsteller H. erzählt:

An dem inneren Hafen von Kopenhagen läuft eine Straße entlang, die Vestervold heißt, ein neuer und einsamer Boulevard. Da sind wenige Häuser, wenige Laternen und fast keine Menschen zu sehen. Selbst zur Sommerszeit geschieht es nur selten, daß jemand dort lustwandelt.

Gut! Gestern abend erlebte ich etwas in dieser Straße.

Ich war ein paarmal auf dem Gehsteig auf und nieder gegangen, als eine Dame auf mich zukam. Es sind sonst keine Menschen zu sehen. Die Laternen sind angezündet, aber es ist ziemlich dunkel, und ich kann das Gesicht der Dame nicht erkennen. Es ist eins der gewöhnlichen Kinder der Nacht, denke ich und gehe an ihr vorüber.

Am Ende des Boulevards kehre ich um und gehe zurück, auch die Dame ist umgekehrt, ich begegne ihr wieder. Ich denke bei mir: Sie erwartet jemand, wir wollen doch einmal sehen, wen sie erwartet. Und abermals gehe ich an ihr vorüber.

Als ich ihr zum dritten Male begegnete, griff ich an den Hut und redete sie an. Guten Abend! Ob sie hier auf jemand warte?

Sie zuckte zusammen. Nein ... ja, sie warte auf jemand.

Ob sie etwas dagegen habe, wenn ich ihr Gesellschaft leistete, bis derjenige käme, auf den sie wartete?

Nein, sie hätte nichts dagegen. Sie dankte mir. Übrigens, sagte sie, warte sie auf niemand, sie ginge hier nur ein wenig spazieren, weil es hier so still sei.

Wir schlenderten Seite an Seite dahin, und wir begannen über gleichgültige Dinge miteinander zu reden; ich bot ihr meinen Arm.

Ach nein! sagte sie und schüttelte den Kopf.

Die Sache wurde mir langweilig. In der herrschenden Dunkelheit konnte ich sie nicht sehen. Ich beleuchtete meine Uhr mit einem Streichholz; ich hielt das Streichholz hoch und beleuchtete auch sie.

Halb zehn, sagte ich.

Sie schauderte, als fröre sie. Ich ergriff die Gelegenheit und fragte:

Es friert Sie, möchten Sie nicht irgendwo hingehen und etwas trinken? Ins Tivoli, oder ins National?

Nein, ich kann jetzt nirgends hingehen, wie Sie sehen, antwortete sie.

Und erst jetzt bemerkte ich, daß sie einen sehr langen, schwarzen Trauerschleier trug.

Ich bat um Verzeihung und gab der Dunkelheit die Schuld. Und die Art und Weise, wie sie meine Entschuldigung aufnahm, überzeugte mich plötzlich, daß sie nicht zu den gewöhnlichen Nachtschwärmern gehörte.

Nehmen Sie meinen Arm, sagte ich nochmals, das wärmt. Sie nahm meinen Arm.

Wir gingen mehrmals auf und nieder. Sie bat mich, nach der Uhr zu sehen. Es ist über zehn, sagte ich. Wo wohnen Sie?

Auf dem Gamle Kongevej.

Ich hielt sie zurück.

Und darf ich Sie bis an Ihre Haustür begleiten?

Nein, das geht nicht, erwiderte sie. Nein, das können Sie nicht. – Sie wohnen in der Bredgade?

Woher wissen Sie das? fragte ich überrascht.

Ich weiß, wer Sie sind, antwortete sie.

Pause –. Wir gingen Arm in Arm und bogen in die erleuchteten Straßen ein. Sie ging schnell, ihr langer Schleier flatterte. Sie sagte:

Lassen Sie uns bitte schnell gehen.

An ihrer Haustür im Gamle Kongevej wandte sie sich nach mir um, als wollte sie mir für meine Begleitung danken. Ich öffnete ihr die Tür, sie ging langsam hinein, indem sie sich nach mir umsah. Ich stemmte die Schulter leicht gegen die Tür und ging hinter ihr hinein. Da ergriff sie meine Hand. Niemand von uns sprach ein Wort.

Wir gingen ein paar Treppen hinauf und blieben im ersten Stockwerk stehen. Sie öffnete selber die Wohnungstür, öffnete noch eine Tür, nahm mich bei der Hand und führte mich hinein. Es mußte ein Zimmer sein; ich hörte eine Uhr ticken. Die Dame machte einen Augenblick an der Tür halt, schlang plötzlich die Arme um mich und küßte mich heiß und bebend auf den Mund. Mitten auf den Mund.

Setzen Sie sich jetzt, sagte sie. Hier ist ein Sofa. Inzwischen will ich Licht anzünden.

Und sie zündete Licht an.

Ich blickte um mich, verwirrt und neugierig. Es war ein großes, außerordentlich hübsch ausgestattetes Wohnzimmer, in dem ich mich befand; es standen auch Türen nach mehreren Nebenzimmern offen. Ich konnte nicht begreifen, was für ein Menschenkind es sein mochte, mit dem ich zusammengetroffen war, und ich sagte: Wie hübsch es hier ist! Wohnen Sie hier?

Ja, dies ist mein Heim, erwiderte sie.

Dies ist Ihr Heim? Sie sind also die Tochter des Hauses?

Sie lachte und sagte:

Nein, nein. Ich bin eine alte Frau. Jetzt werden Sie es sehen! Und sie nahm den Hut mit dem Schleier ab.

Da sehen Sie! sagte sie und schlang die Arme noch einmal um mich, plötzlich, gleichsam von unbändiger Heftigkeit getrieben. Sie mochte zwei-, dreiundzwanzig Jahre alt sein; sie trug einen Trauring an der rechten Hand und konnte deswegen auch wirklich eine verheiratete Frau sein. Hübsch? Nein. Sie hatte Sommersprossen und fast gar keine Augenbrauen. Aber es sprach ein wildwogendes Leben aus ihr, und ihr Mund war merkwürdig schön.

Ich wollte sie fragen, wie sie heiße, wo ihr Mann sei, falls sie einen habe; ich wollte wissen, in wessen Hause ich mich befand; sie aber schmiegte sich fest an mich, sobald ich den Mund öffnete, und verbot mir, neugierig zu sein.

Ich heiße Ellen, sagte sie. Wollen Sie etwas zu sich nehmen? Es macht nichts, ich kann sehr gut schellen. Sie müssen nur so lange da hineingehen, ins Schlafzimmer.

Ich ging ins Schlafzimmer. Die Lampe aus dem Wohnzimmer warf ein schwaches Licht zu mir herein. Ich sah zwei Betten. Ellen schellte und verlangte Wein, ich hörte, wie ein Mädchen den Wein brachte und wieder hinausging. Nach einer Weile kam Ellen ins Schlafzimmer. Sie blieb an der Tür stehen. Ich ging ihr einen Schritt entgegen, sie stieß einen kleinen Schrei aus und kam im selben Augenblick auf mich zu ...

Das war gestern abend.

Was weiter geschah? Hab nur Geduld, es geschah noch mehr. Heute morgen, als ich erwachte, begann es zu dämmern, das Tageslicht drang zu beiden Seiten des Vorhangs ins Zimmer. Auch Ellen war erwacht. Sie seufzte müde und lächelte mir zu. Ihre Arme waren weiß und sammetartig, ihre Brust schwellend. Ich flüsterte ihr etwas zu, und sie schloß meinen Mund mit dem ihren, stumm vor Zärtlichkeit. Es tagte mehr und mehr.

Zwei Stunden später war ich auf den Beinen, auch Ellen ist aufgestanden, sie nestelt an ihren Kleidern, sie hat schon Schuhe an. Und jetzt erlebe ich etwas, das mich noch in diesem Augenblick durchschauert wie ein grauenvoller Traum. Ich stehe am

Waschtisch – Ellen hat etwas im Nebenzimmer zu tun, und als sie die Tür öffnet, wende ich mich um und sehe hinein. Ein kalter Lufthauch dringt mir von den dort geöffneten Fenstern entgegen, und mitten im Zimmer, auf einem langen Tisch, erblicke ich eine Leiche. Eine Leiche, die im Sarge liegt, weiß gekleidet mit grauem Bart, die Leiche eines Mannes. Seine mageren Knie stehen in die Höhe wie zwei wütende Fäuste, die unter dem Leichentuch geballt sind, und sein Gesicht ist ganz gelb und schreckeinflößend. Ich sehe alles im hellen Tageslicht. Ich wende mich ab und sage kein Wort.

Als Ellen zurückkehrte, war ich angekleidet und zum Gehen bereit. Ich war kaum imstande, ihre Umarmung zu erwidern. Sie kleidete sich völlig an, sie wollte mich in den Torweg hinabbegleiten, und ich ließ sie gehen und sagte noch immer nichts. Unten im Torweg drückte sie sich an die Mauer, um nicht gesehen zu werden, und flüsterte:

Auf Wiedersehen!

Morgen? fragte ich zögernd.

Nein, nicht morgen!

Weshalb morgen nicht?

Schweig, Liebster, ich muß morgen zum Begräbnis, ein Verwandter von mir ist gestorben. So, jetzt weißt du es!

Aber übermorgen?

Ja, übermorgen, hier im Torweg werde ich dich erwarten. Leb wohl!

Ich ging ...

Wer war sie? Und die Leiche? Wie sie die Fäuste ballte, und wie die Mundwinkel in häßlicher Komik herabhingen! Übermorgen würde sie mich wieder erwarten. Soll ich wieder zu ihr gehen?

Ich lenke meine Schritte direkt nach dem Café Bernina, wo ich um das Adreßbuch bitte – ich schlage auf, Gamle Kongevej, die und die Nummer, gut, ich sehe den Namen. Ich warte eine Weile, bis die Morgenzeitung kommt, und stürze mich über das Blatt, um die Todesanzeigen zu studieren, ja, ich finde auch wirklich die ihrige, die erste in der langen Reihe, mit fetten Buchstaben: Nach langer Krankheit verschied gestern mein Mann in seinem 53. Lebensjahre. Die Anzeige war von vorgestern datiert.

Ich sitze lange da und sinne. Ein Mann hat eine Frau, sie ist dreißig Jahre jünger als er, er ist viele Jahre lang krank und stirbt dann eines Tages. Und die junge Witwe atmet auf.

Wenn es nicht gar zu stark regnet, hört man die ganze Woche hindurch vom Morgen bis zum Abend die festen helltönenden Hammerschläge auf Bolzen und Nägel draußen von der Schiffswerft her. Dies ist der einzige öffentliche Laut der Stadt, der überall und in jedem Hause gehört wird.

Es ist ein kleiner, friedlicher Ort, ein ganz ruhiges, konservatives Nest mit Schifferfamilien, Branntweingesellschaft und einer Kirche. Die Nachtwächter haben hier nicht viel zu tun; von Schlägereien und nächtlichen Ruhestörungen hört man so selten etwas, daß sich alle Fremden darüber wundern – und ist ein Seemann oder ein wandernder Handwerksbursche an einem Abend einmal so ausgelassen, daß er ein Liedchen anstimmt oder einen Fluch ausstößt, dann ist es gerade, als ob die eigne Stille der Stadt selbst seine Stimme dämpfe. Und die Nachtwächter trippeln ruhig weiter ihrer Wege, ohne den Kopf zu drehen, denn das ist nicht nötig.

Bei Nacht wird hier in der Stadt geschlafen; es wird nicht gewacht und nicht gebummelt. Am Abend treffen sich die beiden Nachtwächter auf dem Makrelenmarkt. Das ist immer ihr Ausgangspunkt. Sie begrüßen sich, gehen ein wenig miteinander auf und ab, setzen sich eine Weile nieder, schlafen ein wenig, rauchen ein wenig, gehen wieder etwas auf und ab – und so vergeht die Nacht. Sie kennen jeden Menschen, und jeder Mensch kennt sie. Kommt an einem Abend einmal einer der Honoratioren der Stadt etwas später als gewöhnlich die Straße herunter, um sich nach Hause zu begeben, dann wissen die Nachtwächter sogleich, daß er von einer Kindstaufe oder auch von einer Herrengesellschaft herkommt. Niemand kann sie täuschen. Aber wenn es geschieht, daß der zweirädrige Postwagen der Stadt in der Stille und Dunkelheit der Nacht an ihnen vorüberfährt, und es sitzt eine Frauensperson mit einer Kapuze darin und ein Mann hinter ihr, dann wissen die Nachtwächter auch, um was es sich handelt. Dann stecken sie die Köpfe zusammen, flüstern und nicken sich zu, wie zwei Weiber beim Kaffeeklatsch, und verstehen einander von Grund und Boden aus. Um Schlag sechs Uhr geht jeder seines Wegs der Stadt zu und verbreitet in allen Häusern, wo die Leute schon aufgestanden sind, die Nachricht, daß die Hebamme vor zwei Stunden die Stadt hinuntergefahren sei und daß die Frau des Schiffers Gabrielsen ein Kleines bekommen habe. Es gibt auch zwei hinkende Schneider, einen Bettler, Heilsarmee, Dampfschiffkai, Zollamt und Sparkasse im Ort. Das alles ist vorhanden. Und mitten in der Stadt ist der ›Verein‹, das Athenäum und der Klub des Orts, wo die Väter der Stadt zusammenkommen und die ›Neuesten Nachrichten‹ oder das ›Morgenblatt‹ lesen. Man liest nicht bis zur Erschlaffung und zum Überdruß hier in der Stadt, der Buchhändler verkauft alles mögliche, von Kämmen und Schokoladetafeln an bis zu Schulbüchern und Hauspostillen. Einen Menschen gibt es hier, der in seiner Jugend den ›Peder Paars‹ von einem Ende bis zum andern durchgelesen haben soll; aber es ging auch schief mit diesem Mann, er wurde ein alter Junggeselle und ein Tagedieb und wurde überdies auch ein wenig verdreht. Der Mann heißt Tönnes Olai. Niemand weiß, wovon Tönnes Olai lebt; aber man sieht ihn niemals zur Essenszeit auf der Straße; da muß er also doch wohl etwas zu essen haben in seiner uralten Stube, wo er Sommer und Winter hindurch allein und unbeachtet wohnt. Aber außerhalb der Essenszeit kann man ihn immer auf den Straßen sehen. Er ist ein kleiner Mann mit rötlich-blondem Haar und Bart, also wenig in die Augen stechend, obgleich er in der letzten Zeit angefangen hat, an Leibesfülle etwas zuzunehmen; aber er benimmt sich ruhig und bedächtig bei allem, was er tut, und neigt auch den Kopf ein ganz klein wenig auf die Seite, das kommt von seiner Belesenheit und Bedachtsamkeit. Da er die ganze Stadt kennt, fühlt er sich gezwungen, jedermann zu grüßen; die meisten erwidern seinen Gruß auch, aber der Konsul erwidert ihn nur, indem er den Zeigefinger an den Hut legt.

Derselbe Tönnes Olai genießt übrigens ein gewisses Ansehen bei den kleinen Leuten. Die gewöhnlichen Fischer und Hafenarbeiter setzen eine besondere Ehre darein, ihn ihren Kameraden und Gesinnungsgenossen zu heißen. Sie glauben, Tönnes Olai verdiene sich sein Brot auf eine geheimnisvolle Weise, zu der er nur den Kopf brauche; sie glauben, er sei ein Teufel; niemand hat ihn je ein Tagwerk verrichten sehen, aber er lebt und gedeiht: das errechne er sich nur so.

Aber Tönnes Olai ist doch kein Teufel in dieser Hinsicht. Das einzige, was er vielleicht selbst zugeben würde, ist die Eigenheit von ihm, daß er Tag und Nacht auf ist und daß er in der ganzen Stadt an allen Orten zu gleicher Zeit herumschleicht ...

Erwacht man nun eines Morgens, ohne von der Werft her den einzigen öffentlichen Laut der Stadt zu hören, obgleich kein

Regenwetter ist, dann weiß man, daß die Woche vergangen ist – es ist Sonntag. Und da gehen die Bewohner der Stadt in vollem Putz zur Kirche.

Der Weg zur Kirche ist ein gewundener Streifen Sand, der einen Hügel hinaufführt. Viele Schritte haben diesen Weg ausgetreten, schwere Schifferabsätze haben die kleinen Steine zu Sand zermalmt. Und der Sand stiebt bei jedem leichten Windstoß umher. Aber Schiffer Andresens Frau, die eine Frau von Vermögen ist, hat die Mode ihrer Jugend beibehalten und trägt noch immer ein Schleppkleid, und da wird sich jedermann denken können, was für eine Menge Staub sie aufwirbelt, wenn sie zur Kirche geht. Und viele verwünschen sie dafür.

Und da gehen junge Mädchen in hellen Kleidern und Frauen in dunkeln. Und da geht Jensen, der bei Kaufmann Berg angestellt ist, und der Apotheker und Olsen vom Zollamt. Und da geht der Photograph Rosen, der nur ein Bein hat und sein Leben lang nicht ins rechte Fahrwasser gekommen ist. Sie alle überragt der Konsul, wenn er in die Kirche geht. Sein Haar ist noch dunkel, und er tut es nicht anders, als daß er eine Blume im Knopfloch trägt, obgleich er drei erwachsene Kinder hat – der Teufelskerl!

Aber die Schiffer rotten sich zusammen und gehen in einem Haufen; sowohl die, die eben von der Reise zurückgekehrt sind, als auch die, die dem Meere für immer Lebewohl gesagt haben. Gebräunt und runzlig und dick sind sie, und sie gehen wie Pferde, die schwer ziehen müssen; aber ihre Reden sind lustig und ihre Mienen sorglos.

Dann wird es Nachmittag.

Ein Schiffer fordert einen rechtschaffenen Mitschiffer zu einem Spaziergange nach dem Kai vor dem Zollhaus auf. Hier versammelt sich schließlich alles. Eine Gruppe um die andre bildet sich, löst sich auf, bildet sich aufs neue, man geht von der einen zur andern und plaudert miteinander. Im Augenblick sind es die Makrelen, über die verhandelt wird; frische Makrelen und gesalzene Makrelen, geräucherte Makrelen und marinierte Makrelen. Man betrachtet die Diskussion über die Makrelen als äußerst wohlgelungen, wenn man bis sechs Uhr damit fertig wird; ist aber die Einigkeit bis zu diesem Zeitpunkt nicht hergestellt, so werden die Verhandlungen trotzdem unbarmherzig abgebrochen. Der Ton einer Dampfpfeife draußen im Fjord ist das Signal; und von diesem Augenblick an bringt niemand mehr das Wort Makrele über die Lippen.

Das Postschiff steuert, heftig schwankend, auf die Stadt zu. Nun stürmen alle hinunter auf den Dampfschiffkai; denn sechs Uhr, das ist die große Stunde des Tages in dem Städtchen. Leute mit Krücken kommen dahergehumpelt, und Leute in Fahrstühlen werden nach dem Kai gerollt, wenn das Postschiff sich nähert. Vier Mann stehen bereit, um das Tau aufzufangen; ein halbes Dutzend junge Damen hat sich zusammengetan, um einen Brief in den Briefkasten auf dem Schiff zu werfen. Eine Schar Schiffersfrauen ist herbeigekommen, um aufzupassen, was nun wohl für ein Handlungsreisender oder wandernder Handwerksbursche in die Stadt komme. Auch die Heilsarmee ist anwesend mit roten Farben und Kriegsrufen und Plakaten; es wird einem ein Zettel in die Hand gedrückt, auf dem steht: »Große Gebets- und Jubelversammlung, um $7^1/_2$ Uhr. T. Olsen, Kadett. A. S. Thorgersen, Major. NB. Mach dich bereit, vor Gott zu treten.« Da läutet es an Bord zum erstenmal, und kurz darauf zum zweitenmal. Eine verspätete Dame, die auch zusehen will, stürzt, das Kleid mit beiden Händen schürzend, atemlos den Kai entlang.

Wollen Sie mit? fragte der Steuermann vom Bugspriet des Schiffes her.

Nein, antwortet sie, nach Luft ringend.

Sie will nur bei der Feierlichkeit anwesend sein, wie alle die andern auch. Und sie kam auch gottlob gerade noch rechtzeitig genug, um zu sehen, wie die beiden Bierkisten des Gasthofs ausgeschifft wurden.

Dann läutet es zum drittenmal, die Landungsbrücke wird zurückgezogen, und die Maschine beginnt zu arbeiten.

Und nun wogt die Menschenmenge zurück, sie verläßt nach beendeter persönlicher Anwesenheit den Ort und zerstreut sich ringsum in der Stadt. Aber die, die ein besonderes Interesse daran haben, folgen dem Postsack; die jungen Damen, die Briefe erwarten, und die Herren, die die ›Westländische Zeitung‹ halten. Und nach Verlauf einer Stunde werden jedem seine Neuigkeiten in die Hand gegeben, nach einer Stunde voller Spannung und Unruhe, voller Hoffnungen und Wünsche. Dann gehen die Beteiligten nach Hause.

Nach dem Abendbrot begeben sich die vortrefflichen Väter der Stadt in den »Verein«, um die neuen Zeitungen zu studieren. So vergeht der Sonntag im Städtchen. Und ebenso ruhig und friedlich vergeht der Montag, ja ein Monat nach dem andern vergeht so.

Aber dann kam dieses schreckliche Jahr, in dem die Stadt in ihren Grundfesten erschüttert wurde. Eigentlich war es nur die Kirche – und vielleicht noch ein paar andere Dinge außer ihr –, die unerschüttert stehen blieb.

Es fing so klein und natürlich an, wie nur irgend etwas anfangen kann. Photograph Rosen, der Mann mit nur einem Bein, der in seinem Leben nie ins rechte Fahrwasser gekommen war, erhängte sich. Er war beständig umgezogen, von einer Wohnung in die andre, ohne eine bleibende Statt zu finden, denn er hatte überall Schulden; dann versetzte er alle seine Apparate und vertrank sie. Und dann erhängte er sich. Vorher aber hatte er noch Zeit gefunden, sich zu verloben; seine Braut war überdies die Tochter eines Kleinhändlers, deshalb ging sie mit Hut und Sonnenschirm und rechnete sich zu den feinen jungen Mädchen der Stadt, obgleich sie freilich schon über dreißig Jahre alt war. Es ging auch das Gerücht, daß sie ihrem Photographen aus mehr als einer Geldverlegenheit geholfen habe, so daß nun für sie selbst außerordentlich wenig mehr übrig bleibe. Aber andre unverheiratete Damen in ihrem Alter behaupteten, das sei nicht mehr, als sie verdient habe – was habe sie denn da eigentlich wollen! –, und zuletzt trieben sie es sogar so weit, daß sie sagten, eben um der Hochzeit zu entgehen, habe der Photograph sich erhängen müssen – der Ärmste! Denn im Grunde genommen sei er ein gebildeter und hellsehender Mann gewesen, der begriffen hätte, was seiner wartete.

Aber der Photograph Rosen riß auch den Olsen vom Zollamt in seinem Fall mit sich. Olsen hängte sich allerdings nicht auf, aber er erlitt einen Schaden auf Lebenszeit. So geht es, wenn Leute von geringem Stand und Herkommen zu hoch hinaus wollen. Olsen griff in die Zollkasse; es wurde festgestellt, daß er ungefähr dreihundert Kronen gegrapst hatte. Nun, verschiedene Leute hatten vorausgesehen, daß es ein böses Ende nehmen müßte. Denn Olsen vom Zollamt gehörte zu denen, die, sobald der Frühling kam, mit weißem Strohhut und hellem Anzug gehen mußten, und wenn es einen in der Stadt gab, der einen seidenen Taschentuchzipfel aus seiner Rocktasche herausgucken lassen und einen städtischen Spazierstock in der Hand tragen mußte, so war es Olsen. Kannte nicht alle Welt seine Mutter, die nur eine Witwe war draußen in ihrer Hütte, die vom Waschen und Putzen lebte und den Vornehmen in den Festzeiten bei der Arbeit aushalf? Aber Olsen wollte nicht weniger gebildet sein als andre Beamte; er versuchte sich Zugang zu verschaffen durch Photograph Rosen und solche ›Konsorten‹, die bares Geld hatten und für die Kegelbahn und für Bier und für gelbe Sommerschuhe. Ja, das mußte mit einem Fall enden; man kündigte Olsen auf dem Zollamt.

Die ganze Stadt war erfüllt von Klatsch und Zuträgerei, und der Jensen bei Berg dichtete ein paar Verse über diese beiden Ereignisse. Aber nun griff der Konsul ein. Es hieß, der Konsul habe sich über Jensens erbärmliche Dichtung mißbilligend ausgesprochen, obgleich Jensen nicht in seinem Brot stehe, sondern in Kaufmann Bergs Brot. Der Konsul hatte offen ausgesprochen, daß der Photograph Rosen und Olsen vom Zollamt Jensens einzige Rivalen in der Stadt gewesen seien – und damit war alles gesagt, wenn der Konsul dies gesagt hatte. Die Folge davon war auch, daß Jensen bei Berg nach seinem Gedicht kein größerer Mann wurde, nein, im Gegenteil: durchaus nicht.

Aber nun kam die Geschichte mit der jungen Schiffersfrau Olava Wollertsen, daß man sie nämlich in der letzten Zeit gar nicht mehr gesehen hatte. Nicht gerade, daß sie es durchaus nötig gehabt hätte, sich da und dort zu zeigen, dazu lag keine Veranlassung vor; aber jeder Mensch mußte doch wohl seine Besorgungen zu machen haben, beim Kaufmann, beim Bäcker und bei seinem Freundeskreis, und sollte doch nicht allen Verkehr mit der Stadt abbrechen! Olava Wollertsen aber blieb daheim. Was tat sie denn da so eifrig?

Sie war eine junge, hübsche Frau, seit drei Jahren verheiratet; der Mann war seit zwei Jahren nicht mehr daheim gewesen, er war auf der Reise, er führte eins von des Konsuls Schiffen. Sie hatten ein Kind. Wohlstand und Reinlichkeit herrschten in dem kleinen Hause mit den Rosen am Fenster, und niemand wäre auf den Gedanken gekommen, daß da irgend etwas nicht in Ordnung wäre. Das halberwachsene Mädchen, das zur Hilfe im Hause war, hatte auch nichts davon bemerkt, daß Olava ›erweckt‹ worden wäre oder sich zur Heilsarmee hielte. Aber sie hielt sich fern von den Leuten.

So vergingen mehrere Wochen. Es war stilles Wetter, und man hatte einen recht guten Makrelenfang; aber draußen auf dem Meere tobte ein wilder Sturm. Eines Morgens bugsierten zwei Lotsen einen Dreimaster in die Bucht herein, den sie in der Nacht weit draußen vor dem Leuchtturm gefunden hatten. Er trieb allein umher, war von der Mannschaft verlassen und am Untergehen. Was für ein großes, prächtiges Wrack!

Es war ein überwältigender Anblick, als der Dreimaster in die Bucht hereinschwankte. Jung-Else ging mit ein paar Freundinnen dort spazieren, und sie erblickte ihn zuerst.

Seht, dort! rief sie und deutete hinaus. Sie sah sogleich, daß es ein fremdes Schiff war, das nicht in die Stadt gehörte. Das ist ein Schiff, das sie heute nacht aufgefunden haben, fügte sie hinzu. Da gibt's Bergelohn!

Die Freundinnen mußten zugeben, daß sie recht hatte – das Blitzmädel! Alles verstand sie, obgleich sie noch blutjung war.

Kommt, wir wollen es den Lotsenfrauen sagen, sagte Jung-Else gutmütig. Denn nun gibt's Bergelohn.

Und sie gingen.

Jung-Else fühlte sich so stolz, als ob sie selbst es gewesen wäre, die das Schiff geborgen hätte. Sie tat den Freundinnen gegenüber äußerst wichtig und suchte noch nach andern Sachen, womit sie sie verblüffen könnte.

Sie begann:

Wißt ihr, daß Jensen bei Berg einen Ölfarbenfleck an seine neuen Beinkleider bekommen hat?

Ach, jetzt konnte man sich ruhig auf Jensens Kosten lustig machen, seit der Konsul sich ausgesprochen hatte!

Nein, wirklich!

Wißt ihr es nicht? Aber das geschieht ihm recht, dem Wichtigtuer!

Ha, ha, ha, wie lustig!

Dann wißt ihr vielleicht auch nicht, daß Olava Wollertsen – *so* ist.

Wie: *so?*

So! Und Jung-Else schob den Unterleib vor.

Da schlugen die Freundinnen die Hände zusammen und sagten: Nein, Gott bewahre, das kann doch wohl nicht wahr sein!

Aber Jung-Else hatte es als ganz sicher gehört.

Wollertsen ist ja seit zwei Jahren fort, das ist ganz unmöglich.

Ja, ihr mögt es nun glauben oder nicht, aber vergeßt nicht, daß ich es euch gesagt habe.

Die jungen Mädchen verstanden die Sache nicht recht; wenn der Vater seit zwei Jahren fort war, so konnte er eben auch kein Kind bekommen. Und Jung-Else konnte es auch nicht besser erklären, obgleich sie gern überlegen gewesen wäre.

Von den Lotsenhäusern aus gingen die jungen Mädchen geradewegs an den Kai hinunter, wo das Wrack angelegt und vertäut, ausgepumpt und über Wasser gehalten wurde.

Dann ging der Konsul an Bord. Die ganze Stadt war auf dem Kai versammelt und sah ihm zu. Ein paar dumme Menschen standen ihm im Wege, und er mußte erst höflich bitten, daß sie ihm Platz machten.

Er war vornehm und schwarzhaarig, in einem hellen Anzug, mit seiner Blume im Knopfloch. Aber unter dem Arme trug er ein großes Protokoll. Und er besichtigte das Schiff von oben bis unten und nahm den Bericht auf und schrieb alles nieder, was er sah, sowie auch alle Umstände, die die Lotsen zu vermelden hatten. Ein Mann von den Zuschauern auf dem Kai wurde aufs Schiff gerufen, um dem Konsul das Tintenfaß zu tragen, während dieser überall herumging und schrieb ...

Es war recht merkwürdig in diesem Jahre, daß fast in jedem Monat, der verging, eine kleine Begebenheit zu verzeichnen war. Ein Brand bei Schulmeister Eliassen gehörte wahrlich auch nicht zu den alltäglichen Dingen. Der gute Eliassen, ihm hatte in Wahrheit die Vorsehung geholfen, das konnte nicht geleugnet werden; nicht länger als ein Jahr war es her, daß er Haus, Wirtschaftsgebäude und Hausrat um schweres Geld versichert hatte, und nun war alles verbrannt. Schullehrer Eliassen war auch der Kassier des »Vereins«, und bei dem Brand verbrannte der ganze Kassenbestand. Das war das Schändlichste; ein paar hundert Kronen waren weg wie nichts. Als der »Verein« Generalversammlung hielt, wurde vorgeschlagen, dem Kassier das Geld zu erlassen, aber Eliassen stand auf und sagte gerührt, eher sollten er und seine Frau und seine vielen kleinen Kinder nackt herumlaufen, als daß er sich auch nur einen roten Heller erlassen ließe. Der »Verein« habe ihm die große Ehre erzeigt, ihn in diese verantwortungsvolle Stellung zu wählen, und er kenne seine Pflicht.

Da ergriff Begeisterung die Mitglieder des Vereins; sie legten zweihundert Kronen zusammen, um Hausrat für Schullehrer Eliassen zu kaufen.

Der Herbst kam, das schlechte Wetter, die dunklen Nächte. Die beiden Nachtwächter treffen sich auf dem Makrelenmarkt; sie begrüßen einander, plaudern ein wenig, spazieren ein wenig die Straße hinauf. Es ist Nacht und recht dunkel, die Laterne vor dem Hotel verbreitet nur eine elende Helle. Da faßt der eine Wächter seinen Kollegen am Arm und hält ihn fest. Sie bleiben beide stehen und schauen.

Das Merkwürdige geschieht, daß Tönnes Olai in seiner ruhigen Weise die Straße herunterkommt und geradewegs die Stufen zum Kontor des Konsuls hinaufsteigt. Aber es ist Nacht! Als er oben angekommen ist, bleibt er einen Augenblick stehen, neigt den Kopf ein wenig auf die Seite, wegen all der Gedanken, die ihn nun beschweren, und die beiden Wächter sind auf dem Punkt, einzugreifen und eine verwunderte Frage an ihn zu stellen, als sie sehen, daß der Konsul selbst Tönnes Olai die Tür öffnet. Das ist das Merkwürdigste, was sie in den fünfzehn Jahren, seit sie die Stadt bewachen, erlebt haben! Da, wo sie stehen, bleiben sie stehen.

Tönnes Olai war still eingetreten und wartete nun, bis der Konsul den Schlüssel umgedreht hatte. Dann wurde er in das innerste Kontor geführt. Und auch hier wurde die Tür wieder fest und dicht verschlossen.

Es ist wohl nicht nötig, Licht anzuzünden, sagte der Konsul. Die Hotellaterne wirft ein wenig Helle herein. Aber setzen Sie sich. Setzen Sie sich hierher!

Tönnes Olai setzte sich ehrerbietig auf die Stuhlkante.

Also das war es, was ich Ihnen sagen wollte, sagte der Konsul. Sie wissen es ja schon. Sie sind ja bei Nacht überall. Sie haben mich gesehen, ein- oder zweimal, kurz gesagt, ein paarmal. Wie oft haben Sie mich gesehen?

Siebenmal, Herr Konsul, antwortet Tönnes Olai.

So oft bin ich ja gar nicht bei ihr gewesen, sagte der Konsul. Es ist ein paarmal passiert, das gestehe ich. Ein paar kleine Male.

Tönnes Olai erwidert:

Siebenmal, Herr Konsul. Entschuldigen Sie meine Bemerkung.

Der Konsul zündet sich eine Zigarre an, bietet jedoch Tönnes Olai selbstverständlich keine an.

Nun, das mag nun sein, wie es will, sagt er und bläst den Rauch in die Luft. Aber ich hoffe, daß wir über das übrige einig werden, mein guter Jahnsen.

Der andre beißt nicht an und wird auch nicht hoffärtig, weil ihn der Konsul guter Jahnsen nennt.

Nur Tönnes Olai, Herr Konsul, erwidert er.

Der Konsul nickt und bläst den Zigarrenrauch in die Luft.

Gut... Du hast zu ihr gesagt, du hättest mich aus ihrem Hause herauskommen sehen. Das ist das erste. Das zweite ist, daß du zu ihr gesagt hast, dafür müsse ich dir blechen. Wieviel verlangst du? Damit bietet er Tönnes Olai eine Zigarre an, die dieser jedoch ablehnt. Er nötigt, aber Tönnes weigert sich, sie anzunehmen.

Was ich verlange? erwidert er. Das kommt darauf an. Aber ich brauche nicht viel bei meinem ärmlichen Leben. Das muß der Herr Konsul bedenken.

Die Summe?

Ich stehe diesbezüglich in des Herrn Konsuls Macht.

Hm. Ja, das ist möglich. Ja, das tust du in der Tat. Ich brauche mich nicht einmal mit dir abzufinden, Tönnes Olai. Aber ich liebe es nicht, daß man über mich klatscht, mich verleumdet und über mich lügt: ich habe Familie. Deshalb will ich dir den Mund stopfen. Das ist es, was ich will. Ich spreche deutlich.

Da fragt Tönnes Olai ehrerbietig:

Wer soll der Vater sein, Herr Konsul?

Der Konsul antwortet:

Vater? Das bringt sie wohl selbst ins reine.

Es ist nicht so leicht für ein einzelnes Frauenzimmer, so etwas ins reine zu bringen, sagt Tönnes Olai. Das muß der Herr Konsul bedenken.

Ja, was meinst du eigentlich?

Tönnes dreht seinen Hut zwischen den Händen und überlegt.

Der Herr Konsul könnte mich als Vater angeben, sagt er dann. Das heißt, wenn sie *selbst* mit so einem, wie ich bin, vorlieb nehmen will.

Der Konsul starrt ihn durch die Dunkelheit hindurch an und fühlt sich bei diesem Vorschlag auf einmal gerettet.

Es ist, wie ich schon immer gesagt habe, du hast einen ausgezeichneten Kopf, Jahnsen. Ich habe mir schon manchmal deinen Kopf gewünscht, Jahnsen.

Aber der andre bleibt kalt wie zuvor.

Ich heiße für gewöhnlich nicht Jahnsen, Herr Konsul. Das ist eine Übertreibung. Tönnes Olai ist mein Taufname.

Ja, ja, Tönnes Olai, schon gut. Aber ich habe mir oft deinen Kopf gewünscht. Dein Vorschlag ist viel wert. Ich meine, er ist etwas wert, nicht wenig, in klingender Münze. Wieviel denkst du selbst?

Tönnes Olai überlegt.

Tausend Kronen.

Der Konsul fährt zusammen wie bei einem Stich.

Gott bewahre dich! Weißt du, daß ich Familie habe? Sprich ernsthaft, Mann!

Tausend Kronen, Herr Konsul. Entschuldigen Sie meine linkische Bemerkung.

Davon kann keine Rede sein! sagt der Konsul und steht auf.

Gedankenvoll schaut er zum Fenster hinaus. Dann wendet er sich wieder an Tönnes und entscheidet: Nein, dann machen wir also kein Geschäft miteinander. Entschuldige, daß ich dich so spät noch bemüht habe. Ich werde mir einen andern suchen.

Ja, aber was will der Herr Konsul denn mit mir anfangen? fragt Tönnes Olai und steht auf.

Mit dir? Was ich mit dir anfangen will, du Teufel? sagt der Konsul, plötzlich bebend vor Zorn. Dich werde ich morgen verhaften lassen! Hinaus!

Der Konsul reißt die Tür auf, und Tönnes Olai macht, daß er hinauskommt.

Lassen Sie mich die Sache erklären, sagt er abwehrend und streckt demütig die Hand aus. Ich wäre eben doch der beste, den der Herr Konsul bekommen könnte.

Dem Konsul wird es klar, daß Tönnes Olai recht hat; aber er ist wütend und erwidert:

Ich werde einen andern nehmen, habe ich gesagt. Damit basta!

Aber daß Tönnes Olai recht hat, ist zu einleuchtend. Als er daher bis an die Haustüre gelangt ist, reißt der Konsul ihn zurück und verriegelt die Tür aufs neue. Beide gehen ins Kontor zurück.

Der Konsul kommandiert:

Du wolltest mir etwas erklären. Erklär es jetzt!

Was sind tausend Kronen für einen reichen Mann! sagt Tönnes Olai.

Jawohl, ein Bettelmann bin ich gerade nicht, aber das geht dich nichts an. Natürlich, an irdischen Gütern bin ich nicht ganz arm, das wird wohl auch nicht die allgemeine Ansicht sein, will ich hoffen.

Nein, Gott bewahre!

So, also nicht? Aber tausend Kronen – nein.

Es könnte auf eine ganz behagliche Weise geordnet werden.

Wie denn? In kleinen Raten? Unterstehst du dich, das zu meinen?

Tönnes Olai ruft:

In kleinen Raten? – Der Herr Konsul! – Da soll mich Gott auf der Stelle zu Boden schlagen ...

Aber ich glaube, du hast das doch gemeint.

Ja, könnte es denn nicht auf zweie verteilt werden? Auf beide? Wenn der Herr Konsul nicht allein kann, dann kann sie etwas darauflegen, sozusagen mit dem Herrn Konsul teilen. Sie hat Geld genug.

Wieder steht der Konsul auf.

Nun machst du, daß du hinauskommst! Hinaus! sage ich ... Übrigens, hast du mit ihr schon darüber gesprochen?

Ich habe darauf angespielt.

Der Konsul überlegt und setzt sich wieder.

Es ist nicht das, daß ich nicht könnte, sagt er. Aber können und wollen ist zweierlei. Es wäre soviel, als ob ich das Geld meiner eigenen Kinder weggeben wollte ... Wieviel meinte sie, daß auf sie fallen würde?

Das hat sie nicht gesagt. Aber sie ist in jeder Beziehung herzensgut, das sollte der Herr Konsul bedenken. Sie wird gewiß nicht knausern.

Die Hälfte, sagte der Konsul bestimmt. Meinst du, ich feilsche? Mehr als die Hälfte darf nicht auf sie fallen.

Sie werden einig.

Du kannst die Hälfte bei mir holen, morgen oder so. Wenn der Kassier da ist; ich habe die Schlüssel nicht.

Der Konsul ließ Tönnes Olai hinaus, ging aber selbst wieder ins Kontor zurück, zündete die Lampe an und setzte sich, um zu grübeln und zu rauchen und zu berechnen ...

Die Nachtwächter standen noch auf demselben Fleck. Sie hatten alles gesehen, sowohl wie Tönnes Olai eingelassen und auch wie er wieder hinausgelassen worden war. Aber sie hatten nichts gehört. Und sie verstanden keinen Deut von allem miteinander. Sie wollten deshalb versuchen, Tönnes Olai einzuholen. Aber das glückte ihnen nicht. Tönnes Olai hatte sie gesehen; er ging geradewegs auf das Hotel zu, am Hotel vorbei und auf die andre Seite der Laterne, wo ihn niemand mehr wahrnehmen konnte.

Und wieder treffen die Nachtwächter in später Stunde zusammen und machen es sich bequem bei einer Pfeife, einer Unterhaltung und einem Spaziergang.

Ich bin nun wieder zum Kautabak in der Pfeife übergegangen, sagt der eine.

Ich auch, erwidert der andre, indem er anzündet.

Denn der Kardustabak, den ich sonst immer geraucht habe, ist mit den Jahren hundeteuer geworden.

Er ist nicht mehr zu bezahlen, so teuer ist er geworden.

Alle Bedürfnisse steigen. Hier kann man bald nicht mehr durchkommen. Ja, ist das, was ich sage, vielleicht nicht wahr?

Es hört sich ganz gotteslästerlich an, Thobiesen, aber wahr ist es, was du sagst! Was die Bedürfnisse anbelangt, so sehe ich nichts weiter, als daß alle Welt sparen muß und acht geben, daß die Groschen reichen, wie man mit einem alten Wort wohl sagt. Meine jüngste Tochter ist im Frühjahr konfirmiert worden, aber meinst du, wir hätten ein Fähnchen für sie kaufen können? Es ist so eine tiefe und verantwortungsvolle Handlung, aber sie mußte das Kleid ihrer Schwester anziehen.

Die Leute beneiden uns Beamte. Sie sagen, die öffentlichen Beamten hätten das Ihrige sicher. Nun frage ich dich, Marcussen, was nützt es, ein Beamter zu sein, wenn die Bedürfnisse so teuer werden, daß man nicht mehr leben kann? Kaum habe ich die ärmliche Besoldung bekommen, so ist sie auch schon wieder weg. Es ist gerade, als ob die Groschen unsichtbar würden.

Nun frage ich dich, Thobiesen, wer, meinst du wohl, wer kennt das ganz genau? Das bin ich. Wenn die Groschen hier in meinen eignen Händen unsichtbar werden, dabei kann man nicht leben.

Und dennoch waren die Makrelen dieses Jahr gar nicht selten. Aber alle Leute klagen. Ich höre, daß die Bank einem den Kredit aufkündigen will.

Was du nicht sagst! Wer sollte das sein?

Es wird von mehreren gesprochen. Es wird nächstens heißen, außer dem Konsul stehe niemand mehr fest, so heißt es.

Ja, der Konsul zählt nicht mit. Der hat ja Überfluß nach allen Richtungen. Beim Konsul ist es so: geht es schlecht mit dem Geschäft, so deckt er es mit einem andern Geschäft wieder zu, ja, er deckt es mehr als zu. Und dann außerdem noch alle die Schiffe.

Die beiden Wächter schlendern die Straße hinauf. Plötzlich hören sie das Rasseln des Postwagens.

Nun ist sie wieder unterwegs.

Sie bleiben stehen und sehen die Hebamme an sich vorüberfahren.

Wir wollen sehen, wohin sie fährt, sagt Marcussen.

Ja, das wollte ich dir gerade vorschlagen, erwidert Thobiesen. Ist sie an der Laterne links abgebogen? Sie muß ganz hinaus ans Moor, sie muß zu Olava Wollertsen.

Das Schwein. Sie hat sich unmenschlich betragen, das Geschöpf! Verheiratet und alles miteinander. Was meinst du wohl, was der Wollertsen dazu sagen wird?

Schweig mir nur davon!

Und dann hat sie noch die Hoffart, die Hebamme holen zu lassen.

Ich sage nichts mehr. Und Wollertsen, der seit zwei Jahren fort ist ...

Die Hebamme fuhr zu Olava Wollertsen. Am Morgen wußte es die ganze Stadt. Nun konnte es nicht länger verheimlicht werden. Und die abgefeimte Olava, die so geschickt gewesen war, sich mit ihrem Zustand von den Leuten fern zu halten!

Aber der Vater – wer war der Vater?

Ja, Tönnes Olai machte kein Geheimnis daraus, daß er der Vater war – man entschuldige die Bemerkung! Und in der ganzen Stadt war kein Mensch, der sich nicht darüber gewundert hätte. Niemand verstand es. Wenn es wenigstens eine Verirrung des Herzens gewesen wäre; denn jung war Olava, und schön war sie auch. Aber mit Tönnes Olai! Das mußte als die reine Fleischeslust angesehen werden.

Und Tönnes Olai sagte auch selbst, daß er nicht wisse, wie er eigentlich Eingang gefunden hätte. Aber er entschuldigte sie. So feine Frauenzimmer seien manchmal so sonderbar, sagte er, sie könnten oft an einem Gefallen finden, der von weit geringerem Stand und Ansehen sei. So sei es hier gegangen, das solle man bedenken.

Aber Tönnes Olai ging auch jetzt wie zuvor still und anspruchslos im Ort herum. Und unter seinen Gesinnungsgenossen war er nachher nicht weniger angesehen. Dieser Satanskerl, der Tönnes Olai, dachten sie, er hat sich von einer ganz andern Seite gezeigt. Er ist imstande, eines Tages einen Handel anzufangen, Großhändler zu werden und Jahnsen zu heißen. Denn er hat den Kopf zu allem, und er sieht jetzt schon wie ein kleiner Kaufmann aus, so wohlbeleibt wird er allmählich.

Gegen das Ende des Winters platzte die Bombe. Ach, die andern Ereignisse konnten gar nicht bestehen gegen diese gewaltige Katastrophe. Der Konsul wurde bankerott.

In der Bank wurde eine Sitzung einberufen. Es hatte neuerdings und auch schon früher einige Verwunderung darüber geherrscht, daß der Konsul auf seinen Wechseln ganz obskure Namen hatte; schließlich stellte Kaufmann Berg den Antrag, die Verlängerung eines solchen Wechsels zu verweigern. Er wollte den einen Indossanten durch einen solideren ersetzt haben. Das war aber doch zu grob gegen einen Mann wie den Konsul. Wenn er den Namen solid gefunden hatte, dann war er solid. Kurz gesagt, Kaufmann Berg drang mit seinem Vorschlag nicht durch.

Während dieser kleinen Unannehmlichkeit in der Sitzung war der Konsul beinahe zusammengebrochen. Aber er richtete sich wieder auf und tat kalt und gleichgültig. Er hatte nämlich noch eine Hoffnung, die letzte; er erwartete ein Telegramm von Kapitän Wollertsen, der Früchte geladen hatte; ein kleines glückbringendes Telegramm über ein gewisses Geschäft mit einer Reederei in New York.

Der Herr Kaufmann Berg wünscht einen besseren Namen, sagte der Konsul. Meiner Ansicht nach ist jeder Name die reine Formalität. Ich werde die Ehre haben, bei der nächsten Sitzung den ganzen Wechsel einzulösen.

Ja, seht, das war eine wohlverdiente Zurechtweisung ... Aber die nächste Sitzung fand statt, und der Konsul löste den Wechsel nicht ein. Ach, er löste überhaupt keinen Wechsel mehr ein! Das Telegramm von Wollertsen war wenig erfreulich, im Gegenteil, es konnte beinahe verrückt genannt werden: Wollertsen hatte sein Schiff verlassen, er war durch geheimnisvolle Briefe von daheim alarmiert worden und war nun auf dem Wege nach Hause.

Da hatte der Konsul keinen Ausweg mehr ...

Er erhob sich von seinem Stuhle, schnippte den Staub von seinem Rockaufschlag und hatte leider der geehrten Bankdirektion eine Mitteilung zu machen: große Verluste, Unglück mit Schiffen, schlechte Zeiten seien schuld, daß er sich nicht länger in seiner Stellung halten könne. Seine Gläubiger seien benachrichtigt. Er lege hiermit seinen Ehrenposten in der Bank nieder.

Die Sitzung wurde sogleich abgebrochen.

Die Nachricht verbreitete sich in der Stadt, alles war in Aufregung, die Frauen weinten, in dem kleinen Ort war eine Bombe geplatzt. Der Konsul bankerott – wer stand da noch fest auf den Füßen? Er war der Vornehmste in der Stadt und ihr Grundpfeiler; vielleicht war er dann und wann in manchem oft eigensinnig und hochmütig gewesen, niemand als Gott selbst hätte sich ihm widersetzen können. Und nun hatte sich Gott ihm schließlich widersetzt und ihm eine zerschmetternde Niederlage bereitet. Und bald kam es an den Tag, daß viele, viele andre ihm in seinem Sturze folgen mußten.

Es war ein grandioser Zusammenbruch. Sogar der öffentliche Laut des Städtchens verstummte, die Hammerschläge von der Werft draußen. Allerdings richtete Kaufmann Berg sogleich eine kleine Schiffswerft auf Aktien ein, aber die Hämmer tanzten nicht mehr so eifrig, nein, es war nicht mehr derselbe Laut.

Alles war gelähmt. Der Konsul und sein Haus und seine Geschäfte, sie waren das Leben und die Blüte und der Schmuck des Ortes gewesen, und es war nun ein Jammer, diesen selben Konsul zu sehen, wie er auf der Straße anhielt, seinen bankerotten Geldbeutel herauszog, um dem Bettler der Stadt wie früher eine Silbermünze zu geben. Es lag eine wahre Schauspielkunst und Selbstironie darin.

Aber wenn alles so zusammenstürzte, konnte Jung-Else leicht auch mitstürzen – war sie etwa geschützter vor dem Bankerott als die andern? Nachdem sich die Verhältnisse nun als so ganz unsicher erwiesen hatten, konnte sie jetzt ebensogut den Jensen bei Berg nehmen, obgleich er eigentlich im Range weit unter ihr stand. Es war ganz peinlich anzusehen, wie ungern und freudlos sie mit stolzem Schritt zum Altar schreiten mußte ...

Kurz gesagt, in der ganzen Stadt gab es beinahe nichts, was unerschüttert geblieben wäre, ausgenommen die Kirche. Und die Frau des Schiffers Andresen fegte auch ferner in ihrem altmodischen Schleppkleid dahin; denn sie war noch im Wohlstand, und ihre Mittel erlaubten ihr das. Und Tönnes Olai nahm auch an rundlicher Fülle mehr und mehr zu, aber in allem und jedem benahm er sich auf dieselbe demütige Weise wie zuvor und fing auch kein Geschäft an.

Nun rückte Kaufmann Berg zum ersten Matador vor. Er wurde Bankdirektor und Bürgermeister. Aber Kaufmann Berg war nicht der Konsul. Er war von gewöhnlicher Herkunft und hatte keine Bildung. Es war eine Qual, ihn zu hören und zu sehen, wenn er in städtischen Angelegenheiten auftrat, so ungewandt war er. So nannte er sich zum Beispiel selbst Deriktör, und er konnte keine fließende, gute Rede halten, und hätte es sich auch um sein Leben gehandelt. Er übte sich darauf ein, mühte sich wie ein Gaul, um sich zu bücken und zu grüßen und sich gut auszudrücken; aber seine Reden und seine Manieren mochten noch so fein sein, es waren doch nicht die Manieren und die Reden des Konsuls. Was sagte der Konsul, wenn ihn jemand besuchte? Es freut mich, Sie zu sehen! sagte der Konsul. Aber wenn Kaufmann Berg jemand empfing, machte er einen Kratzfuß wie ein Pferd, sprach übertrieben fein und sagte: Guten Tag, ich freue mich Ihrer Gegenwart! Und wenn seine Frau Wäsche hatte, sagte er, daß bei ihm zu Hause Kleider geläutert würden.

Seine Frau paßte auch nicht für ihren neuen Rang. Frechheit besaß sie allerdings genug, so begann sie nun Briefe zu bekommen, auf denen stand: Frau Berg, hochwohlgeboren. Was war das: hochwohlgeboren für eine Frau in der Stadt? Der Postmeister tat eine Zeitlang, als ob er es nicht wüßte. Aber mit der Zeit söhnten sich die Leute mit allem aus. Kaufmann Berg war unleugbar ein reicher Mann; mit den Jahren erwarb er auch immer größere Summen und machte immer mehr Geschäfte; er wurde schließlich noch Konsul, und damit wurde seine Frau unbestritten die gnädige Frau im Städtchen. Und das heranwachsende Geschlecht sah die Stadt unter dem neuen Zepter florieren. Aber der Konsul – der alte Konsul – der wurde Agent in Makrelen und Lebensversicherung. Und zwar in seiner eigenen Stadt, wo er einmal der Fürst gewesen war! Aber als er sich gedemütigt hatte und in sich gegangen war, ließ Gott ihm wieder eine große Gnade zuteil werden und ließ seine Tochter Corelia eine reiche Heirat machen. Und Corelia wurde ihres Mannes unentbehrliches Kleinod.

Ein Erzschelm

Lieber Leser! – Ich traf diesen Mann auf einem Friedhof. Ich tat nichts, um ins Einvernehmen mit ihm zu gelangen, er aber legte gleich Beschlag auf mich. Ich setzte mich nur auf eine Bank, wo er bereits saß, und sagte:

Störe ich?

So begann es.

Sie stören gar nicht, sagte er und machte mir Platz. – Ich sah nur hier über all diesen toten Reichtum hin. Er zeigte mit einer Handbewegung auf die Gräber.

Wir waren auf dem Krist-Friedhof.

Je weiter der Morgen vorschritt, um so lebhafter war es da oben geworden; Maurer und Arbeiter waren einer nach dem anderen gekommen, der alte Wächter saß schon in seinem Kiosk und las Zeitungen. Hier und da sah man Frauen in Schwarz, die Blumen pflanzten oder begossen oder Gras abschnitten, das zu lang geworden war. Und die Vögel zwitscherten laut in den großen Kastanienbäumen.

Er war mir ganz unbekannt. Es war ein junger Mann, breitschulterig, unrasiert und in etwas abgetragenem Anzug. Die Runzeln auf der Stirn, die gewichtige Stimme, seine Gewohnheit, nachdenklich zu blinzeln, wenn er sprach, das alles machte ihn, wie man zu sagen pflegt, »alt und erfahren«.

Sie sind fremd hier?

Ich bin neun Jahre außer Landes gewesen.

Er lehnte sich zurück, streckte die Beine vor und sah auf den Kirchhof hinaus. Aus seiner Rocktasche guckten deutsche und französische Zeitungen hervor.

Wie traurig ist es auf einem Friedhof wie diesem hier! sagte er. So viel Totes auf einem Fleck! So viel Kraft ertötet und so wenig ausgerichtet.

Wie meinen Sie das?

Dies ist der Militär-Begräbnisplatz.

Ach so, der ewige Friede! dachte ich bei mir.

Er fuhr fort:

Aber das Schändlichste von allem ist doch dieser Kultus, der mit den Toten getrieben wird, diese Art und Weise, zu beweinen! Eine fromme Zwecklosigkeit!

Er machte eine hastige Bewegung und richtete sich auf.

Wissen Sie, daß ein Vermögen von Granit auf diesen Gräbern steht? Dann streut man kostbare Blumen über den Sand, schafft sich bequeme Bänke an, um darauf zu sitzen und zu weinen, errichtet heilige Götzensteine aus den Brüchen da oben in den Grefsenbergen – ein versteinertes Vermögen. Der Friedhof ist einer der am wenigsten bankerotten Plätze in der Stadt ... Ja, nicht wahr, das gibt Ihnen zu denken, fuhr er fort. Einmal hierher gesetzt, bleibt dieser Reichtum hier stehen, er ist unantastbar, denn er ist tot. Er fordert nur noch seine Verwaltung, das heißt seine Aufsicht, seine Tränen, seine Blumen, die ringsumher auf den Sandhügeln liegen und welken. Kränze bis zu fünfzig Kronen das Stück!

Ein Sozialist! dachte ich – ein reisender Handwerksbursche, der im Ausland gewesen ist und den Schrei gegen das Kapital gelernt hat – das Kapital.

Sind Sie auch fremd hier in der Stadt? fragte er.

Ja!

Dann legte er sich wieder zurück gegen die Lehne der Bank, blinzelte und dachte, blinzelte und dachte.

Ein paar alte Gestalten gleiten vorüber, beide mit einem Stock, krummgebeugt, andächtig, miteinander flüsternd – vielleicht Eltern auf dem Weg zu einem Grabe. Ein Windstoß fährt über den Friedhof hin, wirbelt Staub und welke Blumenüberreste auf und raschelt leise mit dem gefallenen Laub, das die Gänge bedeckt und das von der Sonne getrocknet ist.

Sehen Sie! sagt er plötzlich, ohne seine Stellung zu verändern, nur mit einer Bewegung der Augen, sehen Sie die Dame, die auf uns zukommt! Geben Sie einmal acht, wenn sie an uns vorübergeht.

Nichts war leichter als das. Sie streifte uns fast mit ihrem schwarzen Kleide, und ihr Schleier berührte unsere Hüte. Ein kleines Mädchen, das Blumen trug, folgte ihr, hinter ihr her trug eine Frau Rechen und Gießkanne. Sie verschwanden alle drei in der Biegung, die zu dem unteren Teil des Friedhofes führte.

Nun? fragte er.

Nun?

Haben Sie nichts bemerkt?

Nichts Ungewöhnliches. Sie sah uns an.

Bitte sehr, sie sah *mich* an. Sie lächeln und wollen mir die Versicherung geben, daß darüber kein Streit zwischen uns entstehen soll. Die Sache ist die, daß sie vor einigen Tagen hier vorüberging. Ich saß hier und sprach mit dem Totengräber, ich war bemüht, ihm ein klein wenig Verachtung für sein ehrenwertes Handwerk einzuimpfen ...

Aber weshalb denn nur?

Weil er unnützerweise die Erde aufwühlt, zum großen Schaden für die Lebenden, die davon leben sollen.

Ein armer, verirrter Freigeist also! dachte ich bei mir; wo steht es in Gottes Wort geschrieben, daß die Leichen nicht in der Erde bestattet werden sollen? Jetzt fängst du an, mich zu langweilen. Dies alles dachte ich.

Ich saß hier und sprach mit dem Totengräber. Es ist unrecht, sagte ich. Die Dame ging vorüber, sie hörte meine Worte und sah mich an. Ich sprach von Unrecht an einem heiligen Ort. Apropos: haben Sie wohl die alte Frau mit dem Rechen und der Gießkanne in den abgearbeiteten Händen beachtet? Und ihren Rükken, wie gebeugt der war? Dies Geschöpf hat sich wirklich um ihre Gesundheit gebracht in dem Streben, die Erde, die Quelle des Lebens, aufzuwühlen und brach zu legen. Aber sahen Sie es wohl: drei bis vier Schritte hinter der vornehmen Frau, die zu einem Grabe wollte, um ihre Trauer zu verrichten. Ja, das war es eigentlich nicht. Sahen Sie, was das kleine Mädchen trug?

Blumen.

Kamelien. Rosen. Haben Sie das wohl gesehen? Blumen zu einer Krone das Stück. Feine Blumen, die ein ganz außerordentlich empfindliches Leben haben; wenn die Sonne ein wenig sengt, sterben sie. In vier Tagen werden sie über das Gitter in die Gärtnerei da unten geworfen, dann werden sie durch neue ersetzt.

Da antwortete ich dem Freigeist und sagte:

Die Pyramiden waren doch noch teurer.

Das übte nicht die Wirkung aus, die ich erwartet hatte. Er schien die Einwendung bereits früher gehört zu haben.

In jener Zeit herrschte keine Armut, sagte er. Ägypten war obendrein die Kornkammer des ganzen römischen Reichs, die Welt war damals noch nicht so eng. Ich kann aus Erfahrung mitreden, wie eng sie jetzt ist. Nicht ich persönlich habe diese Erfahrung gemacht, sondern ein anderer. Aber ich weiß nur, die Pyramide in der Wüste ist eine Sache, und ein wohlgepflegtes modernes Grab ist eine ganz andere Sache. Sehen Sie sich hier um! Hunderte von Gräbern, Monumente für große Summen, Granitrahmen aus den Grefsenbergen zu drei Kronen sechzig Öre die Elle. Grassoden aus Ekeberg zu zwei Kronen fünfzig Öre das Quadratmeter. Ich will gar nicht reden von den Inschriften und dem Raffinement, das in bezug auf steinerne Säulen getrieben wird in polierter oder roher Arbeit, ausgehauen oder gefügt, rot, weiß und grün. Sehen Sie nur einmal diese Unmenge Grassoden an! Ich sprach mit dem Totengräber hierüber, der Handel damit hat dermaßen um sich gegriffen, daß kaum mehr Soden zu haben sind. Nun bitte ich Sie, bedenken Sie doch nur, was Grassoden auf der Erde bedeuten: sie sind das Leben!

Da erlaubte ich mir, zu entgegnen, daß dies Leben nicht aller Idealität beraubt werden könne und dürfe; es habe doch wohl sein bißchen ethische Bedeutung, daß die Menschen noch ein paar Grassoden für ihre lieben Toten übrig hätten. Und der Ansicht bin ich auch heutigentags noch.

Sehen Sie, sagte der Mann heftig, von dem, was täglich hier vergeudet wird, könnten Familien leben, Kinder erzogen, schiffbrüchige Existenzen gerettet werden. Jetzt sitzt die junge Frau da unten und gräbt Kamelien in die Erde, die den Wert von zwei Kinderkleidern darstellen. Wenn der Kummer die Mittel zu so etwas hat, wird er Gourmand.

Er war ganz sicher Sozialdemokrat, vielleicht war er gar ein Anarchist, dem es Vergnügen machte, ernste Dinge auf den Kopf zu stellen. Ich hörte ihm mit schwindendem Interesse zu.

Er fuhr fort:

Und dann sitzt da oben ein Mann, der Wächter. Wissen Sie, was der zu tun hat? In erster Linie buchstabiert er seine Zeitung, und dann bewacht er die Gräber. Es herrscht Ordnung im Kultus der Toten. Heute, als ich kam, sagte ich zu ihm, wenn ich ein Kind sähe, das hier Blumen stehle, um sich Schulbücher für den Erlös zu kaufen, ein kleines Mädchen, mager und ängstlich, das eine Kamelie wegnähme, um Essen dafür zu kaufen, so würde ich sie nicht anzeigen, ich würde ihr behilflich sein. Das nenne ich Unrecht, sagte der alte Wächter. Unrecht, sagte er. Ein hungriger Mann hält Sie eines Tages auf der Straße an und bittet Sie, ihm zu sagen, wie viel die Uhr ist. Sie holen Ihre Uhr heraus – beachten Sie dann einmal seine Augen! Dann entreißt er Ihnen blitzschnell die Uhr und läuft davon. Ihnen bleiben zwei Auswege. Sie können den Raub melden, und dann bekommen Sie ein paar Tage später Ihre Uhr wieder, die bei einem Pfandleiher gefunden ist, und im Laufe von vierundzwanzig Stunden pflegt dann der Sünder zu folgen. Oder Sie können schweigen. Das ist der zweite Ausweg. Sie können schweigen ... Ich bin eigentlich ein wenig müde, denn ich habe die ganze Nacht gewacht.

So, Sie haben gewacht! Nun, der Tag schreitet vor. Ich habe meine Arbeit.

Ich erhob mich, um zu gehen.

Er zeigte hinab auf die See und die Brücken.

Ich bin da unten in den Spelunken umhergegangen, um ausfindig zu machen, wie die Not und das Elend des Nachts schlafen. Hören Sie nur einmal zu! Es geschehen so sonderbare Dinge! Eines Abends vor neun Jahren, als ich hier an diesem selben Fleck saß – ich glaube, auf dieser selben Bank –, geschah etwas, was ich nicht vergessen kann. Es war allmählich ganz spät geworden. Die Friedhofsbesucher waren nach Hause gegangen; ein Steinmetz, der auf dem Bauch auf einer Marmorplatte da hinten lag und die Inschrift einmeißelte, hatte endlich seine Arbeit beendet, er zog die Jacke wieder an, steckte das Werkzeug in die verschiedenen Taschen und entfernte sich. Es fing an zu wehen, die Kastanienbäume rauschten schon ganz laut, und ein kleines eisernes Kreuz, das hier in der Nähe stand – es ist jetzt, glaube ich, weg –, schwankte ein wenig im Winde. Ich knöpfte auch meine Jacke zu und war eben im Begriff zu gehen, als der Totengräber die Biegung dort heraufkommt und im Vorübergehen hastig fragt, ob hier ein kleines Mädchen im gelben Kleide mit einer Schultasche vorübergekommen sei.

Ich erinnerte mich nicht, sie gesehen zu haben. Was für eine Bewandtnis hatte es denn mit dem kleinen Mädchen?

Sie hat Blumen gestohlen, sagte der Totengräber und ging weiter.

Ich saß ganz still hier und wartete, bis er zurückkam.

Nun? haben Sie sie gefunden?

Nein! Aber ich habe die Pforte verschlossen.

Es sollte eine ordentliche Jagd veranstaltet werden. Das kleine Mädchen war sicher noch auf dem Friedhof, und jetzt mußte endlich Ernst aus der Sache gemacht werden. Dies war nun heute die dritte, die gestohlen hatte. Schulkinder, kluge kleine Mädchen, die sehr wohl wußten, daß es unrecht war. Wie? Sie stehlen die Blumen, binden Sträuße daraus und verkaufen sie. Ja, nette Kinder! das mußte man sagen!

Ich begleitete den Totengräber und half ihm eine Zeitlang, die Kleine zu suchen. Aber sie hatte sich gut versteckt. Wir nahmen den Wächter mit, wir suchten zu dreien und fanden sie nicht. Es fing an zu dämmern, und wir gaben das Suchen auf.

Wo ist das bestohlene Grab?

Dort. Noch dazu ein Kindergrab! Hat man je so etwas erlebt?

Ich ging dorthin. Jetzt stellte es sich heraus, daß ich dies Grab kannte. Das kleine verstorbene Mädchen hatte ich ganz gut gekannt, und am nämlichen Vormittag hatten wir sie begraben. Die Blumen waren verschwunden, auch meine eigenen. Ich sah sie nirgends mehr.

Wir müssen weiter suchen, sagte ich zu den anderen. Dies ist schändlich!

Der Totengräber hatte eigentlich nichts hiermit zu schaffen, aber er nahm doch der Sache wegen teil. Und nun fingen wir alle drei an, von neuem zu suchen. Plötzlich unten an der Biegung des Weges gewahrte ich ein kleines Menschenkind, ein Mädchen, das zusammengekrochen hinter Brigadearzt Withs großer polierter Grabsäule an der Erde kauerte und mich anstarrte. Sie hatte sich so klein gemacht, daß ihr Hals ganz in den Rücken hineingeschoben war.

Aber ich kannte sie ja! Es war die Schwester der Verstorbenen.

Mein liebes Kind! Weshalb sitzest du denn hier noch so spät? fragte ich.

Sie antwortete nicht und rührte sich nicht. Ich hob sie in die Höhe, nahm ihre Schultasche in die Hand und hieß sie, mit mir nach Hause gehen. Klein-Hanna mag gar nicht, daß du um ihretwillen noch zu so später Stunde hier bist.

Dann kam sie mit mir, und ich sprach zu ihr:

Weißt du denn auch, daß ein böses Mädchen die Blumen von Hannas Grab gestohlen hat? Ein kleines Mädchen in gelbem Kleid. Hast du die nicht gesehen? Nun, wir werden sie schon finden!

Und sie ging ruhig neben mir, ohne zu antworten.

Da haben Sie sie ja! rief der Totengräber plötzlich. Da haben wir die Diebin!

Wie?

Wie? Sie halten sie ja an der Hand!

Da mußte ich lächeln.

Nein, da irren Sie. Sie ist die Diebin nicht. Dies ist die kleine Schwester von dem Kinde, das heute begraben wurde. Sie heißt Elina, ich kenne sie.

Der Totengräber aber war seiner Sache sehr sicher. Auch der Wächter erkannte sie wieder; namentlich an der roten Narbe, die sie seitlich am Kinn hatte. Sie hatte Blumen vom Grabe ihrer Schwester gestohlen, und die Ärmste konnte nicht einmal ein Wort zu ihrer Entschuldigung vorbringen.

Jetzt bitte ich Sie eins zu beachten: ich hatte diese beiden Schwestern lange gekannt, wir hatten eine ganze Zeit in demselben elenden Hinterhof gewohnt, und sie hatten oft unter meinem Fenster gespielt. Sie zankten sich oft sehr und prügelten sich auch, aber es waren ein paar nette Kinder, und anderen gegenüber nahmen sie sich gegenseitig stets in Schutz. Das hatten sie nicht gut von jemand lernen können. Die Mutter war eine schlechte Person, die selten zu Hause war, und den Vater – sie hatten, glaube ich, jede ihren eigenen – hatten sie nie gekannt. Diese beiden Kinder hatten ein kleines Loch, in dem sie lebten und das kaum größer war als die Grabplatte dort, und da meine Stube der ihren gerade gegenüber lag, stand ich oft am Fenster und sah zu ihnen hinein. Hanna hatte in der Regel das Übergewicht, sie war auch ein paar Jahre älter und war oft so verständig wie eine Erwachsene. Sie holte immer den Blecheimer heraus, wenn sie eine Schnitte Brot haben wollten, und im Sommer, wenn es auf dem Hofe heiß war, hatte Hanna den guten Einfall, eine alte Zeitung am Fenster zu befestigen, um die ärgste Sonne fern zu halten. Oft habe ich auch gehört, daß sie ihrer Schwester die Schularbeiten überhörte, ehe sie zur Schule gingen. Hanna war ein verwachsenes, ernstes Kind, und ihr Leben war nur von kurzer Dauer.

Lassen Sie uns die Tasche untersuchen, sagte der Totengräber.

Und richtig, in der Tasche lagen die Blumen. Ich kannte sogar meine eigenen zwei, drei wieder.

Was sollte ich sagen? Und da stand die kleine Sünderin, und sah uns ganz verhärtet an. Ich schüttelte sie und fragte sie aus, sie aber schwieg. Dann nannte der Totengräber die Polizei und nahm das Kind mit sich.

Oben an der Pforte ward ihr plötzlich klar, was geschehen sollte, sie sagte plötzlich:

Nein, wo soll ich denn hin?

Der Totengräber antwortete:

Auf die Polizeistation!

Ich habe sie nicht gestohlen, sagte sie.

Hatte sie sie nicht gestohlen? Sie hatte sie ja in der Tasche, wir hatten es sozusagen gesehen. Sie aber wiederholte ängstlich, sie habe sie nicht gestohlen.

In der Pforte hing der Kleiderärmel der kleinen Elina am Schloß fest, und der Ärmel wurde beinahe ausgerissen. Und da drinnen schimmerte der magere Arm.

Auf die Polizeistation ging es. Ich begleitete sie. Es wurden einige Erklärungen abgegeben, aber soviel ich weiß, geschah der kleinen Elina nichts weiter. Ich selber sah sie nicht wieder, denn ich reiste fort und blieb neun Jahre weg.

Jetzt aber habe ich mehr Einsicht in die Sache bekommen. Es war ganz verkehrt, was wir da taten. Sie hatte die Blumen natürlich nicht gestohlen, aber selbst wenn sie es getan hätte? Ich sage mir: warum nicht? Können Sie es glauben, wir vernichteten sie; aber kein Richter kann uns deswegen verurteilen, wir nahmen sie nur fest und führten sie vor das Gericht. Ich kann Ihnen sagen, ich habe Elina wieder gesehen und kann Sie zu ihr führen!

Er machte eine Pause.

Wenn Sie verstehen wollen, was ich erzählen werde, müssen Sie zuhören! Ja, sagte das kranke Kind, wenn ich jetzt sterbe, so werde ich schon Blumen bekommen, vielleicht viele Blumen, denn die Lehrerin wird gewiß einen Strauß schicken, und Frau Bendiche sendet vielleicht gar einen Kranz.

Aber die kleine Kranke ist klug wie eine Alte. Sie ist zu stark gewachsen, um am Leben bleiben zu können, und seither hat die Krankheit ihre Gedanken unglaublich geschärft. Wenn sie spricht, schweigt die andere, die kleinere Schwester, die angestrengt bemüht ist, sie zu verstehen. Sie wohnen allein dort, und die Mutter ist niemals zu Hause, hin und wieder aber schickt ihnen Frau Bendiche Essen, und sie verhungern nicht. Jetzt zanken sich die Schwestern nie mehr, es ist lange, lange her, seit sie Streit miteinander hatten, und ihre früheren Streitigkeiten aus früheren Zeiten auf dem Spielplatz sind längst vergessen.

Aber die Blumen sind nichts übertrieben Herrliches, fährt die Kranke fort. Sie welken. Und welke Blumen sind nicht schön auf einem Grab zu haben. Und wenn sie tot war, konnte sie sie doch nicht sehen, und wärmen taten sie auch nicht. Ob Elina aber wohl noch an die Schuhe dächte, die sie einmal im Basar gesehen hatten? Sie waren warm!

Elina erinnerte sich der Schuhe noch. Und um ihrer Schwester zu zeigen, wie klug sie war, beschrieb sie ihr die Schuhe ganz genau.

Es war jetzt nicht mehr lange bis zum Winter. Und durch das Fenster zog es so schrecklich, daß der Waschlappen dort am Nagel ganz steif fror. Elina könnte so ein Paar Schuhe bekommen.

Die beiden Schwestern sahen sich an. Elina war nicht so dumm, das zu glauben.

Doch, sie könnte ihre Blumen nehmen und sie verkaufen. Das könnte sie. Es gingen am Sonntag so viele Leute auf der Straße spazieren, die gerne Blumen haben wollten. Sie fuhren oft mit einer Blume im Knopfloch aufs Land, und oft sah man Herren mit einer Blume im Knopfloch in einer Droschke fahren. Sie kauften gewiß Blumen.

Elina fragte, ob sie nicht einen kleinen Hut kaufen könne.

Ja, wenn sie Geld übrig behielte. Erst aber sollte sie die Schuhe kaufen.

Das verabredeten sie miteinander. Niemand hatte etwas darüber zu sagen, die beiden Kinder hatten es unter sich abgemacht. Elina mußte aber acht geben und die Blumen noch am selben Abend abholen, ehe sie verwelkten.

Wie alt mochte die Kranke wohl sein?

Zwölf, dreizehn Jahre, denke ich. Es ist nicht immer das Alter, worauf es ankommt. Ich hatte eine Schwester, sie lernte Griechisch, als sie noch so klein war.

Aber Elina erging es ja nicht gut bei der Sache. Bestraft wurde sie gerade nicht, aber die Polizei jagte ihr doch einen unschuldigen kleinen Schrecken ein, und damit war sie verhältnismäßig gut davongekommen. Dann nahm die Lehrerin sich ihrer an. Sich eines Kindes annehmen, heißt es auszeichnen, es auf die Probe stellen, es heimlich beobachten. Elina wird in den Pausen herangerufen: Liebe Elina, warte doch einen Augenblick, ich möchte mit dir sprechen! Dann wird sie ermahnt, liebevoll und bestimmt, zur unrechten Zeit an die Sache erinnert, aufgefordert, Gott um Verzeihung zu bitten.

Da zerbricht etwas in ihr.

Elina erschlafft, sie kommt mit ungewaschenem Gesicht, vergißt ihre Bücher zu Hause. Verdächtigt, von forschenden Augen verfolgt, nimmt sie die Gewohnheit an, sich dem Blick der Lehrerin zu entziehen, es zu vermeiden, den Leuten in die Augen zu sehen. Sie gewöhnt sich die verstohlenen, hastigen Blicke an, die ihr einen scheuen Ausdruck verleihen. Und dann, eines Tages, wird sie konfirmiert, der Pastor gibt ihr einen Spruch gegen ein gewisses Gebot, alle Leute machen sich ihre Gedanken über ihre Vergangenheit. Und dann verläßt sie das Viertel, verläßt die kleine Stube. Die Sonne scheint golden auf die Stadt hinab, die Leute schlendern mit Blumen im Knopfloch auf der Straße herum, sie macht selber eine Fahrt aufs Land in einer Droschke ...

Und diese Nacht bin ich ihr wieder begegnet. Sie wohnt da unten. Sie stand in einem Torweg und redete mich flüsternd an. Ich konnte mich nicht irren, ich hatte ihre Stimme gehört, und ich kannte die rote Narbe. Aber, großer Gott, wie dick sie geworden war!

Kommen Sie her! Ich bin es! sagte sie.

Ja, ich bin es auch, entgegnete ich. Wie groß du geworden bist, Elina!

Groß? Was war das für ein Geschwätz? Sie hatte keine Zeit zum Plaudern. Wenn ich nicht mit hereinkommen wollte, so brauchte ich nicht länger stehen zu bleiben und andere zu verscheuchen.

Ich nannte meinen Namen, erinnerte sie an den Hinterhof, an die kleine Hanna, an alles, was ich wußte. Lassen Sie uns hineingehen und ein wenig zusammen plaudern, sagte ich.

Als wir hineinkamen, sagte sie:

Spendieren Sie etwas zu trinken?

So war sie.

Denken Sie doch, wenn Hanna jetzt auch hier gewesen wäre! Dann hätten wir drei wieder zusammengesessen und über dies und jenes geschwatzt.

Sie lachte schrill.

Was schwatzen Sie da für Unsinn? Sie werden wohl schon wieder kindisch!

Denken Sie denn gar nicht mehr an Hanna? fragte ich.

Da spie sie wütend vor sich hin.

Hanna und immer Hanna! Ob ich denn glaubte, daß sie noch ein Kind sei? Dies mit Hanna lag viel zu weit zurück, was für ein Geschwätz war das doch! Ob sie uns etwas zu trinken holen solle.

Ja, gern.

Sie steht auf und geht hinaus.

Ringsumher in den Nebenzimmern höre ich Stimmen, Korkenknallen, Fluchen, leise Schreie. Türen werden geöffnet und wieder zugeschlagen, hin und wieder wurde draußen auf dem Gang nach einer Aufwärterin gerufen, die einen Befehl erhielt.

Elina kehrte zurück. Sie wollte bei mir sitzen, auf meinem Schoß, sie zündete sich auch eine Zigarette an.

Warum darf ich nicht bei dir sitzen? fragte sie.

Weil es nicht das ist, was ich von Ihnen will, antwortete ich.

Ja, dann müssen Sie den Wein bezahlen und gehen.

Ich sagte:

Setzen Sie sich nur ruhig, dann wollen wir ein wenig plaudern. Ich werde Sie selbstverständlich für die Zeit schadlos halten. Und ich gab ihr einiges Geld; ich zählte es nicht, aber es war ziemlich viel.

Da wurde sie sofort sanft und fügsam und setzte sich ordentlich hin. Aber irgendein Gespräch konnten wir nicht zusammen führen. Fragte ich sie irgend etwas, sang sie erst ein wenig oder zündete sich eine neue Zigarette an, bevor sie antwortete. Von alten Zeiten wollte sie nichts hören. Das alte schmutzige Hinterhaus, war dies auch etwas, woran man sich erinnern sollte! Ob sie der Aufwärterin im Gang draußen ein Glas Wein bringen dürfe?

Selbstverständlich!

Die Sache ist nämlich die, die Frau ist meine Mutter. Sie ist Aufwärterin für uns Mädchen. Diesen Posten habe ich ihr verschafft. Sie verdient sehr viel.

Sie trug das Glas in den Gang hinaus und kam wieder zurück.

Prost, alter Freund, sagte sie.

Und wir tranken Wein.

Wieder wollte sie sich auf meinen Schoß setzen.

Wird es auf die Dauer nicht langweilig? fragte ich.

Langweilig? Nein. Warum darf ich nicht bei dir sitzen?

Wie lange sind Sie hier gewesen?

Ich weiß nicht recht. Es ist auch einerlei. Prost!

Wir tranken. Sie sang eine Melodie ohne Stimme, den blühendsten Blödsinn, irgend etwas aus einem Tingeltangel.

Wo haben Sie das gelernt?

Im Tivoli.

Gehen Sie oft dahin?

Ja, wenn ich so viel Geld habe. Jetzt habe ich aber nie mehr was. Die Wirtin wollte heute Geld von mir haben. Sie nimmt eine so große Abgabe, sie muß wohl so viel Geld haben – und dann bleibt für uns nichts übrig. – Könntest du mir nicht noch etwas Geld geben?

Ich hatte gottlob noch etwas, was ich ihr geben konnte.

Sie nahm es ohne Dank und ohne alle Bewegung, aber vielleicht empfand sie doch eine kleine innere Freude. Sie bat mich, noch eine Flasche Wein zu bestellen. Ich sollte wohl gründlich ausgepumpt werden.

Der Wein kam.

Aber nun wollte sie auch Staat mit mir machen. Sie wollte ein paar von den anderen Mädchen hereinrufen und ihnen von dem Wein abgeben. Die Mädchen kamen. Sie hatten kurze, gestreifte Röcke an, die raschelten, wenn sie sich rührten; ihre Arme waren nackend, und sie trugen kurz geschnittenes Haar.

Elina stellte mich vor, und sie wußte meinen Namen noch ganz genau. Sie erzählte in blasiertem Ton, ich hätte ihr viel Geld gegeben, ich sei ein guter alter Freund von ihr, sie könne mich um so viel Geld bitten, wie sie wolle. Denn ich sei so reich.

Die Mädchen tranken und wurden nun auch vergnügt, sie überboten sich in Zweideutigkeiten und krähten allerlei Lieder zusammen. Elina wurde eifersüchtig, wenn ich das Wort auch einmal an eine der anderen richtete, sie wurde mürrisch und unangenehm. Aber ich sprach absichtlich auch mit den anderen, um Elina zu größerer Mitteilsamkeit zu zwingen, denn ich wollte gern einen Einblick in ihren Gemütszustand gewinnen.

Ich verfehlte indes meinen Zweck, sie warf den Kopf in den Nacken und machte sich etwas zu tun. Schließlich griff sie nach Hut und Jacke und schickte sich an, auszugehen.

Wollen Sie gehen? fragte ich.

Sie antwortete nicht, summte mit überlegener Miene eine Melodie vor sich hin und setzte den Hut auf. Plötzlich öffnete sie die Tür nach dem Gang und rief:

Gina!

Das war ihre Mutter.

Sie kam, mit schweren Schritten, in weiten Pantoffeln schlurfend. Sie klopfte an, trat ein, blieb an der Tür stehen.

Ich habe dir doch gesagt, daß du den Staub von der Kommode jeden Tag abwischen sollst! sagte Elina sehr bestimmt. Was für eine Schweinerei ist das! Mit der Art Reinemachen komm mir nicht wieder, verstehst du! Und die Photographien da hinten sollen auch jeden Tag mit einem Tuch abgewischt werden!

Die Mutter sagte: Ja, und wollte wieder gehen. Sie hatte unzählige Runzeln im Gesicht und eingefallene Wangen. Sie hörte die Tochter gehorsam an und sah sie genau an, um nichts zu überhören.

Ich bitte mir nun aus, daß du daran denkst! sagte Elina.

Die Mutter antwortete: Jawohl! und ging. Leise schloß sie die Tür hinter sich, um kein Geräusch zu machen. Sonst aber sah sie recht roh aus.

Elina stand angekleidet da. Sie wandte sich mir zu und sagte:

Ja, es wird wohl am besten sein, wenn Sie jetzt den Wein bezahlen und gehen.

Vielen Dank! sagten die Mädchen und leerten ihre Gläser.

Ich war ein wenig betroffen.

Den Wein? sagte ich. Ja warten Sie! Ich dachte, ich hätte Ihnen das Geld für den Wein gegeben? Aber vielleicht habe ich noch etwas. Ich griff wieder in die Tasche.

Die Mädchen fingen an zu lachen.

Ach, so ist es um seinen Reichtum bestellt! Du hattest ja so viel Geld von ihm bekommen, Elina, und jetzt kann er nicht einmal den Wein bezahlen! Hahaha!

Da wurde Elina in meinem Namen wütend.

Hinaus mit euch! schrie sie. Ich will euch hier nicht mehr haben! Er hat Geld wie Heu! Hier könnt ihr sehen, was er mir gegeben hat! – Und triumphierend warf sie Scheine und Silbergeld auf den Tisch. – Er hat den Wein bezahlt und mich auch, seht nur her! Ihr habt nie so viel Geld auf einem Haufen gesehen. Ich kann die Wirtin für zwei Monate bezahlen, versteht Ihr mich! Ich sagte es nur, um ihn ein wenig zu ärgern, um ihn zu necken. Ihr sollt aber hinaus!

Und die Mädchen mußten hinaus.

Elina aber lachte schrill und nervös auf, als sie die Tür hinter ihnen abschloß.

Ich mag sie wirklich nicht hier haben, sagte sie entschuldigend. Es sind im Grunde langweilige Dirnen, mit denen ich gar nicht verkehre. Fandest du nicht auch, daß sie langweilig waren?

Nein, das fand ich nicht, antwortete ich, um sie noch mehr zu beschämen. Sie antworteten, wenn sie gefragt wurden, sie erzählten mir, was ich von ihnen wissen wollte. Es waren nette Mädchen.

Dann kannst du ja auch gehen! schrie Elina mir zu. Geh du ihnen nur nach, wenn du Lust hast. Ich halte dich nicht. Der Sicherheit halber steckte sie jetzt das Geld ein, das sie vorhin auf den Tisch geworfen hatte.

Ich wollte Sie gern noch etwas fragen, sagte ich. Wenn Sie sich entschließen könnten, ruhig zu sitzen und mich anzuhören.

Mich noch etwas fragen? antwortete sie höhnisch. Ich habe nichts mit dir zu schaffen. Du willst wohl wieder von Hanna anfangen? Dies Geschwätz von Hanna macht mir ganz übel. Davon kann ich nicht leben!

Möchten Sie denn aber nicht aus diesem Leben heraus? fragte ich.

Sie tat, als höre sie es nicht, sie fing wieder an, im Zimmer herum zu kramen und zu ordnen, und dazu pfiff sie, um sich Mut zu machen.

Aus diesem Leben heraus? sagte sie und stand plötzlich vor mir still. Wozu? Wo soll ich hin? Mit wem soll ich mich wohl verheiraten? Wer wollte wohl so eine wie mich haben? Und dienen mag ich nicht.

Sie könnten ja versuchen, außer Landes zu gehen und ein ehrbares Leben anzufangen.

Blödsinn! Blödsinn! Schweig davon! Bist du Missionar geworden? Wozu soll ich von hier fortgehen? Ich befinde mich ganz wohl Ich habe nichts auszustehen. Weißt du was? Laß noch eine Flasche Wein kommen? Aber nur für uns beide ganz allein. Die anderen sollen nichts abhaben ... Gina! rief sie zur Tür hinaus.

Sie bestellte Wein, trank und wurde immer weniger anziehend. Ein vernünftiger Bescheid war nicht aus ihr herauszubringen, sie summte unablässig Bruchstücke von Gassenhauern vor sich hin, während sie dasaß und sann. Dann trank sie wieder, und ihr Benehmen wurde geradezu abstoßend. Sie wollte wieder und wieder auf meinen Schoß, sie streckte die Zunge heraus und sagte: Da, sieh! Schließlich fragte sie geradezu:

Bleibst du über Nacht hier?

Nein! antwortete ich.

Dann gehe ich aus! sagte sie ...

Der Erzähler schwieg.

Nun? fragte ich.

Was würden Sie tun, wenn Ihnen eine solche Wahl gestellt würde? Würden Sie bleiben oder gehen? Sehen Sie, das ist die Frage. Wissen Sie, wozu ich mich entschloß?

Er sah mich an. Ich blieb! sagte er.

Sie *blieben*? fragte ich mit offenem Munde. Die Nacht über? Bei dem Mädchen?

Ich bin eine erbärmliche Seele! sagte er.

Aber um des Himmels willen! Was dachten Sie sich denn dabei? Waren Sie betrunken?

Das auch. Zuletzt. Aber vor allen Dingen bin ich nicht weniger widerwärtig und jämmerlich als andere Menschen, das ist die Sache. Sie war ein Mädchen, deren Geschichte ich kannte, eine rührende und eine erschütternde Geschichte; es war mir eine seltsame Wollust, ruchlos zu sein. Können Sie das begreifen? So blieb ich denn. Und in welch ein Meer von Ruchlosigkeit wir versanken!

Der niederträchtige Zyniker schüttelte den Kopf über sich selber.

Aber jetzt will ich wieder zu ihr gehen, fuhr er fort. Es muß sich noch etwas tun lassen! Hm! Sie meinen, ich sei nicht die geeignete Persönlichkeit dazu? Ich bin vielleicht doch nicht so schlimm, wie Sie glauben. Sie denken an die Geschichte von heute nacht. Bedenken Sie, wenn ich nicht geblieben wäre, so wäre ein anderer gekommen, und bei einem solchen Tausch würde sie voraussichtlich verloren haben. Wenn sie ihren Umgang wählen könnte, glaube ich, würde sie unfehlbar *mich* wählen, ich bin rücksichtsvoll und habe Verständnis, ich vergesse auch keinen Augenblick, ihr zu widerstehen. Aber das Sonderbare ist, daß gerade dieser Zug an mir sie reizte. Das sagte sie selber. Du widerstehst mir so herrlich! sagte sie. Was soll man einem solchen Mädchen gegenüber anfangen? Und dann muß man auch bedenken, daß sie einzig und allein um der Blumen willen in ihrem Herzen so übel zugerichtet ist. Das war der Anfang. Wäre es erlaubt gewesen, Blumen auf den Gräbern zu pflücken, so wäre sie jetzt ein anständiges Mädchen. Aber da faßten wir sie ab, und ich war dabei behilflich! Ich war dabei behilflich!

Er schüttelte von neuem den Kopf und versank in Gram über das Ganze.

Endlich erwachte er wie aus einem Traum.

Ich habe Sie gewiß aufgehalten. Ich fühle auch selber, daß ich müde bin. Ahnen Sie, wieviel Uhr es ist?

Ich wollte meine Uhr herausziehen. Ich hatte sie nicht bei mir, ich hatte sie zu Hause vergessen.

Danke, es ist auch einerlei, sagte er und erhob sich, streckte seine Beine und zog seine Beinkleider herunter. Sehen Sie, da kommt die vornehme Dame zurück, die Trauer ist beendet, das kleine Mädchen trägt keine Blumen mehr. Die Blumen liegen nun da unten, Rosen und Kamelien; in vier Tagen sind sie verwelkt. Wenn ein kleines Mädchen sich dieser Blumen bemächtigt, um sich ein Paar Schuhe dafür zu kaufen, so glaube ich, es ist kein Unrecht …

Jetzt sah mich der Mann eine ganze Minute an, trat ganz nahe an mich heran und brach in ein verhaltenes Lachen aus.

Sehen Sie, solche Geschichten muß man erzählen, sagte er. Für die findet man willige Ohren. Tausend Dank, verehrter Zuhörer!

Er nahm den Hut ab, verbeugte sich und ging.

Ich blieb in einem sehr verdutzten Zustand zurück. Er hatte mich mit einem Schlage in einen Wirbel von Verwirrung versetzt und meinen klaren Verstand ganz umnebelt. Dieses Schwein! Er hatte die Nacht bei dem Mädchen zugebracht! Bei dem Mädchen? Eine verdammte Lügengeschichte! Er hatte mich zum besten gehabt, seine erschütternde Erzählung war eine Erfindung vom einen Ende bis zum andern. Wer aber war denn dieser Erzschelm? Wenn ich ihn noch einmal wieder treffe, so setzt es was! Er hat die Geschichte vielleicht irgendwo gelesen und sie auswendig gelernt, sie gehörte nicht zu den schlechtesten, der Bursche hatte Talent. Hahaha! Weiß Gott, der hat mich an der Nase herumgeführt!

Ich ging in großer Verwirrung nach Hause. Ich suchte nach meiner Uhr. Sie lag nicht auf dem Tisch. Ich schlug mich gegen die Stirn: meine Uhr war gestohlen! Natürlich hatte er meine Uhr gestohlen, als er neben mir saß. Ha! Dieser Schlingel!

Jetzt blieben mir zwei Auswege. Ich konnte eine Anzeige machen und meine Uhr in ein paar Tagen von einem Pfandleiher wiederbekommen. Dann wurde der Bursche auch wohl bald hinterher festgenommen. Oder ich konnte schweigen. Das war der zweite Ausweg.

Ich schwieg.

Kämpfende Kräfte

Auf der Blaamandsinsel

Ganz draußen, wo die Fischerplätze sind, liegen viele Inseln, darunter eine kleine, die die Blaamandsinsel heißt und knapp einhundert Seelen zählt. Aber schon die Nachbarinsel ist viel größer, sie wird von drei- bis vierhundert Menschen bewohnt und hat ihre eigne Kirche, ihre eigne Obrigkeit. Sie heißt die Kircheninsel. Seit meiner Kindheit ist auch eine Post- und Telegraphenstation nach der Kircheninsel verlegt worden.

Wo immer die Inselbewohner zusammenkamen, stets galt es für vornehmer, von der großen Insel zu stammen, ja, sogar die Leute vom Festland standen nicht sonderlich in Achtung bei den Leuten der Kircheninsel, obgleich die doch über das ganze feste Land verfügten, und herstammen konnten, von wo sie wollten. Die Bevölkerung besteht in meilenweitem Umkreise aus Fischern.

Der ganze Atlantische Ozean hält die Blaamandsinsel umschlossen, so frei liegt sie im Meere da. Sie hat durchweg steile Ufer, und an drei Seiten ist es unmöglich, sie zu ersteigen; nur im Süden, nach der Mittagssonne zu, haben Gott und die Menschen einen gangbaren Steig den Berg hinauf geschaffen; eine Treppe von zweihundert Stufen ist es. Nach jedem Unwetter auf dem Meere treiben Holzstücke, Planken, Wracks auf die Insel zu, und aus diesem treibenden Gut bauen die Bootsbauer ihre Fahrzeuge. Sie tragen die Planken die zweihundert Stufen hinauf, zimmern die Boote oben bei ihren Hütten und warten, bis der Winter kommt und der Berghang auf der Nordseite blau und blank ist von Eis; dann lassen sie die Boote an Trossen und Taljen diesen Glasgletscher hinab und setzen sie aufs Meer. Ich selbst habe in meiner Kindheit gesehen, wie das zuging. Zwei Männer standen auf dem Gipfel der Höhe und fierten die Trossen, ein Mann saß im Boot und stieß es ab, wo es sich festhängen wollte. Und das geschah mit Mut und Vorsicht und leisen Zurufen den ganzen Weg entlang. Aber hatte das Boot dann endlich das Meer erreicht, so rief der Mann den beiden andern zu, sie sollten ein wenig stoppen, nun sei er da; und damit basta. Mehr sagte er nicht über diese große Sache, daß das Boot nun glücklich unten war.

Das größte Häuschen auf der Blaamandsinsel gehört dem alten, redlichen Bootsbauer Joachim. Unter seinem Dache fand der Weihnachtstanz statt, Jahr für Jahr; und für vier oder sechs Paare auf einmal Platz zu bekommen, das bedeutete gar nichts. Die Musik bestand in einer Geige, und neben der Geige saß ein zweiter Mann mit Namen Didrik; er trällerte und sang und trampelte den Takt. Und die Burschen tanzten in Hemdsärmeln.

Dann ging auch wohl ein junger Bursche umher und machte sozusagen den Wirt während des Tanzes, das war des Bootsbauers jüngster Sohn, selber ein Bootsbauer. Er stand in großem Ansehen, dank seinem Handwerk und seinem guten Kopfe; und Marcelius! denkt das eine Mädchen, und Marcelius! das andre Mädchen; sogar unter den Mädchen der Kircheninsel war sein Name nicht unbekannt. Aber Marcelius selbst, der dachte nur an Fredrikke, die Lehrerstochter, obgleich sie so vornehm war und nach der Schrift redete und so hochmütig tat, daß er wirklich gar keine Aussicht hatte, sie zu bekommen. Das Haus des Lehrers war auch ein großes Haus, und da er kein Fischer war, vielmehr eine bevorzugte Stellung bekleidete, so hatte er Gardinen vor den Fenstern; und man pflegte mit dem Finger an seine Tür zu klopfen, bevor man bei ihm eintrat. Aber Marcelius war blind und beharrlich in seiner Liebe. Voriges Jahr war er bei Lehrers gewesen, und in diesem Jahr ging er wieder hin; er nahm den Weg durch die Küche. Und konnte sagen: Guten Abend, ich möchte gern ein bißchen mit dir reden, Fredrikke.

Was willst du denn? sagt Fredrikke dann und begleitet ihn hinaus und weiß recht gut, was er will.

Na, fragen, ob du's nicht doch könntest?

Nein, sagt Fredrikke, ich kann es nicht. Und auch nicht mehr an mich denken sollst du, Marcelius, und dich mir nicht mehr in den Weg legen.

O ja, ich weiß wohl, daß der neue Lehrer hinter dir her ist, antwortet Marcelius ihr wieder. Aber nun kommt's darauf an, was aus all deiner Vornehmheit wird.

Und so war es: der neue Lehrer war hinter Fredrikke her. Er stammte von der Kircheninsel und hatte das Seminar besucht. Sein Vater war ein einfacher Fischer wie die andern, aber er hatte es zu etwas gebracht und war reich; auf seinem Fischgerüst hingen stets Dorsche und Kohlfische, und sein Vorratsraum war voll Butter und Speck und Heilbuttenrekel. Als sein Sohn vom Seminar zurückkam, war der ebenso vornehm wie der Sohn des Pastors, der Student; er ging mit Bartkoteletts einher, trug ein Taschentuch in der Tasche und hatte aus lauter Hoffart beständig eine lange Gummischnur von seinem Hut herunterhängen. Die Leute machten sich nicht schlecht lustig über ihn deswegen, und sie sagten, der Simon Rust müsse ja gefährlich sparsam geworden sein, weil er gar angefangen habe, das Nasse aus seiner Nase aufzubewahren.

Jetzt hat er ein neues Boot bei uns bestellt, sagte Marcelius, und Gott gebe, daß ihm das Segen bringt.

Warum sagst du so etwas? fragte Fredrikke.

Ich sag's nur so. Die Ränder will er grün gemalt haben – jawohl, ich werde sie grün malen. Aber auch einen Namen will er aufs Boot haben, den mag er sich selber malen.

Will er das?

Hast du je von so einer Gotteslästerung gehört! Nicht einmal ein Hausboot soll es werden, sondern ein Vierruderer ... Du solltest also doch in Betracht ziehen, ob es sich nicht ein klein bißchen empfiehlt, mich trotzdem zu nehmen, Fredrikke.

Nein, ich kann nicht, hörst du. Denn er hat mein Herz.

So, so, hm, er hat dein Herz, sagt Marcelius und geht ...

In der Weihnachtszeit kam Simon Rust von der Kircheninsel herüber und wollte einen Namen auf sein neues Boot malen. Er wohnte solange bei dem alten Lehrer, und Fredrikke steckte tagtäglich in ihrem Sonntagskleid und trug ein echtes Seidenband um den Hals. Und als der Name angebracht war, da fanden sich nicht viele, die die lateinischen Buchstaben lesen konnten, aber da stand: Superfein. So sollte das Boot heißen. Und auch nur wenige wußten das vornehme Wort zu deuten.

Und dann brach ein sternenheller Abend an, am Tag vor Heiligenabend. Marcelius ging hinüber in das Haus des Lehrers und bat um eine Unterredung mit Simon Rust.

Der Name ist jetzt trocken, sagte Marcelius.

So lassen wir morgen das Boot zu Wasser, erwiderte Simon Rust.

Marcelius fuhr fort:

Ist das wahr, daß du Fredrikke bekommst?

Das geht dich wohl nichts an, antwortete Lehrer Simon.

Einerlei; willst du mir im Ernst sagen, ob du Fredrikke bekommst, so sollst du auch das Boot umsonst haben!

Simon Rust dachte nach, und er war ein sehr, sehr kluger Mann in Geldsachen, wie auch sein Vater es immer gewesen war. Er rief Fredrikke heraus und fragte:

Soll aus uns nicht ein Paar werden, ist's nicht so?

Und Fredrikke antwortete: Gewiß, er hat mein Herz.

Und der Abend war so sternenklar, und Fredrikkens Augen schienen so voller Freude, als sie es sagte.

Als Marcelius sich auf den Heimweg begab, quälten ihn der Geiz und die Reue, weil er nun dem Simon umsonst ein Boot gemacht hatte. Aber er soll's in einem schönen Zustand bekommen! dachte er. Ich werde selber im Boote sein beim Hinablassen.

Er schlenderte umher von Hütte zu Hütte, trat nirgendwo ein, schlenderte nur vor sich hin, über sich das Nordlicht und die Sterne. Bis hinaus an die Nordseite der Insel ging er, wo seine Trossen und Taljen bereit hingen, sein neues Boot zu empfangen und in die Tiefe zu senken. Unter ihm rauschte der Atlantische Ozean. Er setzte sich.

Draußen auf dem Meere brannten die zwei Lichter eines Seglers; weiter draußen folgten wieder zwei Lichter eines Dampfers; schwer und schwarz bewegte er sich ostwärts. Er dachte: nun wird's das beste sein, eines Tages auf so ein Schiff zu gehen und in die Ferne zu reisen. Fredrikke war ihm verloren für immer; hier noch herum zu wanken, wenn sie die Blaamandsinsel verließe, das würde ihm bitter munden.

Nun, der himmlische Vater möge ihr eine Stütze, ein Helfer sein ihr Leben lang! Und was das betreffe, daß er Simons Boot zu beschädigen gedacht habe, so bitte er, ihm den bösen Gedanken zu verzeihen, ganz im Gegenteil, er wolle sein Bestes daransetzen, das Boot während des Hinablassens vor Schaden zu bewahren. So einer wollte er sein.

Er erhob sich und wollte wieder heimwärts wandern, da traf ihn ein leises Wort, ein Rufen; er lauschte. Er sah, wie jemand auf ihn zukam.

Fredrikke, bist du's? sagte er.

Ja. Ich wollte dir nur sagen, daß du dir doch ja kein Leid antun sollst, Marcelius.

Ich habe nur einen kleinen Gang ins Freie gemacht, antwortete Marcelius.

Sie faßte ihn am Arme und hielt ihn fest und fuhr fort:

Denn die Sache so schwer zu nehmen, ist gar nicht nötig. Und so ganz fest entschlossen bin ich auch noch nicht.

Das bist du nicht?

Was soll das werden? entfuhr es ihr. Eben war er unerträglich gegen mich. Ich glaube, du bist besser als Simon. Er redet darum herum; heute sagte er: Wir wollen's abwarten.

Darauf antwortete Marcelius kein Wort. Sie begannen zu gehen. Doch Fredrikke war klug und umsichtig trotz aller ihrer Verwirrtheit, und sie sagte plötzlich:

Jedenfalls sollst du ihm das Boot nicht umsonst geben.

Nein, nein, erwiderte Marcelius.

An der Wegscheide reichte sie ihm die Hand und sagte:

Nun muß ich wieder nach Hause, sonst wird er mir zürnen. Vielleicht hat er gesehen, wohin ich gegangen bin.

Sie sagten einander gute Nacht und gingen ihrer Wege.

Am Tage darauf rührte sich kein Windchen, und auch das Meer lag still. Schon vor Tagesanbruch hatten der wackre Bootsbauer Joachim und seine beiden Söhne das neue Boot zu der Talje auf der Nordseite der Insel gebracht; die ganze Mannschaft der Insel war behilflich gewesen, damit das feine Fahrzeug während des Transportes keinen Schaden leide. Nun hing es schlank und vornehm und geputzt an den Trossen.

Der alte Lehrer hatte seinen vornehmen Amtsbruder und Kollegen Simon Rust überredet, seine Heimreise nach der Kircheninsel bis nach Tisch aufzuschieben, und nun war es an der Zeit. Zwischen den Neuverlobten schien kein besseres Einvernehmen zu herrschen als am Abend zuvor, im Gegenteil; unverträglich gingen sie weit voneinander auf dem Pfade einher, und sie, die Braut sein sollte, schien voller Zweifel zu sein. Als sie zur Talje kamen, waren Joachim und seine Mannschaft versammelt. Alle die Männer entblößten die Köpfe vor den beiden Lehrern und ihren Begleitern.

Ist alles bereit? fragte Simon.

Joachim antwortete: Es ist alles bereit. Nach unserm Ermessen.

Da sagte plötzlich Fredrikke laut, von ihren Zweifeln gequält:

Du sollst dich heute in acht nehmen, Marcelius. Kann nicht ein anderer heute für dich ins Boot gehen?

Alle lauschten diesen Worten.

Oh, er ist's gewohnt, sagte Joachim, der Vater des Burschen.

Was für Narrenpossen das doch sind, einen solchen Namen auf das Boot zu setzen, sagte Fredrikke.

Nicht doch, es steht vielmehr ein feiner Name drauf, sagte ihr Vater nachsichtig. Du kannst es nicht beurteilen, Fredrikke.

Da sagte Simon Rust kurz und gut:

Ich selber werde ins Boot gehen.

Alle versuchten, ihn davon abzubringen. Simon Rust aber kletterte hinauf und nahm Platz. Sie drangen mit Bitten in ihn, minutenlang, aber Simon erwiderte stolz und in wohlgesetzten Worten:

Laßt der Fredrikke doch ihren Frieden.

Binde dich jedenfalls fest, sagte Joachim und reichte ihm ein Seil.

Fiert! ruft Simon gereizt.

Die Trossen werden gelöst, das Boot beginnt zu sinken. Simon nimmt die Gummischnur von seinem Hut und befestigt das Ende um einen Knopf.

Joachim ruft, Simon antwortet weiter unten an der Bergseite, doch können sie einander nicht sehen. Simon ist so gekränkt, daß er immer spärlicher antwortet, er mag aus einer so geringen Sache nicht soviel Wesens machen; schließlich schweigt er ganz. Marcelius hat nichts zu tun und steht weit drüben.

Er hat die Hälfte hinter sich, sagt Joachim. Der Bursche versteht's.

Da ruft es unten aus der Tiefe. Niemand versteht diese Sprache; daß sie ein wenig stoppen sollten, und daß er nun da sei und damit basta; das ist es nicht, sondern: Au, Au, und stets folgt ein starker Ruck am Signalseil. Oben auf der Höhe glauben sie alle, daß sie ein wenig emporhissen sollen, und Joachim und seine Leute tun es. Da steigt scharf und durchdringend ein Schrei vom Abgrund herauf, ein Anprallen des Bootes gegen die Felswand wird gehört; wie ein Aufhusten der ganzen Insel ist es.

Alle erbleichen, die Trossen sind auf einmal so leicht. Man fragt und schreit, und Joachim sagt: Fiert!

Kurz darauf ertönt sein Hißt! Aber alle werden gewahr, daß es nichts nützt, das Boot ist leer, Simon hat es umgeworfen und ist ins Meer hinabgestürzt.

Und nun beginnt zu dem allem drüben auf der Kircheninsel die Glocke Weihnachten einzuläuten. Und was für ein Weihnachten mochte das jetzt werden.

Aber Fredrikke war fort und fort klug und umsichtig, sie machte sich an Marcelius heran, und sie sagte: Gott verzeih mir die Sünde, aber wie froh bin ich, daß nicht du es warst. Was stehst du da? Willst du nicht zur Südseite hinunter und ein Boot losmachen, um ihn zu suchen?

Und da alle sahen, daß sie recht hatte, entstand ein großes Gelaufe der Mannschaft die Insel hinab. Nur der alte Joachim, der wackere Bootsbauer, blieb zurück.

Ich kann doch nicht hier bis in Ewigkeit stehen und das Boot halten! dachte Joachim. Entweder werde ich es wieder heraufziehen müssen, und dazu reicht meine Kraft nicht aus, oder ich werde es in die See hinablassen! Er überdachte die Sache noch recht lange und gründlich, und dann ließ er das Tau gleiten. Da geschah etwas Seltsames: Das Tau lief nur eine einzige, winzige Hälfte einer Minute und wurde schlaff in seiner Hand. Das Boot hatte den Seespiegel erreicht.

Joachim begriff es nicht. Er hißte das Tau wieder einen Faden hoch und ließ wieder nach, und abermals erreichte das Boot den Seespiegel. Darüber geriet der alte Joachim in helle Freude, und er sah sich nach einem Menschen um, dem er's erzählen könnte. War das Boot nur wenige Faden von der Meeresfläche entfernt gewesen, so konnte Simon Rust nicht zu Tode gekommen sein. Nun aber handelte es sich darum, ob er nicht ertrank.

Sputet euch, Burschen! schrie Joachim zur Südseite hinüber. Er kann noch am Leben sein!

Und während Joachim das schlaffe Tau noch hielt, spürte er einen Ruck; es war, als erfasse eine Hand dort unten das Boot. Es wird nur die Brandung sein, die gegen das Boot schlägt, dachte Joachim. Und er rief hinunter:

Bist du gerettet?

Aber der Atlantische Ozean rauschte so dumpf, und keine Antwort tönte herauf. Eine geraume Zeit hielt er die Leine in Händen. Er hätte sie befestigen und in Ruhe den Lauf der Dinge abwarten können; aber Joachim meinte, die Minuten seien zu kostbar, und Schonung sei für ihn wenig am Platze. War hier doch vielleicht mitten vor seinen Augen ein wohlgelehrter Mann mit vielen Kenntnissen abberufen worden. So über allen Verstand erhaben war das Leben.

Eine lange Viertelstunde verging. Hin und wieder trug der Wind die Glockenklänge von der Kircheninsel herüber, und wahrlich, es waren Augenblicke voll Mystik und Ernst für ihn. Dann hörte er Stimmen ganz in der Tiefe, es war die Rettungsmannschaft. Das Boot wurde von seinen eigenen Burschen gerudert, und deshalb wußte er, daß es vorwärts kam. Joachim hielt den Atem an und lauschte.

Dort ist er! sagte Marcelius.

Habt ihr ihn gefunden? fragt der Vater den Felshang hinunter.

Kurz darauf spürt er, daß sein Tau vom Boote gelöst ist, und er beugt sich über den Abgrund und ruft:

Lebt er?

Gewiß, ja! erwiderte Marcelius. Zieh nur das Tau hinauf.

Gott sei Lob und Dank! murmelte Joachim. Er zog das Tau in die Höhe, nahm ein Priemchen und begab sich zu dem Bootsplatz auf der Südseite hinunter, um die Mannschaft zu treffen. Unterwegs konnte der durch und durch brave Bootsbauer nicht umhin, sich seinen besonderen Gedanken hinzugeben über Simon und seinen knapp verhüteten Untergang. Ein gelehrter und tiefsinniger Leichtfuß war und blieb dieser Simon, vielleicht hatte er selbst das Boot umgeworfen und sich hinausgestürzt, als er nur noch eine Tiefe von ein paar Faden unter sich sah.

Welch gottloser Jux! dachte Joachim.

Auf dem Bootsplatz traf er den Lehrer und seine Tochter, und er sagte:

Er ist gerettet.

Gerettet? rief Fredrikke. Treibst du Scherz?

Er ist gerettet.

Und auch der alte Lehrer sagte: Gott sei Lob und Dank! und freute sich von ganzem Herzen. Fredrikke aber wurde standhaft und still ...

Als die Boote ankamen, saß Simon Rust an den Riemen und ruderte aus Leibeskräften; er war naß von oben bis unten und fror.

Bist du verletzt? fragte Fredrikke. Und wo ist dein Hut?

Wir haben ihn nicht gefunden, sagte Marcelius.

So könntest du ihm wohl deine Mütze so lange borgen, sagte Fredrikke und war besorgt um Simon.

Er will sie nicht, erwiderte Marcelius.

Nein, du mußt entschuldigen, ich will sie nicht, sagte nun auch Simon und war ganz stolz, obgleich er vor Kälte zitterte.

Der alte Lehrer forschte nun seinen Kollegen und Standesbruder nach dem Unglück aus, und der gab Antwort; Joachim hatte den Eindruck, daß es doch eine unvergleichliche und tiefdurchdachte Sprache sei, die die beiden miteinander führten, wenn sie sich selbst überlassen waren. Simon Rust erklärte, er habe auf dem Seminar schwimmen gelernt, wodurch jetzt seine totale Rettung möglich geworden sei. Doch er habe Tantalusqualen erlitten, ehe das Rettungsboot sichtbar gewesen sei. Ganz genau wolle er das ganze Begebnis erzählen, so wie es abgelaufen war, damit sich später keine andre Version darüber bilden könne.

Eins nur möchte ich wohl erfahren, sagte er und wandte sich an Fredrikke. Wie wurde dir, Fredrikke, zumut, als das Boot mit mir umschlug?

Zumut? sagte Fredrikke.

Und was war dein erstes Wort?

Fredrikke erholte sich geschwind.

Ich war's, die die Männer gleich hinuntersandte, um dich zu retten, sagte sie.

So ist es recht, sagte Simon.

Marcelius schwieg. Er begriff, daß Simon Rust nun wieder ihr ganzes Herz besaß.

Laß uns auf der Stelle nach Hause gehen, damit wir dir einen trockenen Anzug verschaffen, sagte der alte Lehrer. Wahrlich, ein Wunder Gottes ist es, wenn du diese Katastrophe überstehst.

Alle halfen die Boote ans Land ziehen, und Marcelius machte keinen Unterschied, er setzte vielmehr Stützen unter Simons so gut wie unter sein eigenes Boot, damit sie nicht daständen und sich würfen. Er ließ die andern vorgehen und machte sich selber unter mißmutigen Gedanken auf den Heimweg.

Am Abend kam Fredrikke und hatte etwas im Nachbarhause auszurichten, aber bei Marcelius ließ sie sich nicht blicken. Er ging hinaus, um sie zu erwarten; und als sie kam, sagte er:

Guten Abend, du gehst im Nordlicht spazieren?

Ich hatte etwas auszurichten, antwortete sie. Was sagst du zu dem Wunder von heute?

Marcelius antwortete: Ich will es dir ganz genau sagen, mir scheint: von Wunder ist da keine Rede.

So? Aber wenn du nun aus dem Boot gestürzt wärst, würdest du dich gerettet haben?

Er ist nicht hinausgestürzt. Er ist aus dem Boot gesprungen, als es ein paar Faden über dem Meere war, sagt Vater.

Er ist hinausgesprungen? So? Aber das hättest du noch viel weniger getan.

Marcelius schwieg.

Denn du kannst nicht schwimmen, sagte Fredrikke weiter. Und du hast nicht das alles gelernt, was er gelernt hat. Und du hast nicht auf der Orgel spielen gelernt.

So werdet ihr euch also kriegen? sagte Marcelius.

Ich weiß nicht, wie es wird, erwiderte sie. Beinah sieht es wirklich so aus.

Und Marcelius sagte verbittert:

So soll mir's gleich sein; du und er, ihr könnt das Boot umsonst haben, wie ich's bestimmt habe.

Fredrikke überdachte das, was er ihr sagte, und erwiderte:

Ja, ja, wird etwas daraus mit uns beiden, da können wir ja das Boot bekommen, so, wie du sagst. Sollte er aber ein Ende machen mit mir, dann werden ja wir, du und ich, zusammenkommen, und da soll er uns das Boot bezahlen.

Kein Staunen über diese Abmachung ließ sich in Marcelius' Zügen lesen, und er fragte:

Um welche Zeit kann ich's erfahren?

Fredrikke antwortete:

Er reist morgen nach Hause, da wird er es wohl sagen. Aber weißt du, darum fragen kann ich ihn doch nicht.

Aber Marcelius mußte monatelang warten, ehe er etwas Bestimmtes erfuhr.

Zur Weihnacht fuhr Simon Rust nach Hause und traf vor der Abreise keine Entscheidung; später trat er an verschiedenen Orten der Kircheninsel als Freier auf und bekam überall ein Ja kraft der großen Macht seines Vaters. Aber Simon band sich nirgendwo, hielt sich vielmehr frank und frei bis dato. Schließlich machte er auch einen Versuch bei der Lehrerin im Pfarrhof, die aber war ein Fräulein und vornehm, und da bekam Simon Rust ein Nein.

Von dem allen hörte Fredrikke und härmte sich oft mehr, als gut war.

Am Epiphaniastage sollte wie in früherer Zeit der Weihnachtstanz in Bootsbauer Joachims Hause sein, und Marcelius hatte wie gewöhnlich den Wirt zu machen. Ein Geigenspieler war gemietet worden, und auch jenen Didrik, der sich aufs Trällern und Taktstampfen verstand, hatte man beizeiten bestellt. Schon hatten die Burschen ihre Mädchen gewählt, und Fredrikke hatte Marcelius versprochen, zu kommen.

Da steuerte eines Tages ein Vierruderer auf die Insel zu, und der kam vom alten Fischer Rust, um Fredrikke nach der Kircheninsel hinüberzuholen zum Tanz am gleichen Abend. Fredrikke machte sich sofort fertig und schmückte sich wahrhaft festlich.

Marcelius erschien am Bootsplatz und sagte zu ihr:

Ja, ja, nun wird die Entscheidung wohl fallen?

Ja, nun wird die Entscheidung fallen, war die Antwort.

Den ganzen Weg über im Boot sah sie aus, als wisse sie recht gut, was sie nun tun wolle.

Sie wurde wohl empfangen vom Großfischer Rust, und am Abend, als der Tanz begann, war sie stark begehrt unter den Burschen der Kircheninsel. Aber Simon, der Sohn des Hauses, der spaßte jetzt wie früher mit allen und jeder und ließ Fredrikke gegenüber nicht von seiner alten unbestimmten Art.

Mit gewissen Zwischenräumen gab es den Abend hindurch Spirituosen und Kaffee für die Gäste, und der alte Rust ließ gern einen, ja zwei Halbanker draufgehen; selbst saß er breit und behäbig mit ein paar älteren Fischern in der Kammer. Auch Simon Rust trank ein oder mehrere Glas, um nicht den großen Herrn zu spielen; aber buchstäblich zu tanzen mit den Fischermädchen, ziemte sich nicht für ihn, da er ein Lehrer der Jugend war.

In der Nacht, als alle nach Hause gingen, blieb Fredrikke allein mit Simon zurück, sie sollte erst wieder am Morgen fort. Aber sogar jetzt erwies Simon ihr ganz und gar nicht mehr Zärtlichkeit als zuvor, und so dumm, seine kleinen Tupfer in die Seite für ewige Liebe zu nehmen, so dumm war sie nicht.

Ich stehe hier und kühle mich ab, sagte Fredrikke.

Das solltest du wirklich nicht tun, entgegnete Simon, das könnte leicht bedenkliche Folgen für deine Gesundheit haben.

Gott weiß, warum die Scheunentür offen steht, sagte Fredrikke und zeigte hinüber.

Auch Simon wußte es nicht.

Wir wollen sie schließen, sagte sie.

Und sie gingen zur Scheune, und klar schienen Nordlicht und Sterne.

Fredrikke steckte den Kopf in die Scheune und sagte: Laß einmal sehen, wie viel Futter ihr habt.

Sie stiegen beide hinein.

Da haben wir einen Boden mit Heu, und da haben wir einen zweiten, sagte Simon.

Wo?

Simon stieg ins Heu und zeigte es ihr.

Und Fredrikke stieg ihm nach.

Noch eine Zeitlang fuhr Fredrikke fort, Marcelius hinzuhalten mit halben Aussichten, daß er sie bekommen könne, und er wartete auch die Zeit ab in stillem Hoffen. Zur Fastnacht im März aber war Fredrikke nicht länger im Ungewissen, und sie sagte zu Marcelius: Nein, nun sei es unabänderlich, Simon solle sie haben.

Ja, ja, sagte Marcelius.

Und von dem Boot sprach er nicht mehr. Sie konnte es seinetwegen umsonst bekommen, ihm war es gleichgültig. Er hatte auch Zeit gehabt, sich auf sein Schicksal vorzubereiten, und den ganzen Frühling hindurch sah man Marcelius ganz ruhig seine Arbeit verrichten, wie früher. Aber sein Sinn war ganz und gar nicht derselbe geblieben, und er suchte die Einsamkeit.

Und nun wurden die Tage länger, Sonne und mildes Wetter setzten dem Schnee hart zu, so daß das Hinabsenden der Boote auf dem Eisgletscher an der Nordseite bald ein Ende fand. Da gingen die Bootsbauer ein paar Wochen lang müßig; doch als die Frühlingsstürme vorüber waren und das Atlantische Meer wieder ruhig wurde, verlegten sich die Bootsbauer auf den Heimfischfang rings um die Insel her. Bei einem dieser Fischzüge verdienten Marcelius und sein Bruder einen schweren Haufen Geld mit der Bergung eines entmasteten Schoners, der ohne Bemannung im Meere trieb.

Es war kein Irrtum möglich: des Marcelius Ansehen auf der Insel kam stark ins Steigen nach dieser Tat, und da er täglich nach dem Wrack sah, das draußen vor dem Bootsplatz vertäut lag, wurde er geradezu eine Art Kapitän über das verlassene Schiff. Die dänischen Reeder meldeten sich und zahlten den Bergelohn. Die Summe war sehr groß für die Verhältnisse auf der Blaamandsinsel; aber die Leute machten die Summe noch größer, und dieser Bergelohn bekam ein Märchengewand. Man sprach davon, daß der Bootsbauer Marcelius jetzt Handelsmann auf der Insel werden und sich Joachimsen nennen wolle.

Eines Tages ging er zu Fredrikke und sagte:

So wird es wohl dazu kommen, daß du Simons Frau wirst?

Ja, erwiderte sie, es ist so weit.

Und sie geleitete ihn zu seinem Wohnhause hinüber und strickte dabei. Unterwegs sagte sie:

Wäre es nun noch wie in alten Tagen, so würde ich dich gebeten haben, zu Simon hinüber zu rudern und ihn her zu holen. Aber du bist ja mittlerweile ein großer Mann geworden, Marcelius.

Da antwortete Marcelius:

Ich werde dir zeigen, daß ich nicht größer bin, als ich war.

Und redlich ruderte er von dannen zu Simon.

Als Simon dann auch gekommen und wieder fort war, gab Marcelius abermals wohl acht und fragte Fredrikke in seiner ganzen Blindheit:

Ihr seid wohl noch immer entschlossen, es zu tun?

Und ihre Antwort war:

Ja. Nun hat es seinen guten Grund, daß wir es in allernächster Zeit tun.

So ist da weiter kein Fragen am Platze?

Du weißt, wie es mit dem Herzen ist, sagte Fredrikke. Nie war meine Liebe einem andern hold.

Darauf schwieg Marcelius, denn das war bloß Buchsprache und sonst nichts. Er lud sie in sein Haus ein zum Kaffee, aber sie sagte nein und dankte; er solle sich keine Umstände machen. Als sie gehen wollte, fiel ihr das Boot ein.

An der Bezahlung für das Boot liegt dir nun wohl nichts, sagte sie, da du so reich geworden bist. Simon bat mich, zu fragen.

Nein, an dem Boot liegt mir nichts, erwiderte er. Gott sei Dank, ich habe genug, was Geld und Macht betrifft. Wann wirst du aufgeboten?

In zwei Wochen.

Hast du nicht an die Utganger gedacht in diesem Jahr? fragte er.

Sie erwiderte:

Laß uns ein paar Wochen warten, auch mit ihnen. Noch ist die Zeit nicht da. Der Schnee ist nicht fort.

Ich fragte ja nur, bemerkte er.

Die Utganger, das waren Schafe von der Islandrasse, mit dichter, grober Wolle. Ein für allemal ließ man sie auf einer bestimmten Insel frei umherlaufen, und da lebten sie ihr Leben Winter und Sommer und suchten sich selber ihr Futter. Einmal jährlich wurden sie eingefangen, um geschoren zu werden; das geschah im Frühjahr, wenn das milde Wetter kam.

Als zwei Wochen vergangen waren, wurden Fredrikke und Simon in der Kirche der Kircheninsel aufgeboten. Endlich sollte also ein Paar werden aus den beiden, lange genug hatte die Gemeinde darauf zu warten gehabt.

Bereits am Abend kam Fredrikke hinüber in Bootsbauer Joachims Haus und war voll leichten Sinns und Lust zu scherzen.

Ich wünsche Glück und Segen! sagte des Bootsbauers Frau. Ich habe heute deinen Namen von der Kanzel gehört.

Solltest du dich auch nicht verhört haben? sagte Fredrikke scherzend.

Ich wünsche Glück und Segen! sagte auch Marcelius. Hast du über die Utganger nachgedacht?

Da lachte Fredrikke und gab zur Antwort:

Du hast wirklich unglaubliche Eile mit den Utgangern dieses Jahr. Was fehlt dir? Schon zu Anfang Mai fingst du an, von den Utgangern zu schwatzen.

Ich glaubte, dich fragen zu müssen, erwiderte er.

Ich komme übrigens mit der Nachricht, daß du jetzt morgen Leute für die Utganger bekommen kannst, sagte Fredrikke.

Er fragte geschwind:

Ich kann Leute bekommen, sagst du? Ja, du selbst bist vielleicht nicht imstande, dabei zu sein in diesem Jahr?

Sie hatte sich halb und halb entschlossen, sich selber in diesem Frühjahr zu schonen; doch bei Marcelius' boshafter Frage wurde sie ein bißchen rot und antwortete:

Nicht imstande dazu? Kannst du mir sagen, warum denn nicht?

Ja, das wollte Fredrikke also nicht wahrhaben, daß sie stärker und stärker an Leibesumfang geworden war während der letzten Wochen, darum wollte sie auch in diesem Jahr wie immer zuvor mit dabei sein beim Einfangen der Schafe.

Als Marcelius das hörte, ging er auf der Stelle hinaus und kam nicht wieder, solange sie noch da war.

Marcelius stieg die paar Stufen zu den Klippen hinunter, wo die Bootswerft sich befand. Es war eine lange Höhle, in der lauter Stapel hergerichtet waren für alle möglichen Bootsarten, von kleinen Booten bis zu Zehnruderern. Er setzte hier alles ordentlich zurecht und reinigte den Boden. Und es war spät im Mai, es blieb bis elf Uhr und später am Abend Tag. Marcelius machte auch einen Abstecher zur Bootslandestelle hin. Sein Vierruderer stand da und ruhte auf seinen Stützen, als blickte er ihn an. Es wurde Mitternacht, bis er ins Haus zurückkehrte.

Er legte die Kleider nicht ab, sondern blieb auf der Bettkante sitzen; sein älterer Bruder lag schon und schlief. Marcelius trat ans Fenster und sah lange hinaus. O ja, ja, ja, ja, ja, wahrhaftig, Herrgott, Herrgott! sagte er leise und kehrte zum Bett zurück. Unausgekleidet legte er sich nieder und schloß kein Auge, die ganze Nacht hindurch. Sobald er seine Mutter unten Feuer anzünden hörte, stand er auf, weckte seinen Bruder und ging hinunter. Es war erst vier Uhr.

Du bist früh aufgestanden, sagte die Mutter.

Die Utganger gehen mir durch den Kopf, erwiderte er. Wollen wir sie alle heute noch scheren, so müssen wir beizeiten hinaus.

Alle drei machten sich fertig, die Brüder und die Mutter, und gingen zum Lehrerhaus hinüber, wo sie draußen warteten, bis

Fredrikke kam. Fredrikke hatte nur die Magd bei sich. Sie waren fünf Leute im Boot. Die zwei Brüder ruderten bedächtig und sicher und überließen das Gespräch den Frauen. Die Sonne ging auf, und ernst und ruhig schwamm die Utgangerinsel im Meer. Schon in weitem Abstand hatten die Schafe das Kommen des Bootes bemerkt und standen wie aus den Wolken gefallen da und starrten; alle hatten sie aufgehört zu kauen. Um die scheuen Tiere nicht aufzuschrecken, vermied man im Boot so gut wie möglich jedes Geräusch.

Aber die Schafe hatten den gleichen Besuch eines Fahrzeuges im vorigen Jahre vergessen, niemals in ihrem Leben, meinten sie, hätten sie solch einen Anblick gesehen. Und sie ließen das Boot näher kommen und rührten sich nicht in ihrer wundersamen Einfalt; erst als das Boot landete, begann eines der Tiere, ein zottiger großer Widder, zu zittern. Er warf seinen Mitschafen einen Blick zu und sah dann wiederum nach dem Boote. Plötzlich aber – als die fünf Leute einen Augenblick lang auf dem Strande still standen und als das Boot heraufgezogen war – schien dem Widder dieses hier alles von Gefahr bisher Geschaute zu übersteigen, er warf sich herum und rannte in weiten Sätzen landeinwärts. Und alle die andern Schafe, sie folgten ihm.

Sie werden sich auch in diesem Jahre nicht leicht fangen lassen, sagten die Frauen zueinander.

Der ganze Trupp begab sich nun auf die Insel. Es galt, zuerst ein Lamm zu erwischen, dann würde die Mutter leichter zu fangen sein. Bis spät in den Morgen hinein waren sie tätig, ehe es ihnen glückte, ein ausgewachsenes Tier zu greifen. Ein Rudel wurde auf das Boot zu gescheucht, und in ihrem Todesschreck warfen die Tiere sich ins Meer, da watete Marcelius hinaus und fing ein Schaf nach dem andern.

Nun bist du naß geworden, sagte Fredrikke.

Während die drei Frauen dasaßen und schoren, standen die Brüder mit drei andern Tieren bereit, die sie am Strick hielten, und Marcelius stand in Fredrikkens Nähe. Warm und voll schien die Frühlingssonne auf sie alle herab.

Das war mein zweites, sagte Fredrikke, und sie stopfte die Wolle in einen Sack und erhob sich.

Laß doch sehen, ob wir zwei ein Schaf allein erwischen werden, sagte Marcelius mit seltsam bebender Stimme.

Fredrikke folgte ihm beiseite, und sie entfernten sich außer Hörweite von den andern.

Ich glaube, sie sind woanders, sagte Fredrikke.

Marcelius gab zur Antwort:

Hier wollen wir erst einmal sehen.

Und sie kamen zur Nordseite hinüber, wo es schattig war; aber sie sahen kein Schaf.

Sie sind gewiß ganz draußen auf der Landzunge, sagte Marcelius und eilte von dannen. Fredrikke aber konnte nicht leichtfüßig dahintanzen wie in alten Tagen und kam nicht mit.

Marcelius erfaßte sie bei der Hand und zog sie mit sich vorwärts, gleichzeitig sprach er unnatürlich laut und sagte:

Nun sollst du sehen! Nun sollst du sehen, sag ich!

Du darfst nicht so laut schreien; du wirst die Schafe verscheuchen, sagte Fredrikke und dachte an ihre Arbeit.

Aber er schleppte sie mit und sagte laut und wild:

Nun sollst du sehen! Und ich will dich auf der Orgel spielen lehren.

Aber was hast du denn im Sinn? fragte sie und versuchte, in seinen Zügen zu lesen.

Und sein Gesicht war kaum zu erkennen.

Da setzte sie sich zur Wehr und machte sich schwer, ihre Schuhe schleiften über den Felsen hin entlang, und Marcelius führte sie weiter ohne Gnade. Da wurde es ihr klar, daß sie jetzt umgebracht werden sollte, und ihr Mut sank zusammen. Kein Wort, keinen Schrei ließ sie hören, auf die Spitze wurde sie hinausgeschleppt und dann in den Abgrund geschleudert.

So stark war ihre Lähmung, daß sie nicht einmal nach Marcelius' Kleidern griff, und er blieb unversehrt auf der Landspitze zurück, obwohl es in seiner Absicht gelegen hatte, selbst mit hinunterzustürzen.

Scheu sah er sich rings um, ob die andern hinter ihm wären; aber niemand war zu erblicken. Er schaute über die Spitze hinaus; dumpf rauschte da unten die ewige Melodie, schon hatte das Meer Fredrikke verschlungen. Er gedachte, ihr zu folgen; und er zog die Weste hinunter und wollte sich hinausschleudern, doch er gab es auf und begann nach einem Abstieg zu spähen. Beim Hinunterklettern fühlte er Tritt für Tritt sorgsam mit dem Fuße vor sich her, um nicht auszugleiten. Als er auf halbem Wege war, fiel ihm ein, daß ihm ja gleichgültig sein könne, ob er fiele und zu Schaden käme; aber er beobachtete auch fernerhin Vorsicht beim Aufsetzen des Fußes.

Das Meer reichte bis dicht an die Felswand heran, und als es nur noch einige Faden bis hinunter waren, stand Marcelius still. Er entledigte sich seiner Jacke und Weste und legte sie auf die

Klippe, damit diese Kleider jemand zugute kämen, danach faltete er die Hände und empfahl seine Seele dem Herrn um Jesu Christi willen. Dann sprang er hinaus.

Alexander und Leonarda

Es gab daheim einen Meeresstrom, der hieß Glimma. Und es gab seinerzeit einen Zigeunerburschen, der hieß Alexander. Mit diesem Alexander hatte ich einmal eine Unterredung auf der Festung Akershus, wo er einer Gewalttat wegen eingesperrt saß. Jetzt lese ich in den Zeitungen, daß der gefährliche Verbrecher gestorben ist; die Zellenluft hat ihn getötet. Mir erzählte er, daß er einmal ein Mädchen umgebracht habe ... Aber heute muß ich zuviel an seine Erzählung denken, und in meiner Unordnung beginne ich mitten drin. Ich will von vorne beginnen.

Es gibt große und es gibt kleine Fischer im Nordland. Und der Großfischer ist ein mächtiger Mann mit Heringswate und Speicher und gefüllter Speisekammer. Er trägt übertrieben weite und dicke Kleider, um wohlbeleibt zu erscheinen, zum Zeichen dafür, daß er sich einen guten Bissen leisten kann. Er ist nie im Rückstand mit der Bezahlung an Pfarrer oder Obrigkeit; zur Weihnachtszeit nimmt er einen ganzen Anker Branntwein ins Haus. Man kann es auf der Stelle sehen, wenn irgendwo ein Großfischer wohnt, denn er bekleidet seine Häuser mit Holzwerk und streicht sie rot an, die Fenster und Türen aber weiß. Und seine Söhne und Töchter erkennt man an vielen teuern Gegenständen beim Kirchgang.

An Großfischer Jens Olais Bootsplatz landete eines Tages ein großer Zigeunertrupp. Das geschah im Vorfrühling. Die Zigeuner kamen in ihrem eigenen großen Familienboot und standen unter der Anführung des alten Alexander »Splint«, eines Riesen, der seine drei Ellen maß. Ein schöner Mann in den Zwanzigern kam vom Boot ans Land in Jens Olais Haus und wollte betteln. Der junge Alexander war's. Das geschah in meiner Kindheit. Wir Kinder erkannten Alexander wieder, er hatte mit uns gespielt, als er jünger gewesen war, hatte blanke Knöpfe und Metallstückchen mit uns getauscht.

Jens Olai, der stolze, stattliche Mann, der bei niemand in der Schuld stand, befahl den Zigeunern, wieder fortzusegeln, ohne daß sie etwas bekommen sollten; Alexander aber spielte den Frechen und Unerschrockenen, er ließ es darauf ankommen, blieb stehen, wo er stand, und wurde dreimal abgewiesen.

Du kannst Arbeit bekommen, sagte Jens Olai.

Was für Arbeit?

Du sollst Kessel und Töpfe flicken. Dazu meiner Frau und meiner Tochter an die Hand gehen, wenn wir Männer auf den Fischzug fahren.

Der junge Alexander drehte sich um, ging an den Strand hinunter, wo das Boot lag, und beratschlagte sich mit seinen Leuten. Als er auf den Hof zurückkam, meldete er sich beim großen Jens Olai: Ja, er wolle den Dienst annehmen. Er hatte wohl mit seinem Vater verabredet, den Großfischer ganz gehörig zu bestehlen.

Als einige Zeit vergangen war, zogen Jens Olai und seine Söhne auf den Fischfang, und nur seine Frau und seine Tochter blieben auf dem Hofe zurück, und die Tochter hieß Leonarda. Sie zählte nicht mehr als zwanzig Jahre.

Der junge Alexander schickte sich gut an. Er verstand sich auf die Krankheiten beim Vieh und kurierte sie, und er besaß wirklich Fingerfertigkeit im Ausbessern von Schüsseln und Geschirr. Die Frau des Großfischers bezeigte ihm bald Gefühle von besonderer Art, obwohl sie sich den Vierzigern näherte; aber der Zigeuner log und sagte, er habe seine eigene Liebste an Bord im väterlichen Boot und habe keine andere im Sinn als sie. Das bereitete der mächtigen Fischersfrau viel bitteres Leid, und sie hütete ihre Tochter wohl vor dem Zigeuner. Ja, kaum war die Erde frostfrei geworden, da stellte sie den jungen Alexander auch schon zum Torfstechen an und hielt ihn so vom Hause fern. Aber da sang Alexander unverständliche Lieder im Torfmoor und verrichtete stets ein tüchtiges Tagewerk dazu. Ein großer, lustiger Heide war er. Leonarda sprach nicht mit ihm.

Nein, Leonarda sprach nicht oft mit ihm und tat auch nichts anderes mit ihm, sie vergaß nicht, daß sie Jens Olais Tochter war. Aber der Frühling ist eine so gefährliche Zeit, und als die Wärme die Luft ernstlich erfüllte, da wurden Alexanders Augen wie Sterne, und er ging so manches Mal unnötig nahe an Leonarda heran, wenn er an ihr vorbei mußte. Auf ganz unerklärliche Weise war ihr ein Gegenstand nach dem andern aus ihrer Truhe abhanden gekommen, obwohl das Schloß vollständig in Ordnung war. Es stellte sich heraus, daß der Boden der Truhe gelöst war, und Leonarda beschuldigte Alexander des Diebstahls.

Nein, ich habe nicht gestohlen, antwortete er. Aber ich werde dir die Sachen vielleicht wieder beschaffen können, falls du deine Bodentür heut abend offen läßt.

Sie sah ihn an und gab ihm stehenden Fußes zurück:

Willst du denn unbedingt noch morgen aus dem Hause?

Aber der Zigeuner versteht sich aufs Bitten und weiß Bescheid in allen süßen Künsten mit seinem roten Mund, seiner braunen Haut und seinen Augen. Und dazu ist er ein entsetzlicher Herr und Meister in der Liebe.

Leonarda saß am Tage darauf mit ihrem Strickzeug auf dem Hofe, da kam Alexander gegangen. Er sagte:

Laß mich nun dennoch hier bleiben und nimm vorlieb mit mir draußen im Torfmoor. Und nie wieder will ich dergleichen sagen.

Sie warf einen Blick zu ihm empor, seine wenigen Worte taten es ihr an. Und er hatte die Mütze dabei abgenommen, das Haar hing ihm so armselig in die Augen hinein, und sein roter Mund war schön ohnegleichen. Leonarda antwortete:

Ja, ja, wir wollen's versuchen.

Sie neigte sich über ihre Arbeit; sie war rot geworden. Aber der Zigeuner wußte wohl, was er tat, wenn er das junge Mädchen erhöhte und sie bat, mit ihm im Torfmoor vorlieb zu nehmen. Er wollte ihr schmeicheln, wenn er auch wohl wußte, daß nicht sie, sondern die Mutter alle Macht in den Händen hatte.

Die Tage verstrichen.

Des Tischlers Sohn Konrad war fort gewesen und war selbst Tischler geworden. Er hatte das Fach von städtischen Meistern gelernt und machte sich bald einen Namen. Er wohnte auf der andern Seite des Meeresstromes Glimma, und zu ihm fuhren die Leute, wenn sie eine feine Truhe gemacht haben wollten. Eines Tages fuhr auch Leonarda diesen Weg, und Alexander war es, der sie über den Strom setzte.

Sie blieb merkwürdig lange bei dem jungen Konrad und besprach mit ihm die Anfertigung einer neuen Truhe und noch vieles andre, denn die beiden kannten sich von Kind an. Als Alexander schon recht lange unten bei dem Boote gewartet hatte, ging er schließlich zum Haus des Tischlers hinauf und sah zum Fenster hinein. In demselben Augenblick wich er zurück und eilte ins Haus, erregt, in rasender Wut.

Alle drei starrten einander an. Aber der Zigeuner sah aus wie ein Renner mit hängender Mähne und bebenden Nüstern.

Ja, nun komme ich, sagte Leonarda, um ihn zu beruhigen.

Die zwei Männer maßen sich von Kopf bis zu Fuß, und beide

waren sie jung. Alexanders Finger griffen tastend an die Hüfte nach dem Messer, aber er hatte keins, und seine Augen wurden wieder demütig. Der Zigeuner ist hilflos ohne Waffe, aber mit dem Messer in der Hand ist er kühn und toll bis zum Mord.

Das war die erste Begegnung.

Während der Woche kam der Tischler Konrad mit der Truhe ins Haus des Großfischers. Und die Truhe war mit dem größten Fleiß zusammengefügt und geleimt, und das Schloß war neu und kunstvoll gemacht. Aber als Leonarda ihre neue Truhe in Gebrauch nehmen wollte, stellte sich heraus, daß alle ihre verlorenen Sachen an ihrem rechten Fleck lagen. So friedlich lagen sie in der alten Truhe, als wären sie niemals fort gewesen.

Das hast wieder du getan, sagte Leonarda zu dem Zigeuner.

Nein, ich hab es nicht getan, antwortete er abermals und log wohl wieder, wenngleich es ihm nichts nützte.

Tischler Konrad verweilte lange im Hause bei Leonarda, und sie kochte Kaffee für ihn und bewirtete ihn. Aber vorher hatte der Zigeuner die Gelegenheit wahrgenommen, pfui zu sagen und in den Kessel zu spucken.

Er paßte auch dem Tischler auf, als er zurück wollte.

Wieder maßen die Männer einander, und Alexander hatte das Messer bei sich.

Es nützt dir nichts, Zigeuner, sagte Konrad. Heute hat sie mir ihr Wort gegeben.

Da loderte es in Alexander auf wie Feuer, und er zog das Messer. Aber der Tischler sprang in das Boot und stieß ab, und als er wohlbehalten ein paar Faden weit entfernt war, schrie er zum Lande hinüber, daß er den Herumstreicher der Behörde anzeigen wolle.

Die Tage verstrichen.

Der alte Alexander »Splint« kehrte mit seinem Boot zurück und wollte den Sohn wieder an Bord nehmen; aber der junge Alexander weigerte sich und verlangte, seine Zeit abdienen zu dürfen. Und er hatte dem Vater wohl vorgespielt, daß er auf dem Hofe viel zu stehlen gedenke, denn das Zigeunerboot fuhr ohne den Burschen wieder fort.

Der junge Alexander aber sagte zu Leonarda:

Die Schwalben sind da. Ist's nicht an der Zeit, daß du mit mir zum Speicher hinuntergehst und mich anstellst, Tonnen und Zuber für den Sommerfischfang zu dichten?

Sie wußte wohl immer noch nicht, mit wem sie es zu tun hatte, und sie setzte ihre spöttischste Miene auf und antwortete:

Ich getrau mich's wohl.

Aber die spöttische Miene, die war wohl nicht gar so ernst gemeint, und seine zweideutigen Worte mißfielen ihr nicht mehr so sehr wie vordem. Sie sah es, daß seine Liebe heißer wurde Tag für Tag.

Kaum waren sie einen Augenblick lang auf dem Speicher, als Alexander schon nach ihr griff und sie hielt und sie auf den Mund küßte, viele, viele Male.

Soll ich nun wieder morgen fort? fragte er.

Du bist ganz und gar von Sinnen, sagte sie und entzog sich seiner Umarmung, rot und atemlos.

Ganz zahm antwortete Leonarda diesmal:

Es kommt darauf an, wie du dich schickst.

Ich werde es nie wieder tun, sagte er.

Er hielt nicht Wort. Er log immerwährend und gab sie nicht frei vor Liebkosungen.

Und es sollte ein Tag kommen, an dem Leonardas Herz anfing, dem braunhäutigen Heiden zu Willen zu sein.

Besser war sie nicht und nicht stolzer. Er erreichte durchaus nichts bei ihr in den ersten Wochen; in der vierten Woche aber wurden ihre Augen matt und ihm geneigt. Und das war gerade in der Zeit des knospenden Laubes, in der Zeit der wahnwitzigen hellen Nächte über dem Nordland. Schließlich machte sie sich auf den Weg zum Moor hinaus und stieg mit dem Mittagessen zu ihm in die Torfgrube hinunter, obwohl sie es auf die Kante der Grube hätte setzen können, wie sie's früher getan hatte. Aber das tat sie, um ihm so nah wie nur möglich zu kommen.

Die Mutter war verloren vor Eifersucht und setzte alles daran, daß dem Tischler der Vorrang bliebe. Und Leonarda erwiderte, so solle es sein. Aber sie ging in einem einzigen, wundersamen Rausche umher und wußte für sich selbst etwas andres. Dieser Herumstreicher Alexander stand im Moor und stach Torf, und sie ging hinunter zu ihm und hatte seine Schönheit, seine Jugend mitten vor sich. Es gab Tage, an denen der Tischler Konrad ihr ganz aus dem Sinne kam, und ihre trübsten Tage waren das nicht.

Später im Frühling kamen der Großfischer und seine Söhne vom Fischfang nach Hause, die Saatzeit begann, und Alexander half bei der Arbeit. Aber zu Sankt Johanni sollte er fort. Es wurde jetzt immer schwieriger für ihn, Leonarda heimlich zu treffen, da auch ihre Brüder sie bewachten und der Tischler Konrad von allen begünstigt wurde. So launisch ist überdies die

Liebe, daß es sie satt macht, wenn sie es allzu gut hat; der junge Zigeuner begann Leonarda zu langweilen. Sie rüstete sich zur Hochzeit mit Konrad.

Alexander sagte:

Das erstemal, wenn der Tischler seinen Fuß wieder in das Haus setzt, bringe ich ihn um.

Aber Leonarda war seiner überdrüssig und müde und antwortete wiederum spöttisch:

So, so. Und was tust du das zweitemal?

Am Sankt Johannistage sollte im Hause des Tischlers Tanz sein, und Leonarda sollte hingehen und tanzen. Aber an demselben Abend sollte auch Alexander seinen Dienst auf dem Hof des Großfischers verlassen.

Leonarda sagte zu Alexander:

Setze mich über, bevor du reisest.

Wo willst du hin? fragte er.

Das geht dich nichts an, erwiderte sie.

Alexander machte sich bereit. Er packte seine Habseligkeiten in ein Bündel und sagte:

Ich bin bereit.

Sie gingen zum Strom hinunter und bestiegen das Boot. Und der Meeresstrom Glimma war stark angeschwollen, seit das Eis sich gelöst hatte, und war nur mit Gefahr zu überqueren.

Während Alexander ruderte, sagte er:

Dann willst du ihn wohl heiraten?

Ja, erwiderte sie.

Nicht ich habe deine Sachen gestohlen, sagte er weiter. Deine Mutter hat es getan.

Eine ganze Minute lang starrte sie ihn an, und dann rief sie:

Was sagst du?

Sie wollte Zwietracht zwischen uns säen. Aber ich habe mir's gedacht, wo sie all deine Sachen versteckt hatte, und stahl sie dir zurück.

Du lügst und lügst, antwortete Leonarda und glaubte ihm nicht.

Der Zigeuner ruderte immer fahrlässiger und sah nicht, wohin er ruderte.

Und ich habe dir nichts Böses angetan, sagte er zuletzt. Ich könnte ein ordentlicher Mensch werden, wenn du wolltest.

Was kümmert das mich? versetzte sie und hatte nichts im Sinn als Zank. Wie ruderst du denn? Wir werden auflaufen.

Er aber ließ das Boot treiben.

Dann schrie sie laut dieselben Worte.

Er holte heftig mit den Rudern aus, wie um ihr gehorsam zu sein, und zerbrach das eine Ruder.

Sie waren hilflos.

Du hast es mit Absicht getan, sagte sie da, zum erstenmal in Angst.

Er entgegnete:

Jawohl. Du kommst nicht lebend ans Land.

Einen Augenblick darauf erscholl ein kreischender Schrei, das Boot prallte gegen den Felsen, und die eine Seite wurde zerschmettert. In einem Nu rettete der Zigeuner sich auf den Felsen. Von da sah er Leonarda ein paarmal herumrollen, dann wurde sie emporgehoben und herumgedreht, mit dem Kopf voran. Und wirbelte dann mit dem Wasser auf den Grund. Vom Lande her hatte man sie bemerkt, und der Zigeuner wurde gerettet. –

Und niemand konnte dem jungen Alexander etwas anhaben. Sein Ruder war gebrochen, ihn selbst traf keine Schuld; das Unglück hatte seine Hand im Spiele gehabt.

Diese Geschichte erzählte Alexander mir selbst auf der Festung Akershus, wo er einer Gewalttat wegen gefangen saß.

Unter Tieren

Ich kenne keine Gegend, wo es so viele Tiere und Vögel gegeben hätte wie daheim in Nordland. Ich will absehen von allerhand Seevögeln und Robben und Fischen, ich spreche von größeren Seltenheiten: Adlern, Schwänen, Hermelinen und Bären.

Das alles sah ich schon in meiner Kindheit.

Die Wälder in meiner Heimat waren zu jener Zeit angefüllt mit einem einzigen Durcheinander von Vogellauten. Im Frühling und Sommer schrie der Birkhahn oben auf den Höhen, und im Winter schnatterte das Schneehuhn im Dickicht, daß die Menschen auf dem Hof ihr eigenes Wort nicht verstanden.

Das war damals.

Vor ein paar Jahren war ich nach fünfundzwanzigjähriger Abwesenheit wieder in der Heimat, und da fragte ich nach Schnee- und Birkhühnern. O nein, die trieben nun nicht mehr ihr Spiel im Walde. Es war, als hätten die Vögel die Gegend verlassen, eit keine Kinder mehr daheim waren. Denn auf die ganze große nsel war nie ein Engländer mit der Büchse gekommen; die ögel waren also nicht ausgerottet worden, sie waren nur fortezogen.

Die ganze Zeit über gingen wir Kinder umher und machten ıns mit dem Getier in den Ställen zu schaffen und warteten es. Mit einigen von den Kühen waren wir gleichaltrig, die Schafe ınd Ziegen kamen nach uns auf die Welt, und wir sahen sie von lein auf wachsen und Jahr um Jahr größer werden; schließlich vurden sie so alt und groß, daß sie ein Glöckchen bekamen. Wir gaben manchen Sparpfennig hin, um Glöckchen für Schaf und Ziege zu erstehen. Und alle diese kleinen Glocken von verschielenem Klang hallten im Sommer so schön im Walde, wenn sie ich mit den großen Kuhglocken mischten.

Ich vergesse nie, wie ich unsern alten Kater umbringen sollte. Wir hatten Glück damit, unsere Kater lange am Leben zu erhalen, so daß wir beständig ein uraltes Exemplar im Hause haten. Und der ging in der Regel mit Narben und Schrammen on tollen Kämpfen einher. Nun war er krank geworden und ıatte einen Ausschlag bekommen, so daß er für uns Kinder ein gefährlicher Kamerad war; ich sollte ihn deshalb töten. Nicht veil ich der Älteste von uns Buben gewesen wäre: das war ich ıicht; aber weil sich meine Mutter in aller Heimlichkeit an mich ınd keinen andern wandte, deshalb wollte ich ihr's nicht abchlagen: ich würde schon der Rechte sein für so ein Geschäft. Jnd es würde bei einer solchen Tat nicht wenig Ruhm dabei ür mich abfallen.

Ihn ertränken wollte ich nicht. Denn da würde er keine Luft riegen, meinte ich. Mit einem Strick wollte ich ihn erdrosseln. ch mochte damals neun, zehn Jahre sein, und der Kater war n demselben Alter, so daß von meiner Seite mit viel Mut verahren werden mußte. Ich nahm den Kater mit mir in den Voratsraum. Hier warf ich die Endschlinge des Stricks über einen chweren Eisenhaken in der Wand, machte eine Schlinge mitten ns Seil und steckte den Hals des Katers in diese Schlinge. Dann ing ich an zu ziehen.

Nie habe ich einen kranken Kater so munter werden sehen. Er sagte nicht viel und jammerte mich nicht sonderlich an, aber m Anfang fauchte er ganz fürchterlich. Ich wurde kalt vor Entetzen. Dann machte er sich daran, seinen Körper um den Strick ıerumzuschleudern: unter ihn, hoch über ihn und nach den Seien hin; einmal erreichte er mich mit seiner Kralle und ritzte mich gehörig. Es war gut, daß der Strick so lang war. Ich wagte mic nach und nach ganz bis ans Ende hin und zog aus allen Leibes kräften. Der Kater setzte seine seltsamen Verschlingungen fort manchmal liegt er lang und flach längs des Seiles, manchma liegt er über dem Seil auf dem Kopfe, die Hinterbeine zu un begreiflicher Höhe emporgestreckt. Ich fing an, ihm zuzureden wie man einem Pferde zuredet, und sagte, er sollte ruhig sein aber er konnte mich schwerlich noch hören. Wir kämpften woh fünf Minuten lang auf diese rasende Art miteinander, da mach der Kater einen letzten Schwung hoch übers Seil hinauf, krümm sich in der Luft zusammen und fällt nieder. Still bleibt er hän gen. Aber ich wußte, daß ein Kater zählebig ist, ich ließ de Strick nicht los, bevor nicht weitere fünf Minuten vergange waren. Jedermann hätte mich jetzt umblasen können, so zitterte mir die Beine.

Der Kater war tot. Und ich heimste meinen Ruhm ein vo den Kameraden. Denn es war nicht jedermanns Arbeit, was ic vollführt hatte; mit diesen meinen zwei Fäusten hätte ich de Kater erwürgt, so sagte ich. Und wollte mich jemand fragen ob er nicht gekratzt habe, so konnte ich eine lebensgefährlich Schramme auf der Hand vorzeigen und jedermann überzeugen

Und bis auf diesen Tag ist's den Menschen verborgen geblie ben, wie ich eigentlich den Kater vom Leben zum Tode beför dert habe . . .

Wir hatten zu Hause keinen Hund, so daß der Hase im Winte fast bis an unsre Haustür kommen konnte. Dann standen wi mäuschenstill und ließen einen schnalzenden Laut hören, u ihn zu beruhigen; denn wir begriffen, daß er hungrig war. Abe es glückte uns niemals, ihm so nahe zu kommen, daß wir ihn etwas hätten geben können. So hatten wir keinen andern Ra als uns beiseite zu stehlen und zu Gott zu beten für den Hasen Das hatte ich für mein Teil von meinem älteren Bruder Han gelernt; aber keiner von uns wollte es wahr haben, daß wir der gleichen täten.

Während des Winters kam so mancher Hund auf dem Weg vorbeigelaufen. Wir kannten alle Hunde weit in der Umgegend doch zuweilen konnten auch Hunde kommen, die wir nich kannten, eine so lange Reise hatten die zurückgelegt; und dan waren sie manches Mal vollkommen erschöpft. Riefen wir si an, so blieben sie stehen und ließen sich nieder; sie waren auc nicht weiter zu bekommen. Nun gab's nur zweierlei in der Vor ratskammer, woran wir kommen konnten, das war Flachbro nd Hering. Und nicht einmal davon konnten wir eine größere Menge nehmen, ohne daß sie vermißt worden wäre; aber wir atten eine sonderbare Mutter, die oft wieder umkehrte und tat, ls habe sie etwas vergessen, wenn sie uns in der Vorratskammer rtappte. Und Flachbrot und Hering aßen wir so manches heimiche Mal außerhalb der Mahlzeiten, und mit Flachbrot und Hering retteten wir mehr als einen von weit her kommenden Hund. Gleich Freßsäcken verzehrten sie's, und nachher schnupperten ie Schnee auf, um ihren Durst zu löschen. Mit viel neuem Mut rotteten sie dann den Weg weiter.

An einem Wintertag, als Hans und ich in den Wald fuhren, um Brennholz zu holen, trafen wir ein Ren. Eine große Semle* war's. Sie mußte von den Hunden aus ihrer Herde versprengt worden ein und sich dann verirrt haben. Der Schnee lag hoch, und als sie durch uns, die wir dahergefahren kamen, vom Wege verjagt wurde, konnte sie kaum die paar Schritte weit waten. Hans meinte, sie ei übel dran. Da wendeten wir unser Pferd um und fuhren nach Hause, um Flachbrot und Hering für die Semle zu holen. Merkwürdigerweise fraß sie beides und hatte keine Furcht vor uns. Als wir in den Wald fuhren, kam sie hinter uns her, sie stand bei uns, während wir aufluden, und als wir wieder nach Hause fuhren, pazierte die Semle auch mit. Aber daheim ließ sie sich von keinem Erwachsenen streicheln, sie schlug mit dem Vorderlauf aus, wenn sie einen wegjagen wollte. Nun brach die Nacht herein, und s stand harter Frost bevor; nach einem Kampf mit Vater bekamen wird endlich die Erlaubnis, die Semle in Gottes Namen in die Tenne zu sperren und ihr zu fressen zu geben.

Aber am Morgen wollte sie nicht wieder gehen. Im Gegenteil, sie blieb einen, blieb mehrere Tage und kam uns teuer zu tehen; der Vogt wurde benachrichtigt. Sie wurde in der Kirche usgerufen, aber kein Besitzer meldete sich, er mochte auf dem Renfjeld weilen. Dann sprach man davon, die Semle zu versteigern; aber wer konnte in unserm armen Kirchspiel ein so großes Tier kaufen? Kurz, die Semle mußte im kleinen abgegeben, sie mußte geschlachtet werden.

Und wir taten die ganze Zeit über nichts andres, als sie mit Eßwaren zu versorgen. Sie fraß gern Flachbrot; aber Grütze bekam sie nicht herunter. Dagegen liebte sie es, an gefrorenen Rübenblättern zu kauen, über die wir zum Glück verfügten, und Hans und ich molken außerdem heimlich eine Kuh und boten der Semle die Milch an, aber das wollte sie auch nicht ha-

* Weibliches Ren.

ben, gab dafür aber selber etwas Milch. Sie war übrigens so reizbar und böse gegen Erwachsene, daß sie nur uns Kinder in ihre Nähe ließ; zuweilen pufften sie uns die Mützen vom Kopfe und beschnupperte unser Haar. Vielleicht glaubte sie, wir wären eine Art merkwürdiger Kälber.

Da eines Tags, kam ein Nachbar, der sollte sie erstechen. Aber er war dumm in dieser Kunst und bekam das Messer nicht hinein, er kannte die Stelle nicht und traf auf den Knochen; die Semle riß sich von uns allen los und sprang den Weg hinunter mit dem Messer im Nacken. Du sollst sehen, es nützt nichts, sagte Hans zu mir; die Semle wird sich schon zu helfen wissen!

Nun sollte sie erschossen werden.

Auch das wird nichts nützen, sagte Hans. Und wir faßten uns bei den Händen und heulten vor Begeisterung, daß das alles nichts nützen werde bei unsrer Semle.

Der Schütze wurde benachrichtigt. Er hatte eine alte Schrotflinte, die er vorerst einmal über dem Herd in starker Wärme aufzutauen begann. Dann machte er sich ans Laden. Ich weiß nicht, ob er nicht genug Schrot hatte, aber er hackte eine ganze Anzahl großer Nägel in Stückchen und lud die Flinte damit. Dann warf er ein paar geflüsterte Worte in den Herd; es war wohl eine Beschwörung oder was es nun sein mochte, er drehte sich jedenfalls unter Gemurmel und mit verzerrtem Gesicht wieder um. Eine Ahnung von etwas Dunklem und Seltsamem erfüllte uns bei seinem Treiben. So ein Schütze soll auch kein Handwerker, sondern ein Träumer sein; es liegt eine ungeheure Mystik in seinem Tun.

Dann nahmen wir die Semle wieder aufs Korn. Sie war widerspenstig und böse bis zum äußersten und wollte nicht mehr auf den Hof kommen, wir mußten alle den Hügel zu ihr hinuntersteigen. Dann legte der Schütze die Flinte an, zielt eine Ewigkeit lang und drückt ab.

Nun ist eine Rensemle gewiß ein großes Tier, aber selbst ein großes Tier wird in tiefe Bewegung geraten, wenn ihm eine Ladung Schrot und Nägel durchs Gehirn fährt. Einen Augenblick stand die Semle wie betäubt da, als horche sie auf etwas Gewaltiges in ihrem eigenen Kopfe, dann fiel sie in die Knie und rollte danach auf die Seite. Wir sahen etwas zottig Graues sich ein paarmal rühren, und dann lag es still da.

So kam der Tod über die Semle.

Ich schrieb ein Gedicht, auf daß sie nicht wie ein Hund unter uns verrecke. Das hatte viele Verse, aber ich weiß nur noch einen

Oh, ausgekämpft sind Hunger und Plage;
du ruhst im Grabe so gut und rein.
Der Wächter Zions zum Himmel dich trage
und schenk dir dort Manna und Altarwein.

Dann sind noch die Schädlinge unter den Vögeln zu nennen, ich meine die Vögel, die sich im Frühjahr zur Saatzeit in Schwärmen auf den Äckern niederließen und die Saat fraßen, besonders waren das die Wildgans, der Sperling und die Hühner. Wir Kinder hatten das Amt, die Äcker von diesen Vögeln frei zu halten, aber da das ein wirklich mühseliges Amt war, das störend in manch schönes Spiel eingriff, so luden diese Schädlinge unsern Haß auf sich. Und diesen Haß bekamen besonders unsere Hühner zu schmecken: wir waren oft herzlich grausam gegen sie. So waren wir die reinen Künstler, wenn es galt, sie mit Steinen und Holzscheiten zu treffen, so daß sie knapp mit dem Leben davonkamen und laut schrien; dann wurde wohl von den Alten in der Stube an die Scheiben geklopft, damit wir unsern Blutdurst mäßigten. In einem Jahre bekam Hans einmal eine Flinte geliehen, mit der er dies und jenes schießen konnte. Er wurde ein eifriger Jäger; aber im Walde schoß er stets fehl; als er dagegen anfing, auf die Hühner zu schießen, die gar schön still hielten, da glückte es ihm, zu treffen. Damit waren denn auch die Tage der Flinte gezählt.

Sommerwonne
Ein winzig kleiner Roman

Die Pension war vollauf mit Gästen besetzt: Herren und Damen; sogar aus dem Nachbarlande waren ein paar vorhanden. Den meisten fehlte irgend etwas Unbedeutendes; Männer wie Frauen waren überanstrengt und waren hergekommen, um sich in dem kleinen Fischerdorf am Meer für ein paar Wochen auszuruhen. Die Verheirateten waren in der Mehrzahl; und um rechten Frieden zu genießen, hatten sie oft ihre Ehehälfte daheimgelassen und konnten so auf eigene Faust auftreten. Es wurde nicht wenig geflirtet zwischen diesen isolierten Männlein und Weiblein, und unter der Lampe im Salon sah man alternde Leute zu neuen, jungen Menschen werden. Alle aber sagten sie: Das ist die gesunde Luft, das ist das Meer!

Es waren alles gebildete und vornehme Leute, große Kaufleute, ein paar Professorenfrauen, Direktoren. Und da waren eine Frau Generalkonsul und eine Frau Etatsrat, beide mit ihren Männern. Ein schwerreicher Herr aus der Hauptstadt, auf dessen Karte bloß: Otto Mengel, Grossist, zu lesen war, wurde Herr Direktor genannt. Die Wirtin besaß ein großes Talent, während des Vorstellens einen jeden in passender Weise um eine Stufe zu erhöhen. Von Direktor Mengel ist übrigens nur Gutes zu sagen; er war sicherlich ein einflußreicher Mann und trug die Freimaurerembleme an der Uhrkette. Immerhin erweckte es ein gewisses Erstaunen, als der junge Oxentand, der ein reicher Löwe war und sich bisher vor niemand gebeugt hatte, den Direktor Mengel auffallend tief grüßte, als der in der Pension auftauchte. Erst später kam es an den Tag, daß Herr Mengel in der Hauptstadt eine ausgedehnte Leihtätigkeit betrieb.

Die Klatschereien, die unter den Gästen im Schwange waren, konnten als bloße Klatschereien unter Freunden ohne unnatürliche Boshaftigkeit angesehen werden. Der Versicherungsagent aus dem Nachbarland aber, der hatte sich von allen Seiten echten Unwillen zugezogen, und zwar durch seine Versuche, mitten in der Pension Kunden für seine Versicherungsgesellschaften zu werben. Es war, als rechne er damit, daß jemand sterben solle und es war doch im Gegenteil niemand da, der daran gedacht hätte. Ihn nannte man denn auch Herr Direktor, um seine Selbstachtung zu wecken; aber das war verlorene Liebesmüh. Er selbst nannte sich Agent Anderson, und damit basta, und er korrigierte alle, die ihm den Direktortitel gaben.

Das Hornvieh; er war Geschäftsmann und weiter nichts. Er war nicht im mindesten krank, und die nackte Wahrheit war, daß er gut aß, gut schlief und Kräfte im Überfluß hatte. Eines Tages sagte die Frau Generalkonsul: Hinaus mit diesem Herrn Anderson!

Aber Frau Milde wußte wohl, warum die Frau Generalkonsul jetzt verlangte, daß man Anderson hinauswerfen solle: er hatte ihre närrische Sanftmut gegen ihn nicht zu würdigen gewußt. Eines Abends hatte die Frau Generalkonsul allein im Garten im Dunkeln gesessen und geschwärmt, und da war Herr Anderson vorbeigekommen. Sie rief ihn an und nannte ihn Direktor, ja sie deutete sogar an, daß er so gesund und stark sei und daß es ihre Nerven beruhige, wenn sie ihn nur sehe.

So, so, sagte Anderson.

Und denken Sie, ich glaube, Ihre Arme sind behaart, hahaha,

sagte die Frau Generalkonsul. Kommen Sie doch und leisten Sie mir ein wenig Gesellschaft.

Es ist zu dunkel, erwiderte er.

Ja, aber lassen Sie uns nur nicht in all die Helligkeit gehen.

Doch; sehen Sie, ich weiß aus Erfahrung, daß ich im Hellen besser sehe als im Dunkeln, sagte Anderson.

Ein Starrkopf war er, und es war die allgemeine Ansicht, daß er auch die Natur nicht liebe; man hatte ihn dastehen und das Meer mit trockenen, ganz trockenen Augen betrachten sehen. Der Löwe Oxentand versuchte eines Tages, ihn zum besten zu haben, aber das gelang ihm nicht. Es war im allgemeinen recht erheiternd, die Antworten des Agenten anzuhören. Die junge Frau Trampe, die Schönheit, fragte ihn einmal quer über den Tisch:

Sie sind also nicht verheiratet?

Nein, war seine Antwort. Aber ganz ohne Mißgeschick ist's ja doch auch bei mir nicht abgelaufen ...

Da sollte nun die neue Dame kommen.

Es lief ein Telegramm aus dem Nachbarland ein, ob die Pension wohl Platz für eine Dame habe. Es stand darin, es dürfe ruhig ein kleines Zimmer sein, aber jedenfalls müsse es im Erdgeschoß liegen. Die Wirtin antwortete, ja, es sei Platz vorhanden.

Die ganze Pension erwartete nun also diese Dame. Warum wollte sie im Erdgeschoß wohnen? War sie lahm? Die jungen Frauen im dritten oder vierten Jahr ihrer Ehe wollten nichts dagegen haben, wenn sie durchaus keine Schönheit wäre. Der Löwe Oxentand sagte: Doch, lassen Sie sie ruhig hübsch sein; mit Ihnen, Frau Trampe, kann sie sich ja doch nicht messen.

Zwei Tage darauf kam sie. Ihr Kutscher fuhr in scharfem Trabe bis vor den Eingang der Pension und hielt dann im Nu an. Die Dame stieg aus. Das Spiel auf dem Tennisplatz stockte plötzlich, und alle blickten auf die Dame. Sie trug einen großen Hut und war sehr vornehm gekleidet, und als sie ausstieg, konnte jeder sehen, wie jung sie war.

Frau Anderson ist mein Name, sagte sie zur Wirtin.

Wie heißt sie? fragte die Frau Generalkonsul.

Anderson! erwiderte Frau Trampe, die Schönheit.

So, so, ein Menschenkind mehr, das Anderson heißt! Es wird unausstehlich hier.

Die Frau Generalkonsul bekam recht, Frau Anderson wurde wirklich unausstehlich – für alle mit Ausnahme der Herren. In die brachte sie aber ein erstaunliches Leben. So auf den ersten Blick war das gar nicht leicht zu verstehen. Hübsch von Angesicht war sie keineswegs, und sie hatte auch nicht Frau Trampes blanke Augen, an einen Vergleich war nicht zu denken. Aber sie hatte dunkle, gefährliche Augen, ja, die hatte sie; dazu kam, daß ihre Augenbrauen zwei dunklen Blutegeln glichen, die mit den Schnauzen gegeneinander lagen und etwas Mystisches hatten. Und jung und halbblond war sie, und ihr Mund war wie eine Blüte.

Schön ...

Frau Anderson stand des Morgens zu spät auf, und die Wirtin mußte sie an die festen Zeiten in der Pension erinnern: erstes Frühstück präzis um neun Uhr.

Frau Anderson antwortete:

Ich will präzis um neun Uhr erscheinen – nur nicht des Vormittags.

Da mußte selbst der Generalkonsul sie ansehen. Er begegnete ihrem Blick. Und niemand brauchte den Generalkonsul zu lehren, in einem Blicke zu lesen. Er entstammte einer bekannten Dichterfamilie und machte selbst vortreffliche Gedichte über die Natur und die Menschen.

Welch offenkundiger Feuerbrand loderte doch in diesen Weiberaugen am hellichten Tage! Der Generalkonsul sah es: das waren Augen, die zu wollen begannen ...

Als die Zeit verging und Frau Anderson ihre Rechnung erhielt, bat sie ohne Umstände um Aufschub mit der Bezahlung. Sie besäße kein Geld, sagte sie, doch es werde sich wohl ein Ausweg finden an einem der nächsten Tage.

Am Abend geriet sie ins Gespräch mit Etatsrat Adami. Er stand mitten in seiner zweiten Jugend, diesem letzten Aufflammen, darin das Alter wieder so unnatürlich jung wird. Frau Andersons Fragen und Antworten gereichten dem kahlköpfigen, vornehmen Herrn zu großem Ergötzen.

Als seine Frau ihn herausrief, nahm der Generalkonsul sofort seinen Platz ein. Und er hatte lange auf diesen Moment gelauert.

Er sagte:

Ich habe den Etatsrat um dieses lange Gespräch mit Ihnen beneidet.

Auf Sie habe ich gewartet, Herr Generalkonsul, erwiderte die junge Frau. Unter anderm, um Sie etwas zu fragen und um Ihnen zu danken.

Was ist es denn?

Haben *Sie* mir die Blumen in mein Zimmer stellen lassen?

Blumen? Ich muß gestehen ... Hat man Ihnen Blumen –

Verzeihen Sie! sagte Frau Anderson. Ich habe mir auch wirklich zu viel eingebildet.

Die Poesie stieg dem Generalkonsul zu Kopfe infolge dieser geheimnisvollen Blumen, und er brach in die Worte aus:

Gott, ich hätte es tun *sollen*. Wir alle sollten es tun. Tag für Tag.

Ich liebe Blumen, sagte sie. Aber ich bin zu arm, um mir welche kaufen zu können.

Es traf sich so, daß sie Verschiedenes aus ihrem Leben zu erzählen begann und daß der Generalkonsul ein Gleiches tat. Nie zuvor war er einem Fremden gegenüber so mitteilsam gewesen. Es endete damit, daß er sich ganz und gar zum Narren machte.

Frau Anderson sagte:

Aber Sie sind ja verheiratet, Herr Generalkonsul!

In der Liebe bringt es mehr Glück, vorwärts als rückwärts zu schauen, erwiderte er und seufzte.

Und am folgenden Tage saß beim Mittagessen der Generalkonsul da und war verlegen und fieberhaft gestimmt; ein kleines Gedicht trug die Schuld, das er in Frau Andersons Serviette hineingeschmuggelt hatte. Als sie es fand und es durchzulesen begann, wandte er sich an seinen Nebenmann mit den Worten:

Puh, heute ist es hier wärmer als je!

Man flüsterte sich zu, daß zweifellos der Etatsrat, der alte Kahlkopf, es sei, der die Rosen in Frau Andersons Zimmer hätte setzen lassen. Aber der jungen Dame selbst gegenüber leugnete er es ab.

Nein, nein, ich bin's nicht gewesen, sagte er. Und ich habe nichts zu gestehen.

Die junge Frau sah ihn plötzlich erstaunt an. Sie zog die Augenbrauen ein wenig in die Höhe, diese zwei feinen Blutegel, die sich mit den Schnauzen berührten, und sagte:

Nein, wie hübsch Sie das sagen! Ihre Stimme war wie ein Hafenbaß. Singen Sie, Herr Etatsrat?

Na ... das nun nicht gerade, das heißt, ein bißchen hat man ja auch mitgemacht.

Wie ein junger Mann war er. Gewiß hatten ihn die gesunde Luft und das Meer so kernig und feurig gemacht.

Die Frau Etatsrat schickte nach ihm, aber er wich nicht vom Platze.

Ich gehe nicht, sagte er. Man lasse mir doch mein bißchen Frieden. Ach, was will man denn von mir?

Und Frau Anderson nickte und nahm seine Partei: Gewiß, er könne doch sitzen bleiben.

Wir können ja von Geschäften sprechen, sagte sie. Dann dürfen Sie gewiß bleiben.

Ja, mit Ihnen machte ich gern ein Geschäft, gnädige Frau. Lassen Sie hören! Ja, lassen Sie's bloß zu einem kleinen Geschäft zwischen uns kommen!

Nicht zu einem großen Geschäft?

Doch, auch zu einem großen Geschäft. Je größer, desto besser – ha-ha-ha. Gott segne Sie!

Aber Frau Anderson meinte ganz im Ernste: sie wollte sein Leben versichern, ihn assekurieren.

Ach so, sagte der Etatsrat verblüfft. Die gnädige Frau ist Agentin?

Sehen Sie, das war vor ein paar Jahren. Ich mußte meinem Manne verdienen helfen. Was sollte ich anfangen? ... Und sie erklärte weiter, daß sie ihn nicht hochnehmen wolle; die Versicherungssumme brauche nicht groß zu sein.

Ja, sagte der Etatsrat, wenn schon, dann auch für eine große Summe. Und vielleicht ist's überhaupt nicht unklug, sich versichern zu lassen.

Ich werde die Papiere meinem Manne nach Hause zur Unterschrift schicken, sagte Frau Anderson. Der Form wegen muß der Arzt Sie untersuchen, wenn Sie auch gesund wie ein Jüngling sind. Der Arzt der Gesellschaft wird unverzüglich kommen.

Als der Etatsrat seiner Frau begegnete, sagte er kurz und bündig:

Ich hatte Geschäfte abzuwickeln und konnte nicht abkommen. Was willst du von mir?

Du hattest Geschäfte abzuwickeln? Mit ihr?

Ich habe mein Leben versichern lassen. Es hat seine ungemeine Bedeutung, versichert zu sein. Sie vertritt die beste Gesellschaft.

Die schlechteste Gesellschaft, war die zweideutige Antwort der Etatsrätin, die schlechteste Gesellschaft vertritt sie.

Der Etatsrat freute sich, daß er sich der Frau Anderson hatte gefällig erweisen können. Er selbst hielt darauf, daß die Angelegenheit so schnell wie möglich erledigt werde, und als der Arzt aus dem Nachbarland erschien, ging der Etatsrat in bester Laune zur Untersuchung.

Natürlich fehlte ihm nichts, nicht das geringste.

Frau Anderson gab ihm die Hand und bedankte sich bei ihm.

Habe ich Ihnen denn wirklich einen Gefallen damit erwiesen? fragte er.

Einen großen Gefallen. Eine Hilfe. Ich möchte nicht gern mehr sagen.

Da ließ der Etatsrat das Aller-, Allerbeste in seiner Natur siegen, und er sagte:

Ich glaube eigentlich, daß ich auch den Generalkonsul dazu veranlassen könnte, dasselbe Geschäft mit Ihnen zu machen, wenn Ihnen daran gelegen ist.

Da nannte Frau Anderson ihn Wohltäter und Freund. Sie sah sich in demselben Augenblick rings um und errötete wundersam auf beiden Wangen.

Ich meine, wir könnten das jetzt gleich erledigen, solange der Arzt der Gesellschaft hier ist, sagte der Etatsrat zum Generalkonsul. Wir tun gewiß ein sehr gutes Werk damit. Nicht etwa, daß sie es direkt gesagt hätte; aber ...

Mir hat sie geradezu gesagt, daß sie arm ist, entgegnete der Generalkonsul. Sie tut mir herzlich leid. Ein wunderschönes Kind, gefährliche Augen.

Der Dichter ging mit ihm durch, er wollte nicht zurückstehen, sondern sich für eine ebenso hohe Summe wie der Etatsrat versichern lassen. Er hatte außerdem noch einen kleinen privaten Grund, der Frau Anderson diesen Gefallen zu erweisen; sie hatte ihm kürzlich für sein Gedicht mit so überquellendem Gefühl gedankt, daß man es nicht gut anders als eine Entladung hatte nennen können. Der Dichter rumorte weiter in ihm, und er sagte:

Wie, wenn wir auch unsere Frauen versichern ließen?

Was, unsere Frauen? fragte der Etatsrat. Nein, das geht nicht, ich bringe meine nicht dazu. Sie wissen: die Untersuchung. Nie und nimmermehr.

Ich meinerseits bin der Ansicht, daß wir beinahe dazu verpflichtet sind.

Es entstand eine Pause. Der Etatsrat dachte stark nach.

Sie *muß* es tun! rief er dann plötzlich. Ich gehe sofort zu ihr.

Selten hatte die Etatsrätin ihren Mann so bestimmt auftreten sehen, er duldete keinen Einwand.

Wir sind dazu verpflichtet! sagte er schließlich mit den Worten des Generalkonsuls.

Dazu verpflichtet?

Da spielte der Etatsrat den Geistesgegenwärtigen und Verschmitzten, er verrannte sich ganz und gar nicht, nickte vielmehr ein feierliches Nicken und sagte:

Ja, wir müssen es tun. Wir haben eine Tochter, von der wir einmal fort müssen.

Und obgleich die Tochter bereits mit zwei Millionen verheiratet war, ließ sich kein, gar kein Einwand erheben gegen diese Feierlichkeit ...

Der fremde Arzt hatte alle Hände voll zu tun, um die vielen vornehmen Herrschaften inwendig und auswendig zu untersuchen und ihnen Atteste auszustellen, ihrem Zustande gemäß. Er war ein junger, dunkeläugiger Mann in hellgrauem Anzug. Der Löwe Oxentand konnte sich neben ihm nicht behaupten, sondern wurde zu einem Nichts in den Tagen, als der fremde Arzt sich in dieser Pension aufhielt. Anfangs machte er den Versuch, gleichgültig zu bleiben; als aber auch Frau Trampe, die Schönheit, stärkeren Glanz in die Augen bekam, wenn sie den Arzt sah, da verlor der gute Löwe den Kopf.

Gespielt haben Sie mit mir, sagte er zu Frau Trampe. Er sagte es täglich und wiederholte seine Vorwürfe.

Eines Tages antwortete sie ihm ohne Umschweife – denn sie war seiner überdrüssig:

Ich habe nicht mit Ihnen gespielt. Aber ich liebe Sie nicht so, wie Sie es gern hätten. Und was sollte denn auch daraus werden? Ich bin verheiratet, bedenken Sie das.

Sie hätten damit *anfangen* sollen, mir das zu sagen, erwiderte er. Aber damit haben Sie ganz im Gegenteil nicht angefangen.

Aber recht, recht gute Freunde wollen wir sein, nicht wahr? fuhr sie fort.

Da lachte der Löwe.

Und Sie wollen mir wie eine Schwester sein, heißt's nicht so? ...

Sie war an den Arzt verloren und sprach des Abends im Garten mit ihm.

Ich kenne jemand, der glücklicher sein könnte, sagte sie und wurde sprühend rot.

Aber nicht Sie sind das?

Doch, ich bin es. Sie sind Arzt und verstehen es. Es ist so gefährlich, auf dem Lande zu sein und kerngesund zu werden von der Luft und dem Meer. Und hier ist keiner, mit dem man reden könnte. Hier war keiner, bevor Sie kamen.

Der Löwe Oxentand ging vorüber. Er schien nach jemand zu suchen, um ihn zu erschlagen.

Diese Frau Anderson kann mit Ihnen zusammen sein, wann sie will, sagte Frau Trampe.

Der Doktor lachte:

Nur in geschäftlichen Angelegenheiten. Wir versichern die Leute. Sie verdient Geld wie Heu ... Lassen Sie mich mal Ihren Ring sehen. Geben Sie mir doch Ihre Hand. Nicht? Bloß einen Augenblick?

Nein, das wage ich nicht. Tut Frau Anderson es? ... Gut, nun lege ich meine Hand in die Ihre, als ob ich in etwas einwilligte. Aber lieber Gott, ich tu es nicht, ich willige in nichts ein, verstehen Sie mich recht. Aber, mein Bester, was tun Sie da?

Sie zog ihre Hand zurück.

Aber er hatte sie vorher geküßt.

Wie fein und warm Ihre Hand ist! sagte er.

Und Frau Anderson ging vorüber. Wurde die Eifersucht in ihr wach? Ihre Augen schimmerten so seltsam herüber, als sie die beiden sah. Frau Anderson setzte stolz ihren Weg fort; doch als der Löwe Oxentand auf der Veranda saß und sie anzureden begann, da kam sie ihm mit ungewöhnlichem Eifer entgegen. Und sie blieben sitzen in langem, fieberhaftem Gespräch, als hätten sie beide Grund, den zweien im Garten zu zeigen, daß sie einander gefunden hätten.

Frau Anderson hatte keine Furcht mehr vor den Rechnungen. Sie bezahlte in der Pension, als wäre diese kleine Schuld ein Nichts gewesen, ein Trinkgeld, das von den großen Versicherungsprämien abfiele. Und der Etatsrat warf an dunklen Abenden große Blumensträuße in ihr Fenster. Sicherlich stand sie hier bei allen Frauen in höchster Ungnade; aber daraus machte sie sich nichts. Sie schien ein Herz von Stein zu haben gegenüber allen, mit Ausnahme derer, für die sie Interesse gefaßt hatte. So verfügte sie über kein Mitgefühl mit ihrem unglücklichen Konkurrenten, dem Versicherungsagenten Anderson. Er war ein Hornvieh, er hielt sich nicht an die Herzen. Aus den wenigen Worten, die sie mit ihm gewechselt hatte, konnten die Umstehenden hören, was die beiden einander gönnten: nichts. Tod und Vernichtung.

Agent Anderson sah aus wie eine einzige gefährliche Verschwörung.

In einer warmen Nacht hatte der Etatsrat sich einmal zum Fenster hinausgelehnt, um sich abzukühlen. Es war finster, und er hörte nur das leise Rauschen der Bäume im Garten. Er hatte den Einfall, ein Auge auf Frau Andersons Fenster im Erdgeschoß zu haben: daß sie geschlossen seien, daß die Lampe gelöscht sei und daß sie selber schlafe. Da hörte er im Dunkeln ein Fenster sich öffnen, es ist eins von Frau Andersons Fenstern, und ein Mann springt auf die Erde hinunter. Der Etatsrat verspürt ein bösartiges Stechen, und er konnte in dieser Nacht nicht schlafen.

Am Morgen trug er sein fürchterliches Geheimnis wie ein Mann, später am Tage aber ließ er ab von dem Kampf in der Stille. Er begab sich zu Frau Milde und erzählte ihr die Sache.

Es stellte sich heraus, daß die beiden Pensionsgäste, die sich erst hier kennengelernt hatten, schon weit vorgeschritten waren im gegenseitigen Verstehen. Es war wohl die gesunde Luft, die so Großes vollbracht hatte.

Was geht Frau Anderson dich an, du Lieber! sagte Frau Milde.

Ich ertrag' es nicht! erwiderte der Etatsrat. Man muß in der Nacht seinen Frieden haben!

Frau Milde warf sich ihm um den Hals und weinte und beschwor ihn, nur an sie und wieder an sie zu denken. An niemand sonst. Etwas anderes ertrüge sie nicht.

So-so-so! sagte der Etatsrat. Jawohl, nur an dich. Aber ... Gewiß, ich sage es ja, nur an dich.

Aber Frau Milde weinte weiter und machte ihm Vorwürfe, er lasse Tag auf Tag vergehen, und sie treffe ihn nicht. Und sie sagte: Diese fremde Frau hat es dir angetan, und du willst nichts wissen von mir.

Kannst du mir übrigens Auskunft geben, wer der Schlingel ist, den sie des Nachts empfängt? sagte der Etatsrat mitten aus seinen Gedanken heraus.

Da brach Frau Milde los:

Siehst du, nun hast du schon wieder an sie gedacht! Nein, ich halt's nicht aus!

Eine gute halbe Stunde mußte der Etatsrat bei ihr bleiben und sie hätscheln und alles mögliche tun, um ihre gute Laune wieder herzustellen. Bevor er ging, sagte er indessen ganz würdevoll:

Ich glaube, es muß noch dazu kommen, daß wir zwei mehr wie Bruder und Schwester zueinander werden.

Und es war merkwürdig genug, Frau Milde hatte sich dermaßen besänftigt, daß sie die Worte des Etatsrats ohne Tränen anhören konnte. Sie lehnte sich ins Sofa zurück und fiel kurz darauf in ein regelrechtes Schläfchen.

Aber der Etatsrat ging mit seinem Geheimnis weiter zum Generalkonsul. Es war nun auch eine Dummheit von ihm gewesen, sich in solch einer Angelegenheit an Weiber zu wenden.

Nicht Sie hab ich im Verdacht, daß Sie der Mann heute nacht gewesen seien, sagte er zum Generalkonsul. Und Sie werden's von mir nicht annehmen.

Nein, in alle Ewigkeit nicht, sagte der Generalkonsul in poetischem Überschwang.

Und beider Augen wurden blank vor gegenseitigem Vertrauen.

Sie verhandelten die Sache und rieten auf den Löwen Oxentand als den Täter. Der Etatsrat wurde dazu bestellt, auf die Fenster der verlockenden Frau auch weiterhin ein wachsames Auge zu haben.

Es ist und bleibt verdrießlich, sagte der Etatsrat, daß dieser Oxentand Zutritt zu ihr finden soll. Und dabei sind wir es doch, Sie und ich, die ihre wahren Freunde gewesen sind.

Wenn es Oxentand ist, werde ich mit der Wirtin sprechen, sagte der Generalkonsul. Er soll aus dem Hause. Ich dulde das nicht.

Der Etatsrat antwortete:

Ich ebenso wenig. Ich habe kein Auge zugetan heute nacht ...

Besagter, der Löwe Oxentand, gab auch wirklich Grund zu starkem Verdacht. Frau Anderson tat es ihm mehr und mehr an, und er bedachte sie in aller Gegenwart mit süßen Redensarten. Und seine vorige Liebe, die Schönheit, glitt mehr und mehr in den Schatten für ihn.

Er zog Otto Mengel, den Grossisten, außer Hörweite und begann mit ihm von Geld zu sprechen, von mehr Geld, einem neuen Darlehen.

Nein, sagte der Wucherer, es läuft zu hoch auf. Sie haben gewiß Schwierigkeiten genug mit dem, was ich Ihnen schon gegeben habe.

Nicht im geringsten. Da irren Sie sich. Außerdem stirbt mein Onkel bald. Ich habe eben einen Brief bekommen: er stirbt in allernächster Zeit.

Ja, wir wollen's hoffen! sagte Otto Mengel.

Aber er wollte dem Löwen nicht mehr helfen.

Und es kamen peinliche Tage für den Löwen. Er hatte angekündigt, er wolle sich bei Frau Anderson versichern lassen, und konnte nun nicht Wort halten. Schließlich bekam er eines Tages ein Telegramm, daß der Onkel tot wäre, und der Grossist Otto

Mengel war nun gleich mit dem Gelde bei der Hand. Aber so etwas an märchenhaften Zinsen hatte der Löwe noch nicht bezahlt. Und doch schwieg er zu allem, denn er selbst hatte das Telegramm geschrieben.

Dann geschieht es in einer dunklen Nacht, daß sich wieder eins von Frau Andersons Fenstern öffnet und ein Mann herausspringt. Der unglückselige Etatsrat Adami liegt da oben auf der Lauer und kann das Ganze sehen, aber nichts, gar nichts anderes anfangen. Am Morgen aber nahm er den Generalkonsul mit und untersuchte die Spuren unter Frau Andersons Fenster.

Aparte Spuren sind's, sagte der Generalkonsul.

Sie stammen von Stiefeln mit Eisenbeschlägen unter den Absätzen, so wie die Bauern sie haben, sagte der Etatsrat.

In der nächsten Nacht leuchteten sie auf alle die Schuhe, die zum Putzen in die Korridore hinausgesetzt waren, und sie fanden ein Paar mit Absatzeisen: es waren die Schuhe des Versicherungsagenten Anderson.

Noch nie hatte die zwei alten Herren so ein Erstaunen gepackt. Aber beide waren empört und wollten es nicht länger dulden. Im Laufe des Morgens gaben sie dem Agenten ein paar kleine Winke, und auch der leichtsinnigen Frau wollten sie ein bißchen Quälerei nicht ersparen.

Es waren Leute vor Ihrem Fenster heute nacht, sagte der Etatsrat.

Ja, sagte auch der Generalkonsul, gerade vor Ihrem Fenster. In der tiefen, dunklen Nacht.

Was sagen Sie! erwiderte Frau Anderson. Waren es Diebe?

Ein Mann von gedrungener Gestalt. Dreißigjährig. In dunklem Anzug. Mit Absatzeisen unter den Stiefeln, wie die Bauern sie tragen.

Ich getrau mich nicht mehr, in dem Zimmer zu schlafen.

Und sie sollte auch keine Gelegenheit mehr haben, in dem Zimmer zu schlafen.

Im Laufe des Tages war Frau Anderson nirgends zu finden, ihr Platz am Mittagstisch stand leer: Daneben stand noch ein leerer Stuhl, der des Versicherungsarztes. Wo sind sie geblieben, wo können sie nur geblieben sein? fragten alle und jeder. Aber Versicherungsagent Anderson aus dem Nachbarland biß in seinen Schnurrbart und war firm und fest anzusehen wie eine große Verschwörung.

Seine Mienen wurden keineswegs milder, als die Wirtin ihn

auf ihr Kontor berief und ihm mitteilte, daß man ihn in der Nacht das Zimmer der Frau Anderson durchs Fenster habe verlassen sehen.

Und was weiter? sagte Anderson.

Der Herr Direktor sollen abreisen, sagte die Wirtin. So etwas wird in meinem Hause nicht geduldet.

Anderson murmelte:

Wenn das nur das Ärgste wäre, daß ich in ihrem Zimmer war und jetzt abreisen soll.

Ich habe nach einem Wagen für Sie geschickt.

Aber das Ärgste ist, daß *sie* jetzt abgereist sind, fuhr Anderson fort. Und können Sie mir vielleicht sagen, wohin sie gereist sind?

Darin kann ich Ihnen nicht dienen, erwiderte die Wirtin.

Anderson sprach mit sich selber:

Mißtraut habe ich ihnen schon lange. Aber ich hoffte, daß sie sich bezähmen würde hier an dem fremden Ort.

Es kommt mir so vor, als wären Sie es, der sich nicht hat bezähmen können.

Anderson begann erregt zu werden und erwiderte:

Ich mußte zu ihr hinein, um die Papiere fertig zu machen, ich mußte die Policen unterschreiben. Begreifen Sie nun?

Was haben Sie mit den Policen der Frau Anderson zu tun? Sie ist doch eine fremde Dame für Sie.

Die? Eine fremde Dame? Meine Frau ist sie, und weiter nichts.

Ihre Frau? fragte die Wirtin mißtrauisch.

Sie war meine Frau! schrie Agent Anderson. Hier hab' ich mich abgeplagt und bekam kein Geschäft zustande, da schrieb ich ihr, sie solle kommen. Und nun ist sie mit dem Doktor auf und davon. Hintergangen haben mich die zwei; sie haben alles Geld mitgenommen.

Da schwieg die Wirtin eine volle Minute lang und dachte über die Sache nach. Sie hatte noch einen kleinen Verdacht.

Seine eigene Frau kann man ja am Tage besuchen, sagte sie und nahm einen kleinen Anlauf.

Kann man seine eigene Frau nicht auch in der Nacht besuchen? fragte Anderson verbittert ...

Nun durchfuhr die ganze Pension ein Schock, alle Herren merkten, daß die listige Frau sie hinters Licht geführt hatte. Agent Anderson legte ein Papier nach dem andern vor und bewies, daß die Dame seine Ehefrau war. Das mußte als unzweifelhaft gelten, und sie hatten beim Versichern der halben Pension ja gemeinschaftlich gehandelt. Der Löwe Oxentand hätte seine

Lebensversicherung am liebsten annullieren mögen, aber er mußte den Mund halten, des unseligen Telegramms wegen. Etatsrat Adami und der Generalkonsul drohten Anderson mit einer Anzeige.

Bitte, tun Sie's! erwiderte der Agent. Sie haben sich bei mir versichert, die Policen sind in Kraft, mein Name hat sie gültig gemacht.

Und Agent Anderson brauchte die Pension nun nicht einmal Hals über Kopf zu verlassen, wie ursprünglich verlangt worden war. Alle Herren verurteilten den Geschäftskniff, die eigene Frau als Zwischenhändler zu verwenden; aber die Damen nahmen für den Agenten Partei und begannen, ihm das Leben durch weitgehendes Mitgefühl erträglicher zu machen. In der Freude darüber, daß die gefährliche Frau verschwunden war, gingen sie sogar so weit, daß sie dem Agenten in seinem Mißgeschick direkt Trost zusprachen.

Sie wird schon wieder kommen! sagte Frau Milde. Sie wird einsehen lernen, daß Sie und kein anderer in der ganzen Welt der Rechte sind. So geht mir's wenigstens mit meinem Manne.

Und auch Frau Trampe, die Schönheit, die der dunkeläugige Versicherungsarzt elendiglich hinters Licht geführt hatte, erklärte, daß es auch ihr nicht anders mit ihrem Manne gehe, ja, daß er der einzige auf Gottes Erdboden sei ...

Aber Agent Anderson trauerte auf seine eigene Art.

Natürlich kommt sie wieder, sagte er. Ich erwarte sie, denn sie ist so tüchtig im Versicherungswesen. Aber brennt sie noch einmal mit den Prämien durch, so kommt sie mir zu teuer zu stehen, sagte er.

Drei Wochen darauf traf denn auch ein Brief von der durchgebrannten Frau ein, daß sie sich ihm jetzt zu Füßen werfe und auf ihres Mannes Schwelle kniefällig Vergebung erbitte. Und ihre Augen seien voll Tränen, so stand da. Und nach dem Doktor frage mich nicht, stand weiter da, denn der ist davongereist auf Nimmerwiedersehen.

Agent Anderson mußte unwillkürlich nicken:

Was hab ich gesagt! Ist sie vielleicht nicht wiedergekommen! Aber tut sie's noch einmal und nimmt sie die Kasse mit, so laß ich einen Steckbrief hinter ihr los.

Und Agent Anderson reiste nach Hause.

Am gleichen Abend ging Frau Trampe, die Schönheit, umher und rang die Hände vor lauter Gesundheit. Sie hatte Zeit gehabt, den Doktor zu vergessen und ihre Gefühle für den Löwen Oxentand wieder aufleben zu lassen. Und da der Löwe Oxentand gleichfalls wieder vollständig genesen war dank der Landluft und dem Meere, so erfreuten die beiden sich aneinander wie nie zuvor.

Er schlang die Arme um sie und sagte:

Nun *können* Sie meiner ewigen Liebe nicht länger entgehen.

Sie hatte keine abweisende Antwort zur Hand, sie lächelte und flüsterte: In wonniger Sommerzeit ... Und kein Nein entschlüpfte ihrem Munde.

Etatsrat Adami sah keinen Ausweg, als ausschließlich zu Frau Milde zurückzuflüchten. Doch die nahm Rache an ihm, und das gehörig, weil er einmal in seiner Raserei bloß ihr Bruder hatte sein wollen: zwei Abende lang sah und hörte sie keinen andern als den poetischen Generalkonsul. Erst am dritten Abend sagte sie: Zur Probe! und ließ alles wieder gut sein zwischen sich und dem Etatsrat.

Frauensieg

Ich war Straßenbahnschaffner in Chicago.

Zuerst war ich auf der Halsted-Linie angestellt, einer Pferdebahn noch, zwischen Stadtzentrum und Viehmarkt. Wir vom Nachtdienst waren alles andre eher als geschützt auf dieser Linie wegen aller der fragwürdigen Leute, die den Weg zur Nachtzeit passierten. Wir durften auf niemand schießen und niemand töten, weil die Straßenbahngesellschaft gegebenenfalls ersatzpflichtig war; ich meinesteils hatte auch keinen Revolver und mußte darum meinem Stern vertrauen. Übrigens, ganz wehrlos ist man selten: So hatte ich den Schwengel der Bremse, der sich im Nu abnehmen ließ und ein treffliches Hilfsmittel abgab. Das heißt, mehr als einmal habe ich seiner nicht bedurft.

Im Jahre 1886 stand ich alle Weihnachtsnächte hintereinander auf meinem Straßenbahnwagen, ohne daß etwas vorgefallen wäre. Es kam ein großer Trupp Irländer vom Viehmarkt her und befrachtete meinen Wagen ganz und gar, sie waren besoffen und hatten Flaschen bei sich, grölten nach Noten und wollten nicht recht ans Zahlen heran, obwohl wir schon angefangen hatten zu fahren. Sie hätten der Gesellschaft nun wieder ein ganzes Jahr lang, abends und morgens, fünf Cent gezahlt, sagten sie, und nun sei Weihnachten, und da wollten sie einmal nicht zahlen. Sie war gar nicht so unsinnig, diese Auffassung; aber sie frei durchzulassen wagte ich nicht, aus Furcht vor den »Spionen«, die im Dienste der Gesellschaft standen und über die Ehrlichkeit der Schaffner zu wachen hatten. Ein Konstabler stieg auf. Er stand ein paar Minuten da, sagte ein paar Worte über Weihnachten und das Wetter und sprang dann wieder ab, weil wir so schwer beladen waren. Ich wußte recht wohl, daß auf ein Wort an den Konstabler alle Passagiere ihre fünf Cent hätten zahlen müssen; ich sagte aber nichts. Warum haben Sie uns nicht angezeigt? fragte einer. Ich hielt das für überflüssig, erwiderte ich, ich habe es ja mit Gentlemen zu tun. Darauf fingen ein paar an, mich herzlich auszulachen; ein paar aber hielten es mit mir und fanden einen Ausweg, indem sie für alle zahlten.

Zur nächsten Weihnacht war ich auf die Cottage-Linie gekommen. Das war ein großartiger Wechsel. Ich hatte jetzt einen Zug von zwei, manchmal drei Wagen, und die wurden durch ein unterirdisches Kabel getrieben; das Publikum in diesem Stadtteil war vornehm, und ich mußte meine Fünfer in Handschuhen einsammeln. Zum Ersatz fehlte hier alle Spannung, und man wurde es bald müde, diese Villenmenschen anzusehen und anzuhören.

Ein kleines Erlebnis war mir dann noch vorbehalten für Weihnachten 1887.

Am Heiligen Abend fuhr ich am Vormittag meinen Wagen zur Stadt hinein; ich hatte damals Tagesdienst. Ein Herr steigt auf und fängt ein kleines Gespräch mit mir an; mußte ich in die Wagen hinein, so wartete er, bis ich auf die hinterste Plattform, wo mein Platz war, zurückkam, und nahm dann das Gespräch wieder auf. Er war um die dreißig herum, blaß, trug einen Schnurrbart und war sehr vornehm gekleidet, aber ohne Überrock, obgleich es ziemlich kalt war.

Ich bin von zu Hause fortgefahren, wie ich ging und stand, sagte er. Ich wollte meiner Frau zuvorkommen.

Weihnachtsgeschenke, bemerkte ich.

Ganz recht! antwortete er und lächelte.

Es war aber ein seltsames Lächeln, eine Grimasse mit dem Munde, ein nervöses Feixen.

Wieviel verdienen Sie? fragte er.

Es ist das keine ungewöhnliche Frage im Yankeelande, und ich gab also an, wieviel ich verdiente.

Wollen Sie zehn Dollars extra verdienen? fragte er.

Ich sagte: Ja.

Er nahm seine Brieftasche heraus und reichte mir ohne weiteres die Banknote. Er bemerkte, er habe Vertrauen zu mir.

Was soll ich tun? fragte ich.

Er verlangte, meinen Zeitplan zu sehen, und sagte: Sie fahren heute acht Stunden?

Ja.

Auf einer Ihrer Touren sollen Sie mir einen Dienst leisten. Hier an der Ecke der Monroestraße kommen wir über einen Schacht, der zu dem unterirdischen Kabel hinunterführt. Es ist ein Deckel über dem Schacht; diesen Deckel hebe ich ab und steige hinunter.

Sie wollen sich das Leben nehmen?

Nicht ganz. Aber so tun will ich.

Aha!

Sie sollen Ihren Wagen anhalten und mich aus dem Loch heraufschaffen, auch wenn ich Widerstand leiste.

Das soll geschehen.

Ich danke Ihnen. Ich bin übrigens nicht geisteskrank, wie Sie vielleicht annehmen. Ich tue das alles meiner Frau wegen, sie soll sehen, daß ich mir habe das Leben nehmen wollen.

Ihre Frau wird dann also in meinem Zuge sitzen?

Ja. Sie wird in The grip sitzen.

Ich stutzte. The grip war der Wagen, auf dem der Führer stand und lenkte; er war offen und ohne Wände, es war kalt darin während des Winters, und niemand setzte sich dann hinein.

Sie wird in The grip fahren, wiederholte der Mann. Sie hat es in einem Brief an ihren Liebhaber versprochen, heute darin zu fahren und ihm ein Zeichen zu geben, wenn sie kommt. Ich habe den Brief gelesen.

Gut. Aber ich muß Sie daran erinnern, daß Sie den Deckel möglichst rasch von dem Schacht abnehmen und ohne Aufenthalt hinuntersteigen. Sonst wird uns ein neuer Zug einholen. Wir fahren in Zwischenräumen von drei Minuten.

Ich weiß das alles, entgegnete der Mann. Der Deckel wird gelöst sein, wenn ich komme. Er ist schon jetzt in diesem Augenblick gelöst.

Noch eins: Wie können Sie wissen, welchen Zug Ihre Frau benutzt?

Darüber bekomme ich telephonisch Nachricht. Ich habe Leute, die ihre Schritte lenken. Meine Frau wird ein braunes

Pelzkostüm tragen, Sie können sie leicht erkennen – sie ist sehr schön. Wenn sie ohnmächtig werden sollte, so schaffen Sie sie in die Apotheke an der Monroeecke.

Ich fragte:

Haben Sie auch mit meinem Führer gesprochen?

Ja, sagte der Mann. Und ich habe ihm die gleiche Summe gegeben wie Ihnen. Aber ich will nicht, daß ihr zwei miteinander spaßen sollt über die Sache. Ihr sollt gar nicht davon reden.

Nein.

Sie postieren sich auf The grip, wenn Sie sich der Monroestraße nähern, und halten gut Ausguck. Sehen Sie meinen Kopf über dem Schacht, so geben Sie das Haltezeichen, und der Zug kommt zum Stehen. Der Führer wird Ihnen helfen, mich zu übermannen und aus dem Schacht hervorzuziehen, wenn ich auch behaupte, sterben zu wollen.

Ich dachte ein wenig über das Ganze nach und sagte:

Mir scheint, Sie hätten Ihr Geld sparen können und keinen in Ihr Vorhaben einzuweihen brauchen. Sie hätten einfach in das Loch hinuntersteigen können.

Du großer Gott! rief der Mann, angenommen, der Führer bemerkte mich nicht! Sie bemerkten mich nicht! Niemand!

Sie haben recht.

Wir sprachen noch von diesem und jenem, der Mann fuhr bis zur Endstation mit, und als mein Zug umkehrte, fuhr auch er mit zurück.

An der Ecke der Monroestraße sagte er:

Da ist die Apotheke, in die Sie meine Frau bringen sollen, wenn sie ohnmächtig wird.

Dann sprang er ab.

Ich war um zehn Dollars reicher; Gott sei Dank, es gab doch auch glückliche Tage im Leben! Den ganzen Winter lang hatte ich mich über Brust und Rücken mit einer Schicht Zeitungen wattiert gegen den schneidenden Wind; bei jeder Bewegung knarrte ich in der unangenehmsten Weise, und die Kameraden hatten ihren Spaß mit mir. Nun sollte es unter anderm zu einer Pelzweste von wundersamer Dichte reichen! Wenn dann die Kameraden das nächste Mal kämen und sich an mich heranmachten, um zu hören, wie ich knarrte, so würde ich es nicht dulden ...

Ich mache zwei, ich mache drei Touren zur Stadt; nichts geschieht. Als ich eben zum vierten Male von der Cottagestation abfahren wollte, stieg eine junge Dame auf und nahm Platz in The grip. Sie trug ein braunes Pelzkostüm. Als ich zu ihr nach vorn kam und ihre Zahlung in Empfang nahm, sah sie mich voll an. Sie war sehr jung und schön, die Augen tief unschuldig und blau. Ärmste, es steht Ihnen ein großer Schrecken bevor, dachte ich; aber Sie haben gewiß einen kleinen Fehltritt begangen, und nun sollen Sie Ihre Strafe haben. Jedenfalls werde ich Sie mit Wonne behutsam in die Apotheke tragen.

Wir rollten der Stadt zu.

Von meiner Plattform aus bemerke ich, daß der Führer plötzlich mit der Dame zu sprechen begann. Was konnte er ihr zu sagen haben? Es war ihm außerdem nicht gestattet, sich während des Dienstes mit den Passagieren zu unterhalten. Zu meiner großen Verwunderung sehe ich, daß die Dame sich sogar einen Platz näher an den Führer heransetzt, und da steht er nun an seiner Maschine und hört gespannt zu, was sie sagt.

Weiter rollen wir in die Stadt hinein, halten an und lassen Leute einsteigen, halten an und setzen Leute ab, alles geht seinen Gang. Wir nähern uns der Monroestraße. Ich denke bei mir: der exzentrische junge Mann hat sich seine Stelle klug ausgesucht, die Monroeecke ist eine stille Ecke, wo man ihn kaum stören wird beim Hinabsteigen in den Schacht. Und ich denke weiter, daß ich dann und wann die Leute der Straßenbahngesellschaft in diesen Schächten habe stehen und ausbessern sehen, was da unten in Unordnung geraten sein mochte. Aber sollte es einmal einem Arbeiter einfallen, in dem Loch stehen zu bleiben, wenn der Zug darüber fuhr, er würde schlecht und recht um mehrere Zoll kürzer werden; die Gabel, die von The grip aus zu dem Kabel hinabführte, würde seinen Kopf vom Halse trennen. Da Monroe die nächste Straße war, ging ich nach vorn auf The grip.

Weder der Führer noch die Dame sprachen jetzt. Das letzte, was ich bemerkte, war, daß der Führer nickte, als sei er mit sich über etwas ins reine gekommen, dann starrte er geradeaus und fuhr mit voller Geschwindigkeit drauf zu. Und es war doch der große Pat, der Irländer, den ich als Führer hatte. Slack her a bit, sagte ich im Jargon zu dem Führer. Das heißt: Fahr ein bißchen sachter. Ich sah nämlich einen schwarzen Punkt mitten auf dem Geleise, es konnte ein Menschenkopf sein, der aus dem Boden herausragte.

Ich sah mir auch die Dame an, sie hatte die Augen auf denselben Punkt geheftet und griff hart an ihren Sitz. Schon ist sie besorgt eines möglichen Unglücks wegen, dachte ich: was wird sie tun, wenn sie sieht, daß es ihr eigener Mann ist, der sterben will!

Der große Pat jedoch verlangsamte die Fahrt nicht. Ich rief ihm zu, es seien Menschen in dem Schacht – keine Änderung. Wir sahen jetzt deutlich den Kopf, es war der tolle junge Bursche, der in seinem Loch stand, das Gesicht uns zugekehrt. Da setzte ich die Pfeife an den Mund und ließ ein starkes Haltesignal ertönen; Pat fuhr mit gleicher Geschwindigkeit; in einer Viertelminute mußte ein Unglück geschehen. Ich schlug an die Glocke, sie läutete, und dann sprang ich nach vorn und ergriff die Bremse. Doch es war zu spät, kreischend fuhr der Zug über den Schacht, bevor er zum Stehen kam.

Ich sprang ab; ich war verstört und besann mich nur darauf, daß ich einen Mann angreifen sollte, der Widerstand leisten würde. Aber ich bestieg gleich wieder The grip und hatte überhaupt an keinem Fleck Ruhe. Auch der Führer war wie verstört, er fragte ohne Sinn und Verstand, ob Leute in dem Schacht gewesen seien und wie es habe kommen können, daß er nicht anhielt. Die junge Dame rief: Fürchterlich! Fürchterlich! Ihr Gesicht war blutlos, und krampfhaft hielt sie sich am Sitze fest. Aber sie wurde nicht ohnmächtig, und kurz darauf stieg sie ab und ging ihrer Wege.

Es sammelten sich viele Leute an; wir fanden den Kopf des Verunglückten unter dem hintersten Wagen, sein Leib stand noch in dem Schacht; die Gabel der Maschine hatte ihn unter dem Kinn erfaßt und seinen Kopf mitgerissen. Wir schafften den Toten vom Geleise weg, es kam ein Konstabler hinzu, der ihn fortbringen sollte. Der Konstabler schrieb auch viele Namen auf, und *mir* konnten alle Passagiere bezeugen, daß ich geläutet und gepfiffen und zuletzt zur Bremse gegriffen hatte. Übrigens hatten wir Straßenbahnleute selbst unserm Büro Rapport zu erstatten. Der große Pat bat mich um mein Messer. Ich verstand ihn falsch und sagte, das Unglück sei ohnehin groß genug. Da lächelte der große Pat und zeigte mir seinen Revolver zum Zeichen, daß es ihm an einer *Waffe* nicht fehle und daß er das Messer zu keinen Dummheiten brauchen wolle, sondern zu ganz andern Dingen. Als er das Messer erhielt, sagte er mir Lebewohl: nun könne er nicht länger im Dienst bleiben; es tue ihm leid, aber ich müsse selber meinen Zug bis zur Endstation führen, da werde man mir einen andern Fahrer geben. Und er erklärte mir, wie ich's anzufangen habe. Das Messer müsse ich ihm überlassen, sagte er, er wolle in einen ruhigen Hausflur gehen und da seine Uniformknöpfe abschneiden.

Damit ging er.

Es war nichts zu machen, ich mußte selber zur Station fahren; es standen jetzt mehrere Züge hinter mir, die nur darauf warteten, daß ich von der Stelle komme. Und da ich von früher ein bißchen Übung mit der Maschine hatte, lief es ohne Unfall ab ...

Eines Abends zwischen Weihnachten und Neujahr war ich dienstfrei und schlenderte durch die Stadt. Als ich an einen Bahnhof kam, trat ich einen Augenblick ein, um mir den gewaltigen Verkehr da drinnen anzusehen. Ich ging bis ganz auf einen der Perrons hinaus und schaute mir einen Zug an, der abfahren sollte. Plötzlich ertönt mein Name, ein lächelnder Mann steht auf einem Wagentritt und ruft mich an. Es war der große Pat. Es dauerte eine Weile, bis ich ihn erkannte, er steckte in feinen Kleidern und hatte sich den Bart abnehmen lassen.

Mir entfuhr ein kleiner, erstaunter Schrei.

Pst, nicht so laut! Wie ist die Affäre eigentlich abgelaufen? fragte Pat.

Wir sind vernommen worden. Man sucht dich.

Pat sagte:

Ich reise in den Westen. Was hat man hier vom Leben? Sieben, acht Dollars in der Woche, aber davon viere zum Unterhalt. Ich nehme mir Land, ich werde Farmer. Versteht sich, ich habe das Geld dazu. Wenn du mitkommen willst, wollen wir uns drüben bei Frisko Land suchen.

Ich kann nicht weg.

Eben denk ich dran: hier ist dein Messer. Schönen Dank. Nein, siehst du, das Leben bei der Straßenbahn hat keine Zukunft. Ich habe drei Jahre gedient und bis jetzt nie Gelegenheit gehabt, die Sache an den Nagel zu hängen.

Der Zug pfiff.

Ja, adieu, sagte Pat. Hör mal, wieviel hast du von dem Mann bekommen, der überfahren wurde?

Zehn Dollars.

Soviel hab ich auch bekommen. Na, er war eigentlich ein ehrlicher Zahler. Aber die Frau war tüchtiger.

Die Frau?

Die junge Frau, ja. Ich habe ein kleines Geschäft mit ihr gemacht. Es kam ihr nicht an auf ein-, zweitausend, denn sie wollte den Mann loswerden. Wenn ich jetzt ein leichteres Leben anfangen kann – geschieht's von ihrem Gelde.

I

Auf, Leute, ruft der Aufseher der Sektion Orange Flat. Wir können ihn nicht sehen, es ist noch pechschwarze Nacht, drei Uhr morgens, aber wir springen auf der Stelle aus den Betten und ziehen Hose und Bluse an.

Es ist Erntezeit, wir rackern uns ab wie die Hunde, finden zu wenig Schlaf, und alle Mann gehen in unnatürlich erhitztem Zustand umher. Wir zanken miteinander wegen Kleinigkeiten; bei der geringsten Schwierigkeit, die sich während der Arbeit im Laufe des Tages ergibt, wenden wir Gewalt an und brechen die Gerätschaften entzwei.

Der Aufseher ist selbst mager und hart geworden wie eine Stange. Er erzählt uns, daß die Nachbarsektion einen bedeutenden Vorsprung hat und ein paar Tage vor uns mit der Ernte fertig sein wird. Das wird nie geschehen! antworten wir mit zusammengebissenen Zähnen. Wir haben's uns in den Kopf gesetzt, die Nachbarsektion einzuholen, ja sie mit Glanz zu übertrumpfen; niemand soll uns davon abhalten können. Darum hat uns der Aufseher in den letzten zwei Wochen schon um drei Uhr aus den Betten gerufen, und sein Auf, Leute! würden wir morgen wieder und übermorgen wieder hören um drei Uhr in der Nacht. Wir sahen kein Ende ab in diesem Gejage.

Wir stürzen an den Eßtisch und zwingen uns, das Allernotwendigste an Brot und Butter, Fleisch und Kaffee zu verschlingen. Das Essen ist gut, aber Appetit kennen wir nicht mehr. Nach zehn Minuten sitzen wir bereits auf unsern Wagen und fahren zur Arbeitsstätte hinaus.

Und wir arbeiten wie von Gott verlassene, tolle Geschöpfe. Wir wissen sehr wohl, daß viel Lob und Anerkennung unser harrt, wenn wir nur einen Tag vor der Nachbarsektion zum Ziele gelangen, und die Nachbarsektion macht gleichfalls die alleräußersten Anstrengungen. Ein jeder hat seinen Ehrgeiz in dieser Welt, und wir hatten den unsern.

Es hellt sich auf, die Sonne kommt hervor und fängt zu glühen an; wir werfen unsre Blusen ab. Hunderte von Männern sind über die endlose Weizenprärie verstreut; da werden wir herumhantieren, bis heute abend die Dunkelheit da ist.

Ich weiß nicht, ob ich's noch länger aushalten kann, Nut, sagte Huntley, der Irländer.

Und Nut, das war ich.

Im Laufe des Tages höre ich, daß Huntley das gleiche zu dem Landstreicher Jeß gesagt hat: daß er's nicht länger aushalte.

Ich rüffelte ihn seines allzu offenen Mundwerkes wegen und machte ihm Vorwürfe, weil er das zu einem Landstreicher gesagt hatte.

Huntley begreift wohl, daß er dadurch eine gewisse Macht über mich bekommen und meine Eifersucht geweckt hat. Er läßt sich noch weiter aus, er erklärt sich ganz offen:

Ich kann nicht länger, heute nacht gehe ich meiner Wege. Willst du mitkommen, so bin ich um zwölf Uhr an der nördlichen Stallecke.

Ich will nicht mitkommen, sagte ich.

Ich arbeitete den ganzen Tag und dachte über die Sache nach; und als der Abend kam, da war ich entschlossen, Huntley nicht zu begleiten. Ich sah wohl, daß er mit mir reden wollte, sowohl beim Abendessen als auch nachher, als wir uns schlafen legten, doch ich ging ihm aus dem Wege und war zufrieden mit mir, daß ich ihm Widerstand zu leisten vermochte.

Am Abend kleideten wir uns aus und fanden unsre Betten. Alles lag in Finsternis. Nach ein paar Minuten schnarchte die ganze Stube.

Ich saß angekleidet auf meinem Bett und dachte nach. In ein paar Stunden würde der Aufseher wieder rufen: Auf, Leute!, und der Tag würde verlaufen wie der gestrige und der vorgestrige. Dagegen lag wohl ein paar Tageswanderungen von hier eine Farm oder eine Stadt, wo ich andere Arbeit finden und Geld verdienen könnte. Und da würde ich vielleicht ein bißchen mehr Schlaf finden.

Ich schlich mich aus der Stube und ging an die nördliche Stallecke hinüber.

Huntley war schon da; zusammengekauert stand er mit dem Rücken nach der Wand zu und die Hände in der Tasche. Er fror. Ein Weilchen darauf kam auch der Landstreicher Jeß.

Ich fragte:

Soll auch Jeß dabei sein?

Natürlich, erwiderte Huntley. Gerade er soll dabei sein. Du wolltest ja nicht.

Gewiß, ich will, sagte ich und wollte auf einmal.

Ja, nun ist's zu spät, erklärte Huntley. Ich habe nur Proviant für uns zwei.

Wütend sagte ich da:

Dann meld ich's dem Aufseher.

Tust du das? fragte Huntley sanft, durchaus sanft. Bestimmt tust du es nicht, sagte er, auf keinen Fall tust du es.

Er kam mir sa nahe, daß ich seinen Atem spürte.

Halt! flüsterte der Landstreicher. Will Nut mitkommen, so werde ich mehr Essen schaffen. Ich weiß, wo der Koch das Fleisch stehen hat.

Während der Landstreicher Jeß weg war, standen Huntley und ich bei den Ställen und zankten uns darum, daß ich ihn hatte angeben wollen, und als Jeß mit dem Fleisch zurückkam, war Huntley noch so erregt, daß er sagte:

Konntest du nicht mehr Fleisch finden, du Lump! Was ist das für einen erwachsenen Mann? Gut, da hast du dein Fleisch, Nut, sagte er und warf mir das Fleisch zu.

Dann schlichen wir uns von Orange Flat fort.

2

Wir gingen in nördlicher Richtung, um auf das Eisenbahngeleise zu stoßen, und wir gingen ein paar Stunden. Da erklärte der Landstreicher Jeß, er müsse ein wenig schlafen. Wir beiden andern hätten noch weitergehen können.

Wir waren mitten in der Prärie, und noch sahen wir kein Anzeichen, daß der Morgen herankäme. Da wir ziemlichen Nachtfrost hatten, kamen wir durch die Weizenfelder und die ungeheuren Prärien, ohne naß zu werden. Wir gingen nun rings im Kreise und fühlten mit den Füßen vor uns her, um eine gute Stelle zum Liegen ausfindig zu machen; ich legte mich hintüber auf den Ellenbogen und schlummerte, den Kopf in die Hand gestützt, ein.

Plötzlich weckte uns Jeß. Er hat die letzten Wochen hindurch wohl zu wenig Schlaf gehabt und kann jetzt nicht einschlafen.

Auf, Leute! rief er.

Schlaftrunken und verjagt springen wir auf; es ist keine Gefahr im Verzuge, nur finsterer Friede dehnt sich um uns her. Huntley flucht und behauptet, uns jetzt schon wach zu machen, sei nicht nötig gewesen.

Jeß erwiderte:

Wir wollen sehen, daß wir von der Stelle kommen. Hier liegt überall soviel weißer Reif. Der Aufseher kann unsere Spuren von den Ställen aus verfolgen, und da er ein Pony reitet, kann er uns gut einholen.

Ja, was weiter? fragte Huntley. Wir werden ihn kaltmachen.

Und er kann uns vorher erschießen, erwiderte Jeß. Er hat ein Gewehr.

Da machten wir uns wieder auf den Weg nach Norden. Zu unsrer Rechten war's, als ob der Himmel sich zu erhellen begänne, das bißchen Schlaf hatte uns auch gut getan, so daß unser Mut etwas stieg; selbst Jeß, der nicht geschlafen hatte, schien mehr Kräfte zu haben, er ging strammer einher und stolperte seltener auf der unebenen Grasprärie.

Jetzt werden sie wach auf der Sektion, sagte Jeß. Er erkannte es am Himmel. Ein Weilchen darauf sagte er: Jetzt frühstücken sie. Jetzt fragt er nach uns.

Wir gingen unwillkürlich alle drei geschwinder.

Jetzt ist er draußen und sieht sich nach uns um, sagt dann Jeß wieder.

Ich hörte mein Herz schlagen.

Halt den Mund, rief Huntley. Kannst du denn nicht sparsamer schwatzen und am liebsten ganz stillschweigen?

Er wird gut zureiten müssen, wenn er uns jetzt erreichen will, sagte ich, um Mut zu markieren.

Ja, du hast recht, sagte auch Huntley. Er wird uns niemals erreichen.

Huntleys Sicherheit wurde recht groß, wir hörten binnen kurzem, daß er verstohlen von dem Proviant, den er trug, zu essen begann.

Es wurde heller und heller, und die Sonne ging auf. Jeß blieb stehen und sah sich um: nichts war zu sehen, kein Reiter, kein lebendes Wesen. Und auch kein Haus und kein Baum stand in diesem endlosen Präriemeer.

Jeß sagte:

Jetzt nehmen wir den Kurs ein paar Striche nach Osten. Die Sonne wird bald genug unsere Spuren ausschmelzen; aber wenn wir dieselbe Richtung wie jetzt behalten, kann der Aufseher uns noch immer einholen.

Du hast recht, sagte Huntley wiederum. Mag er dann nur weiter nach Norden reiten, er wird uns nicht finden.

Wir wanderten noch eine gute Stunde, und wir waren alle dem Umsinken nahe. Im Steigen wurde die Sonne wärmer und wärmer und hatte schließlich allen Reif aus dem Grase weggetrocknet. Es mochte sieben oder acht Uhr morgens sein, und wir legten uns alle zur Ruhe.

Ich war übermüdet und konnte nicht schlafen, aufrecht saß ich da und besah mir meine beiden Kameraden. Der Landstreicher Jeß war von dunkler Gesichtsfarbe und mager, er hatte schmale, geschmeidige Hände und Schultern. Gott weiß, er hatte vielleicht schon alle möglichen Stellungen gehabt und sie aufgegeben, um umherzuschweifen, unablässig umherzuschweifen und das Zufallsleben eines Landstreichers zu führen. Von seiner Matrosenzeit auf den Flüssen her hatte er Kenntnis von den Strichen des Kompasses, darum konnte er davon reden, den Kurs zwei Striche nach Osten zu verlegen. Er verstand sich auf Waren und hatte vielleicht in einem städtischen Laden gearbeitet. Er war ein hilfsbereiter Kamerad: als er in der Nacht Müdigkeit vorschützte, geschah es, um uns ein kleines Weilchen Schlummer zu verschaffen, er selbst, er wachte.

Huntley war ein viel größerer und beleibterer Mann und schien sein Schicksal gehabt zu haben. Bei einem Wortwechsel auf der Farm an einem regnerischen Tage, als wir alle müßig waren, hatte er lebhaft den Mann beklagt, ›der eine untreue Ehefrau habe‹. Wenn du sie nicht liebst, so erschieß sie! sagte er, aber wenn du sie liebst, so traure um sie dein ganzes Leben und werde ein Wrack und ein Auswurf! Huntley schien bessere Tage gesehen zu haben, aber er war unzweifelhaft ein Trunkenbold und hatte sich in seinem Denken zum kriechenden Fuchs entwickelt. Er hatte sanfte, gräßliche Augen, die ekelhaft anzuschauen waren. Unter seinem Wams trug er stets ein altes Seidenhemd, das braun wie seine Haut und eins mit ihr geworden war. Auf den ersten Blick sah es aus, als wäre er nackt bis zum Gürtel. Da er uns allen an Kraft überlegen war, genoß er großes Ansehen unter uns.

Die Sonne tut schließlich ihr Werk an mir und macht mich schläfrig. Und im hohen Gras rauscht die Brise.

3

Es war ein sehr unruhiger Schlaf, ein paarmal sprang ich auf und schrie, legte mich aber wieder ruhig hin, als ich sah, wo ich war. Jeß sagte jedesmal: Schlaf weiter, Nut.

Als ich später am Tage erwachte, saßen meine beiden Kameraden da und aßen. Sie sprachen darüber, daß wir unsere Löhnung im Stich gelassen hatten, daß wir vier Wochen auf der Farm geschuftet hatten, ohne unsere Bezahlung zu bekommen.

Wenn ich daran denke, könnte ich zurückgehen und die Farm niederbrennen, sagte Huntley.

Er verschlang unmäßige Portionen von seinem Proviant und ging nicht sparsam damit um für später. Da ich mein Fleisch für mich hatte, brauchte ich bloß etwas Brot, das ich auch von Jeß bekam. Von nun ab hatten wir ein jeder seinen Vorrat.

Als wir gegessen hatten, begaben wir uns wieder auf die Wanderschaft. Die Sonne war stark im Sinken begriffen, wir schätzten die Zeit auf vier, halb fünf Uhr, als wir aufbrachen. Und wieder steuerten wir nach Norden zu, um auf die Bahnlinie zu stoßen.

Wir wanderten bis in die dunkle Nacht und gingen abermals auf der Prärie zu Bett; vorher aß Huntley seinen ganzen Vorrat und war gehörig satt, als er einschlief. Während der Nacht erwachten wir in Zwischenräumen alle drei von der eisigen Kälte, dann machten wir im Dunkeln ein paar Sprünge vor und zurück, bis wir fielen und das bereifte Gras im Gesicht fühlten. Dann krochen wir wieder aneinander heran, fielen in Halbschlaf und klapperten mit den Zähnen. Huntley fror etwas weniger als wir, weil er sehr satt war.

Schließlich sagte Jeß und erhob sich dabei:

Wir könnten ebenso gut weiterwandern, bis die Sonne aufgeht und uns dann hinlegen.

Als wir uns aber dann auf den Weg machten, da wollte Huntley den einen Weg und Jeß einen andern. Es war kein Licht vorhanden, und kein Stern stand am Himmel, daß wir uns darnach hätten richten können.

Ich gehe mit Jeß, sagte ich und fing zu gehen an.

Und Huntley kam nun hinter uns her und fluchte und schimpfte besonders mich einen elenden Burschen und einen Kerl ohne Sinn und Verstand.

Als es heller wurde, fingen wir im Gehen zu frühstücken an. Huntley, der nichts mehr zu essen hatte, folgte uns schweigend. Im Lauf des Tages begannen wir Durst zu verspüren, und Jeß sagte: Wir werden vielleicht den ganzen Tag über kein Wasser finden, seid mit dem Tabak sparsam, Kinder, und nehmt nur ein bißchen auf einmal.

Aber Huntley hatte auch seinen Tabak verbraucht, so daß wir mit ihm teilen mußten.

Am Abend in der Dämmerung, als wir nichts mehr sehen konnten, hörten wir weit vor uns einen Eisenbahnzug dahinbrausen. Das klang in unseren Ohren wie zärtliche Musik, und wir gingen mit frischen Kräften darauf los. Endlich stießen unsere Füße gegen die Schienen. Aber weder im Osten noch im Westen war etwas anderes als Schienen zu sehen, und wir mußten uns niederlegen, wo wir standen, und den Morgen erwarten. Meine Kameraden legten sich auf das Geleise selbst, den Kopf auf der Schiene, aber ich wagte es nicht, meine Courage war dahin, ich legte mich darum wieder ins Gras. Und auch diese Nacht ging zu Ende, obwohl ich für mein Teil fast ständig an der Bahn entlang sprang, um mich warm zu halten.

Als der Morgen dämmerte, erhob Jeß sich plötzlich und sagte:

Paßt auf, Jungen, es kommt ein Zug.

Mit dem Kopfe auf der Schiene liegend, hatte er das schwache Zittern in der Ferne gefühlt. Alle drei standen wir bereit und gaben dem Lokomotivführer Zeichen, obgleich wir kein Geld hatten; Huntley, der Fuchs, legte sich auf die Knie und streckte die gefalteten Hände aus, als bete er zu Gott. Aber der Zug brauste vorüber. Es war ein Weizenzug, er hätte uns wohl aufnehmen können. Zwei rußige Männer standen auf der Maschine und lachten uns aus.

Huntley erhob sich und war wütend. Er sagte:

Ich hatte einmal einen Revolver, es ist eine Schande, daß ich den nicht hier habe.

Wir begannen, längs der Eisenbahn nach Westen zu gehen, das war ein anstrengendes Wandern über Tausende von Schwellen, ein Gehen wie über eine liegende Leiter. Jeß und ich verzehrten einige Mundvoll Essen; Huntley schämte sich nicht, er bat uns um einen Happen, wir gaben ihm aber nichts. Und damit nicht der Rest meines Essens in die Hände Huntleys fiele, während ich schlief, verzehrte ich das Ganze vor seinen Augen.

War das etwa schön gehandelt nach deiner Meinung? sagte Huntley haßerfüllt.

Während des Tages hörten wir einen neuen Weizenzug kommen. Jeß entschied, daß wir uns in Zwischenräumen von ein paar hundert Metern längst der Bahn aufstellen und einer nach dem andern versuchen sollten, den Zug zu besteigen. Weit drüben steht eine Rauchlinie in der Luft, der ganze Zug erscheint so klein, er sieht aus wie ein einziger kleiner Kasten. Wir sind in der höchsten Spannung.

Huntley sollte als erster den Versuch machen. Er bekam auch

den einen Wagen zu fassen, war aber zu schwer, um mit den Beinen folgen zu können; am Arme hängend, verdrehte er seinen Körper und mußte loslassen, er wurde weithin ins Gras geschleudert. Ich selbst versuchte gar nicht mitzukommen, es war mir nicht mehr soviel Verwegenheit geblieben. Jeß jedoch hatte gewiß schon früher einen fahrenden Zug erklettert, er lief in ein paar hastigen Sätzen neben dem Zuge her, schlug die Hand um den Griff und stand im selben Augenblick auf dem Trittbrett.

Der Hund, er reist uns vor der Nase fort, sagte Huntley und spie Gras aus.

Plötzlich steht der Zug ein Stückchen weiter still, wir sehen zwei Eisenbahnleute Jeß übermannen und absetzen. Als Huntley und ich hinzuliefen, um ihm behilflich zu sein, war's zu spät, der Zug fuhr bereits, und wir drei Vagabunden standen wieder auf der Prärie.

Der Durst quälte uns stärker und stärker. Huntley hat zum zweitenmal seinen Tabak verzehrt und hat nichts, um sich seines Durstes zu erwehren, er spuckt ein wenig weißen Speichel in seine Hand und zeigt uns, daß ihn mehr dürstet als irgendeinen. Da teilen Jeß und ich den Tabak zum letztenmal mit ihm.

Und wieder gehen und gehen wir nach Westen zu. Der Tag neigt sich.

Ein Mann kommt uns auf dem Geleise entgegen, er geht in östlicher Richtung. Es ist ein Vagabund wie wir, um den Hals trägt er ein kleines seidnes Tuch und ist wärmer gekleidet als wir, aber sein Schuhwerk taugt nichts.

Hast du zu essen oder Tabak? fragte Huntley.

Nein, mein Herr, erwiderte der Landstreicher in ruhigem Ton.

Da untersuchten wir ihn und sahen in seinen Taschen und auf seiner Brust nach, aber er hatte nichts.

Alle vier setzten wir uns ein wenig nieder und sprachen miteinander.

Nach dem Westen zu habt ihr nichts zu suchen, sagte der neue Landstreicher. Ich gehe jetzt zwei Tage und Nächte lang und habe keine Menschenseele getroffen.

Und was sollen wir nach Osten zu anfangen? fragte Huntley. Wir kommen von da, wir sind seit heute morgen unterwegs.

Aber der neue Landstreicher beredete uns, mit ihm umzukehren und nach Osten zu wandern. Unsere ganze mühselige Wanderung seit heute morgen war vergeudet; jetzt mehr noch als vorher hofften wir, daß ein Kondukteur kommen möchte, der uns auf einen Weizenzug steigen ließe.

Unser neuer Kamerad ging am Anfang rüstiger als wir, weil sein Körper leicht war und er noch viel Kräfte hatte; gegen Abend aber, als wir an die Stelle gekommen waren, wo wir in der letzten Nacht gelegen hatten, begann er langsamer zu gehen und sich hinter uns zu halten.

Jeß fragte ihn, wie lange es her sei, seit er nichts gegessen habe, und er gab zur Antwort, es sei zweimal vierundzwanzig Stunden her.

Wir gingen noch eine Stunde lang mit dem müden Gefährten. Als es pechschwarz um uns geworden war, mußten wir die Beine hoch heben und wie die Hähne gehen, um mit den Stiefeln nicht an die Schwellen zu stoßen. Wir versuchten es, Hand in Hand zu wandern, aber es stellte sich dabei heraus, daß Huntley faul wurde und sich zu sehr von uns andern schleppen ließ, darum gaben wir das wieder auf. Schließlich legten wir uns zur Ruhe.

4

Als der Morgen graute, waren wir wieder auf den Beinen. Heute ging es wie gestern, ein nach Osten fahrender Weizenzug kam vorüber, kümmerte sich aber nicht um unsre Signale. Zähneknirschend ballte Huntley beide Fäuste hinter ihm her. Zu dem neuen Landstreicher sagte er:

Hättest du wenigstens etwas Tabak bei dir gehabt, so würde uns der Durst nicht so plagen. Wie heißt du?

Fred, entgegnete der Mann.

Dann bist du wohl so ein verdammter Deutscher?

Von Geburt, ja.

Ich dachte es mir. Ich hab's dir angesehen, sagte Huntley feindselig.

Fred war jetzt munterer geworden und ging einher wie ein Held. Er schien seiner Sache gewiß zu sein, daß im Osten eine Farm oder eine kleine Stadt liege; im übrigen sprach er nur dann und wann und mischte sich nicht in das, was wir andern vorbrachten. Nach ein paar Stunden wurde er müde und hielt sich wieder hinter uns. Als wir uns schließlich umsahen, hatte er sich niedergesetzt.

Der Landstreicher Jeß sagte:

Wir müssen ihm unser Essen geben, Nut.

Es war die pure Großtuerei von Jeß, denn er wußte, daß ich kein Essen mehr hatte; aber er sagte es, damit wir nun deutlich sehen sollten, was er selbst tun würde. Er ging zu Fred zurück und gab ihm sein Essen.

Das tust du nur, damit die Menschen dich anstaunen, schrie ich ihm erregt zu, da ich ihn wohl durchschaute.

Da zuckte Jeß zusammen.

Und alles tust du bloß, um dich in Ansehen bei uns zu setzen, schrie ich wieder. Als du wachtest in der ersten Nacht, während wir schliefen, da sorgtest du auch dafür, daß wir die Sache verständen. Ein Schwindler bist du. Ich habe Huntley, der ein schlechter Kerl ist, hundertmal lieber als dich.

Halt dein dreckiges Maul, sagte Huntley und verstand kein Wort von dem, was ich sagte. Du bist neidisch auf Jeß, weil er ein besserer Mensch ist als du.

Für Fred war's schlecht und recht eine halbe Mahlzeit, die ihm große Dienste tat. Und wir machten uns wieder auf die Beine.

Das Essen hatte jedoch für Fred sowohl böse wie gute Folgen, er geriet nach und nach in eine Art Geisteszerrüttung und verlor die Herrschaft über sich. Er verlegte sich aufs Schwatzen, ja, er wurde anmaßend und hatte große Pläne mit einer kleinen Station auf der Prärie. Da stände ein Weizenzug auf den Schienen, sagte er, und da stände auch ein geladener Motor, den wir anzünden könnten.

Warum sollten wir den anzünden? fragte Huntley ärgerlich. Es entspann sich eine lächerliche Unterredung über diesen Motor. Wenn wir ihn anzünden, so wird eine Explosion kommen, sagte Fred, viele Leute werden herbeilaufen, die wir erschlagen können.

Dabei fällt viel Essen für uns ab, erwiderte Huntley höhnend. Und zu mir sagte er: Dieser Verrückte müßte auf der Stelle von uns fort. Er stört unsern Kreis. Bevor er kam, war alles in Ordnung.

Als Fred eine Weile Unsinn geredet hatte, sank er in seine frühere Wortkargheit zurück. Wir alle schwiegen und schritten emsig aus, nur Huntley hielt sein Mundwerk in Gang.

Was soll daraus werden? sagte er gegen Mittag zu uns.

Weiß ich's, war meine Antwort.

Nein, nein, du weißt es nicht. Aber sehnst du dich denn zurück nach Orange Flat? Und was solltest du da?

Wir müssen nur geradeaus gehen, sagte Jeß.

Später am Nachmittag setzten wir uns und ruhten eine Stunde. Huntley bemerkte:

Du sagst ja nichts, Fred.

Du bist ein Affe, erwiderte Fred mit wütenden Augen.

Das reizte Huntley.

Du bist wohl so vornehm und brauchst einen Schuhlöffel für die Fahrzeuge da? sagte er und zeigte auf Freds Schuhe.

Fred schwieg und seufzte. Er begriff wohl, daß er keinen von uns auf seiner Seite hatte. Als wir dann weitergingen, versuchte Fred, sich in unsern Augen dadurch interessant zu machen, daß er sich plötzlich niederbeugte und einen Stein oder einen rostigen Kloben fand, den er sehr genau untersuchte. Wir andern liefen dann hinzu und waren enttäuscht, wenn wir sahen, was es war. Aber Fred tat es wohl nur, um unsere Aufmerksamkeit für eine Weile zu erregen.

Wir kamen auch an einen verfallenen Schuppen mitten auf der Prärie. Der stand sicher seit der Zeit hier, da die Bahn gebaut wurde. Wir gingen hinein und sahen uns darin um; aber der Landstreicher Fred kam nicht mit.

Jeß und Huntley fingen nun nach Herumstreicherart an, ihre Anfangsbuchstaben in die Wände einzuschneiden; währenddessen stand Fred draußen, und Huntley ging ab und zu an die Türöffnung, um nach ihm zu sehen. Als er seine Buchstaben fertig hatte, ging er wieder hin und sah hinaus.

Da läuft er, schrie er heftig. Der Hund, er stiehlt sich von uns fort. Er wird wohl einen Ort wissen, wo es gut sein ist.

Und alle drei sprangen wir hinter dem flüchtigen Fred her und grölten ihm nach, als wollten wir ihm das Leben nehmen. Als er sich verfolgt sah, wandte er sich in großem Bogen nach der Prärie hin; da wir aber zu dreien waren, konnte er nirgendhin entkommen. Huntley schüttelte ihn wie ein Kind, als er ihn zu packen bekam, und verlangte zu erfahren, ob er einen guten Ort wüßte.

Ich weiß keinen guten Ort, erwiderte Fred, aber ich kann nicht bestehen unter euch. Ihr seid ein paar boshafte Narren. Ja, bitte, nehmt mir mein Leben. Es liegt mir nichts dran.

Wir verständigten uns wieder und gingen zusammen weiter, bis die Dunkelheit anbrach; wir waren erschöpft und legten uns deshalb zeitig zur Ruhe. Bevor es geschah, hatte ich einen Wortwechsel mit dem Landstreicher Jeß, der damit endete, daß er mir ein paar Schläge ins Gesicht gab, weil ich ihn einen Schwindler genannt hatte.

Das ist recht, er verdient Prügel, sagte Huntley gleichfalls und sah neugierig zu. Schließlich traf ich Jeß mit einem Schlag unters Kinn, daß er hinfiel und genug hatte. Und auch Huntley ließ mich in Ruhe.

In der Nacht hörte ich, wie Jeß sich erhob und auf die Prärie hinausging. Seine Hosen streiften die mit Reif bedeckten Gräser. Er führt etwas im Schilde! dachte ich und ging still im Dunkeln hinter ihm her. Ich war an die zehn Schritte vorwärts gelangt, als ich bemerkte, daß Jeß im Grase lag und etwas verzehrte. Ich glaubte auch Fleisch in seiner Nähe zu riechen. Er hat also noch etwas zu essen! dachte ich. Still kehrte ich auf meinen Platz zurück und tat, als ob ich schliefe. Eine halbe Stunde darauf kam auch Jeß zurück und legte sich nieder.

Am Morgen erzählte ich Huntley, was ich wußte, und verlangte, er solle mir dabei helfen, den Jeß zu untersuchen. Huntley war gleich bereit dazu und kriegte Jeß zu packen. Es stellte sich heraus, daß Jeß an drei Stellen im Innern seiner Bluse Brot hatte, und daß das Brot ausgehöhlt war, und in den Löchern Fleisch lag. Das rettete uns, wir teilten das Ganze unter uns vier und bekamen jeder eine kleine Mahlzeit. Als wir gegessen hatten, dankten wir Jeß und segneten ihn, obwohl er uns hatte betrügen wollen. Da fing Jeß in seiner Beschämtheit zu pfeifen an und wollte uns damit unterhalten. Und er pfiff wie ein Künstler.

Dann gingen wir weiter.

Schon nach dem Verlauf einer Stunde sahen wir ein paar kleine weiße Vierecke vor uns auftauchen.

Es dauerte noch eine gute Weile, bis wir hinkamen: es war eine Farm mit Weizenfeldern und künstlicher Brunnenanlage und allem. Ehe wir an die Gebäude gelangten, trafen wir ein Weib, ein junges Mädchen, das auf ihrer Schneidemaschine saß und Weizen mähte. Das war ein prächtiger Anblick für uns, die wir von der Prärie kamen und seit Jahr und Tag kein Weib gesehen hatten. Sie war jung und hatte einen großen Strohhut auf dem Kopfe, und sie nickte, als wir grüßten. Huntley war es, der zuerst mit ihr sprach und sie um ein wenig zu essen und zu trinken bat.

Das Mädchen antwortete, daß wir alles bekommen sollten, was wir begehrten.

Wir sind auf Orange Flat verabschiedet, weil das Einfahren nun vorüber ist, sagte Huntley.

Da wollte sich Jeß bemerkbar machen und ehrlich sein, und er sagte:

Nein, wir sind von Orange Flat durchgebrannt, weil wir nicht genug Schlaf hatten. Das ist die Wahrheit.

Gut! sagte das Mädchen.

Und wir suchten alle, ihr zu gefallen, und ich stand mit dem

Hut in der Hand vor ihr und sprach zu ihr. Aber den Preis trug doch unser neuer Kamerad Fred davon, weil er ein blonder Deutscher war und am besten aussah. Sie bat ihn, sie nach Hause zur Farm zu begleiten, um von da etwas zu essen zu holen; während der Zeit sollten wir andern auf ihre Pferde achten. Es wäre kein einziger Mann daheim auf der Farm, sagte sie, und sie wagte es nicht, uns alle mitzunehmen, um ihre Mutter nicht zu erschrecken.

Ja, das verstanden wir.

Während das Mädchen und Fred fort waren, setzten wir drei uns der Reihe nach auf die Schneidemaschine und ließen die Pferde gehen, damit die Arbeit trotzdem getan war. Und wir taten unser Bestes. Bei Gott im Himmel, wir schnitten fast ihr ganzes Feld, bevor sie wiederkam, außerdem stellten wir die Garben in wahren Musterreihen auf.

Nach einer Weile kam der Besitzer der Farm dazu. Er sah, was wir konnten, und noch ehe das junge Mädchen mit dem Essen zurückgekommen war, hatte ihr Vater uns vier Vagabunden in seinen Dienst genommen bis zur Beendigung der Ernte.

5

Die Erntearbeit erledigten wir in fünf und das Dreschen danach in zwei Tagen; wir erhielten also Lohn für sieben Tage und waren wieder freie Vögel. Der Landstreicher Jeß hielt sich gleich bereit, den Ort zu verlassen – wie er schon hundert Orte vorher verlassen hatte; sieben Tage lang hatte er nun die Landstreicherei an den Nagel gehängt gehabt. Ich machte mich fertig, ihn zu begleiten; Huntley aber und Fred, den Deutschen, wollten wir nicht mitnehmen.

Als wir draußen auf dem Hofe standen und Huntley schon ein Stück entfernt war, da sagte der Farmer, daß er wohl zwei von uns noch einen Monat lang würde brauchen können beim Herbstpflügen. Jeß weigerte sich, da zu bleiben, und gab vor, er müsse ohne Zögern notwendig nach Osten, so wurden dann der Deutsche Fred und ich dazu erkoren, auf der Farm zu bleiben. Und Fred wollte nichts lieber als das, er zog gleich die Jacke aus und ging an die Arbeit.

Jeß sagte zu mir:

Die Verabredung war, daß wir zwei miteinander wandern wollten. Begleite mich wenigstens bis zur Stadt. Wir haben nun beide wieder Geld und können uns nach einer besseren Stelle umsehen, als die hier ist.

Ich sagte deshalb dem Farmer, ich würde morgen zurückkommen, und zog mit Jeß von dannen.

Nachdem wir ein paar Stunden dem Eisenbahngeleise entlang gegangen waren, kamen wir an eine Farm, nach vier Stunden wieder an eine. Dann gelangten wir in die Stadt Eliot. Unterwegs hatte Jeß mir auseinandergesetzt, daß mancher kleine Verdienst winken könne, wenn man sich nur nicht eine Ewigkeit lang auf einer entlegenen Farm festsetze. Hier liege nun ein Städtchen vor uns; vielleicht könnten wir an der Bahn entlang hineinkommen.

Ich will morgen zurück zur Farm, sagte ich.

Ich weiß wohl, was du dir in den Kopf gesetzt hast, sagte Jeß. Das Mädchen hat es dir angetan. Laß du ruhig das Mädchen fahren, Fred ist ihr lieber als du, und er hat bessere Aussichten, weil er so gut aussieht.

Ich finde, Fred ist wahrhaftig keine Schönheit, bemerkte ich.

Dazu schwieg Jeß. Aber nach einer Weile sagte er:

Nicht deswegen; Fred bekommt das Mädchen auch nicht.

Nein, nicht wahr? sagte ich und wurde vergnügt. Der reine Satan bist du in der Beziehung, du verstehst dich auf so was, Jeß; und du glaubst also nicht, daß Fred sie bekommt?

Der Alte würde es nicht zulassen ... Was du zu tun hast, wenn du dir Aussichten schaffen willst, will ich dir sagen. Eine Zeitlang fortbleiben mußt du und mit viel Geld in der Tasche wiederkommen. Das ist der Weg.

Von jetzt ab brannte ich darauf, viel Geld zu erraffen.

Wir gingen in eine Schenke in der Stadt und ließen uns zu trinken geben. Ich war an alle starken Getränke so wenig gewöhnt, daß ich im Nu voller Frohsinn und Possen steckte. Aber lang dauerte es nicht; als eine herumstreifende Musikbande eintrat und Harfe und Geige zu spielen begannen, wurde ich gleich wieder demütig und geriet in ein innerliches Schluchzen. Der Frau mit der Harfe gab ich etwas Geld. Jeß sah mich verwundert an.

Du bist verliebt, das ist die Sache, sagte er.

Wir streiften umher, von der einen Schenke zur andern, weil wir keinen andern Aufenthaltsort hatten. Und überall waren wir willkommen, da wir aus dem Westen kamen und unser Benehmen darauf schließen ließ, daß wir viel Geld mit uns führten. In einer der Wirtschaften trafen wir auch Huntley, der bereits stark berauscht war und uns mit seinem Taschenmesser entgegenkam, um uns zu erstechen. Wir wollten denn auch nicht mit ihm zusammen sein. Am Abend landeten wir wieder in der ersten Schenke. Während wir da am Schenktisch standen, wurde ein kleines Gespräch zwischen dem Wirt und einem der Leute aus der Stadt geführt, einem Eisenbahnmanne, der eingetreten war, um einen Whisky zu trinken.

Der Wirt fragte:

Ich sah Mr. Hart und seine Frau heut zum Zuge gehn, wohin wollten sie?

Nach Chikago, antwortete der Mann. Er hat Geschäfte da, wie ich höre. Die Frau ist zum Vergnügen mitgefahren.

Dann leitet wohl George inzwischen die Bank?

Das nehme ich an, George ist der Schlechteste nicht, wenn er sich nur nüchtern hält.

Diese Unterhaltung bot kein Interesse für mich, aber mein Kamerad hörte scharf zu und forderte mich auf der Stelle auf, mit ihm hinauszugehen: er habe mit mir zu reden.

Langsam gingen wir stadteinwärts, und Jeß grübelte den ganzen Weg entlang. Wir kamen an ein Gebäude, woran auf einem Schild geschrieben stand: *Hart & Co. Farmers Bank;* hier bat Jeß mich einen Augenblick zu warten, und ging selbst hinein. Als er zurückkam, fragte ich:

Was hast du da drinnen gemacht?

Ich habe meine letzte kleine Banknote gewechselt, antwortete Jeß.

Wir gingen weiter und gelangten ans Ende der Stadt; da setzten wir uns bei der Bahnweiche hin, wo zugeschnittenes Bauholz in Stapeln den Schienen entlang lag.

Zunächst ging Jeß rund um diese Stapel herum und vergewisserte sich, daß wir allein waren, dann kam er zurück und sagte:

Keiner von uns hat noch soviel Geld übrig, daß es der Rede wert wäre, nicht wahr?

Ich habe noch ein paar Dollars, erwiderte ich und sah nach.

Dann wirst du einen Dollar weniger haben als ich. Den hast du der Frau mit der Harfe gegeben. Das war übrigens das Dümmste, was du tun konntest.

Na, soviel klüger ist's wohl nicht, in den Schenken herumzuziehen und das Geld zu versaufen.

Hast du bemerkt, wie ich saufe? fragte Jeß. Ich trinke einen Schnitt, wenn du ein Seidel trinkst. Allemal.

Worüber wolltest du eigentlich mit mir reden? fragte ich.

Und außerdem hätte ich den Plan, den ich jetzt im Kopf habe, nicht gefaßt, wenn wir nicht in die Schenken gegangen wären, fuhr Jeß fort.

Was ist das für ein Plan?

Mr. Hart und Mrs. Hart sind heute nach Chikago gereist, sagte Jeß.

Ja –?

Und George wird inzwischen die Bank verwalten.

Ja, ich habe das gehört –

George, das ist der Bruder der Mrs. Hart, nach dem, was ich erfahre.

So, so.

Aber George ist ein berüchtigter Trinker.

Das alles weiß ich bereits, Jeß. Was du bloß faselst!

Jeß erklärte sich nun ein wenig deutlicher, und ich begriff, daß er – kurz und gut – in dieser oder in der nächsten Nacht der Bank einen Besuch abstatten wollte. Ich sollte ihm behilflich sein.

Ich getrau mich nicht, es zu tun, war meine Antwort.

Dann nehm ich Huntley mit.

Das wollte ich auch nicht haben, und ich sagte:

Ich habe es noch nie getan. Es hört sich sehr gefährlich an. Aber wenn du mich's lehren willst ...

Gefahr ist nicht vorhanden, sagte Jeß. Wenn George zu trinken anfängt, so ist alles andere eine Kleinigkeit, ich habe das Haus studiert.

Und Jeß zeigte mir erstens eine Säge, um Metall zu durchsägen, und zweitens eine herrliche Zange mit Auswechslung, um Schrauben abzuknipsen. Die Schneiden waren scharf wie zwei Messer.

Aber später? fragte ich, hinterher?

Hinterher sind wir weit von hier, entgegnete Jeß. Mr. Hart braucht drei Tage zur Hin- und drei Tage zur Rückreise, das macht sechs; er wird sich in Chicago vier Tage lang aufhalten, das macht zehn. Und Jeß setzte hinzu: Übrigens denke ich nicht daran, die Bank leer stehlen zu wollen. Was du dem Mädchen gegenüber brauchst, dafür ist's ein gutes Fundament an Geld; du kannst dir dann ja noch mehr hinzusparen.

Wir schlenderten ein paar Stunden umher, die Läden wurden geschlossen, und die Straße belebte sich für eine Weile mit Leuten, die ihr Tagewerk getan hatten. Nur die Schenken waren noch offen, und sie waren offen, solange Gäste da waren.

Nun kommt es darauf an, George zu finden und zu sehen, was er unternimmt, sagte Jeß.

Und wir zogen von Kneipe zu Kneipe und tranken Whisky und Bier, fanden aber niemand unter den Gästen, der George hätte sein können. Und wir landeten wiederum in der ersten Kneipe. Hier trafen wir George.

6

George war mehrere Stunden lang standhaft geblieben und hatte der Versuchung widerstehen wollen; er sagte es selbst, als er kam. Doch es sei ja ein so schöner Herbstabend, fügte er dann hinzu, und es sei einerlei, wo er sich an einem solchen schönen Herbstabend für ein Stündchen aufhalte.

Er war ein kleiner, beleibter Mann im Alter von mindestens vierzig Jahren, mit auffallend sinnlichem Blick. Er trug vornehme Kleidung und hatte sehr weiße Hände, weil er immer bloß drinnen saß und schrieb. Uns beachtete er gar nicht.

Er begann sofort stark zu trinken, es kamen Leute von der Straße herein, die mit ihm bekannt waren, und zusammen mit ihnen machte er den Abend zum fröhlichen Fest. Er wurde von allen mit großer Höflichkeit behandelt.

Als Jeß an den Tisch herantrat und ihn einlud, mit ihm zu trinken, antwortete George abweisend, weil er eben ein großer Mann in der Stadt war und Jeß nichts als ein Landstreicher.

Doch, trinken Sie mit ihm, sagte der Wirt. Die beiden Herren haben die Tasche voll Geld, fügte er hinzu und deutete auf Jeß und mich.

Sie werden mehr haben als ich, erwiderte George und wies seine Brieftasche vor.

Er hatte ein paar Banknoten darin. Von nun an übernahm er alle Ausgaben und traktierte jeden, der zu trinken wünschte. Der Wirt tat alles, um ihn zufriedenzustellen.

Ich muß mir mehr Geld holen, sagte George. Erwartet mich hier, Burschen.

Er ging hinaus. Er war sehr aufgeräumt und sang.

Ein Prachtkerl! sagten die Burschen zueinander.

Er wird so weitermachen die ganze Nacht.

Jeß ließ sich kein Wörtchen entgehen.

Als George zurückkam, gab er sich zunächst den Anschein, als habe er nicht mehr Geld finden können; aber er bestellte sorglos eine Runde Getränke nach der andern und zahlte aufs reichlichste mit Banknoten aus der Brieftasche.

Darüber verstrichen einige Stunden.

Nun gehen wir zu Conway, erklärte George.

Conway war der Inhaber einer andern Kneipe.

Er hat geschlossen, sagte der Wirt.

Dann brechen wir ein, sagte George. Kommt, Kinder.

Jeß und ich, wir hielten uns zurück, als seien wir zu stolz, um mitzugehen.

Wollt ihr zwei nicht mitgehen? fragte George. Ich lade euch ein.

Und wir ließen uns überreden.

Conway hatte noch nicht geschlossen; auch da war eine fidele Gesellschaft beisammen, und George und seine Leute wurden willkommen geheißen. Jeß wollte für sich und mich nicht ganz zurückstehen, er begann vielmehr wie ein Künstler zu pfeifen und weckte großen Beifall.

Er pfeift verteufelt gut! sagten sie alle.

Wir blieben zwei Stunden da und tranken starkes Zeug in ungeheuern Mengen. Ich trank die ganze Zeit Schnitte, wie Jeß es mich gelehrt hatte, und es hatte keine Wirkung mehr auf mich, da ich in großer Spannung war, wegen der Dinge, die bevorstanden.

George zählte sein Geld und sagte:

Nun geh ich zu den Mädels. Gutnacht, Kinder. Ich muß mir noch Geld holen.

Du hast doch eine Masse Geld bei dir, wurde eingewendet.

Es reicht nicht, erwiderte George.

Er taumelt zur Tür hinaus.

Heute nacht wird die Bank um ein paar hundert Taler ärmer, sagten die Burschen.

Es hat den Anschein, erwiderte Jeß augenblicklich und ging darauf ein. Er versteht das Geldausgeben meisterlich.

Doch da keiner ein Gespräch mit Jeß führen mochte, der ein Landstreicher war und blieb, so zogen sich alle von uns zurück.

Jeß ging an ihren Tisch hinüber und fragte jeden einzelnen, was er zu trinken wünsche, aber sie alle sagten: nein, danke, sie wollten nichts mehr trinken.

Komm und gönn dir einen Whisky, wandte er sich an mich.

Ich sah ihn erstaunt an.

Du wirst das brauchen können, sagte Jeß.

Ich trank zwei große Gläser Whisky, wurde firm und unüberwindlich und hätte mich daran machen können, die Menschen aus Conways Kneipe einen nach dem andern hinauszuwerfen.

Jeß und ich sagten Gutenacht und gingen auf die Straße.

Finster und öde lag die Stadt da. Jeß führte, und wir bewegten uns in der Richtung auf die Bank zu. In den Fenstern war Licht, und daraus schlossen wir, daß George sich im Hause befinde.

Warte hier auf mich! sagte Jeß und tat fünf lautlose Sprünge auf das Haus zu. Er verschwand durch die Gartentür.

Wohin mag er gegangen sein? dachte ich.

Ich wartete zwei Minuten, und Jeß kehrte zurück.

Er machte dieselben Sprünge.

Wo bist du gewesen? sagte ich.

Ich war drüben und hab' ein bißchen an seinem Türschloß gefingert, entgegnete Jeß. Laß uns ruhig hier warten.

Plötzlich ergriff Jeß mich am Arme und flüsterte:

Hörst du?

Wir hörten einen Mann mit dem Schlüssel an einem Schloß arbeiten und arbeiten und immer maßlosere Flüche ausstoßen.

Das ist George, sagte Jeß.

Wir versteckten uns hinter einer Hausecke und warteten.

Ich kann die verdammte Tür nicht zukriegen! sagte George und kam auf die Straße heraus. Na, der Schrank hat seine zwei Schlösser!

George ging zu den Mädchen und taumelte stark.

Nun machen wir noch einen kleinen Abstecher, bis alles ruhig ist, sagte Jeß.

Im Gehen bemerkte ich:

Ich glaube doch nicht, daß du es wagst, Jeß.

So! sagte Jeß.

Er musterte die Häuser, so gut es sich im Finstern tun ließ, wählte sich einen Laden mit einer Doppeltür aus und sagte, er wolle mir etwas zeigen. Er gab sich das Ansehen eines total Besoffenen und schwankte wie aus Unbehilflichkeit gegen die Tür. Das bewirkte eine starke Erschütterung im ganzen Hause, und die Türen sprangen beide auf.

Ein Mann, der Wache hielt, rief drinnen aus dem Laden heraus:

Was zum Teufel ist das?

Jeß verharrte schwankend in der Tür, als begreife er selbst nicht, wie er hierhergekommen sei.

Wer ist da? fragte der Mann im Laden. Ich schieße, Hundsfott, wenn du nicht Antwort gibst.

Ich bin es, sagte Jeß ganz hilflos vor Trunkenheit und läßt sich zu Boden fallen.

Der Mann im Laden mußte ihn nun obendrein aufs Trottoir schleppen. Jeß verstand es ausgezeichnet, nach betrunkener

Leute Art zu faseln, und der Wächter sah durchaus ein, daß es sich hier um einen unfreiwilligen Einbruch handle. Er schloß die Türe wieder und war wütend.

Wie ärgerlich, daß ein Mann im Laden sein mußte, sagte Jeß, als er wieder auf der Straße zu mir stieß. Sonst wäre es vielleicht ein kleiner Fang geworden.

Nun sehe ich, daß du Mut hast zu allem, was es auch sein mag, sagte ich.

Und wieder standen wir vor der Bank. Jeß sagte:

Du mußt dir eine Handvoll Sand hier auf der Straße zusammensuchen und gegen die Fenster schleudern, wenn jemand kommt.

Ja, sagte ich, und hörte mein Herz hämmern.

Nun gehe ich, sagte Jeß.

Ich stand eine Weile da und sah ihm nach, wie er durch die Gartenpforte verschwand. Wenn jetzt jemand käme und mich fragte, warum ich hier stünde: was sollte ich dann antworten? Ich nahm eine Handvoll Sand und reinigte sie von den kleinen Steinen; die Straße war ungepflastert, und auf dem Fahrweg lag trockener Sand in Massen. Nichts war zu sehen, die Stadt war still, dann und wann erscholl unten bei der Station das Pfeifen der Lokomotiven, die mit den Weizenzügen rangierten. Plötzlich höre ich Schritte auf dem Fußgängersteig. Schon will ich den Sand gegen die Scheiben der Bank werfen, aber statt dessen gehe ich dem Kommenden entgegen, sage guten Abend und erhalte Antwort. Und der Mann geht seiner Wege. Jeß mochte jetzt fünf Minuten lang fort sein.

Da höre ich deutlich mehrmals hintereinander ein leises Knipsen in der Bank. Nun schneidet Jeß Schrauben durch, denke ich und bin verwundert über seine Kaltblütigkeit. Ich wußte, wohin ich flüchten wollte, wenn es notwendig würde: zur Eisenbahn hinunter, wo sich die vielen Schuppen längs des Geleises befanden.

Es dauerte lange, eine Ewigkeit. Jeß beginnt drinnen Metall zu durchsägen, ich höre bis hierher diesen oder jenen Ruck, und ich stehe wie auf Nadeln ob seiner beispiellosen Frechheit. Wenn es ihm jetzt nur wirklich gelänge, etwas Ordentliches zu stehlen! denke ich und bekomme Gier auf meinen Anteil. Je später es wurde, desto ruhiger wurde ich auch, und ich ging auf dem Bürgersteig hin und her und grübelte. Auch an das Mädchen auf der Farm mußte ich denken, Alice Rodgers hieß sie.

Nun ist Jeß ganz gewiß seit einer Stunde fort und noch immer nicht zurückgekehrt. Als ich mich eben so weit ermannen will, den Garten zu betreten und nachzuschauen, da kommt Jeß heraus. Er eilt mir voran, hinunter zu den Bretterstapeln längs den Geleisen.

Verfluchtes Pech das! pustete er los nach seiner fleißigen Arbeit.

Was ist geschehen? fragte ich.

Dieser verflixte George muß die ganze Bank mit zu den Mädchen genommen haben, sagte Jeß. Der Schrank war leer. Bloß Protokolle waren noch da.

Eine heimliche Zufriedenheit durchfuhr mich bei dieser Mitteilung, und ich verriet mich, indem ich ihm ausgelassen auf die Schulter klopfte und ihn fragte:

Du hast also nichts an dich gebracht?

Was sollte ich an mich bringen, dummes Biest? sagte Jeß erbost. Ich will nicht länger hier sitzen, fuhr er erregt fort, wir müssen etwas anderes versuchen.

Damit ging Jeß, er folgte den Schienen bis zur Station, und ich ging mit. Ich war matt geworden durch meinen langen Wachtdienst und sagte:

Offen gestanden, ich glaube nicht, daß das einen Zweck hat. Wir wollen's aufgeben!

Noch eins wollen wir versuchen, sagte Jeß.

Er ging ins Stationsgebäude und fragte den Telegraphisten, wann ein Zug nach Osten vorbeikomme. In einer halben Stunde, erwiderte der Telegraphenbeamte und sah nach der Uhr.

So ist nichts zu machen, bis der Zug vorüber ist, sagte Jeß zu mir.

Wir setzten uns in die Nähe der Station und warteten die halbe Stunde ab, trotzdem wir tüchtig froren. Der Morgen begann zu nahen.

Sobald das Kommen des Zuges hörbar wurde, stand Jeß auf und hieß mich auf ihn warten. Er ging wieder in das Stationsgebäude hinein und blieb fort. Ich wartete. Der Zug kam, hatte seinen Aufenthalt und fuhr wieder ab. Eine Stunde lang wartete ich vergebens, und im Osten dämmerte der Morgen herauf. Er wird die Gelegenheit ausspähen, dachte ich mir. Ich ging ihm nach, betrat die Station und fragte, ob man meinen Kameraden gesehen hätte.

Er ist mit dem Zuge gereist, war die Antwort des Telegraphisten.

So, er ist mit dem Zuge gereist, sagte ich und wagte nicht ein größeres Staunen an den Tag zu legen. Ein Verdacht gegen Jeß hatte sich in mir festzusetzen begonnen, daß er vielleicht doch etwas andres in der Bank gefunden hätte als Protokolle. Er war wie im Fieber gewesen und hatte sich so seltsam gegen mich benommen.

Der Telegraphenbeamte fragte lächelnd:

Ist er dir durchgebrannt?

Überlegen gab ich ihm das Lächeln zurück und sagte:

Nein, ich habe gewußt, daß er reisen wollte. Ich kannte ihn gar nicht, und ich hatte ihm gerade mitgeteilt, daß ich auch nichts mit ihm zu tun haben will.

Und das sagte ich, um mich vor dem zu schützen, was später kommen konnte.

Von tausend Gedanken erfüllt, verließ ich die Station. Ich war wie aus den Wolken gefallen über diese Frechheit meines Kameraden. Natürlich hatte er Glück gehabt, der Schurke, und erkleckliche Gelder in der Bank gefunden. Und mich hatte er nicht mit dem kleinsten Anteil bedacht. Der Teufel sollte ihn holen!

Ich schlug den Weg zu einem Logierhause ein, dessen Schild ich heute gesehen hatte, und wollte mir ein Lager suchen. Unterwegs fühlte ich mich mehr und mehr befriedigt davon, daß ich meine Hände nicht mit dem geraubten Gelde beschmutzt hatte. Welcher Genuß ist es doch, wunderbar rein und unbefleckt hier in der Welt zu leben! dachte ich und wieherte vor Vergnügen. Da will ich doch lieber arm sein und schuften für andere, bis zum letzten Blutstropfen!

Als ich das Logierhaus erreicht hatte, beschloß ich, lieber zu den Bretterstapeln hinunterzugehen und ein wenig gratis zu schlafen. Ich besaß nur noch die zwei Dollars, und ich wollte Alice Rodgers gern einen goldenen Federhalter mit heimbringen, den ich bei einem Goldschmied im Fenster gesehen hatte.

7

Ich glaubte, du wärest mit deinem Kameraden nach dem Osten gegangen, sagte Farmer Rodgers, als ich zurückkam. Das gefällt mir, daß du Wort gehalten hast.

Ich sagte doch, ich würde heute wiederkommen, entgegnete ich. Was meinen Kameraden betrifft, so bin ich in Unfrieden mit ihm auseinandergegangen, ich wollte nicht mit ihm zusammen sein.

Es wird dir kalt in den Schuhen werden, wenn du auf dem Pflug sitzest. Du hättest dir ein paar neue Schuhe kaufen sollen, als du jetzt in der Stadt warst und Geld hattest, sagte Mr. Rodgers.

Ich wurde auf die Prärie hinausgeschickt, um mir selber das Gespann Maultiere auszuwählen, das ich haben wollte. Ich jagte die ganze Herde durcheinander und beobachtete, welche Tiere unwillkürlich zueinander strebten, als Paartiere, und wählte mir danach ein Gespann.

Das ist mein Gespann, sagte Alice, als ich heim kam, um die Tiere anzuschirren. Behandle es gut.

Das werde ich, Miß, erwiderte ich.

Ich fügte Miß hinzu, als sei sie eine Dame; wir sagten sonst nicht so auf der Farm.

Nicht lange sollte ich Alicens Gespann behalten. Eines Tages stürzte das eine Tier des Deutschen und starb an Darmverschlingung, und Fred schlug vor, er wolle mein Gespann übernehmen. Dem widersetzte ich mich, und selbst der alte Rodgers war auf meiner Seite; aber Alice und Fred blieben Sieger über uns. Am Morgen stand Fred früher als gewöhnlich auf, und als ich zum Stall kam, war mein Gespann fort. Das hätte für mich hingereicht, die Farm zu verlassen, aber Mr. Rodgers sagte, ich solle mir nichts daraus machen, sondern mir ein anderes Gespann wählen. Und ich suchte mir ein neues Gespann, das mindestens so gut war wie das erste und von größerer Ausdauer. Da ich meine Tiere gut fütterte und ihre Hufe wusch und sie spät und früh striegelte, gelang es mir bald, Fred ein gutes Stück im Pflügen zuvor zu kommen.

Die erste Woche auf der Farm verbrachte ich in ewiger Angst, der Einbruch des Schurken Jeß könnte entdeckt und ich könnte in sein Verbrechen hineingezogen werden; als aber beide Zeitungsblättchen der Stadt Eliot auf die Farm kamen und nichts über den Einbruch darin stand, da bekam ich wieder Mut und hatte keinen Kummer mehr. Entweder hatte Jeß gar keinen Einbruch in den Geldschrank verübt, sondern sich nur vor mir aufgeblasen, um seine Courage zu zeigen, oder die Bank war beraubt, aber George hatte um seiner selbst willen nicht gewagt, es anzuzeigen. Ich hörte später, daß George ein Sohn des reichen Stadtmüllers war, so daß sein Vater wohl eventuell das Defizit gedeckt haben mochte.

Fred stach mich täglich aus bei Alice. Ich mochte tun, was ich wollte, immer stand er mir im Wege und siegte. Schon während der Ernte hatte er sich wohl gepflegt und sich mehr geputzt als wir andern, und wenn er zu den Mahlzeiten hinein sollte, stand er lange da und scheitelte sein helles Haar. Es bekümmerte ihn, daß er den einen Augenzahn eingebüßt hatte und daß das Loch sichtbar wurde, wenn er lachte. Was sollte denn ich sagen, der fast alle seine Haare auf der Prärie eingebüßt hatte und beinahe kahl geworden war im Laufe eines Jahres! Ich hatte außerdem aufgehört, mich zu rasieren, ich ließ meinen steifen Bart wachsen, und dazu kam, daß Sonne und Wetter meine Augenbrauen verwischt hatten. Ich konnte mich mit Fred nicht messen.

Dagegen waren der alte Rodgers und seine Frau freundlich gegen mich und behandelten mich gut. Oft kam es vor, daß Mrs. Rodgers bei Tisch zu mir sagte, ich müsse mehr Pudding oder Kuchen essen. Ab und zu fragte sie mich interessiert, wie es in meiner Heimat sei, aber Fred fragte sie nicht, da er in Amerika, sogar in Fargo, geboren und folglich Städter war.

Eines Morgens war Alice geputzt. Ich glaubte, sie wolle zur Stadt, und bemühte mich nach Noten darum, sie hinfahren zu dürfen; es stellte sich aber heraus, daß es bloß Sonntag war und daß sie sich aus dem Grunde geschmückt hatte. Ich ging an meine Arbeit heute wie gestern und dachte nicht mehr daran; aber nach einem Weilchen sehe ich Alice in ihrem ganzen Staate zu Fred hinübergehen und ihm einen Besuch abstatten, weit draußen in der Prärie. Und zu mir kam sie nicht.

So ging es Tag für Tag. Ich machte keinen Schritt vorwärts bei Alice, obwohl ich sie nicht nur Miß nannte, sondern auch sonst sehr aufmerksam gegen sie war. Fred war viel natürlicher als ich und spielte sich nicht im mindesten auf. Du sollst sehen, du machst zu viel Wesens von der Sache! dachte ich bei mir selbst. Aber jetzt hatte ich Alice schon verwöhnt, und als ich aufhörte, Miß zu sagen, und sie einfach Alice nannte, faßte sie das als Zudringlichkeit von meiner Seite auf und antwortete mir nicht.

Eines Tages brachte ich einen Kniff zur Ausführung, den ich mir ausgedacht hatte. Ein mehrstündiger Gewitterregen hatte es unmöglich gemacht, zu pflügen, wir spannten deshalb die Tiere aus und gingen heim. Ich besaß keine zweite Jacke zum Wechseln, aber ich zog ein trockenes Hemd an und setzte mich in Hemdsärmeln in die Stube zur Familie, wo es warm war. Hier begann ich ein paar Briefe zu schreiben; ich wollte meine große Federgewandtheit zeigen, und ich benutzte den goldenen Federhalter, als sei ich gewohnt, ihn zu benutzen.

Noch nie habe ich einen Menschen gesehen, der so zu schreiben versteht! sagte Mrs. Rodgers erstaunt.

Alice warf unwillkürlich einen Blick auf mich; auch Fred saß dabei, und mit ihm redete sie.

Du schreibst mit einem goldenen Federhalter? sagte sie.

Finden Sie ihn hübsch? fragte ich.

Gewiß.

Sie können ihn gern bekommen, Miß, sagte ich und reichte ihn ihr.

Ich? Ich will ihn nicht haben, erwiderte sie kurz und gut. Aber es wundert mich, daß du mit einem so teuern Federhalter schreibst.

Man schreibt mit dem, was man hat. Ich bemerkte ferner, daß ich diesen Federhalter von jemand bekommen hätte, und ich richtete es so ein, daß sie glauben mußte, ein Mädchen hätte ihn mir geschenkt. Aber auch das machte keinen Eindruck auf sie. Und es gelang mir nicht, ihr den Federhalter zu überreichen, obgleich ich einen Kniff gebraucht hatte.

Ich schlug mich durch, so gut ich konnte, und entwarf einen Plan nach dem andern. Eine Woche lang versuchte ich es, den Schweigsamen und Zurückhaltenden zu spielen, damit sie weibliches Mitgefühl mit mir hätte, eine andere Woche hindurch war ich lustig und versuchte, mit schnellen und treffenden Antworten zu glänzen. Alice sagte nur:

Wie lange bist du jetzt in Amerika?

Mehr als sechs Jahre alles in allem, erwiderte ich. Ich bin jetzt zum zweitenmal hier.

Und du, Freddie?

Ich bin hier geboren, war Freds Antwort.

Da siehst du den Unterschied, sagte Alice zu mir.

Denn das war das Vornehmste, geborener Amerikaner zu sein. Sie nannte auch Fred nur deshalb Freddie, damit es amerikanisch klinge und nicht deutsch.

Sieh sein Haar an! sagte Alice von Freds Haar. Es ist wie Gold. Was hast du mit deinem angefangen, Nut?

Ich hab's auf der Prärie verloren, sagte ich. Aber jetzt scheint es mir so, als ob es anfinge, fester zu werden, und als ob es wiederkäme.

So, so, sagte Alice.

Aber es sollte ein Tag anbrechen, an dem mein Stern wirklich hoch stieg und ich für eine kurze Weile der Sieger auf der Farm war. Das waren stolze Stunden.

Es war ein kleiner Enkel von Rodgers zu Besuch gekommen, der hieß Edwin. Das Kerlchen war viel mit mir zusammen und folgte mir auf die Prärie hinaus, wo ich ihn auf den Pflug hinaufnahm und ihn das Gespann führen ließ. Eines Tages, als er daheim auf der Farm mit dem Großvater zusammen war, geschah ihm ein Unglück. Der Alte hantierte mit ein paar Brettern, die er die Treppen vom Wirtschaftsspeicher hinunterbeförderte; eines von diesen Brettern geriet in eine schiefe Lage und traf das Kind mit der einen Ecke oberhalb des Auges. Edwin fiel um und lag wie tot da.

Es entstand ein großes Jammern auf dem Gute. Alice rief mich, da ich am nächsten war; ich solle augenblicklich heimkommen. Ich riß die Maultiere vom Pfluge weg, ließ sie gehen, wohin es ihnen beliebte, und lief nach Hause. Aber Alice hatte sich wohl aus Unachtsamkeit an mich gewendet, sie besann sich dann und rief auch Fred herbei, weil sie mehr Zutrauen zu ihm hatte. Sie veranlaßte ihn, in aller Hast die Pferde vor den Wagen zu spannen und zur Stadt nach einem Arzt zu eilen.

Als ich auf das Gut kam, waren die beiden Großeltern in voller Verzweiflung, und ihres Jammerns war kein Ende. Mrs. Rodgers rollte das Kind hin und her auf dem Fußboden, ohne es wieder ins Leben zurückrufen zu können. Eine alte Erinnerung aus der Jugend kam mir zu Hilfe, und es stand mit einem Male in mir fest, was jetzt zu tun war. Zieht ihm die Jacke aus, sagte ich. Ich hatte mein Rasiermesser in meinem Bett unter dem Kopfkissen liegen, und das holte ich nun schleunigst; als ich zurückkam, riß ich Edwins Hemdsärmel auf und begann, in eine Ader an seinem Arm zu schneiden.

Die Frauen gaben einen Schrei von sich und warfen sich wie besessen auf mich, besonders Alice war nicht zu halten und sagte, ich wolle das Kind morden. Ich stampfte mit dem Fuße und befahl ihr, zur Seite zu gehen; hier gelte es Leben oder Tod, und ich wolle das Kind retten. Der alte Rodgers fügte sich diesen starken Worten gegenüber und half den Arm halten. Kann es gut sein, ihn zur Ader zu lassen? fragte er nur.

Als ich ein wenig tiefer hineinschnitt, kam das Blut, anfangs nur als kleine Blutung, später als feiner Strahl. Ich öffnete das

Hemd und horchte an Edwins Brust; das Herz schwieg. Da ergriff ich ihn bei den Beinen und schlenkerte ihn, seinen Kopf nach unten haltend, hin und her. Das geschah, damit das Blut ins Strömen käme. Dann legte ich das Kind wieder ein wenig hin und horchte – das Herz schlug ein wenig. Das war die entzückendste Operation, die ich mir wünschen konnte. Wir alle standen da und betrachteten das Kind. Die kleinen Finger an der einen Hand bewegten sich etwas. Jetzt hat er die Finger bewegt, sagte Mr. Rodgers halberstickt vor Freude. Er hat die Finger bewegt, sagte auch die alte Großmutter und ging schluchzend aus dem Zimmer. Kurz darauf schlug das Kind ein Paar irre Augen auf und schloß sie wieder. Er hat aufgeschaut! sagte Mr. Rodgers, er lebt. Und er rief seine Frau wieder herein und sagte dasselbe zu ihr.

Holen Sie mir etwas Leinwand, sagte ich zu Alice.

Alice blieb lange fort, und ich wurde innerlich immer entschlossener; ich ergriff das, worauf mein Auge gerade fiel, das war ein weißes Stück Leinenzeug, das soeben für eine Arbeit zurechtgemacht war. Ich riß mir ein Viereck zu Scharpie heraus, und dann riß ich mir noch einen langen Streifen ab als Binde.

Alice kam wieder herein und sagte:

Hast du meine gute Leinwand zerrissen?

Ich werde sie Ihnen bezahlen, erwiderte ich und zupfte weiter Scharpie.

Mrs. Rodgers war ganz und gar vernichtet von meiner Macht und sagte zu ihrer Tochter:

Schweig still, Alice.

Edwin sah häufiger und häufiger auf und wimmerte dabei, zuletzt wollte er nach der Wunde am Kopf greifen, woran ich ihn hinderte. Da schaute er mit vollem Blick auf, und ich sah, daß er mich erkannte.

Ich legte nun die Scharpie auf die geöffnete Ader und band die Binde darum, was ich vielleicht früher hätte tun können. Dann trugen wir ihn in sein Bett und kleideten ihn aus. Er fiel in Betäubung; inzwischen wusch ich die Kopfwunde aus und legte um sie einen Verband.

Nun kann der Doktor kommen! sagte ich.

Und da war mir wie einem Gott zumute.

Aber als sich die Spannung bei mir gelegt hatte, wurde ich schlapp und begann zusammenzufallen. Ich sank auf einen Stuhl nieder. Kurz darauf erhob ich mich, ging mit zitternden Knien aus dem Hause und setzte mich hinter den Stall; nun war ich gar nichts mehr wert. Ich blieb wohl zehn Minuten sitzen, dann wurde ich wieder etwas munterer und ging zu meinem Gespann hinüber, schirrte die Tiere ein und begann wieder zu pflügen. Ich hätte einschlafen können auf meinem Sitz.

Zwei oder drei Stunden lang fuhr ich mit dem Pfluge. Dann kam der alte Mr. Rodgers zu mir und sagte, der Doktor sei da gewesen, habe Edwins Wunde wieder aufgebunden und ihm Tropfen gegeben. Mr. Rodgers bat mich, die Tiere für heute auszuspannen.

Ich tat das und ging mit ihm aufs Gut zurück. Es wurde fast nichts gesprochen zwischen uns beiden, aber ich sah, wie dankbar der alte Mann war.

Mrs. Rodgers kam uns entgegen und sagte zu mir:

Der Doktor ist hier gewesen, er glaubt, daß Edwin es überstehen wird.

Er sagte, du hättest recht daran getan, ihn zur Ader zu lassen, fügte Rodgers hinzu.

Er sagte, du hättest ihm das Leben gerettet, fiel die Frau ein.

Und wieder wurde ich zum stolzen Gott und Herrn.

Ich trieb mich den Rest des Tages herum und arbeitete nicht. Aber es machte mir kein Vergnügen, dieses Nichtstun, und ich ging unstet auf der Farm umher und langweilte mich; hätte ich mich nicht geschämt, es zu tun, ich hätte mich gerne wieder auf den Pflug gesetzt. Für Alice hätte es sich geziemt, mir wenigstens ein paar herzliche Worte zu sagen, statt dessen kam sie und sagte erbost:

Du hast mir gegenüber mit dem Fuße aufgestampft, Nut. Tu das nicht noch einmal!

Ich kam nicht dazu, darauf ein Wort zu erwidern, so unmöglich erschien sie mir in dem Augenblick. Die Alten für ihr Teil setzten sich aber in den Kopf, ich sei gewiß ein merkwürdiger Mann und vieler Dinge kundig; sie horchten aufmerksam auf, wenn ich etwas sagte, und es war mir so, als ob sie begännen, einen kleinen Unterschied zwischen Fred und mir zu machen, und zwar zu meinem Vorteil. Eines Tages wurde ich zum Beispiel zur Stadt geschickt mit Weizen und zur Besorgung von Einkäufen, und Fred war nicht dabei.

Wäre ich aber auch ein Zauberer gewesen, mit nur einer Wundertat hätte ich mich doch nicht bis in alle Ewigkeit behaupten können. Indes die Tage verstrichen und der kleine Edwin sich erholte und alles wie früher wurde, fiel meine Großtat der Vergessenheit anheim, und ich ging wieder arm und als Besiegter auf der Farm herum. Darin fand keine Änderung statt.

Fred kam zu mir und sagte:

Bald wird der Frost kommen, und mit dem Pflügen ist es zu Ende. Was wirst du dann anfangen?

Ich weiß wahrhaftig nicht, erwiderte ich. Aber es wird sich schon Rat finden.

Fred und ich kamen gut miteinander aus, es bestand keine Feindschaft zwischen uns, und ich grollte ihm nicht, weil er sich mein Gespann angeeignet hatte. Alice war schuld daran. Fred war durchaus kein übler Landstreicher, und erst in diesem Jahre, als er arbeitslos wurde, hatte er sich aufs Herumstreichen verlegt. Dagegen war er eitel auf sein hübsches Gesicht, und wenn er lachte, öffnete er den Mund nur ein ganz klein wenig, weil er die Zahnlücke verbergen wollte. Dadurch bekam er ein Aussehen, als wenn er durch einen Spalt in der Lippe lache. Aber es kleidete ihn, wenn er den Mund so sparsam öffnete, da er von Natur etwas dicke Lippen hatte. Lach noch ein bißchen! konnte Alice zu ihm sagen. Sie war sinnlos verliebt.

Wenngleich ich viel schlimmer daran war und meine Liebe nicht erwidert wurde, war auch Fred nicht auf Rosen gebettet. Er erzählte mir, daß Alice sich seinetwegen an ihre Eltern gewandt und ihnen gestanden hätte, daß sie ihn liebe; aber die Eltern hätten verlangt, daß sie von ihm lassen solle.

Fred sagte zu mir:

Du mußt uns helfen, Nut.

Ich fühlte mich ein wenig gehoben durch dies Verlangen, und ich fragte:

Bittest du mich mit Alices Willen?

Ja, sagte Fred, sie hat es gewünscht.

Ich sagte:

Dann werde ich es tun!

Es schwebte mir vor, daß es mir vielleicht gelingen werde, Fred durch meinen unglaublichen Edelmut auszustechen.

Ich besaß der beiden Alten Ohr, und ich fragte Mrs. Rodgers eines Tages, ob sie von einer Farm oder aus einer Stadt stamme.

Das müsse ein seltsames Leben für ein junges Mädchen sein, auf einer einsamen Farm, sagte ich weiter. Wie man denn da die Menschen kennenlerne?

Mrs. Rodgers erwiderte, es seien doch die umliegenden Farmen da. Und dann komme man wöchentlich in die Stadt. Aber natürlich, viele Menschen treffe man nicht.

Und wie es mit der Heirat werde? fragte ich. Ob man einfach einen Vorbeiziehenden nehme?

Da sahen die zwei Alten sich an. Sie hatten eine ältere Tochter, die mit einem durchgebrannt war, der vorbeigezogen gekommen war. Aber dem Paar war es gut gegangen, die jungen Leute hatten sich Land genommen und waren Farmer geworden, der kleine Edwin war ihr Sohn.

Ein Risiko bleibe es immer, argumentierte ich weiter. Wie leicht könne ein junges Mädchen sich in einen Unwürdigen verlieben, bloß weil sie keinen andern kenne und nicht die Wahl habe.

Ja, darin hätte ich ganz sicherlich recht. So wäre es.

Unzweifelhaft müßte man vorsichtig sein, gegenüber Landstreichern, wie wir es wären, sagte ich zum Schlusse.

Wieder sahen die beiden Alten sich an und verstanden mich sehr genau.

Das wird die Mutter ihrer Tochter nicht vorenthalten! dachte ich. Alice wird zwar Fred nicht aufgeben, aber sie wird eine Vorstellung von meiner unheimlichen Einsicht bekommen!

Aber es dauerte nicht lange, bis ich selbst ängstlich wurde wegen des Gesagten; ich war zu weit gegangen, Alice würde erkennen, daß ich Fred entgegenarbeitete. Ich benutzte also die nächste Gelegenheit und sagte zu Mrs. Rodgers, mit Fred sei das etwas ganz andres, er sei ganz sicher ein kerniger Bursch und eine Perle von einem Mann, die ich sicher wählen würde, wenn ich ein Mädchen wäre. Auch diesmal fand ich Gehör bei den Alten, und ich merkte, daß es ihnen einleuchtete, eine wie uneigennützige Seele ich sei.

Ich paßte dem Mädchen eines Abends im Finstern auf und wollte sie zuerst zum Reden veranlassen.

Freddies Freund bist du nicht, sagte sie.

Was habe ich getan?

Du hast ihm Schlechtes nachgesagt.

Da nahm ich Alice mit zu ihrer Mutter hinein und fragte, was ich Schlechtes über Fred gesagt hätte.

Du sagtest, man müsse sich vor den Herumstreichern hüten, aber Fred sei eine Ausnahme und eine Perle, erwiderte die Mutter.

Aber Mutter, das hast du mir nicht erzählt! rief Alice. Gott segne dich, Nut!

Stolz und aufgebracht ging ich weg und nutzte meine günstige Position gut aus. Als Fred mich das nächste Mal bat, ihm weiter zu helfen, da entgegnete ich, ich wolle nichts mit seiner Sache zu tun haben, und Alicens Benehmen sei der Grund dafür.

9

Weinend kam Alice zu mir und bat mich, den Eltern noch mehr Gutes über Fred zu sagen. Das geschah am Abend, als alle Arbeit getan war. Alice kam dicht an mich heran und fingerte dann und wann an meinem Blusenknopf herum, so daß ich näher bei ihr stand als je zuvor und ihren Atem etwas spürte. Dies Glück machte mich benommen, und ich antwortete ohne Zusammenhang.

Über Fred? Also gut, was soll ich sagen? Ja, ich werde alles tun, was Sie verlangen.

Und ich wußte nicht, daß Fred den Lauscher machte; aber er stand im Stall und hörte uns zu.

Was soll ich übrigens tun? fragte ich. Wissen Sie, worum Sie mich bitten? Sie haben doch wohl gemerkt, daß ich selber Sie lieb habe.

Nein, ich habe das nicht gemerkt, antwortete sie. Du hast es niemals gesagt.

Gesagt habe ich es nicht, nein. Ich halte mich an die Erde. Ich weiß, daß ich ein Vagabund und Ihrer unwürdig bin.

Übrigens macht das weder so noch so etwas aus, sagte Alice, denn Freddie ist der, den ich liebe.

Und dann bitten Sie mich um Hilfe?

Nein, nein, sagte sie, reden wir nicht mehr davon.

Ist Ihnen nie der Gedanke gekommen, daß ich schon uneigennützig genug gewesen bin? sagte ich. Ich habe nicht ein Wort des Dankes von Ihnen vernommen. Aber sollte ich jetzt noch weiter gehen, würde es die Kräfte eines Menschen übersteigen.

Ich weiß, daß du ein guter Mensch bist, sagte Alice.

Mehr aber nicht?

Doch, auch ein gelehrter Mann bist du, mit tiefer Einsicht in alles. Du schreibst wie der Blitz.

Aber das, was ich hören wollte, daß ich beinahe so gut aussehe wie Fred und ebenso betörend sei, das sagte Alice nicht.

Könnten Sie mich niemals gern haben? fragte ich.

Gewiß, sagte Alice, ein wenig, das heißt ...

Ich schmeichelte mich weiter ein und fragte:

Glauben Sie nicht, daß ich unsere Farm hochbringen würde und ordentlich Geld verdienen und Sie auf den Händen tragen würde? Was aber wird Fred machen?

Alice schwieg.

Sie wissen nicht, was für ein Mann ich bin, sagte ich mystisch und gab ihr zu verstehen, daß sie keine Ahnung von mir hätte.

Aber ich, aber ich! rief Fred und kam plötzlich aus dem Stall hervor. Er hatte eine Heugabel in den Händen. Die Ahnung hab ich von dir, daß du ein schlechter Kerl und ein Schuft bist, sagte Fred in Wut, ich schlag dich tot wie einen Hund.

Da bekam ich Furcht und hielt den Arm zur Abwehr hoch. Beruhige dich, Fred, und laß mich gehen, sagte ich.

Gehen! Ich bringe dich um, noch in dieser Sekunde! schrie Fred und stach mit der Heugabel nach mir.

Alice schickte sich nicht an, dazwischen zu treten. Töte ihn nicht, war alles, was sie sagte.

Du bist ein Mörder, sagte ich zu Fred. Und ich bitte dich, leg die Heugabel beiseite, Mörder du.

Aber Fred wollte mich nicht schonen.

Gehst du auch nur einen Zoll von der Stelle, so stech ich dich nieder, sagte er.

Ich setzte mich auf die Erde. Ich sah, daß Fred vollkommen verrückt war, und ich konnte nichts bei ihm ausrichten. So ein Stich mit der Heugabel ist dafür bekannt, daß er sehr langsam und vielleicht niemals heilt, und ich fürchtete für mein Leben.

Was hast du den Alten über mich gesagt? schrie Fred.

Du bist ein dummes Tier, sagte ich. Ich habe nichts gesagt, und ich will dir keinen Gefallen tun.

Fred drehte die Heugabel um und versetzte mir mit dem Stiel einen Schlag auf den Kopf. Es tat nicht sonderlich weh. Ich erhob mich wieder. Als die Heugabel abermals in meine Nähe kam, griff ich mit der Hand aus und bekam sie zu fassen. In demselben Augenblick verstand Alice, daß nun Gefahr für Fred im Verzug war, und sie lief ins Haus und holte ihren Vater heraus.

Ruhig, Burschen, sagte Mr. Rodgers, was geht hier vor?

Fragen Sie Fred, erwiderte ich. Er kam mit der Heugabel gelaufen.

Sie haben beide nacheinander die Heugabel gehabt, sagte Alice.

Jetzt verstand ich, daß Alice ein schlechter Mensch war, und obwohl auch ich schlecht war, so war sie doch noch viel schlechter. Im Zorn ging ich meiner Wege und überließ es den zwei Liebesleuten, sich zu verständigen und zu entschuldigen und auf meinem Rücken abzuladen, was sie wollten. Aber am nächsten Tage ging ich zu Fred hinüber, als er pflügte, und befahl ihm, vom Pfluge herunterzusteigen. Das wollte er nicht, da gab ich ihm einen Schlag unter die Kinnlade, daß er schwankte und vom Sitze fiel. Und zur Rache dafür fiel Fred nichts anderes ein, als den Rücken meiner Jacke total zu zerschneiden, in einer Nacht, als ich da lag und schlief.

Wir pflügten, bis eine Eisdecke die Felder überzog, ja bis zu der Zeit, da der Frost begann, in die Erde einzudringen. Und eines Tages sagte Mr. Rodgers:

Nun, Burschen, hört auf mit dem Pflügen.

Wir spannten sofort die Maultiere aus und begaben uns nach Hause. Und zum letzten Male striegelte ich die Tiere und wusch ihre Hufe und gab ihnen zu fressen.

Es wird dunkel, bald ist es Nacht, ihr könnt bis morgen bleiben, sagte Mr. Rodgers.

Er rechnete aus, wie hoch unser Guthaben war, und zahlte uns das Geld aus. Ich hatte keinen Vorschuß erhoben, so daß ich mehr als Fred bekam, der sich hatte Vorschuß geben lassen: zu neuen Kleidern und zu einem neuen Hut aus der Stadt.

Mr. Rodgers erbot sich, mir für die Reise eine etwas bessere Jacke zu borgen als meine eigene; ich könne sie ja bei seinem Kaufmann hinterlegen, sagte er. Ich drehte nun die Taschen in seiner Jacke um, damit er sähe, daß nichts darin vergessen war. Das war ein etwas unnötiger Kniff von mir und sollte meine Ehrlichkeit beweisen.

In der Nacht wurde ich wach davon, daß Fred von seiner Pritsche aufstand und die Jacke anzog.

Wo willst du hin? fragte ich.

Er gab mir keine Antwort.

Fred ging fort und blieb fort. Er hat etwas im Sinn! dachte ich und schlich mich hinter ihm her an die Tür und öffnete sie; draußen war es finster und kalt, und ein paar Sterne standen am Himmel. Weiter zu spionieren wagte ich nicht, sondern ging wieder hinein; was auch geschehen mochte, das Beste war, sich davon fern zu halten. Ich war durchfroren vom Stehen in der Tür und schlief jetzt recht tief; erst am Morgen erwachte ich wieder.

Als ich aufstand und zu den Alten hineinging, war Fred noch nicht zurückgekommen.

Wo ist Fred? fragte Mrs. Rodgers; sie hatte das Essen bereit.

Das weiß ich nicht, erwiderte ich.

Sie ging hinaus und rief, aber kein Fred gab ihr Antwort. Da regte sich in der alten Frau eine Ahnung, sie schlug die Tür zu Alicens Kammer auf und sah hinein. Die war leer. Und sie schloß die Türe wieder und sagte:

Wo mag nur Alice sein?

Ihr Gesicht war aschgrau.

Wir suchten dann nach den beiden, suchten kreuz und quer, fanden sie jedoch nicht. Aber im Stall fehlte Alicens Gespann, und es wurde uns klar, daß das Paar das Weite gesucht hatte.

Genau so wie unsre älteste Tochter, sagte Mr. Rodgers niedergeschlagen.

Der alte Rodgers grämte sich und war stumm, er ging herum und tat dies und jenes, hatte aber nirgends Ruhe. Seine Frau war es, die zuerst ihre Fassung wiederfand und sagte, es sei ihrer andern Tochter gut gegangen, also würde es vielleicht auch dieser glücken. Und nach Großelternart sahen sie auch nicht länger ihre erwachsenen Kinder als die an, die ihnen am meisten am Herzen lagen, sondern die kleinen Enkelkinder.

Klein-Edwin war die höchste Freude des Hauses.

Wenn du wieder einmal hier vorbeikommst, will ich dir gern Arbeit geben, wenn ich welche habe, sagte Mr. Rodgers zu mir. Wohin reitest du?

Weiter in den Westen, erwiderte ich.

Das solltest du nicht tun, sagte Rodgers. Du solltest dir hier in der Stadt eine Stellung verschaffen und in unserer Gegend bleiben.

Aber ich reiste dann in die Weinfelder von Kalifornien.